ハヤカワ文庫JA

〈JA865〉

ススキノ探偵シリーズ

駆けてきた少女

東　直己

早川書房

5950

ハミへ

駆けてきた少女

登場人物

俺……………………………ススキノの便利屋

高田……………………………ミニＦＭ局のＤＪ

松尾……………………………北海道日報記者

岡本……………………………〈ケラー〉のバーテンダー

桐原満夫………………………桐原組の組長

相田……………………………同組員

濱谷のオバチャン……………〈濱谷人生研究所〉の所長

真麻……………………………〈chariot〉のカウンター女性

松井省吾 柏木香織 勝呂麗奈	…………………	高校生
加賀埜敏治 梶原裕史 柘植亮介	…………………	盤渓学園卒業生

加賀埜あけみ…………………敏治の母親。著名な料理研究家

梶原雄一………………………裕史の父親。北日印刷社長

柘植章嗣………………………亮介の父親。道警本部資材局局長

篠原……………………………〈グループ・アクセス21〉の代表

誉田……………………………松尾の後輩。北海道日報記者

森野英正………………………元森野組組長

種谷……………………………退職警官

1

女は厭がっていたのだ。

その点は、間違いない。厭がっていたから、だから俺がわざわざ出て行ったのだ。もしも厭がっていなかったら、俺は見向きもしなかったはずだ。いくらなんでも、俺はそれほど暇じゃない。お節介でもない。女は厭がっていた。これは、間違いないんだ。

ただ、俺の敗因は、相手が「同じ人間」だ、と思い込んだ点にあるかもしれない。

こいつらは、人間じゃなくて、虫ケラどもだった。人間の中には、結構な割合で、ケータイを持つと虫ケラになる連中がいるのだ。そんな連中はきっと、ケータイを持つ前から、実は虫ケラだったんだろう。こいつらは、俺と共通の基盤など、なにもない。そのことが、この時の俺には、まだ身に沁みてわかってはいなかったのだ。

「じゃ、気を付けてね」

とママに送られて、店を出た。

この店は、なんの変哲もない、ただのスナックだ。ただ、ママとは長い付き合いなので、時折顔を出す。ママは、……そう、確か悦子という名前だ。元はわりと高級なクラブの人気ホステスだったが、歯医者と結婚して店を辞めて、専業主婦の歯科医夫人になった。でも、その歯医者が結婚二十年目に胃癌で死んだので、「寂しくなって」ススキノへカムバックってわけで、スナックを開店したのだ。ちょっと長い付き合いのママである、というただそれだけのことで、店自体はいかにも平凡なスナックであり、なんの面白いこともないが、ロン・カーターを中心とした選曲のセンスは悪くない。それに、柿の種は、常にパリパリに乾燥して、噛み心地抜群なのだ。だからたまに顔を出す。茶飲み友だちと世間話をする気分だな。ビルの前を通りかかった時、ふとこの七階に悦子ママの店があるな、と思い出して、「まだ明けましておめでとうだよね」と一月半ばのありふれた挨拶とともに入って行って、「あらま珍しい」などのお約束で迎えられ、で、まぁ当たり障りのない平凡なひと時を過ごして、送られて店を出たわけだ。

ススキノじゃ、今は、どんなに素敵な店で素敵な酒と素敵な時間を過ごそうが、ドアから出れば殺風景な真夜中のマンション通路だ。ガランとした細長い空間で、蛍光灯の白い光が満ちている。なんの面白味もないのっぺりとした世界。ただ、階段室の上にある「非常口」の緑色の光が、唯一のアクセントだ。そして、この時はその緑色の灯りの下に、若い薄バカカップルがいた。ぺたんと床に座っている。ふたりとも、毛糸のキャップ……ニット帽……をかぶっていた。冬だから当然かもしれないが、このふたりは、一年中毛糸のキャップをかぶっているような連中だった。ヒップ・ホップってんですか、行ったことがないからよく知らないが、ニューヨークのチンピラの真似をしたカップルだった。年の頃は、まぁどんなに歳を取っているにしても、二十二ってとこか。おそらくは十代だろう。今の二十歳《はたち》の最近の若い連中は、本当にガキだ。俺の感じでは、中学生時代の俺よりも、今の二十歳の連中は幼稚だ。そのくせ、発情している。

男の方が、酔っていて、女にしつこくまとわりついていた。体にベタベタ触り、抱きつき、女の頭に自分の鼻をこすりつけようとする。女は、ちょっと大柄な、なんだかのっそりとした娘で、ケータイを眺めながら、「いやだ」「いやだ」「あっち行け、バカ」「ああ、いやだってば」「うるさい、あっち行け」と徹頭徹尾、厭がっていたのだ。

もちろん、俺はそれほどバカでもないから、酔っ払ったカップルのイチャイチャ痴話喧嘩のようなものだろう、と思っていたのだ。だが、それにしても、男はしつこい。そして、女が、俺の方を見て、なにかこう……助けを求めるような表情になったのだ。あるいは、俺がそう思っただけかもしれないが。男は、最も下等なレベルの北海道弁で、「いいべや、いいべ？　な、いいべ？」と言いながら、抱きついている。

「イヤだって！　ホンットに、もう！」

で、俺は、もちろんアルコールは入っていたが、酔っていたわけじゃない、酒のせいじゃなくて、そういう時にはそうするもんだから、近寄って、言った。

「おい、厭がってるぞ」

「あ？」

男が俺を見上げた。毛糸のキャップの鍔が邪魔で、首を大きく曲げてのけぞらないと、俺の顔が見えないのだった。こいつらは、常に顔を伏せて背中を丸め、地面を眺めながら街を歩き回ってるから、上を見る必要はないんだろう。

「あ？　なんだ？」

男が、酔っ払いの濁った口調で言う。

その時、驚いたことに女が言った。

「なんだよ！　てめぇ！　てめぇはよ！　何様のつもりだ！」

ん？　どうやら、俺に向かって言っているらしい。俺はちょっと驚いて、女の顔を見た。まだ子供だ。高校生ってとこか。

「ピッチ、このオヤジ、殺して」

「おう」

ガキが立ち上がる時、右手に光るものがあったのは気付いた。しかし、あまりに咄嗟のことで、対応が遅れた。体が動く前に、脳味噌が動いてしまったのだ。

脳味噌は、こう言ったのだ。

「まさか」

次の瞬間、ガキの顔が俺のアゴの下にあった。その刹那、閃光のように先人の教えが頭を駆け抜けた。「いざという時に身をよじれ」。突破者、宮崎学が、なにかの本でそんなようなことを書いていた。ピストルで撃たれた時の、最後のあがきの重要性について、だったと思う。やけにリアリティのある言葉だ。この瞬間、とっさに俺はこの言葉を思い出して、可能な限り素早く、大きく、しかし実際にはほんの小さな動きだったろうが、とにかく、身をよじった。思いきり、腹筋を固めて。

ピッチャー強襲のライナーが、腹に当たったような衝撃と鈍痛が、弾けた。それは、体を、内臓を、根底から揺るがす風圧として、感じられた。

不思議なことに、俺は比較的冷静だった。

とにかく。

「逃がさねぇぞ」

心の中で呟いた。そして、ガキの眉間に、鶴頭拳をぶち込んだ。間合いが近すぎて、正拳を打ち込む、タメを作る暇がなかったのだ。時間も、ほんの一瞬のことだった。だが、今になって思うと、咄嗟に鶴頭拳など、上出来だ、と我ながら感心する。高田のおかげかもしれない。頭突きって手もあったが、これは、俺はあまり好きじゃない。

で、ガキは一瞬、怯んだ。その隙をついて、その鼻を掌底で突き上げ、軟骨を砕いた。真っ赤な血が噴き出した。そのままの一連の流れで、ガキの頭頂部に鉄槌を叩き落とした。ガキが床に沈んだ。

これで、たとえ逃げられても、すぐに探し出すことができる。顔の真ん中に、鼻の代わりに焼き芋を一本くっつけているバカを探せばいいのだ。

俺は、無意識のうちに、左手で腹を押さえていた。ヌルヌルしている。傷口から、腸がはみ出して蠢いているイメージ。ふっと気が遠くなりかかった。

俺は、死ぬか？

ガキが鼻を押さえて、床の上でのろのろ動いている。ミゾオチに足刀をぶち込むか、あるいは喉を蹴ろう、と思った。警官が来るまで寝かせておきたかったのだ。逃げないように。だが、腹からはみ出してうねっている自分の腸のイメージが、思い止まらせた。腹圧がかかる。それはやっぱ、まずいだろう。ガキはまだ右手にナイフを持っている。俺は、なんとかそのナイフを取り上げた。ガキは、鼻を押さえて、横ざまに倒れ、足をばたばたさせながら、ギャァッと喚いている。

俺は右手にナイフを持ったまま、左手で腹を押さえ、悦子のスナックに戻った。ドアを押し開けると、「あら、なに？」と悦子が笑顔で言い、「今、変な悲鳴……」と言いながら、視線を下に落として、強張った顔になった。悲鳴を上げたのかもしれないが、そのあたりは、ちょっとはっきりしない。

気を失ったわけではないが、意識の中心が、あやふや、というか散漫というか、きちんと物事を認識しつつ時間を前に手繰って行くことができなくなっていたようだ。世界が、世界の物事が、取り留めなく、バラン、と散乱した感じだ。

俺は、ドアに背中を預けて、床にへたり込んでいる。

この時俺の頭の中にあったことは、「腹が死ぬほどヒリヒリする」ということのほかには、以下の事柄があった。

①このスーツは、昨年の暮れ、つまりついこの前作った、わりと気に入っているスーツで、ダブルのスリー・ピース（ヴェストはシングル）という、ほんのちょっと変わったデザインで、布地はいいものを使ったから、やや光沢のある、俺にとっても贅沢なものだったので、これがもしもオシャカになっちまったら、これはとても残念だ。

②相当出血しているのだろうか。

③腸がはみ出しているのだろうか。内臓に傷を負っただろうか。もしもそうだとしたら、見るのは恐ろしい。出血はひどいのか？　手探りの感じでは、下腹部はヌルヌル、という感じで、このヌルヌル、という言葉が、相当コタえる。意気地がいきなり縮み上がるのを感じる。ああ、痛い。はみ出した腸が蠢いているイメージが浮かぶと、ふっと気が遠くなりかける。

④だが、自分の腹を自分の目で見るのは恐ろしい。

⑤この次酒を飲めるのはいつだろう。まさかこれっきり、ということはないだろうが。

⑥これは……悦子の顔だが……なに哀しそうな顔してるの？　腹の辺りを見て、なんでそんな悲惨な……え？　腸、出てる？　動いてる？　教えてくれよ。はみ出してるの？　まさか、そんな。嘘だろ。腸は、俺の

2

腹の辺りがヒリヒリするので、その痛みで目が覚めた。それほど強い痛みではないが、芯があって、どことなく無視しづらい痛みだったのだ。目を開けると、暗かった。真っ暗ではないが、……そう、ちょうど消灯後の病室、という感じだ。白いカーテンが張り巡らしてある。

……消灯後の病室、と俺が感じたのは、間違ってはいなかった。ここは、消灯後の病室だ。

俺は、うん、と大きく伸びをしようとしたが、そのとたん、腹の痛みがいきなり増して、思わず呻いた。その呻き声が聞こえたんだろう、カーテンの隙間から、女が顔をのぞかせた。

「あら。目が覚めた？」

悦子だった。

「今、何時？」

俺が尋ねるのと同時に、大きな男が、ムッとした表情の顔を、カーテンの隙間から突っ込んだ。高田だ。ショット・バーをやりながら、店を午前二時に閉めた後は、ミニFM局のDJとして、活躍している（少なくとも本人はそのつもりだ）男だ。空手の達人で、そして俺の空手の先生でもある。学生時代からの付き合いだ。長く北大農学部大学院のオーバー・ドクターだったが、数年前、DJになったのだった。

「よう。お前、来てたのか」

「お前、生きてたか」

「なんとかな。今、何時だ？」

「いやぁちょっと、びっくりしたよぉ、あったし」

悦子が、会話の流れとは全く無関係に割り込んで、熱心に喋り出した。こうなると、男同士の会話は頓挫する。

「いきなりだもんねぇ。いやホント、あったし、びっくりしちゃってさぁ。救急車の人は、大したことないよって言うけど、ねぇ、そんなの、あたしみたいな素人にはわかるわけないじゃんねぇ」

「そりゃそうだ」

「顔、大分はっきりしてきたね」

「傷は……」

俺は、やや怯えながら尋ねた。結果を聞くのがちょいと恐い。

「傷はね、ホント、大したこと、ないんだって」

そう聞くと、なんとなく残念な気持ちになった。基本的に、俺はバカだな。

「傷口が大きいから、派手に血が出たけど」と言いながら、ちょっと視線が泳いだ。その視線の先を見ると、腹の辺りが血まみれの、俺のスーツがぶら下がっていた。穴も開いている。もう、着られないな。「皮が切れただけ……っていうか、腹筋にちょっと傷が付いたけど、それだけだって。内臓？　も、……腹膜？　なんかそんなのも、一切合切、無傷だってよ」

「ほう……」

運が良かった。

「腹の脂肪層が分厚かったんだとよ」高田が淡々とした口調で言う。こいつも、太っている。

「それに、ナイフも全然手入れしてないって話だ。腹の皮と脂肪層を切ったけど、そこでヌメった、というのかな。ナイフの刃が、腹の脂肪の中で、滑ったみたいになって……」

「で、今、何時なんだ？」

「ああ、時間な。……まだ早いぞ。二時半だ。よく寝たな」

「じゃ、高田さん、あたし、店閉めなきゃならないから、これで行くわ。今、さゆりちゃん、ひとりで留守番してんのよ」

「ああ、わかった」とママに頷いて、それから俺に言う。

「な。みんな、忙しいんだぞ。生きていくために必死なんだ。お前ぐらいだぞ、腹ぁ刺されて、のんびり寝てられんのは」

「……そうかい。……結構、痛かったんだぞ……今も痛いし」

「腹の皮と脂肪を切られてな。ははは、笑い話だぞ、こりゃ」

ママが、パタパタっと荷物をまとめて、ハンドバッグを抱えて「じゃぁね、お大事に」と出て行った。高田が後に続いた。

俺は、溜息をついて、天井を見上げた。薄汚れている。ここは、どこなんだろう。

高田はすぐに戻って来た。どこかから丸い椅子を持って来て、それをガタンと置いて、その上に座る。

「で、どうする？　どうせ今日の放送は中止にしちまったからな。なにか用事があったら、足してやるぞ」

「……ここは、どこなんだ？」

「ん？　ああ、病院か？」

「ああ。何区だ？」

「中央区だよ。村石外科だ。石山通り沿い」

ああ、なんとなく知っている。ススキノのすぐそばだ。ま、順当な線だろう。

「お前は健康保険には入ってないんだよな」

そうだ。で、いつもこういう時には後悔するわけだ。

「そうだ」

「大変だな。ま、それはそれで仕方がないとして、明日の午前中に、警察が来ることになってるからな」

「そうか。わかった」

「事情聴取だそうだ」

「で……」

俺は、目が覚めて以来ずっと気になっていたことを尋ねた。

「そのう……相手はどうなった？」

「……その〈相手〉ってのは、なぁ……」

高田が不機嫌な声で言う。

「ん？」

「お前、何度も何度もそんなことを言ってたけど……」

「ウワ言でか？」

「ってぇか、寝言でな」

「……」

「しきりに、〈相手〉のことを気にしてたけど、そんなの、誰も知らないぞ」

「……」

「ママの話じゃ、お前、救急車の中でも、しつこく言ってたらしいけどな。ガキはどうしたって。でも、誰も、ガキなんか知らないそうだぞ」

「……」

逃げられたか。いささか悔しい。俺は、ススキノの一部では、「なにかされたら十倍にして返す男」として知られているんだがな。

「ほかに、なにか用事はあるか？」

「退院は、いつ頃になるんだろう」

「近々らしいぞ。要するに、切り傷だ。縫合したから、あとはとっとと追い出されて、まぁ二週間後くらいに、抜糸する、ということだろう」

「じゃ、退院する時に着る服を、適当に選んで持って来てくれ」

「俺が選んでいいんだな？」

ニヤリと笑う。危険だ。自分の部屋にある服をあれこれ思い出そうとした。高田は、変なものを見つけたら、きっとそれを持って来るはずだ。曖昧な指示は出せない。

「……ジーンズと、黒いTシャツと、ワン・トップのダーク・グレーのダウン・ブルゾンを持って来てくれ」

ジーンズやTシャツには、変なものはないはずだ。

「靴下や下着は、俺が選んでいいんだな」

「……」

問題はないだろう。

「いいよ。とにかく、ジーンズとブルゾン、頼む」

「わかった。……知らせてほしい相手はいるか？」

「いや、それはない」

隠す必要はないが、言い触らす必要もないだろう。別に、誰かが襲いに来るとは思わないが。

「春子さんとか、息子とかには、知らせなくていいか？」

「いいよ、別に」

こんなことを、別れた女房や息子に知らせて、どうなるというのだ。

「さて、と」

立ち上がる。

「じゃ、特に用がないなら、行くわ」

「いろいろと、ありがとう」

「じゃ、久しぶりにススキノで飲むかな。いつもは放送で、出られないからな、この時間」

「そうだよな」

そこに看護婦がやって来た。最近は、看護士とか看護師とかいうのか。でも、俺の担当は看護婦だ。結構可愛らしい。

「目が覚めました？　具合はいかがですかぁ？」

「別に、普通です」

「ちょっと、痛み止めの注射をしましょうね」

看護婦が出て行った。ナース・ステーションにでも戻るのだろう。

「じゃあな」

一言残して、高田は去って行った。

3

俺が入れられた病室は、人の出入りの激しい部屋だった。軽い怪我や打撲、骨折でどんどん入って来ては、応急処置を受けたり診察を受けたりして、その後、あっさり退院したり、容態が変わってICUに移ったり、慌ただしい病室だ。その上に、患者の家族や、ヘンな凄みのある連中がひっきりなしに訪れ、常にザワザワしていた。警察も三回来た。三回とも、酔っ払いの喧嘩の事情聴取で、そのうちの真ん中の一回が、俺の事情聴取だった。

俺と同年輩くらい、四十代後半、という年頃の制服警官が、ひとりでやって来た。くすんだ感じの、実直そうな、やや言葉に訛りのある中年男だった。どこかでちょっと話を聞かせてくれ、と言うので、ちょうどタバコが吸いたくなっていたこともあって、「喫煙スペース」ではどうだ、と言うと、いいですよ、と答える。俺は点滴の輸液袋を吊したキャスター付きの、何というのか、きっと名前があるんだろうけど、それをカラカラと押し、チューブをくっつけたまま、ヒリヒリとどんより重い腹を押さえつつ、ちょっと腰を屈めて、ガラスで囲まれた「スペース」に向かった。なるべくなら運動をしなさい、と看護婦さんに言われている。傷口が開く心配はないか、と尋ねたら、もし開いても、ほとんどが脂肪だから、心配しなくていい、アハハ、と笑われた。だが、可愛らしい笑顔なので許した。

「スペース」には、相変わらず俺と同じ、流行の最先端から落ちこぼれた愛煙家たちが溜まっていたが、制服警官を見ると、みな立ち上がり、素知らぬ顔で四方に散った。俺は、警官とふたりっきりで、ガラスで囲まれた「スペース」で並んで座った。

「どうもどうも。ええと……お宅さんは、ええと……あ、そうだそうだ」と慌ただしく書類をめくったり束ねたりしながら、時間稼ぎをしている。どうやら、この病院に到着してから、初めて俺に関する書類を読んだらしい。

「えええ……とぉほぉほぉほぉ……」

変な声で頷きながら書類を読んで、「あれだね、お宅さんは、刺された方《ほう》だ」と言う。

そこから話を始めるのかい。

「そうです」

「で？　刺した方は？」

「さぁ。どうやら、逃げたようです」

「ほぉ……」

なにか、気分を害した、という表情で、憮然として書類を読んでいる。犯人が逃げたのが気に入らないらしい。

「現場は、ええっとぉほぉほぉほぉ……カクタスビル七階、と。刺した相手は？　知ってる人？」

「いいえ。初めて見る子供でした」

「子供？」

「そう。……高校生から、せいぜい……どんなに上でも、二十二ってとこかな」

「ほう……服装は？」

「まぁ……普通の、ヒップ・ホップ系のチンピラってとこかな。具体的には……」

「背は？」

「わりと小柄だったな。俺よりも、首ひとつ低い、という感じで」

「お宅は？」

「百七十五」

「体型は？」

「痩せてたね。ウールのキャップをかぶってたな。ああいう連中が、ニット帽とか呼んでるキャップだ。鍔のあるタイプで。色は、ベージュ……濃いベージュって感じかな」

「ほかには？」

「ありふれた、平凡な格好だったからなぁ……ピアスは、両耳に二つずつ。鼻とか唇とかにはなかった、と思うけどね。そんなに正確に見たわけじゃないから、ちょっと自信はないな。そうだ、金色の……まぁ、18Kくらいかな……ネックレスをしてたね。あとはまぁ、ゴチャゴチャ……カン・バッジを着けてたような気がするけど、模様やロゴは覚えてないな」

「どっかの組の代紋は？」

この頃は、出来合いのジャージ上下などに、代紋をプリントすることもないわけではない。利口な者のすることではないってことで、本筋の連中はバカにするが、ストリートのガキ共には、こういうことも楽しいらしい。

「それはなかった、と思うな。たぶん」

「あと、なにか特徴は？」

この警官は、てんでやる気がないらしい。なんの感慨もなく、ただ黙々と話を聞く、自動機械と化している。

「そうだなぁ……刺された時、鼻を折ってやったんでね……だから、鼻が曲がってると思うな。あるいは、鼻の骨が折れたってことで病院に来た者を……」

「はい、ありがとうございました」

警官はメモ帳をパタン、と閉じて、頭を下げた。

「被害届、出します？」

「そりゃ、出しますよ」

傷害は、親告罪じゃないだろ？

警官は、静かな溜息をつきながら、鞄の中からちょっと古びたVAIOのノート・パソコンを取り出した。

「ええと、それじゃ……」

警官は、細かに用意されていたような質問事項を次々と俺に尋ねながら、パタパタと鮮やかな手つきでVAIOのキー・ボードを叩く。少なくとも、俺よりもずっとパソコンの操作には慣れているらしい。文章をまとめるのも早かった。句点のない、やけに長い文章ながら、俺の言いたいことはきちんと取り入れてまとめて、あっさりと文章にした。

「そこで、その少女が、明らかに厭がっている、と判断いたしましたので、その青年にやめさせようと近づき、やめさせる趣旨で『少女が厭がっている』旨、告げましたところ、案に相違して、少女が、『うるさい、黙っていろ』と答え、その青年に向かって、私を殺すことをそのかす旨発言し、青年は『おう』と答え、私の腹を刃物で刺したものでありますが、ええと……その時、少女は、青年を『ピッチ』と呼んでおりましたのを覚えております……と、ええと、それで私は、と、腹を刺された驚きで、我を忘れ、無我夢中で相手の顔を押し退けるようにしたところ、鼻に手が当たり、相手は出血した模様で……」

などと朗読して聞かせてくれる。朗読は、あまりうまくなかった。

「……是非厳しいお裁きをお願い致します……、ということでいいかい？」

「はぁ。それでいいです」

あまりくどくど喋る気がしなかった。警官は、「じゃ」と口の中で言って、小さなプリンターを取り出し、VAIOに接続しながら雑談の口調で言った。

「相手に、心当たりは、ないの？」

当たり前だ。あんな低能クズに知り合いはいない。

「ないね」

「ススキノの路上で見かけた、とか。どっかの店で顔を見たことがある、とか」

「さぁ……あの顔には、見覚えはないな」

「そうですか。ま、もしかしたら、と思ったもんだから。さて、できた。印鑑は、持って来てないですよね」

持って来ていない。腹を刺されて入院する、ということがわかっていたら、持って来たかもしれないが。

「じゃ、申し訳ないけど、右手の人差し指、お願いしますわ」紙の上で言われるままに指を転がした。

例の、黒い朱肉のようなものの上で指を転がし、紙の上で言われるままに指を転がした。

言われるままに名前や住所なども書いた。

「じゃあね、なにかわかったら、連絡しますから。……連絡は、この……ええと、自宅ね。ファックスも同じ、と。留守電、あるの？」

「ええ」

「で、夜は〈ケラー〉……これは、飲み屋か何か？」

「その、『何か』の方ですよ」

「あっそ」

興味なさそうな顔で、簡単な相槌を打って、それで終わりだ。

「……ま、そんなわけで、なんかわかったら連絡しますから。したから、お宅さんも、なにか心当たりでも思い出したら、連絡、下さい」

俺は、「わかりました」と答えた。すると、警官は去って行った。やけに連絡先を丁寧に尋ねたな、と思った。だが、これっきり、この警官とは縁が切れた。連絡先を丁寧に尋ねたのは、きっと、頭っから連絡する気などなくて、どうでもいいことだったからだろう。連絡する気などないのに、手続き上、わざとらしく電話番号を聞く、その微かな罪悪感を、丁寧に質問することで解消したのだろう。だいたい、「なにか心当たりがあったら連絡してくれ」と言ったのに、帰ってから気付いたのだが、名刺の類をなにも残さなかったのだ。彼は、頭っから、俺や、この事件と関わる気がなかったのだ。警察は、もともと、全くやる気はなかったのだ。

その理由がわかるまでには、思いがけないほどの時間と手間が必要だった。

4

警官が帰った後、昼飯の食器を看護婦さんが片付けてくれた直後に、思いがけない見舞客が来た。濱谷のオバチャンだ。

このオバチャンは、どうにも得体の知れない、ウサン臭いババァ……おばさん……だが、しかし基本的には善人なんだろう。……とは、思う。基本的に善人か、あるいは底抜けのバカか、だ。少なくとも、自分としては嘘をついているつもりも、人を騙しているつもりもないんだろう。

と、好意的に考えてやることにしている。

しかし、そう好意的に考えてやるのは、これでなかなか難しいのは事実だ。薬師如来に導かれている、と自称し、指先からの「気」あるいは「生体エネルギー」で病を治し、痛みを取り、人生の災いや、悩み苦しみも平癒させ、その他、水子供養、風水判断、姓名判断、人生相談、開運祈願など何でもこなす、というふれ込みのオバチャンなのだ。

俺は以前、聖清澄という名の、同じような「霊能力」でメシを食っている、斯界ではベテランだったおばさんと、ある殺人事件を通して知り合った。その事件が解決した後も、付き合いはわりと長く続き、楽しい飲み仲間になった。そんな、聖清澄との付き合いの中で、俺は数人の「霊能力者」を自称する人々と知り合いになった。彼ら彼女らとの付き合いの中で、この業界のこともいろいろと知った。中でも、この濱谷オバチャンは、最も……最も……なんなんだろう？　ええと……最も、憎めない、というか、最も珍しい、というか、変わったオバチャンなのだ。

俺は、気が弱くなっていたのか、濱谷オバチャンの顔を見て、ふいに聖に会いたくなった。彼女は今、マルタ島にいる。数年前に、フランス人のわりと有名なデザイナーと結婚したのだ。……結婚した、とは言っても正式なものではないらしく、マルタ島に瀟洒な一軒家を買ってもらって、そこでおおむねひとりで暮らしているらしい。で、年に数回訪れるデザイナーを迎え、数週間、ふたりで暮らすのが、彼女の幸せらしい。写真をたまに送ってくる。その写真の中の聖の笑顔は、飾り気のない、素敵なものだ。

「聖さん……清澄さんは、いまどうしてるかな」

俺が思わず呟くと、濱谷は露骨にイヤな顔をする。

「しかしあんたは。人の顔を見たら、いきなり聖、ってかい。好きだったの？」

「嫌いじゃなかった」

「御挨拶だね、ホント！」

濱谷は笑みを含んだ顔で、そっぽを向いた。まぁ、彼女との付き合いも、短くはない。この程度のことでは、お互い、喧嘩にはならない。

濱谷は、「霊能力者」の中では珍しいことに、自分の力を、一点の曇りなく信じているようだった。これは、稀な上にも稀なことだ。霊能力者には、聖も含めて、どこかに醒めた部分があり、自分の力の限界を冷静に見極め、そして、中には、自分の「見立て」だの「霊視」だのが、ほとんどヤマ勘に過ぎない、と自覚している人もいるほどだ。だが、濱谷オバチャンは、完全に、自分の「霊能力」を信じていた。もしもチャンスがあったら、つまり、誰かが金を出してくれたら、ダラスに飛んで行くかもしれない。自分が行けば、ケネディ大統領暗殺事件の真相を暴くことができる、と信じ、「どうすべきか」と人知れず、ひとり悩んでいるとしても、俺は驚かない。

「あたしは英語が全然ダメだけど」と一度言ったことがある。「ダラスに行けば、ケネディの霊は、ちゃんとあたしに日本語で話してくれるから、大丈夫」

その時、俺は言ってやった。

「でも、ケネディは被害者だろ？　いきなり撃たれたんだから、事件の真相なんて、知らないんじゃないか？」

濱谷は、凍り付いた表情で、俺の顔をまじまじと見つめ、おもむろに「あ、そうか……」と呟いたのだった。

ま、そんな愉快なオバチャンなのだ。歳は今年で……七十は越えているように思われるが。とにかく、オバチャンだ。このオバチャンは、相手の心を読むことができる「霊能者」であるのに、お世辞やおだてに弱い。だから、比較的付き合いやすい。

彼女の表向きの仕事は、アパートの雇われ管理人、ということになるのだろう。ススキノの外れにある、古びた四階建てアパート……賃貸マンション、というのか、その一階一〇一号室に住んでいる。だが、その〈管理人室〉の玄関ドアには、……確かプラスチックの板に自分の手で書いた下手くそな字の〈濱谷人生研究所〉というみすぼらしい看板が掲げてある。そのほかそのまわりには、ゴチャゴチャといろいろなことを書いた段ボールや木の板などが配置されていて、その、剝き出しの混乱ぶりが、そこに書かれた字の下手くそさと相俟って、なにかを強烈に主張しているドアと壁なのであった。

そして、この〈人生研究所〉、つまりオバチャンの部屋は、ススキノで夜働く女たちが、昼間に世間話をしながら集まっている、そんな溜まり場になっているのだった。これは、俺にとっては利用価値がかなりある場所で、その時々の仕事によっては、俺もオバチャンの研究所に入り浸ることがないでもない。もっとも、最近はあまり足が向かなくなっているが。

そんなオバチャンが、四人部屋の入り口に、いきなり姿を現したのだ。夏の放牧場の牛のように、ヌッと。そこに突っ立って、悠然とあたりを睥睨し、俺に気付くと、いきなりオバチャンはゲラゲラ笑った。

「あっはっはっはっ、い〜や、ちょっと、あんただら、ホントに！　アッハッハッハッえ！」えらく機嫌がいい。大声で笑いながら、やって来て、ベッド脇にあった丸い椅子に尻を落ち着ける。

「なんだよ、いきなり」

「なんだって？　なにさ、その口の利き方は。あんた、一体誰に口利いてんのさ。勘違いすんでないよ！　仮にもあたしはね、あんたよりも十は年上なんだよ！」

三十の間違いだろ。

「知ってるよ。可哀相になぁ、と思ってるよ」

オバチャンは、ちょっと考え込んだが、そのまま話を続けた。

「したけど、あんた、大丈夫かい？　腹、刺されたって？」

「そうだけど……なんだろう、見舞いに来てくれたの？」

「そうだよ。なんか、あたしに助けてやれることでもあっかな、と思うべさ、普通。薬師様のお力なんだから。どれ、ちょっと」

そう言って濱谷オバチャンは、ベッドの頭の方に近寄り、両手の中指で俺の耳の下あたりを抑えた。そのあたりが、熱くなり、チリチリする。オバチャンは、どんな病気でも怪我でも、このやり方で……つまり、両手の中指で、相手の耳の下を抑え、小刻みに震わすことで……治す、と公言している。

「しかしねぇ……あんた、デブだから、助かったんだって？　ナイフが脂肪でヌルッと滑って、刺さらなかったっちゅってるけど？」

「……まぁ……そう聞いてはいるけど」

「あっはっはっはっ、滑稽！　デブで命拾いかい、アッハッハッハッ！　傑作だわ、あんた」

「でも、なんでそんなことを知ってるんだ？」

「あんたね。『知ってるんですか』だべさや！　あたしはね、あんたよりも……」

「どうしてそんなことを知ってるんですか？」

「ははは、みんな知ってるさ。あったり前だべさ、こんな愉快な話。今朝はもう、ススキノは、その話で、みんなして大笑いしてる！」

「……まさか」

「いや、ほんとだんだから。実際、そうだんだ。いやぁ、笑わさる。……して、退院はいつ頃だの？」

「……そんなにかからないはずだ。明日・明後日、くらいじゃないかな」

「退院して、ススキノ歩いてごらん、みんなクスクス笑うよ、きっと。したって、滑稽だべさや。デブで命拾いしたっちゅんだもねぇ……ハハハハ！　客引き《ボーター》も、スカウト屋《カラス》も、みんな大笑いだ」

「俺はそんな有名人じゃないよ」

「どうだかね！」

「……じゃ、俺が刺されたって聞いて、わざわざ見舞いに来てくれたのか」

「そうだよ。嬉しい？」

「いや……なにかオゴらなきゃな、と思ってさ」

「そんなの、いいんだよ。……真麻《まあ》がね。ちょっと気にしてさ」

真麻。懐かしい名前だ。知り合った頃は、二十歳になったばかりの……目を瞠るほどの美少女で、ある超高級クラブの最年少ホステスだった。その店の、一時代を画した、と言ってもいいほどの売れっ子だったが、代議士の息子と、ややこしいこと……死ぬの生きるのという騒動になり、スキャンダルとして東京の週刊誌が取り上げようとした、なんてブザマな事件があって、その店にいられなくなった。で、その店を定年退職した、ベテランホステスが身元引受人のようになって、そのホステスのスナック、〈chariot〉で、「カウンター女性」として地味に生きている娘だ。今年で……まだ三十にはなっていないはずだな。正真正銘の美人で、彼女が、あまり恵まれない状況で頑張って生きている姿を見ると、複雑な気分になってしまう。真麻の美貌は、結婚相手を選べば、この国……まではいかなくても、少なくとも札幌を支配できるほどの力を持っている、と俺は思う。だが、その美貌の故に、まぁ、誰も守ってくれる人に巡り合えなかった、いいサポーターを掴まえる前に、あっさりと摘み取られてしまった、というわけなのであるなぁ。翡翠は羽あり。以てその身を損なわる。とかなんとかいう言葉があったたな。しみじみ、「全くだなぁ……」と嚙みしめるね。

という思いがあったりするもんで、真麻の名前を聞くと、俺はちょっと心にさざ波が広がるのを感じざるを得ない。……それに、どことなく曖昧なのだが、どうも俺は数年前……いつだったかはっきりしないが……真麻と寝たことがあるような、曖昧な記憶が、頭の片隅に転がっているようなのだ。いささか不安で落ち着かない。

「真麻は？　相変わらず？」

「それがねぇ……若い燕ば拵《こさ》えてねぇ」

「言うことが古いね」

「悪かったね」

「若い燕はないだろ、最近」

「そうかい」

「相手は年下か」

「そう。年下も年下……なんせね、今度高校三年生になるのかな。受験生さ」

「……そりゃぁ……」

ええ？　いくらなんでもルール違反だろうよ。そりゃないだろう、真麻。そんなに不自由してるのか？　高校三年生男子ってのは、その存在の九十八パーセントはチンチンだ。そんなものをくわえ込んだって、手柄にも何にもなりゃしない。どんなにまずいラーメンでも、飢え死に寸前の人間は、おいしいおいしい、と食べるだろう。飢え死に寸前の人間に「こんなおいしいラーメンは生まれて初めてです」なんてことを言わせても、それはそのラーメン屋の手柄でも何でもない。ただひたすら、うまいものを食うなら空腹が一番、というそれだけのことに過ぎないだろ。

……真麻ともあろうものが、そんな、男子高校生を……そうだ、あの真麻は、一度俺に言ったことがある。「処女と童貞の恋なんて、生臭くて、やぁよね。やっぱり、恋愛ってのはさ、それぞれに、結婚していて、セックスには全然不自由していない、そんな男と女が、燃え上がって求め合うんじゃなかったら、みすぼらしいわよね」

名セリフじゃないか。

真麻ちゃん、大正解。パチパチものだ。

……もしかしたら、俺はこのセリフにコロリとなって、……いや、それはまぁ措いておくとしても、こんな境地にまで達していた真麻が、よりによって高校生男子……それも受験生を相手に、ってのはなぁ……

濱谷のオバチャンも、ちょっと一言ありそうな表情だ。

「そうよねぇ……無益な殺生ってんなら、まだいいんだけどね。……どうも……真麻の方が、すっかり熱を上げてるみたいでさ……まぁ、確かにね、可愛いは可愛い顔した坊やは坊やなんだ、それは間違いないんだけどねぇ……」

真麻ほどの女らしくもない、ちょっとした醜態、ということになるんじゃないだろうか。

なにしろ相手は高校生だし。

「その子……名前はね、マツイショウゴって言うんだけど、その子が来るようになってから……」

「そもそも、そのコは、なんでオバチャンの所に来るようになったの？」

「あ、それがね。きっかけは、ちょっとなかなか面白いのさ」

「どんな？」

「なんでもねぇ……ウチの前を通りかかったら、看板があったんで、それを見て、興味を持ったんだとさ。ほら、ウチの看板は、いろいろと哲学的なことが書いてあるっしょや。まぁ、ああいう思春期の子供ってのは、ああいう哲学的なことが気になるもんなんでないの？」

「……あの立て札を見て、入って来たのか？」

「立て札でないよ、看板だよ。あたしの主張。こうこうやって、あたしは世の中さ良くしてますっていう、あたしの表現だべさ」

頭の芯が痒くなってきた。濱谷オバチャンの〈濱谷人生研究所〉の看板は、ちょっと尋常じゃない。記憶の細部は確かではないが、とにかく、それこそ、キチ……ええと、今の言葉で言うと、世界に一つだけの花の中で、とにかく、なにかこう頭の中で主張が渦になって止まらない、……頭の中で主張や真理が唸りを上げて飛び交い、沸騰している人、常に悪意に満ちた声に攻撃されている人、というのがいて、そういう人が経営or運営している喫茶店や食堂などが、あんな外観をしていることが多い。一目見て、「あ、あれだな」とピンとくる不気味さ、というのがあるが、モロそんな感じなのだ。

粗末な手製の段ボールなどに、下手くそな字でなにやら書いてある。という不気味な佇まいで、少なくとも、俺なら、あんな家を見つけたら、半年は避けて歩くだろう。

そんな家に、噂のマツイショウゴ君は、のこのこと、いや、颯爽と、かもしれないけれど、とにかく入って行ったらしい。

これはなかなかのことだ。

その好奇心の強さと、勇気に、俺は感心した。もしかすると、単なる物好きなバカ、という可能性もないではないが、しかし、真麻がイカれた相手だ。ただバカなだけではないだろう。見てくれのいいバカ、というのを、真麻は最も嫌っていたはずだ。

「それでね、そのショウゴのつながりで、その子のクラスの女の子たちが来るようになってね」

「え？　その高校生が、クラスの女の子を連れて来たってこと？」

なにを考えているのだ、最近の高校生は。

「いや、そうでないんだけどね。……あらぁ……こうやって話してみると、なんだか話がややこしいねぇ……」

「じゃ、やめろよ。ややこしいことを無視しても、人生にはほとんどなんの影響もないもんだ」

「……あんたはホント、気楽でいいねぇ……養育費はちゃんと送ってるのかい？」

「当たり前だ。その話はよせ」

濱谷オバチャンは、楽しそうにゲラゲラ笑った。ガラガラのかすれ声だが、とにかく地声がでかい。噂に聞く「大阪のおかん」から大阪弁を取り外して、北海道弁を外付けしたら、ちょうどこんな感じのオバチャンになるんだろうな。本物の「大阪のおかん」てのが、どんな生き物なのかは知らないが。

「ま、そんな怒った顔しなくてもいいよ。ちょっと、そのまま寝てなさい。もう少しヒールしてやっから」

この頃のオバチャンは、「ヒール」「ヒーラー」という言葉をよく使う。流行に敏感であることが、この商売のコツなんだそうだ。

首筋の熱感が、やや強くなった。この感じは、いかにも何か心霊的なヒールをしてもらっている、という感じではあるし、直後には肩が軽くなったような、血の巡りが良くなったような感じがしないこともないが、そんな「効果」はすぐに消えて、結局はほとんどなんの変わりもないことは言うまでもない。だが、こんな程度のことでも、世間知らずの高校生や、あるいはこっち方面の知恵や知識に恵まれなかった政財界の爺さんたちには、結構アピールするらしい。

「さてと」

適当なところで「ヒール」を終え、「あ、やれやれ」と年齢相応の声で腰を揉みながら、ベッド・サイドの椅子に尻を落ち着けた。

「それにしてもねぇ……」

なんの前置きもなく、いきなり語り始める。

「どうもヘンだねぇ、最近の高校生ってのは……」

「いや、そうじゃなく……あれは、ヘンじゃないよ。ショウゴ君は、抵抗できないさ。真麻なんかに誘惑されちゃ。あれは、男の子にとっては、ヘンじゃない、自然の成り行きさ」

「その真麻の相手？」

「まぁな」

「そっちじゃなくてね、ショウゴ君のクラスの女の子さ」

「なんで、その女の子たちが、オバチャンの所に来るようになったんだ？　ショウゴ君てのが、連れて来たんじゃないんだな？」

「そう。なんだかねぇ。……カシワギ、という娘がいて、こいつが……リーダー格、という感じなんだけどね、この娘が、本当に、なんだかこう……こっちの神経を、イライラさせる娘なのさ」

「へぇ……」

「で、なんでウチに来るようになったか、ということなんだけど、そのカシワギはね、ショウゴ君に紹介してもらった、って言うんだけど、ショウゴ君は……全然そんな気配がないのさ」

「どうもゴタゴタしてるな。そのカシワギって子と、ショウゴって子は、オバチャンの所では、顔を合わせたことはないのか」

「そう。順番に言うとね、まずショウゴ君が、いきなり来るようになって、……しばらくは暇潰しに来てたんだけど、そのうちに、真麻が独占したくなったのか……それとも、ほかの女たちが、悪い影響を与える、と思ったのか……」

「まぁ、オバチャンの部屋は、男子高校生には最悪の環境だよな」

「わかってるさ、そんなことは。別に真面目で優秀な男子高校生を育成するために、あの部屋があるわけじゃないんだから。自然と女の子が集まらさるんだから仕方ないしょや」

「まぁね」

「……で、まぁ、とにかく、真麻がショウゴ君を引き取って、ふたりっきりで、真麻の部屋で会うようになった……んだべね。真麻はあんまり顔を出さなくなったし、ショウゴ君は、以来一度もウチに来なくなったしね」

「そこんとこは、とりあえずはそれで決着が付いてるんだな？」

「まぁ、そういうこと、それはそれで、決着済みさ。で、そうこうしてるうちに、『最近、ショウゴ君、来なくなったね』なんてね。あの子は、まぁそれなりに、ウチじゃ人気者だったし。そんな話をしてたら、今度は異様な格好の女子高校生が来るようになってさ」

「異様な格好ってぇと？」

ニット帽をかぶり、ダブダブの服を着て、ピアスとカン・バッジをあちこちに付けたガキか？

「なんてんだろうねぇ……あんた、バーントサリグのバンギャルっちゅ言葉、意味わかる？」

「バーントサリグのバンギャル？」

「そう。ワンフーとかってのは？」

「ワンフー？　インデペンデンスの連中のファン、という意味だったかな？」

「インデンデス？」

「あのね、インデペンデンス、という言葉でね、独立、……というのはつまり、レコード会社とかに所属していなくて、自分たちで独立してやってる連中で、まぁ、素人みたいなもんだけど、中にはうまいのもいるよ。ストリートやステージってのは、人間を磨くんだろうな。そんなわけで、結構うまいのもいるし、バイトして金貯めて、CDを自主制作して、自分たちで売っている、というようなバンド……ミュージシャンがいるわけだ」

「ああ、そう」

頷いているが、ほとんどわかっていないようすだ。

「で、そのバンドには、たいがい女の子だけど、追っかけのファン、というのができるらしいんだな。で、そんなファンのことを、言葉をひっくり返して、ワンフー、と呼ぶらしい。……そうか。バンギャルってのも、バンドの追っかけギャルのことだからな。じゃ、その……なに？　バート？」

「バーントサリグ」

「？……ま、とにかく、そのバーントサリグってのはバンドの名前で、その追っかけをしているファンの女の子、という意味じゃないかな」

「はぁ……」

頷いているが、ほとんど理解はできていない、と思う。

「どんな格好なわけ？」

「顔、真っ白」

「ほう」

「唇、真っ黒」

「はぁ」

「髪、金色」

「へぇ」

「で、服は白いブラウス、……フリルっちゅの？　フリフリで」

「……」

「なんか知らん、ゴテゴテと重ねて着てるよ」

なんとなく、目に浮かぶ。そんな女の子の集団を、ススキノの外れのライブハウス周辺で見かけた記憶もある。

バーントサリグのワンフー、バンギャルか。

で？

「で？」

「なんか、そんな気味悪い子でね、そのカシワギってのはさ。で、言うことがまた、いちいち気に障るのさ」

「どんな風に？」

「たとえばね……」

オバチャンは、しばらく考えたが、ふっと体の力を抜いて、左手を顔の前でヒラヒラ振った。

「だめだわ。思い付かない。カシワギは、最初っから最後まで、人の神経ばイライラさせるんだけどね、でも、いざ、どんなこと……って考えると、具体的にはなにも思い浮かばないね。どうしてだんだろ」

真剣に不思議がっている。

「ふ～ん……まぁ、とにかく、こっちをイライラさせる、と」

「そう。言うことが薄っぺらいんだわ、また……聞いた風なこと、っちゅうか」

「でもまぁ、相手は女子高生だろ？　今の女子高生ってのは、アリ程度の頭しかないからね。たとえ聞いた風なことにせよ、意味のあることが言えるってのは、すごいことだよ」

「ちゃんとした子はいるんだよ」

「いるかねぇ……」

「その、カシワギの友だちの、スグロって子がいて、この子は、頭も良いみたいだし、なんだか、健気ないい子なのさ」

「……」

「一口に、今どきの女子高生、なんて一緒くたにはできないもんだなぁ、とあたしなんか、思うね」

「……で？」

「そんな話をするために、わざわざ来たの？」

「……『で？』って？　なに？」

「……いや、別に、そういうわけでもないけど……ちょっとね、そのカシワギのことが気になってね。なに考えてんだか、わからない……」

「それがわからないと、困るのか？」

「……いや、別に困るわけじゃないけど……ほれ、あたしはあんた、薬師様のお導きを受けてるからね、いろんなことが気になる時には、なんか、あるんだわ」

「ほう」

「あの時だってそうだ。夕焼けが、西の空が、なんか、金色過ぎるなぁって、すっごい気になったら、あんた、あれだも。奥尻地震」

「へぇ。そりゃすごいな」

「そのずっと前だけど、あんた、覚えてるかい、平取の一家皆殺し事件」

いきなり古いことを言い出した。もう二十年以上昔の話だ。

「あの時、あたしはまだ四十くらいだったかな、娘を育ててる最中だったけど、イヤな夢見てさ。男が、静かな顔して、散弾銃でひとりひとり、人を撃ってる夢。生々しい夢でねぇ……目が覚めてあんた、心臓ドキドキしててさ。それであんた、なにかイヤなことが起きるんでないべか、と思って恐い恐いって思ってたら、あの平取事件だし」

「すごいね」

「あとね、なんだか二、三日、いやぁな気分の日が続いてさ、『ああ、どっかでろくでもないことが起こる前触れだなぁ』って思わさって、あたしあんた、ほとほと生きてるのがイヤになった時、若い夫婦が殺されて、その子供が地面に埋められる夢を見てさ。そしたらあんた、そのあたしが夢を見た夜に、坂本弁護士が、……ねぇ、いやぁ、我ながら、ゾクゾクするわ。オウムの連中に襲われて、殺されたもんさ」

「なるほど」

どうしてオバチャンは、俺が心の中でアクビをしている、ということに気付かないのだろうか。霊能力の限界か。

「それからね、あんた、あたしね、町内に、なんかこう……苦手な人がいたんだ。これは、去年の暮れの話だけどさ。別に、全然変でない、普通の人だんだよ。気のいい父さんさ。ちょっと競馬が好きだっちゅのがキズだけど、まぁまぁ、愛想はいいし、道であったら、自分から挨拶するしね。近所のラーメン屋で働いてる、そうだな、六十くらいのおじさんなんだけどね。気のいい父さん。……だけどねぇ、なんか、あたしは、気になって気になって仕方がなかったのさ。なにかある、なにかとんでもないことがある、ってね。そんな気がして、堪んなかったの。そしたら、あんた……」

オバチャンは、いかにも恐ろしそうに口を噤み、膝の上に手を置いて、溜息をつく。

「なんだよ。焦らすなよ。どうなったんだ?」

「それがねぇ……今年の夏にあんた、あたしが、用事があってサキサカさんに行く途中に、ラーメン屋の裏を通ったら、見たことのないオジサンがいて、なんか水道から水流して、洗ってるんだわ」

「ほう」

「それがあんた、よく見たら、その父さんさ。それがあんた、つるっパゲでねぇ。カツラかぶってたんだねぇ。……で、どうしたことか、なにがあったのか、店の裏で、カツラ脱いで、それを水道の水でゴシゴシ洗ってたんだねぇ……あたしはあんた、もうそこに突っ立って動けなくなってねぇ……驚いた……」

「なるほど」

思わずアクビが出た。

「あら、なにさあんた」

「失礼」

「……だからとにかく、あたしの勘は、バカにできないんだからね」

霊能力者にしては謙虚なお言葉だ。

「なるほどね」

「だからね、……あんた、どうせ退院してもしばらくはブラブラしてるんだべさ」

「まぁな」

俺の腹を刺したガキを探し出す以外には、特にこれといって、何もすることはない。……俺は、基本的に、ずっとブラブラして生きているわけだが。

「じゃ、あんた、カシワギの家のこと、ちょっと調べてみてくれない？」

「調べる？　本格的にか？」

「いや、そんなんじゃなくてもいいけど。どんな両親で、どんな家で、どんな娘なのか。あと……そうだね、今までの補導歴とかさ」

「……」

「なんか、……あまりにもあんた、あの子はあんた、放任されてるようだし。なんか、不気味な気配はあるし。……ほれ、最近、あたしがたみたいな年寄りでも『ええええっ！』ちゅって驚く、変な事件がいっ〜ぱい、起こるべさ」

「まぁな」

「なんか変なことが起こってんでないか、と思わらさって思わらさって、気が気でないんだわ、あたし」

「ほう……で、それはつまり、仕事として、俺に頼んでる、とこう受け止めていいんでしょうか？」

「これだも！　あんたはホントにがめつい！」

相手によりけりだけどな。

「あんたの調子悪いところ、どこでも治してやっから」

ま、結局そんな程度のことか。

「エスパスの中村って知ってる？」

「あの倒産した温泉屋だろ」

「そう」

「知ってるさ。中村さんは、あたしのお客だったんだから」

「へぇ……」

　それは初耳だ。

「今でも、月にいっぺんくらいは、面会に行ってるんだよ、あたし」

「あ、そう」

「で、中村さんがどうしたのさ」

「いや、……あのエスパスの末期にね、北一からも見放されて、どこも融資してくれなかった時さ、……つまりその、内装工事を発注して、それが完成した時……」

「その話なら知ってるよ。あれだろ？　温泉優待券で支払おうとしたってんだろ？」

　そうなのだ。数千万の支払いを、数千万円分の温泉優待券で支払おうとした（つまり、五百円割引の優待券を五百円として、数十万枚渡した、というのだ）という事件だ。その時はもう、相当病状は進んでいて、統合失調症を発病したってことで、今は精神科に入院している。本当に発病した、いや、あれは仮病だ、といろんな意見がある。

「なんだ。知ってるのか」

「あんた、あたしのヒールが、エスパスの優待券みたいなもんだ、と。そう言うわけかい？」

まずかった。ちょっとたとえが不適切だった。

「いや、まぁ、そういうわけじゃないけど、ちょっと思い出したもんでね」

「いや、あんたはいいことを思い出したよ」

「は？」

「いや、私思い出したんだけど、そうだそうだ、あの人が入院する前ね、やっぱり、体が辛《こわ》かったんだろうね、よくウチに来てたのさ」

「なるほど」

なんとなく、イヤな予感がする。

「来たらあんた、やっぱり、追い返すわけにはいかないしょや」

「そうだね」

「困り果てて、来てるんだから」

「そうだよね」

「したから、ま、一応、揉んでやってさ」

なるほど。あのエスパス倒産の頃はまだ、「ヒーリング」という言葉は流行ってなかった。

「ほう」

「そしたらね、もう、金なんか、なかったんだろうねぇ……温泉の優待券を出すのさ。あの人は、一回五千円で揉んでやってたからね。だから、優待券を、十枚。クシャン、としわくちゃの顔で笑ってねぇ……」

「……なるほど……」

「落ちぶれるってのは、ああいうことかねぇ……いろいろ聞いたよね。寿司屋でお好みで食べて、温泉優待券出した、とかさ。あんたが言った、その内装工事代？　それもホントでしょ、優待券で払おうとしたってのは。……いやぁ、自業自得とはいえねぇ……可哀相にねぇ……だから、あたしは、最後の方はね、『ああ、この人は、払えないけど、こうやって、困って私のところに来てるんだから、気持ちよく揉んでやろう』と思ったの。そしたら、案の定、優待券出したけど、『ああ、もうこの人には、なにもない、悪気もないんだ。子供みたいになっちゃった』ってねぇ、そう思って。だって、そうでしょ。まるで、子供がお店ごっこして、子供銀行のお札出すみたいに、自分とこの優待券出してさぁ……可哀相だな、と思ってね。あたしは、受け取ったよ、優待券。それで揉んでやったの。だから、今もどっかに何十枚もあるんでないかな、エスパスの温泉優待券。何万円分かは、あるさ。もう、使いようのない、ただの紙屑……本当に、ゴミだけどね。……あたしは、そういう人間なの。ねぇ、わかる？」

「……わかるよ」

「それで、なに？　あんたは、あたしから金取るって？」

「いや……いい話を聞いたよ」

そうでも言わないと、収まりがつかない。

「だろう！」

オバチャンは、鼻息荒く言って、大きく頷いた。俺も頷いた。この頷き合いは、アメリカ映画の中の、男同士の握手、と同じものなのだろうか。どうなんだろ、と俺があれこれ考えているうちに、濱谷オバチャンは、「じゃ、よろしくね」と機嫌よく立ち上がり、ニヤリとひとつ笑って見せてから、すたすたと出て行った。

俺は、なんとなく天井を見上げた。面倒臭いが、面白がる気分もある。あのピッチとかいうアダ名のガキを探すのと、カシワギとかいう娘の家庭調査。このふたつがあれば、退院後の慣らし運転には充分だ。

俺はのどかな気分で、足を伸ばした。うん、と伸びをする。腹の傷が引き攣れて痛い。

OK。生きてる証拠だ。

5

その後は、特筆すべき出来事はなかった。平凡で刺激に乏しい一日だった。誰も見舞いに来なかったし、襲っても来なかった。看護婦さんと恋が芽生えることもなく、不摂生を叱責されたりもしなかった。この日は合計六回、トイレに行った。点滴のチューブを腕に刺し、キャスター付きのスタンドをカラカラ押しながらトイレに向かう度に、その前回よりも、少しずつ、そして着実に、腹の傷の痛みが薄れていくのを実感した。俺は、速やかに回復している。そのことをじっくりと味わった。

良いことだ。

しかも、もっと喜ばしいことに、こんな古ぼけた、やや薄汚れた病院なのに、便所にシャワー・トイレがあるのだ。素晴らしい。

そのまま一日を過ごし、翌日、回診の時に傷口を検めた医者が、「じゃ、明日、退院でいいですね」と言った。俺は、心から感謝して礼を言った。こうなってみると、腹をナイフで刺されたり、死ぬかと思って怯えたりしたことが、とても現実の出来事とは思えなかった。だが、確かに俺は腹を刺されたし、刺したガキはまだ、そこらをノンキに歩き回っているし、そして、助けてやろうとした俺を殺させようとしたバカ娘もまた、つらっとした顔で売春でもしているのだろう。

それでは通らないんだよ。

少なくとも、俺は通さないんだよ。

俺は、ガキ共の顔を思い出して、にっこりした。

＊

高田が持って来てくれた服は、たいがいまともだったが、〈黒いTシャツ〉だけは、どこをどう探したのか、胸と背中に、赤い縁取りの金色文字が「魅惑のHAPPENING BAR!!」とくっきりと浮かび上がり、「SPLIT」という店名のロゴと、「3P」「複数プレイ」「オージー」「調教」「オークション」などなど、いろいろな文字が複雑に印刷されている、というシャツだった。

「……」

俺は、しみじみそのTシャツを眺めた。

「どうだ。〈黒いTシャツ〉だ」

文句あるか、という口調で言う。なに挑戦してるんだ。

「わざわざ、こんなものをどこかで探して来たのか」

「いや。オレんとこの番組の、聴取者プレゼントにもらったんだ。なかなか人気のあるグッズらしいぞ。一枚、やるよ」

「……ありがとう」

ありがたく受け取った。どうせ、この上にブルゾンを着るのだから、中がどんなものでも関係ない。

「あと、もしかするとベルトするのが苦しいかも、と思ってな。サスペンダーも持って来たんだけど、どうする？」

「ありがたい」

「……少し、痩せたか？」

恐ろしいもので、病院に三泊しただけで、体重が五キロほど減ったのだ。

「ちょっとな」

「ブヨブヨだったんだな」

「かもな」

相手にならずに、穴が開いて血まみれのスーツを、高田が持って来てくれたバッグに押し込み……もう、着られないだろう。本当に残念だ……コートを着ていなくて、本当によかった……、会計で入院費用を精算した。五十万ちょっとだった。

ひでぇ話だ。これで、あのガキの寿命は、確実に二十年ほど縮まったぞ。

病院の前に駐まっていたタクシーに乗り、高田が店の仕入れをする、と言うので、遠回りして中央卸売市場の場外市場で降ろし、それからススキノの外れにある俺の部屋に戻った。ダメになった服を玄関から部屋の中に放り込み、そのままドアを閉めて、鍵をかけた。丸々二日以上ベッドにいたせいで、やけに活動的な気分になっていた。今日はまだシャワーは浴びられない。少なくとも医者はそう言った。とりあえず、この件に関しては、医者の言うことに従うことにしている。となると、部屋にいてもすることはない。

まず、少し仕事をしよう。

俺は颯爽とした足取りで、狸小路六丁目の南側にある古レコード屋〈Master’s Voice〉に向かった。

＊

相変わらず、〈Master's Voice〉の中はしんとして静かだった。客はひとりしかいない。もちろん、その客は、ここ数日風呂に入っていない、というニオイを漂わせている。俺も、今はこんなニオイなのかな。とりあえず、なんとかして頭は洗おう。そう決めた。

客は、小太り、長髪、無精髭。絵に描いたような、典型的な古レコード屋の客だ。店のプラスチックのカゴの中にレコードをたくさん入れて、それを腕からぶら下げて、今も別なシングル・レコードのジャケットを、食い入るように見つめている、か、読んでいる真っ最中だ。ほかには誰もいない。

「いいかい？」

俺が話しかけると、店長の玉淵が、近眼で乱視の眼をショボショボさせて、唇を突き出しながら、「なんすか？」と言う。玉淵は、今年四十五で独身で、この古レコード屋の雇われ店長兼唯一の店員として生計を立てる傍ら、札幌やその周辺で活動しているインディーズ・バンドの写真を撮り続けている男だ。なにがそんなに楽しいのか、なにに彼は情熱を燃やしているのか、それは俺には皆目見当も付かないが、おそらくはもう、二十年以上、札幌とその周辺の、アマチュア、セミプロ、中にはプロデビューを果たし、稀にはメジャーになったものもいるが、そういうバンド、ミュージシャンを、コンタックスのカメラを持って追いかけ回している男なのだ。どこに発表の場を持っているわけでもなく、ただひたすら、自分のアルバムの厚みを増して、それが幸せらしい。俺はこの男を、まるっきり理解できないが、しかし、尊敬の念を禁じ得ない。

「耽美系ってんだっけ？　ゴシック系？　そんなバンドで、〈バーン〉なんとかってぇと、なんだろう？」

俺が尋ねると、玉淵は俺の目をチラリと見て、眉を寄せた。

「耽美系……」

俺のシロウト臭い用語遣いが気に入らないらしく、ちょっと唇を捻った。

「耽美系ってねぇ……で？　ゴシック？」

「いろいろと、言葉の違いはあるかもしれないけど、要するに、ゴスロリってのか、白塗り黒唇金髪でさ、フリフリフリルの……」

「ああ、もう、いい。いい」

どうも俺の語った内容は、玉淵にとってはなにかこう……頭の悪さ丸出しの、汚らわしいものであったようだ。

「まぁ、要するに、テラ系のね」

「テラ？」

「スタジオだよ」

「なるほど。スタジオだ」

きっと、そういう傾向の連中が使う録音スタジオ、か、あるいはライブ・スタジオだろう。

それとも美容室かな。ヘア・スタジオとかで。ああいうメイクをして儲けている美容室があるのかもな。ネイル・スタジオも併設したりしてて。

「で……なんだって？　バーン？」

「そう。バーン……あるいは、バーント、なんとかってんだ」

トサリグ、とはさすがに口に出して言えなかった。

「じゃ、バーント・オファリングスじゃないか？」

ほう。それっぽいな。

「それは、要するにその……」

「ゴスロリがいつもくっついてるよ。そういう言い方が好みなら、耽美系、と言ってもいいし、ゴシック系、と言ってもいいけど、それは連中の音楽性を理解しないセリフであってね。だから、バーント・オファリングスを、耽美系だの、ゴシック系だの、そんな呼び方をしていると、それだけで、ああ、こいつは、彼らのことが何も理解できていないんだな、とね。つまりそのことを、丸出しにしちゃってるわけでね。あまり利口そうには見えないな。だから、究極のことを言えば、あのゴスロリ共も、キャァキャァ言うだけで、バーント・オファリングスの凄さ、みたいなものな、それを、全く理解できていないし、共感すらできていないわけ。なにしろ、バーント・オファリングスは、バンド名からもわかるように、はるかに上に行ってるからね。……まぁ、ゴシック、という言葉の定義も、いまはグチャグチャだけど、あいつらは、ラブクラフトまでも視野に入れて、神話の構築へも足を踏み出しつつあるからな。それでもまぁ、バーント・オファリングスの連中も、青春の男たちだしね。ライブの後に、女が抱ければそれはそれに越したことはないしね。だから、そういうことをあれこれ考えたら、今の札幌で、バーント・オファリングスと同時代、同時期にこの街に生きている、ということの素晴らしさを理解しているのは、まぁ、二十人もいないんじゃないかな。残念なことに、それが現状さ」

「そうか。なるほど。実に、残念なことだな。残念極まるな、実際」

「全くさ。……で？　連中が、どうしたの？」

「いや、ちょっとね、……その、……あるところで、彼らのCDを……いや、テープだったかな……とにかく聞いてさ、ああ、いいなぁ、と思ってね。ちょっと連絡してみたいな、と思ったもんだから」

「CD？」

「いや、テープだ、きっと」

「テープ？……」

不審そうに首を傾げる。

「ダメか？　テープじゃ」

「いや、聞いたんなら……そうか。収穫祭の時の録音だな」

知るか、そんなこと。

「あれはね、なかなかいい演奏だったんだ。そうか。あれを聞いてね。……録音禁止だったんだけど、誰かが録ったんだな……まぁ、それに価するパフォーマンスではあったけどね。

そうか。それで、連中に会いたいんだね」

玉淵が、素直な笑顔で言った。こうなると、話は結構楽になる。

「そうそう。そういうこと」

「あいつら、普通の……つまり、コンサートの予定がない夜は、たいがい〈アルス〉にいるよ。あそこを溜まり場にしてるから」

ありゃま。〈アルス〉か。あまり近寄りたくない店だが。

「ほかには、どっか知らないか？」

「さぁなぁ……」

「連絡先とか、メンバーのケータイとか、知らないの？」

「僕はね、こっちからはアプローチしないのさ。知り合いになったり、仲間になったりしたいわけじゃないんだ。そこんとこ、わからないか？」

思いがけないほどの強い口調で言う。

「あ、いや……なんとなく、わからないでもないけど……」

「とにかく、こっちからは、声をかけないんだ。だから、連絡先は知らない」

「そうか」

じゃ、〈アルス〉に行くしかないのか。

「役に立った？」

「もちろん。今晩にでも、〈アルス〉に行ってみるよ」

「それがいいね。……ところで……」

「ん？」

「腹を刺されたって？」

「ああ、うん。まぁね」

「カクタスビルで？」

「そうそう。誰から聞いた？」

「もう、常識になってるよ」

「そうか」

「……腹の脂肪のおかげで、命拾いしたって？」

「まぁね。医者は、そう言ってる」

玉淵は爆笑した。いかにもおかしそうに、延々と笑う。とても大きな笑い声だったが、さっきの男は、相変わらず、別な……今度はなにかの……あれは、PFMだな……アルバムのジャケットを、左手で持って、夢中になって眺めている。ダランと下げた右手ではカーヴド・エアの「カーヴド・エア」をしっかりと持っている。玉淵がこんなに大声でゲラゲラ笑っているのに、そっちには全然興味がないらしい。不思議な光景だった。

「いいな、笑うことができて」

「ハハハハハハ！　え？　笑えないの？」

「笑うとな、傷口が痛むんだ。ハンパじゃなく」

玉淵は、天井を見上げて、大声で笑った。俺は「じゃ」と軽く頭を下げて、店から出た。

玉淵の笑い声が、しばらく聞こえた。

6

「〈アルス〉、か……」

思わず呟く。ついつい、溜息が出る。あんなところには、顔を出したくないが。

故苅田新三郎、例のコカイン・ヘロイン・覚醒剤俳優の、娘婿がやっているバーだ。苅田一家は日本国民周知の通り、滅茶苦茶な家族で、父親は国民的大スターと言われながらも晩年は作品に恵まれず、麻薬に溺れたらしい。麻薬を下着に隠して出国しようとして、サイパンで逮捕投獄された時は、大騒動だった。その数年後、数十億とも言われる借金を残して、肝臓癌で死んだ。苅田夫人、黒木美都璃《みどり》は、昔はお姫様俳優だったが、現在は、野村沙知代やデヴィ夫人を凌ぐ、下品系熟女（老婆？）として大活躍だ。長男は俳優になりかけたが、父親が製作・監督したギャング映画のロケ現場に本物の拳銃を持ち込んで発砲、相手役とエキストラ、ふたりを射殺して、日の当たる世界から消えた。長女は、これも中学校の頃から、何度も覚醒剤や麻薬で補導され、逮捕され、いろんなことがあったらしいが、きっと東京にいられなくなったんだろう、札幌の、不動産屋の息子と結婚して、札幌に住むようになった。不動産屋が、苅田の借金の幾分かを肩代わりした、という噂もある。その、不動産屋の息子、苅田の長女の夫がオーナーなのが、ススキノの外れ、中島公園近く、鴨鴨川沿いの、とかくの噂にまみれている、物騒なマンション、「レジデンス・リバーサイド」の地下、老舗ホストクラブ〈ゴールデン・クインビー〉の隣にある、〈アルス〉なのだ。

俺も今年で四十七。バカなことをやる年ではないが、二十代から三十代終わりの頃は、葉っぱの製造・流通に手を出していたのだ。今思うと、平和で牧歌的な、素敵な日々だった。のだが、その頃からの、いろいろと厄介な因縁もあり、俺はあまり、〈アルス〉には足を踏み入れたくない。なにしろ、〈アルス〉にいる連中は、ギンギンの本物だ。グラスだけじゃなく、ヘロインやコカイン、そして覚醒剤、そのほかその手のあらゆる禁制品に手を出す連中だ。俺のようなオママゴトの小遣い稼ぎとは違う、国際的な規模の、そして北海道警察も取り込んだ、本格的な犯罪者集団なのだ。日本人はもちろん、韓国人、福建人、広東人、パキスタン人、ロシア人、チェチェン人、ウクライナ人、ナイジェリア人、肌の色や国籍は様々で、まるで、多様性に満ちた平和な未来社会を見るようではあるが、全員がおそらく拳銃などで武装しているので、理想的な未来社会とは違うことがわかる。そのほか、こいつらは、暴力装置としては、北海道警察の刑事を何人か飼っている。

日本の未来は、どうなるのかねぇ。……で、ススキノは、歌舞伎町みたいになっちまうのか。……まぁ、どうでもいいけどな。俺も今年で四十七。せいぜい生きても、あと三十年、てところだ。実際には、もっと短いだろうし。ありがたいことだ。こんな国に長々と付き合わずに済む、ということは。いい頃合いに生まれたもんだ。……その後の世界に息子がうろちょろするわけだが、まぁ、それはそれで、仕方ねぇさ。きっと、三十年後の世界をうろちょろする連中は、その世界が、まぁ「そこそこ」なんてぇ風に思えるように洗脳されてんだろうからよ。……まぁ、どっちみち、俺の知ったことじゃない。

とにかく、あんなところに出入りしているとしたら、そのバーント・オファリングスの連中も、薄バカだ。連中のバンギャルだ、というカシワギは、〈アルス〉に出入りしているだろうか。あそこに出向く必要があるだろうか。

やれやれ。

……少しようすを見よう。俺がわざわざ〈アルス〉に行く必要があるかどうか。逆に話がこじれる場合もあるしな。マトモな人間、利口な人間は、バカの世界には近付かないもんだ。むしろ、〈アルス〉よりも先に〈濱谷人生研究所〉と、カシワギの家に行くべきだろう。きちんと現状を把握する方がいい。

じゃ、まず、濱谷オバチャンの所に顔を出すか。うまくいけば、カシワギに会えるかもしれない。

で、オバチャンからの依頼は、そういうことにして、俺自身の用事も片付けなくてはならない。あの、俺の腹を刺したガキを探し出して、一発ぶん殴ってやるのだ。どこに行けば探し出すことができるか。目立つ特徴は、鼻の軟骨が折れている、ということ、ニット帽をかぶって、ヒップ・ホップ調ってのか、そんなような格好をしている、ということ。

とりあえず、あのガキの格好から当たってみよう。形から入る、というのもひとつの方法だ。

だが、ここで問題なのは、俺はガキ共の「ファッション」のことをほとんど知らない、ということだ。知っているのは、「スラッシャー」と「ヒップ・ホップ」と「ゴスロリ」と「ナガブチスト」（こんな言葉、本当にあるのか？　俺が嘘を教えられた、という可能性はないか？）くらいなもんだ。あとまぁ、「竹の子」ってのも知ってるが、いくらなんでもこれは死に絶えただろう。「クリームソーダ」もな。「ミキハウス」は牢屋ん中で裁判中だし。「ユニクロ」はどっかに行っちまった。

俺の乏しい知識からすると、あの時カクタスビル七階の非常口にいたふたりは、スラッシャーとヒップ・ホップを足して二で割った、という感じだ。だが、そもそもそんな印象を持った、ということが、きっと俺の無知の結果ではあるだろう、というくらいのことはわかる。とにかくややこしい。衣服の記号ってのは、俺のような部外者にとっては、迷路の森みたいなもんだ。英語がひとつもわからずに、イギリスを旅してるようなもんだろう。……つまり、ススキノの一画に、俺には全然理解できないイギリスが、いつの間にか出来上がっていた、ということだ。……ほかに、中国もあれば、ロシアもあれば、モンゴルもある。中国は中国で、いろいろと分かれているらしいし、ロシアだってそうだ。ウクライナ人やチェチェン人をロシア人だと思うと怪我をするし、ケニア人とナイジェリア人は当然違う。コロンビア人とブラジル人は、肌の色からして違う。……なんの話だ？　なにを考えていたんだったか。

そうだ、要するに、俺の腹を刺したガキは、スラッシャーかヒップ・ホップの感じがした、という話だ。

となれば、とりあえず、今は俺は狸小路にいることでもあるし、七丁目の〈ランページ〉に行ってみよう。

＊

〈ランページ〉は、狸小路七丁目の、ラーメン屋の二階にある。ギシギシ軋む階段を上っていくと、その音を聞いたんだろう、上の方でドアが開いた。見上げると、店長のホサナの顔がニュッと出て来た。俺を見おろして、にっこり笑い、「よう」と言う。唇が、ピクピク動いた。

ホサナとの付き合いは長いが、こいつの本名は知らない。今から十数年前、「札幌へんてこ通信」という月刊タウン雑誌が、スケート・ボードの大会を企画したことがある。大通り公園を会場にして、コースを造り、出場者を募集して、確か五月の連休に開催したんだった。その時、「へんてこ通信」は、スケート・ボードに関してはほとんどなにも知らなかったので、〈ランページ〉に監修を頼んだ。〈ランページ〉は、喜んで、ほとんど無償で協力し、コースの設営や、アトラクションのスケート・ボードやローラー・スケートのショーなどを行なった。

だが、いい話ばかりではなくて、札幌のスケート・ボード業界ってのはとても小さなものだが、小さいだけに、競争は苛烈で、まがりなりにも若い連中のオピニオン・リーダー的な雑誌であった「へんてこ通信」と〈ランページ〉が手を組むことに危機感を抱いた連中がいたらしくて、いろいろと細かな妨害が発生した。で、あまりに些末なイザコザなので、これは末端のガキ共ひとりひとりをとっつかまえて説教をするよりも、「へんてこ通信」の社長の篠原という男と、〈ランページ〉代表のホサナ、そしてそれに文句を付けてきた相手……〈SSS〉の大垣という男とが話し合うことになった。で、そのあたりのコーディネイトを行なったのが、俺、ということになる。俺は前々から「札幌へんてこ通信」の篠原とは付き合いがあり、そして、〈SSS〉の大垣とも面識があった。大垣は、橘連合系愚連隊のリーダーなのだ。ただし、大垣は「ボードは純粋に俺の趣味で、〈SSS〉も組とは関係ない」という立場で、確かに〈SSS〉のメンバーと、自分のシノギとは完全に区別していた。その点では涼しい話をすることができて、この時の話し合いはきちんと筋が通ったものになって、イベントは無事終了し、その後も後腐れもなく、俺の顔も立った。ホサナとは、それ以来の顔馴染み、というわけだ。

やはり、俺が刺されたことは耳に入っているらしい。ゆっくりと階段を上る俺を、ホサナはじっと見ていた。そして、俺が二階の店に入ると、「大丈夫?」と尋ねた。

「なんとかな」

「災難だったね」

狭い店の中には、今は客が誰もいない。だが、雰囲気は明るく、店は流行っているようだ。この季節だから、店の壁には、スケート・ボードと、スノー・ボードの数はほぼ半々だ。

「まぁ、なんとか」

ホサナは、よかった、という思い入れで、またニッコリの笑顔になったが、やはり唇がピクピクしている。

「で、相手を探してるの？」

「まぁ、そういうことだ。なんか、耳に挟んだこと、あるか？」

「いや、俺は……今んとこ、なにも聞いてないよ。姿を消したやつがいる、なんて話も、特に出てないし」

「そうか」

「でも、……ホントなの？」

「なにが」

「……は……はら……腹の、脂肪が……」

ホサナの唇のピクピクが、この時爆発した。大声で、ゲラゲラ笑う。

「脂肪が、はははは、厚くて、それで……ははは、い、ははは、いの、ははは、命、命っ！　ははは、命拾いっ！　あ～っはっはっは！」

自分の顔が赤くなるのがわかった。俺は今きっと、耳たぶまで赤いだろうな。

「いや、悪い」

苦しそうな息の下で、ホサナはやっとのことでそう言った。だが、笑いは収まらない。

「悪い、本当に。はははははは！　いや、悪い。ははは、けっ！　けっ！　怪我をした人っ！　はははは！　こんなに、はは、笑って、ははは、本当に、ははは！　ごめん！」

「無理もないさ」

俺は静かに頷いて言った。

「で、特になにかこれって話は……」

「え？　なに？　なに？」

ホサナは笑うのに忙しくて、自分の笑い声がうるさくて、俺の声が聞こえないらしい。とにかく、彼が何も知らないのは確実なようだ。

「わかった。とにかく、また来るよ」

「なに？　ははは！　なに？」

「じゃ、また」

階段を下りる俺の上から、ホサナが大声で言った。

「気を付けてな！　転ぶなよ！　大事にしろよ！　またな！」

俺は、後ろ向きのまま右手を挙げて応え、そのまま下りた。

＊

どこに行っても、きっと、今みたいに笑われるんだろうな。笑われるくらいはどうとも思わない、むしろみんなを幸せな気分にさせている、この自分という存在を誇らしく思うほどだ。

だが、自分が赤くなるとは予想していなかった。いささかカッコ悪いな。

さて、どうしよう。オバチャンの所に行こうと思うんだが、気分を切り替えた方がいいような気がする。

じゃ、どうする？

まぁ、取り急ぎ、一杯飲むか。

＊

狸小路の外れの、〈カリビアン・バー　カストロ〉でラムを飲んだ。なにが「カリビアン」なのか、わからない。とにかく、「キューバン・カンツォーネ」のCDが流れていて、トロピカルっぽいネオンがあって、マイヤーズが安くて、カウンターの向こうの女の子がアロハを着ていて、ちょっと可愛くて、タコスがちょっとおいしくて、フライド・バナナ・チップスが塩味がきいていてやけにうまくて量が多くて、明るいうちから飲める店で、客はおれの他には誰もいなくて、カウンターの女の子は、俺の方を警戒の目つきでちらちら見ている。これらの要素のどれかが、「カリビアン」なんだろう。

暖房が利いているので、ブルゾンを脱ごう、と思ったが、中に着ているのは、「SPLIT」のTシャツだ。これは、いささか辛い。さっきからこっちを気にしている女の子が、逃げ出したりすると、困る。

俺は、ブルゾンを着たまま、ラムを立て続けに、喉に放り込んだ。心の準備、というものが必要だ。得体の知れない、不気味な世界に足を踏み入れるのだから。

甘いマイヤーズを五杯ほど飲んだら、ほろりと酔って来たので、フライド・バナナ・チップスをふた袋買って、それを持って店から出た。

夕暮れの雰囲気が漂っている。ラムのせいで、世界が楽しい。いい感じだ。不気味なものを見ても、それほど狼狽《うろた》えずに済みそうな程度に、酒が優しく俺を勇気づけてくれている。

＊

オバチャンのドアを見るのは、一年ぶりくらいだが、不気味さは変わっていなかった。年季が入った分、より一層不気味さが筋金入りになった、という気配すらある。

ちょっと目には、ススキノの外れ、住宅街の中にある、普通の賃貸マンションなのだ。四階建てで、鉄筋コンクリートであろう、と思われる。相当古ぼけた建物だ。その一階一〇一号室、〈管理人室〉の小さな表札が出ている頑丈な鉄の扉に、段ボール紙をB5くらいの大きさに切ったものが貼り付けてあるその上に、黒いマジックインキの恐ろしく下手くそな字で「病ひ平癒　人生相談　占断　霊の障はり取ります　痛みはすぐ消える」と書いてある。「癒」の文字だけが、やけにきちんとしているのは、きっと辞書を虫眼鏡で見ながら書いたからだろう。辞書を引く、というのは感心だ。

この扉の脇に、黒いプラスチックの板を雑に切り取ったものが貼ってあって、それに、今度は筆で白いペンキを使って書いたような、これも恐ろしく下手くそな字が並んでいる。〈濱谷人生研究所〉。そして、「風水」と書き足してある。これは、以前はなかった。さすがにトレンドに敏感なオバチャンだけのことはある。それでなくては霊能商売はやっていけないんだろう。「風水」の文字には、御丁寧にも「(香港)」と付け加えてある。そして、極めつけは、ドアノブのところに、なにか接着剤で貼り付けてあるらしいベニヤ板で、それには「ごえんりょ無くおは入り下さい」とある。これも、以前にはなかった。きっと、たいがいの人間は、遠慮して入らないのだろう。そりゃそうだ。このドアと貼り紙を見たら、普通の人間なら、逃げ出すさ。

それにしても、「おは入り下さい」。

ここまでせっかく、辞書を引いたりしながら正しく書いたのに、と残念ではあるが、努力の限界を超えた、力尽きた、というわけなのだろう。

知っていた。わかっていたんだが、いざ現実として、この前に立つと、いささか心細い。少なくとも、フライド・バナナ・チップスふた袋ではいささか物足りない。ような気がして来た。で、一旦西屯田通りに出て、年季の入った和菓子屋があったので、そこですあまや草餅、一口羊羹などの詰め合わせを買った。

そして〈濱谷人生研究所〉の前に戻り、深呼吸を五回して心を落ち着け、血圧を下げてから、ブザー（まん丸で、まさしくブザーのボタンなのだ）を押した。音は何も聞こえなかったが、ドアの向こうでゴソゴソと音がして、さっと開いた。そこには、チリチリの洗い髪（金色と茶色のメッシュ）、ツルツルテカテカの素顔、トレイナー・スーツ、太いウェスト、の中年女性が立っていた。見覚えはない。髪に残したリンスの香りが、強く漂って、まるで風呂場にいるような感じだ。

「あら」とにっこり笑って、「どなたさん？」と尋ねる。

「俺は……」

名乗ろうとしたが、奥の方から、オバチャンの声が鳴り響いた。

「入んなさいや！　もたもたしてないで！」

へいへい。俺は、目の前の洗い髪オバチャンにひとつ微笑みかけて、それから靴を脱いで上がり込んだ。

全体として、ベニヤ板を多用した、ややみすぼらしい内装だ。玄関からの廊下を奥に進むにつれて、食べ物のニオイが、いろいろ重なり合って漂ってくる。トーストの香りが強かった。ガラス戸が開けっ放しになっていて、開いた方に、昔懐かしい玉ノレンが下がっている。それをジャラジャラとかき分けて、おそらくは「居間」という役割の部屋に入った。

部屋の真ん中に、昔風の石油ストーブがあって、その上になぜか直に、切った食パンが並べてある。そして、ストーブを取り囲むように、年季の入ったソファが数脚、配置されている。そこに、年齢容貌様々の女たちが、いかにも寛いだ風で、のんびりと……中には、傾いているのもいる……座っている。それぞれの顔には興味はないが、顔見知りがふたり、どこかで見たようなのが三人。そしてどうやら女子高生らしいのがふたり、いた。

真麻はいなかった。もしかしたら、久しぶりに会えるか、と思ったんだが、まぁ、最近は来ていない、とオバチャンは言ってたしな。高校生を「ゲット」して、幸せにやってる、ということか。

俺が知っている女ふたりは、それぞれ、スナックのママだ。で、なんとなく見覚えがないでもない三人は、今のススキノに唯一生き残ったマンモス・キャバレーのホステスである、か、以前はそうだった、というような記憶がある。

しかし、ふたりの女子高生風の娘がやけに目立つ。美人とか可愛いとか、そういうわけではないが、この中にあると、「若い」ということは、それだけで大きな……メリットというのとは違う、特長でも、特徴でもない……そう、いわば「特色」だ、ということが実感される。

若いふたりは、化粧や着ているものは、そっくり同じだ。「ゴスロリ」でもないが、ガングロなどの「ギャル・メイク」でもない。ほんのちょっと背伸びした風の厚化粧で、なんだかやけに複雑な格好をしている。たとえばパンツだが、黒いギャバジンっぽい布で、膝上で一度切れていて……要するに、半ズボンのような感じで、その下に、ズボンの下半分、というか、裾の部分を、同じ「黒いギャバジン」のような布地で作って、それをふくらはぎの辺りにはめていて、つまり要するに、パンツが三つの部分に分かれているわけで、きっと、なんとかいう名前の付いたデザインなんだろうが、そんなこと、俺は知らない。で、丸出しになった膝は、恐ろしくどぎつい真っ赤なタイツ……ストッキングよりは、ずっと厚手だ……で覆われている。そのパンツには胸当てがあって、つまり、サロペットになっていて、で、上半身には、くすんだ赤い、ニットのセーター(おそらく機械織りなんだろうが、アラン模様が複雑に錯綜している)、そして室内なのに、チェックのベレー帽をかぶっている。同じ化粧、同じ服だが、受ける印象は全く違う。片方は鈍重な感じの大柄な娘で、もう片方は、落ち着かない目つきで小柄だ。仲良し、というよりは主従関係のように見える。大柄な方が、ふたりの関係を仕切っているようだ。いずれにせよ、なんとなく不快な感じのする小娘ふたりだ。

「なにやってたのさ、あんたぁ!」

濱谷オバチャンのガラガラ声が鳴り響く。女たちが、ソワソワクスクス笑った。濱谷は、奥の部屋……確か、和室……にいるらしい。

「人のウチの前で、ウロチョロしてさぁ」

窓から見えていたのだろう。

「ちょっと手ぶらじゃナニかな、と思ってさ」

そう言いながら、顔見知りのひとりに、和菓子の詰め合わせと、フライド・バナナ・チップスの袋を渡した。「戴きましたぁ〜！」と変な節を付けて、おどけて受け取る。

「あら、ちょっと！　松露庵のお菓子だ！」

「うわぁ！」

いい雰囲気に、場の空気がほどけてゆく。俺はジャンパーを脱ごうとして、Tシャツのプリントのことを思い出して、手を止めた。女たちは、いそいそと茶を入れる用意をしている。俺は、開いている襖から、隣の和室を覗き込んだ。小さなベッドが置いてあり、そこに七十代半ば、という年輩の男がひとり、仰向けになって、目をつぶって、難しい顔をしている。その頭のところに濱谷が座り、眉間にシワを寄せて、仰向けの男のこめかみを、両手の中指で、しきりに揉んでいる。「ふん〜ふん、ふん〜ふん」と、力を入れて呼吸をしている。真剣だ。

　老人は、しわくちゃに痩せ衰えていた。だが、腹の辺りだけが大きく膨れている。仕立てのいいスーツらしく、痩せた手足にも、薄い胸板にも、蛙のようなぶよぶよの腹にも、しっくりと合って、老人の品位を保っていた。渋い焦げ茶の上等そうな布地のスーツだ。その顔には見覚えがあった。前々回の衆院選挙の時に引退した、自民党の元代議士で、現在自民党道本部顧問の、……確か、蜷川《にながわ》、という男だ。

「ほら、蜷川さんだよ。自民党の」

　濱谷もそう言う。どうやら間違いないな。

「よろしく」

俺が頭を下げると、「ススキノの便利屋さんだよ」と俺のことを紹介する。蛤川は目をつぶったまま、「よろしく」と口の中で呟いた。そして、「う〜ん……熱いなぁ……」と続ける。

「それはね、蛤川さん、飲み過ぎ。肝臓がもう、ボロボロなのよ」

「そうかぁ……こればっかりはなぁ……」

「あのね、このね、膨らんだおなかの、コレ、このブヨブヨはね、これは全部、肝臓が腫れてんのよ」

「……そうなのかぁ……」

蛤川は、自分の体のことを、まるでよそごとのように聞き流している。俺は、頭を引っ込めて、古臭い石油ストーブの方に戻った。ストーブの上に直に置いてあったパンは、片付けられている……よく見ると、何人かの女たちが、手に持っていた。そして、ストーブの上には、パンの替わりにヤカンが置いてある。湯を沸かしているのだろう。台所の方では、太った女がお茶の用意をしているようだ。こっちに残っている女たちは、ストーブの上に置いてあったせいでちょうどいい具合にトーストに焼き上がったパンを、手でパッパッと叩き、汚れを払ってから、「私にもバターちょうだい」などとバターのやり取りをして、塗って、食べている。……ストーブの上は、熱いから、ばい菌は死滅しているであろうから、汚くない、ということなんだろう。さすがに女子高生らしいふたりは手を出さないが、ほかの女たちは、特に汚いとも思わないようで、平気で食べている。……そして、これから、お茶が入ったら、和菓子を食べるんだろう。

「ねぇ、これなに？」

なんとなく顔を知っている女が、フライド・バナナ・チップスを食べながら言う。

「キューバとかね、カリブ海のオツマミらしいんだけどね、バナナの、……ポテト・チップスみたいなものだ」

「え！　バナナのポテチ！」

女たちが一斉に手を出して、食べ始めた。と同時に、ひとりの女が、俺が持って来た和菓子を、小皿に取り分け始めた。

そうなんだ。ここに集まっている女たちは、例外もあるけど、本当によく食べる。それに、よく喋る。ひっきりなしに口を動かしているのだ。ここに来ると、本当に男と女は違う生き物なのであるなぁ、としみじみした気持ちになる。

「あのう……」

若いふたりのうち、大柄で鈍重な雰囲気の方が、俺に向かって言った。

「ん？」

「今、便利屋さんて……」

「ああ、俺のことか。そう呼ばれることはあるよ」

「そうですか。……じゃ、あのう、……おなかを刺された人ですか？」

「おや。よく知ってるね。誰から聞いたの？」

「別に……ススキノの噂だから」

「ほう……ススキノは、詳しいんだ」

「それほどでも……でも、ちょっとは」

なかなか言うね。

「このコたち、すごいんだよ」

某スナックのママがそう言って、札幌のトップレベルの公立進学校の名前を言う。

「ほう」

「そこの生徒なんだって。大きな方が、カシワギカオリちゃん、小さな方が、マキヤナツミちゃん」

「ほう……そんな優等生のお嬢ちゃんが、なんでまた……」

これがカシワギ？　濱谷は、カシワギは顔が真っ白、髪は金色、唇真っ黒でフリフリのブラウス、と言っていたが……

「別に、優等生じゃ……」

わざとらしく謙遜しようとしたカシワギカオリのセリフにかぶせるように、濱谷のガラガラ声が割り込んでくる。

「なんだか、変な縁でね！　その高校の男子の跡を尾《つ》けて、やって来たの！」

「う〜、熱い……」

「あ、いや、別に、ママ、ひどい、あたし、尾けたとかじゃなくて、ああん！　ひどい、ひどい！　尾けたんじゃない！」

「ああ、そうかい。悪かった、悪かった。尾けたわけじゃないのかい。なんだ、そうだったの。なんかねぇ」

「う～～、熱い……」

「まるでマツイ君を尾けて来たみたいだったからさ！」

「ひどい、そんなこと、ないよぉ！」

「ならいいけどさ！」

濱谷はそう言って、ゲラゲラ笑った。少々わざとらしい笑い声だった。

蜷川は、ずっと熱がっている。

「それで……」

カシワギという娘が、言葉を続ける。

「あのう、刺した人を、覚えてます？」

「覚えてる？　って？」

「誰だか知ってる、とか。顔に見覚えとか……」

「全然。でも、どうして？」

なんとなく自分の口調が、幼稚園児に向かってしゃがみ込んで話しかけているオヤジのようで、ちょっと不気味だ。

「はぁ？　別に」

変に突っかかるような口調で言う。それから、吐き捨てるような口調で、バッカみたい、ってな感じで「意味ないけど」と小声で付け加えた。

なるほどね。なんとなく頷くと、そのカシワギ嬢と目が合った。突き刺すような、力のある目つきで俺を睨んでいる。面白くなって、俺は笑いかけた。カシワギ嬢は、意地になったみたいに、睨み続ける。やばいな、そのうちに冗談じゃ収まらなくなるぞ、と思いながらも、四十代も終わりになって、女子高生とガンの飛ばし合いか、と苦笑が顔に浮かんで来た時、隣の和室の気配がやや慌ただしくなった。

「はい、お疲れさん」

「あ〜あ、……うん、肩、軽くなった」

「蜷川さん、あんたもう少しお酒控えないばダメだわ。あたし、すっかり肝臓クタクタだ」

「ああ、そりゃ悪いこと、したなぁ」

そう言って、さほど同情するようすでもなく、蜷川は笑っている。そして、ケータイで話し出した。

「ああ、私だ。今、終わった……」

襖から、濱谷がよろめきながら出て来た。〈ヒール〉のあとは、たいがいこうなるのだ。

つまり、「薬師如来のお導きで、お客さんの悪いところを受け止めちまう」、その結果なんだそうだ。

「あ〜、あの人の肝臓は、もうオシマイだ。あたしがいないと、蜷川さんは五年前に死んでるね」

濱谷がそう言うと、周りの女たちがみんな、声を揃えて笑う。笑っていないのは、俺とカシワギ嬢だけだ。……同類ってことか？

そこに、蜷川がしっかりした足取りで姿を現した。しわくちゃでやせ衰えて、常に細かく震えているが、腹の辺りだけが膨らんでいる。小柄な方の……マキヤってんだったっけ？……女子高生が、立ち上がった。席を譲る。

「お、済まん済まん」

蜷川が、左手をひょいと上げて、爺さん臭い仕種で礼を言い、それからソファに置いてあった雑誌をよけ、腰掛けた。女たちは、それぞれに、お茶を手渡したり、「お菓子、おいしいですよ」と勧めたり、世話を焼き始めるが、カシワギ嬢は、そんなのには全く興味を示さず、相変わらず俺の目を真正面から睨み付けながら、「ケータイ、貸してください」と言う。

「ん？　ケータイ？」

「そう。ちょっと、貸して」

なにを言っているのだ、この娘は。

「俺は、ケータイを持ってないんだ」

そう言うと、目を剝いて驚く。

「えええええっっっ!!!!」

「……そんなにヘンか？」

誰にともなく尋ねると、女のひとりが頷き、その隣のひとりは首を振った。意見が分かれるところらしい。

「どうして、持ってないんですか？」

カシワギが、詰問調で尋ねる。

「……意味はないよ。ただ、嫌いだから」

「えええええっっっ!!!!」

どうやら、このカシワギ嬢にとっては、ケータイってのは、あたかも国籍や戸籍やパンツのように、人間ひとりひとりに不可欠なものであるらしい。本当に、心の底から驚いている。

「なんで、嫌いなんですか!?」

「あれは……まぁ、説明してもわかんないだろうけどな。とにかく、俺は、ケータイってのは、人間を虫ケラにする道具だ、と思ってるから」

「え～～、バカみたい」

そうかい。

「うちのクラスにもいる。そういうの」

「ん？　そういうのって？」

「ケータイきらい、とか言ってるヤツ」

「ほう。男子か？」

「男子。アハハハ」

カシワギ嬢とマキヤ嬢が、お互いの肩を叩き合いながら笑う。

「そうそう。〈男子〉。アハハハ」

「今時、見どころのあるやつだな」

「ほら、その子さ。この子らが尾けて来たっちゅのが」

「あ、オバチャン、尾けて来たんじゃないってばぁ……」

また始まった。

「それが、真麻のコレさ」

俺に、親指を立ててみせる。

なるほど。そういうことか。

で、それで？

その時、奥の和室の方で、ブーッ、と古典的なブザーの音が鳴った。すぐに、女のひとりが立って、玄関のドアを開ける。

「俺だろ」

蛯川が立ち上がったが、狭い玄関に入って来たのは、昔の副知事で、後継候補として知事選に出て、惜敗して表舞台から消え、今はどこだかに天下って、甘い汁を吸っている、田辺という爺さんだった。記憶の中にあるよりも、ずっと老けている。そろそろ七十くらいのはずだ。その田辺の後ろには、これは見たことのない中年の男が、行儀良く控えている。立って行った蛯川と「よう」「よう」と楽しそうに挨拶を交わし、それから、声を低めて、ふたり、ひそひそと和室の方に消え、ぴしゃんと襖を閉めた。ひっそりしている。

その時、またブザーが鳴った。また女が立って行くと、さっきの田辺の子分の後ろでドアが開き、初老の男が、混み合った玄関で戸惑ったように立ち尽くした。田辺の子分と、この初老の男は、顔見知りらしい。「お」「お」と真顔で頷き合う。すっかり呑み込んでいるらしい女は、襖の向こうに向かって声をかけた。

「蜷川さん！　オオイタさんが！」

「おう。ちょっと待っててくれぇ！」

「寒いから、そこ閉めなさいや！」

濱谷が怒鳴り、オオイタは玄関の中に一歩入り、ドアを閉めた。田辺の子分とオオイタが、窮屈そうに並んで立って、そっぽを向いたまま（狭いので、そういう姿勢しか取れないのだ）、小声で何か語り合っている。

襖が開いて、蜷川が出て来た。「おうおう、失敬」と、顔の前に立てた右手をひょいひょいと振りながら、女たちの間を抜け、玄関で最敬礼するオオイタ、そして田辺の子分に、気さくに「おう」と頷き、オオイタに手伝わせて、やや不自由な感じで靴を履いた。濱谷が、玄関まで立って、上がり框に両膝をつく。

「蜷川さん、ホントに、お酒もほどほどにね」

「まぁ、なんとか、やってみるさ」そして、あたりを一渡り見回して、俺も含めて、そこにいる人間全員に、「じゃ、失敬！」と愛想良く右手を挙げて、出て行った。濱谷が軽く腰を屈める。田辺の子分は最敬礼している。ほかの女たちと俺たちは、会釈して見送った。老人臭を棚引かせて、蜷川は消えた。ドアが閉まった。

「さて、次は田辺さんか。忙しい、忙しい」

濱谷が戻って来る。

「オイカワさん、あんたどうすんの、上がって待ってるかい？」

中年の男は、「いえ、私は……」と口ごもっている。

「お疲れ！　後で、呼ぶ！」

田辺が大声で言った。

「はぁ。それでは」

オイカワは、オレたちに丁寧に頭を下げて、出て行った。

「ふん〜〜ふん、ふん〜〜ふん」

力を入れているらしい、濱谷の声が聞こえて来る。女たちは、なんとなく顔を見合わせ、それぞれに、フライド・バナナ・チップスや和菓子を食べ始め、あるいはまたトーストを焼くためにストーブの上に直にパンを載せたりしている。その中で、カシワギ嬢は、相変わらず俺が気になるらしく、時折、こっちを見るもんだから、たまに視線が重なるその度に、わざと挑みかかるような目つきで睨むので、俺のような善良なおじさんは、おっかなくてたまらない。

なんなんだろう、この娘は。

カシワギ嬢は、ふと俺から視線を逸らして、さっき蜷川がソファからよけた雑誌を手に取って、自分のものらしい、ヘレナ・ルービンシュタインの紙袋に入れた。この雑誌も、カシワギ嬢のものらしい。「月刊テンポ」だった。なるほど。「テンポ」に興味を持つ女子高生。なかなか面白い。

「その雑誌は、君が持って来たの？」

「そうですけど？」

「なるほど。雑誌は結構読むの？」

「読みますけど」

「ススキノにも興味がある？」

「普通、誰だって興味があるんじゃないですか」

「全然ない、という人もいるさ」

「……自分の街のことが載ってるし……」

「そうだね。確かにそうだ」

俺はにっこりと笑顔を見せてやった。

「あのう……」

カシワギ嬢が俺に向かって、言う。

「ん？」

「おなか刺した人に、また会ったら、わかりますか？」

「そりゃわかるさ。今、探してるんだ。相当痛い思いをしてもらわないとな」

「殺す？」

と言ったのは、確か……そう、昔は第三朝日観光ビルにあったピンサロでホステスをしていて、それで金を貯めてスナックを開店、うまく成功しているママだ。店の名前は……なんだったっけ。

「まさか。そんなことしたら、こっちの手が後ろに回る」

「じゃ、どうすんの？」

ママがそう尋ねると、カシワギ嬢が、俺の方をじっと見る。

「どうするって……まぁ、あんまりパッとしないけど、まぁ結局は、ケーサツに突き出すんだろうな。北海道警察も、幹部はクズだけど、現場はそこそこ頑張ってるからさ。ちょっとはお役人様のお役に立ってやるさ」

ママが、しみじみした口調で言う。

「ふぅ〜〜ん……大人になったねぇ……」

カシワギ嬢が、目を伏せた。

しかし、なんなんだ、この娘は。

妙にこちらを苛立たせる。

「そう言えば、おなかの脂肪のおかげで、命拾いしたんだって？」

またその話か。

「ああ、まぁな」

「痛かった？」

「そりゃ、痛いさ」

「どんな感じ、刺されるって」

「そうだなぁ……」

「一度、目の前で人が刺し殺されるの、見たことあるんだ。あたし」

「ゲゲゲ！　どこで？」

「八王子で。昔、男と住んでたの。その男が」

「ゲゲゲ！」

「苦しんだ？」

「全然。音、するよ。刺す時。……刺される時。ホントに、プス、プスって」

「ギャギャギャ」

「あたし、背中切られたことある」

「ワワワワ！」

「あんまり痛くなかったから、お尻濡れてきて、それが真っ赤だったんで、びっくりしたぁ！」

「いや〜〜ん！」

「目の前で人が刺されるって、どんな感じ？」

「ああ、死んだなぁって、それははっきりわかったから、だから、『貸した金、結局返って来ないんだなぁ』って……」

「いくら？」

「七百万」

「うわっ！」

「うわっ！」

「あの時は、泣けたなぁ……」

まぁ、みなさん、お賑やかに。俺はそろそろ潮時だ。

立ち上がると、「帰るの？」「まだいいじゃん」と口々に言う。「笑っていいとも」の、「えーっ！」と同じ、お約束……というか、礼儀、思いやりだ。

「なにかと野暮用がな」

「ヒマしてるクセに」

「そうでもないんだよ」

玄関の脇の小さなテーブルに積んであった、名刺大の紙を一枚、ポケットに収めて、

「じゃぁな！　また！」

靴を履いて外に出た。

紙は、名刺のようなものだった。以前はこんなものはなかった。おそらくはワープロで手

作りしたらしい。オバチャン、この一年くらいの間に、ワープロが使えるようになったのか。……まぁ、打てる誰かに作ってもらったのかもしれないがな。

名刺には、電話番号、ファックス番号、ケータイ番号などが書いてある。どうやら、メール・アドレスも持っているらしい。……ああ、これはケータイのか。

なんにせよ、「IT」化の「波」は、「ススキノ」の「外れ」の、「人生研究所」にまで「押し寄せて」いるのだった。

7

まだ街は暗くならない。だが、外灯やネオンの光が、ところどころで点り始めた。少しずつ、ススキノに人が出て来る。だが、寒いせいもあり、景気もパッとしないから、あまり人々の数は多くない。今夜も地味な夜になりそうだ。

しかし、カシワギ嬢が「月刊テンポ」を読んでいたのは面白い。いや、もちろん、誰が何を読んでも不思議ではないし、最近の女子高生は本を読まないはずだ、などとありふれたことを考えているわけでもない。「キャンディ・キャンディ」が好きなハゲおやじがいてもいいし、『人間失格』を読んで動揺する小学校二年生がいてもいい。なにがどうでもいいわけだが、「月刊テンポ」は、いかにもオヤジ臭い（良い意味でも、悪い意味でも）評論雑誌なので、ちょいと「おや？」と思ったわけだ。

そして、この数ヵ月、北海道……札幌は、実は大騒ぎなのだった。見た目には、ごく普通の日常が営まれ、まぁ、時折は、交通事故や、火事や、犯罪が発生したりはするけれども、それはそれ、いつものことで、坦々と人々の暮らしが進んでいるように見える。だが、それはまったく表面だけのことで、実は、道庁や道警本部、そしてススキノ周辺は、大荒れでもみくちゃなのだった。特に、道庁幹部や道警中枢、そしてススキノの実力者たちが、足の裏に火がついたような騒ぎでてんてこ舞いしているのだ。それなのに、テレビ各局も、北海道新聞も、北海道日報も、ほとんどこの大騒動に触れない。報道しない。北海道は、なんだか非常におかしなことになっていた。

その、大騒動の中心にあるのが、「月刊テンポ」なのだった。

この雑誌は周知の通り、昔は「月刊時代」というタイトルで、一時は……一九六〇年代後半から一九八〇年頃までは、毎月数十万部を売った、代表的な評論誌だった。だが、その後の十年ほどで見る見る部数は減少した。で、ついに二〇〇一年に、タイトルを「月刊テンポ」に変更、誌面を一新し、事件を扱う分量を増やした。それで、辛うじて売れ行きの減少に歯止めがかかったが、今では全国トータルで五万部売れているかどうか、といったところだろう。経営的には赤字なんだろうが、執筆陣は豪華で、この雑誌の連載から、毎年非常に高い評価を得る単行本が出るので、それなりに存在意義はある。

その「テンポ」に、非常にレベルの高い、北海道警察批判……あるいは、北海道警察の実態を暴露する記事が毎号毎号、派手に掲載されるようになったのだ。つい最近起きた事件の調査報道も絡めて、結構読ませる。著者は札幌在住「ライター」の居残正一郎。

もちろん、ペンネームだ。

現在、札幌では、この男の正体探しが密かに、そして大規模に行なわれている。ただ、「月刊テンポ」は、普通の人はなかなか読まない。だから、道警の秘密やスキャンダルがこの雑誌で暴露されても、それほど大きなダメージにはならない。

だが、暴露の内容が、おそらくは相当精度が高く、調査は道警の腐敗の核心にまで届いているようで、新聞やテレビにとっては、非常に価値の高いニュース・ソースなのだ。北海道の新聞・テレビは、居残正一郎の書いたネタで、新たな取材活動を行なう場合が多い。そして、居残の暴露したネタには、ほとんど間違いがないらしい。となると、発表する前の一次情報を直接教えてもらいたい、ということになる。メディアは、ことある毎に、居残正一郎と直接連絡を取る方法を模索しているらしい。

一方、道警やヤクザ業界は、居残正一郎の周辺に、自分たちの組織からの内通者がきっといるに違いないと見て、その割り出しに躍起となっているわけだ。

だが、居残正一郎のセキュリティへの配慮は相当なものらしく、〈時代社〉が完全に秘匿しているのはもちろん、道内のメディア業界挙げての正体探しにも、今まで全然引っかかってこないらしい。

まぁ、それは当然だろう。もしも正体がバレたら、そいつがどんな目に遭うかは、想像するだけでも恐ろしい。単純に、ヤクザに刺殺される、なんてのは、まだ楽だ、と言えるかもしれない。なにしろ、国家権力とヤクザをひとまとめにして敵に回しているのだ。脱税、交通事故、犯罪（それも、幼女強姦などの最低犯罪）の捏造などで、その人間の尊厳を完璧に叩き潰すこともできるだろう。とにかく、警察とヤクザが協力すれば、恐いものはない。もしも正体がバレたら、ただ抹殺されるだけじゃ済まないだろう。その人間の、社会的な立場まで、粉々に粉砕されるし、累はおそらくは家族にも及ぶだろう。

居残正一郎は、そのあたりは重々承知、という感じで、万全のセキュリティ態勢を構築しているらしい。俺の勘だが、もしかすると〈時代社〉の担当者、あるいは「月刊テンポ」の編集部員たちも、居残正一郎の正体を知らないんじゃないか。

だが実は、俺はおそらく、居残正一郎の正体を知っている。んじゃないかな、と思っている。前々から、つまり去年の秋あたりから、そのことを確認しよう、と思っていたのだが、延び延びになっていた。やはり、相手に否定されたらどうしようもないし、それに俺の勘違いだとカッコ悪い。だが、居残正一郎、というか居残グループの取材力、情報量は相当なものので、これを利用できれば、俺にとっては大きなメリットだ。そして、居残グループに、俺が提供できるメリットも少なくない、と思う。

ここはひとつ、確認しておいても損はないな、と思った。それに、居残たちも、自分たちの読者に、札幌の女子高生がいて、熱心に読んでいる、ということを知れば、嬉しいだろう。

タクシーを拾おう、と思った。だが、医者は、「できるだけ運動をした方がいい」と言った。それを思い出したので、俺はススキノの西のはずれを目指して、タッタタッタと、わりと着実なペースで歩いた。

＊

鴨々川の川っぷちに〈カンポ・ダンジェロ〉という、不思議な形のビルが建っている。その階段をゆっくり上って、俺は三階フロアに出た。このビルはわりと新しく、デザイナーっぽいというのか、アーティスティック、などと評価されて、北海道日報の文化面の〈街並みスケッチ〉だの〈若者カルチャー・スクランブル〉だので取り上げられたりする五階建てマンションだ。打ちっ放しのコンクリート壁など、やや手垢が付いた感じだ、と思うのだが、なにかこう……空間構成を、根性入れて複雑にしたせいもあって、なかなかに面白い。細長いマンションなのだが、一階フロアの真ん中に中庭のような空間があり、それが吹き抜けで、その吹き抜けの周りを巡って、階段を上るようになっている。階段を上るにつれて、見下ろした感じが変化する。真ん中に立っている大きな樹木……種類はわからない……に豆電球をいくつもからませてあって、それがまた、チョコザイなケレン、とは思うけれども、キラキラときれいだ。という、まぁ、なかなか雰囲気のある建物ではある。

中庭を眺めながら三階まで上り、〈グループ・アクセス21〉のオフィスの前に立つと、ガラスの壁の向こうで、若い社員たちが俺に気付き、笑顔になって会釈する。いいことだ。誰かが、奥に俺のことを告げたらしい。ディレクターズ・ルームのドアが開いて、篠原が姿を現した。あまり変わっていない。俺とほぼ同じ年齢のはずだが、まだ腹もそれ程出ていないし、顔にもあまり脂肪が付いていない。髪がフサフサしているのは、俺も同じだが、篠原には白髪が全くない。俺は、十年くらい前から、もみあげに白髪が混じっている。これが、昔は「札幌へんてこ通信」の社長で発行人だった篠原、〈ランページ〉に監修してもらって、札幌で初めてのスケート・ボードの大会を開催した篠原なのだ。

近付いて来て、ドアを開けながら、篠原は「いよぉ」と笑顔になった。俺は相当昔、この男に身元保証をしてもらったことがある。ある情けない男から、キレイな女が、非常に調子のいい結婚詐欺師に騙されているから、助けてやってくれ、という依頼を受けたのだ。で、その詐欺師が経営している会社の求人に応募して、偽名を使い、社員という形で潜り込むことにした。その時に、篠原に身元を保証してもらったのだ。

結局、その依頼は、過去の保険金殺人へとつながって、わりと大きな騒動になったのだが、まぁ、篠原と俺の関係は、そんなようなことを頼んだり頼まれたりすることができる間柄だ。

篠原の「札幌へんてこ通信」は、五年ほど前まで健闘していた。それがあまりパッとしなくなったんで廃刊にして、篠原自身は、通信や情報の周辺の、いろんな仕事をしているらしい。そのあたりの、詳しいことは、俺はよく知らない。篠原が代表を務める〈グループ・アクセス21〉は、メディア関連の様々な部分で活躍して、わりと高い評価を得ているらしい。「様々な部分」には、当然、薄汚い世界も混じってはいる。

お互いさまだ。

「珍しいなぁ」

「しばらく」

篠原の笑顔に俺も笑顔で応えた。すると、いきなり核心を突いてきた。

「腹は大丈夫か？」

どいつもこいつも俺の腹を気にしているらしい。

「ああ、まぁな。なんか、聞いてる？」

「そりゃな。刺されたんだろ？」

「まぁな」

「で、脂肪が厚くて、助かったってな」

「……まぁな」

「ま、こっちへ」

俺は、パソコンに向かって仕事をしている若い連中の間を会釈して通り抜けて、篠原のディレクターズ・ルーム（そう書いてあるのだ）に通された。

「そこ、適当に座ってくれ」

ヴァリュースターが二台、デルが一台。てんでんバラバラの方に向いて、それぞれのモニターでは、アロワナ、グッピーの群れ、エンゼルフィッシュが、ゆらりゆらりと泳いでいる。

「ま、たいしたことなくて、よかったな」

「おかげさまでな。……で、どうだ。なにか噂なんか聞かないか」

「噂？」

「刺したガキについてさ」

「なんで俺が」

俺はにっこり微笑んで、いきなりぶつけた。

「あの、『月刊テンポ』の道警キャンペーンは、お前だろ」

ああ、気持ちいい。

「はぁ？」

篠原は、思いっ切りとぼけてみせる。

「ってーか、お前たち、だろ」

「……」

篠原の目がそわそわし始めた。落ち着きなく、俺の方を見る。目許口許にはいささかの笑みが漂っているが、額に汗が浮いてきた。

「なぁ、……居残正一郎ってのは、お前たち……誰かは知らないけどさ、『お前たち』なんだろ？」

「なんでまた……」

「俺の目はごまかせないさ」

なんてね。ああ、カッコイイ。

篠原の喉仏が、動いた。俺は、微笑みかけてやった。その俺の笑みに縋り付くように、篠原も中途半端な笑顔を作って、冗談を聞き流すような口調で言った。声が嗄れている。

「なんでまた。ヘンなことを考えるもんだな」

「俺が考えたんじゃない。お前が自分でベラベラ喋ったんだよ。〈ケラー〉でな」

これは嘘だが、篠原は信じた。彼は、自分が結構タチの悪い酒乱である、ということを知っている。酔った時なら、こんな大切なことでも喋りかねない、その危険はある、ということを自覚しているやつだ。その意味では、なかなか賢い男だ。

「……そりゃ、お前……フカしだよ。俺はついつい、フカしちまったんだよ。いいカッコしたかったんだろ、きっと。酔っ払ってさ。見栄を張ったんだよ」

やっぱりそうだったな。俺の勘は正しかった。俺は満足して、微笑んだ。

俺の微笑みを見て、篠原は諦めたらしい。いきなり、椅子の背にバタン、とのけぞって、叫んだ。

「あ〜〜っ！　ダァメだぁ！　俺、ホントにぃ！」

椅子の背に跳ね返って、デスクにバタン、と俯せになった。

「ダメだ、俺は。ダメだ、俺は」

悲痛な声で呟いている。

ちょっと可哀相だ。

「違うよ」

「ん？　なんだ？」

「お前が喋ったんじゃないよ」

「なに？」

「悪かった。ちょっと、カマシた」

「……騙したのか？」

「そうとも言うかな」

篠原は、背中を伸ばした。真正面から俺を見る。

「なんでわかった？」

真剣な表情だ。

「それほど難しいパズルじゃなかったさ」

「ホントか？」

深刻な顔になる。そりゃそうだろう。俺にわかることなら、他の誰かにもわかるかもしれない。そうなったら、居残正一郎一派は、一網打尽だ。

「でも、多分、わかるのは俺だけだよ」

「なぜ？」

「俺が、頭がイイからさ」

「笑わせるな」

「笑えよ」

「……なんで、わかった？」

「お前、覚えてるだろ。初めて俺とお前が一緒に飲んだ時のこと」

「ああ。……〈ケラー〉だったよな」

「そうだ」

俺は、なんとなくあの頃のことに思いを馳せた。篠原も、そんな顔つきだった。

今は休刊になった「札幌へんてこ通信」が誕生したのは、俺がまだ大学に籍があった……あるいは、まだ籍を置きっぱなしにしていた……八〇年代の中頃で、俺は、なかなか面白い地場の雑誌が出来たな、と楽しんで読んだものだ。その頃はもちろん、この雑誌の代表と将来飲み仲間になる、なんてことは考えてもいなかった。

「札幌へんてこ通信」は、元々は学生グループが、クラブ活動の延長みたいな感じで作っていたものなんだそうだ。それがまぁ、あの時代の雰囲気にぴったり合って、順調に売れたらしい。全国的にタウン雑誌が元気よかった時代だ。スポンサーがいくつかついた。札幌にも地場の広告代理店、なんてのが出来始めた頃で、そんな流れにうまく乗ったんだろう。電通、博報堂と互角にやろう、と頑張っていた地場のエージェンシーに可愛がられたらしい。で、学生グループは会社組織になって、本格的に活動を始めた。で、篠原が代表になった、ということになる。

それからしばらくして、俺は篠原と〈ケラー〉で出会い、飲み仲間になったわけだ。

「覚えてるか、あの時の最初の話は……」

「ギムレットのライムは、やっぱフレッシュじゃダメだろ、という……」

そうだ。確かにそうだった。記憶のいいやつだ。

「ああ、まぁ、そんなことがきっかけだったけど、あの時、俺が、初期の頃の『へんてこ』の映画評の文章は、とてもヘタクソだった、と言っただろ」

「ああ、そうだそうだ。そういやそうだった。で、俺が、初期の頃の映画評は、俺が書いてたんだ、っつって、で、あんたがいきなり謝ったんだったよな」

「本気で、悪かった、傷つけた、と思ったんだよ」

「ま、少しは傷ついたけどな」

俺たちは、ちょっと笑った。

あの雑誌の最初の頃は、人手も少なかったらしく、篠原も食べ物屋情報や映画評などを書いていたらしい。その後、仲間たちの分裂などがあり、篠原は経営に専念して、記事を書くことはなくなったが、初期の頃の雑誌に載っていた、篠原の書いた記事は、独特のクセがあって、読みづらかったので、俺は覚えていたのだ。

「お前の書く文章は、仮名遣いにクセがあるんだ」

「……そうだったか？」

「何々という、と書く時、お前はどうしても、〈いう〉を、〈云う〉と書かずにいられない」

俺は空中に指で字を書きながら言った。

「ああ、まぁな」

「それから、〈もの〉はいつでも漢字で書く」

「まぁな。でも、普通、そうだろうよ」

デスクの上にあった紙にそこにあった水性ボールペンで文章を書いて渡した。

「ラーメンと云う物は
冬と云う物は」

「な？　やや、普通じゃない」

「……で？」

「あと、決定的なのが、〈とおり〉だ。その通り、言った通り、思った通り、の通り。お前は、〈とうり〉、と書く」

「ああ、何度か言われたな。本当は、とおり、なんだってな」

「あと、決定的なのが、カタカナの拗音だ」

「なに？」

「お前は、カジュアルとか、ヴィジュアルとか、書けなかったよな」

「……ああ、あれか」

「カジュアル、をお前は、なぜかカジワル、と書く。ヴィジュアルは、ビジワル、だ」

「……俺の知り合いで、医者だけど、九九の八の段がアヤフヤなのがいるぞ」

「そう。それだ。結構あやふやなまんまで、ここまで来ちまった、大人になっちまったってのが、誰しもあるもんだ」

「当たり前だけど、読めるんだよ。カジュアル、とか。こうやって、カジュアル、と言うのだって平気だ。人がカジュアル、というのを聞き取ることもできる。でもなぁ……いざ、自分で書く段になると、……あれ？ どうだったっけ？ と思うわけだ。ワードで、ピアノ……つまり、「piano」とキー・ボードを叩く仕種をしながら、スペルを言う。「と打ち込むと、ピアノ、とカタカナが出て来る。なのに、カジュアル、と書こうと思って、kajiwaru と打っても、カジュアル、とは出て来ないんだ」

「家事が悪い、とかか？」

「ああ。まぁ、そんな感じだ。この頃は、ワードの辞書も覚えたらしくて……だって、俺がいちいちカタカナに変換するからな。だから、すんなりと出て来るけど、だから……実際にはどう書くのか、……曖昧なままなんだよ」

「平仮名はどうだ？ 焼酎、とか書けるか？」

「……書けると思うんだけどな……でも、そうだな。拗音が混じると、ちょっと変換の時にまごまごするから、きっとなにかどこか違うのかもしれないな」

「まぁ、とにかくそんなわけでさ。先々月の『テンポ』の記事の中で、〈豊平ビジワル・センター〉って書いてあるのがあった。あれは、〈豊平ビジュアル・センター〉のことだろ？ あのビデオ試写室の」

「……そうだ」

「やっぱりな」

「……そうか……あれか……あの時は……『テンポ』の校閲が、固有名詞だ、と思ったんだな。で、一応チェックはされたんだけど、俺は見落とした……ってぇか、……ホントのこと言えば、〈ビジュアル〉の正しい書き方がわからなかったし、……校了ギリギリだったんで、ついつい見落とした、……というか、見逃した、という……」

「あれが決定的だったな」

「……チームには、ルポライターとか、コピーライターとかがいるんだ」

「だろうな」

「連中の文章は、それぞれに個性がある。誰が書いているか、読む奴が読めば、わかる。……それに、新聞記者もいてな。ブンヤの文章には、クセがある。少なくとも、ブンヤが絡んでるな、ということはバレる。そいつの上司なら、名前の特定もできるかもしらん」

「だから、あんたがアンカーをやってるわけだ」

「まぁな。……それに、全国相手の雑誌に、自分の文章が載る、それを読む、ってのは楽しくてな。……しかし……やばいな。お前に見抜かれる、ということは、他のやつにもバレる可能性もある」

「まぁ、それはない、と思うよ。昔のお前の文章を読んで覚えてるやつは、稀の上にも稀だろう」

「そうかな。誰にも勘付かれないか？」

「せいぜい……昔の仲間とか、女房とか」

「その点は、大丈夫だろう。『テンポ』を読むようなやつはいない」

「なら、まぁ、大丈夫だ、と思うよ。……ただ、居残、という名字は、いかがなもんかな」

この名字も、居残＝篠原、と俺に勘付かせた理由のひとつだ。

篠原は、高校卒業後は、東京の大学……一応、早稲田を考えていたんだそうだ……に進みたかった。だが、いろいろと理由があったらしくて、北大に入ることになって、それで「東京に行けた友だちが羨ましくてさ」と、これは酔うとよく言う。なぜかはわからないが、この思いが、篠原の中に相当根強くある、というのは気付いていた。そんな男が、居残、という名字を選ぶのもまた、いかにもありそうだ。

「やっぱ、そうかな。やばいかな、とは思ったんだけどな。犯行現場に指紋をひとつだけ残して行った、金東雲の心境かな」

いきなり古いことを言い出した。

「ま、いいや。そうかそうか。パズルを解いたか。なるほどな」

「俺、頭いいから」

「とりあえず、五秒くらいは、それを認めてやってもいいよ。……で？　それで、なんだ？」

「いや、別に。なんでもない。別に誰かに言うつもりもないし」

篠原は、俺の顔をじっと見つめて、信じた。

「そうか」

「ただ、正解かどうかを確認したかったのと、もしも正解だとしたら、自分の頭がいいことを、お前に誇りたかったんだろうな」

「いいよ、認める。お前、頭いいよ」

「まぁ、どうでもいいことだな」

「で？」

「……まぁ、手伝えることがあったら、言ってくれ。手伝うよ」

「そうか。ありがとう」

「お節介を焼こう、とは思わないが、溺れたら、ロープを投げてやるくらいのことはするよ」

「わかった。必要になったら、遠慮しない。でも、ま、今は必要ない」

「OK」

俺たちは、相手の目を眺めながら、頷き合った。

「で、それはそれとして、さっきの質問だ」

「さっきの？……ああ、そうか。お前の腹を刺したガキについてな」

「そうだ。噂程度のことでもいい。なにか聞かないか？」

「……実は、ネタがないこともない」

「だろうと思ったんだ」

「教えてやろう、とは思ったんだけど、なぜそんなことを知ってる、と聞かれたら、答えようがなくてな。俺らが居残だ、ということがバレちまいそうで。で、どうしようかな、とは思ってたんだ」

「もう、心配はないさ。バレたんだから」

「だな」

「で？」

「実は、あれ以来、若いのがひとり、行方不明だ」

「ほう」

「これが、なにかとイワクのある無職青年でな」

「……どんな？」

「カガノアケミって名前、知ってるか？」

聞いた覚えがあるな、と思った途端、思い出した。加賀埜あけみ、という名前の、北海道ではわりと有名な料理の先生だ。

「知ってる。……そうか、『あけみのなんとかかんとかクッキングブック』とかいう本、お前のところで出したんだったか？」

「そうだ。ただな、『あけみのゴキゲンお元気クッキングムック』ってタイトルだ」

そう言って、篠原は、自分のデスクの上に置いてあった少し厚めの本を手に取って、立ち上がり、差し出す。俺も尻を持ち上げてそれを受け取った。

表紙では、小柄で小太りの、メガネの中年オバチャンが、にっこり笑っている。美人ではないがブスではなく、愛嬌のある可愛らしいオバチャンだ。笑顔が、気持ちいい。彼女の前のテーブルには、おいしそうな料理の皿がびっしりと並んでいる。

札幌……北海道では有名なオバチャンだ。ローカル番組で料理の先生をしている。こういった感じの著書も多い。地元の旬の素材を活かして、地産地消が大切、というのがモットーで、そういったわけで農協連合などからのサポートも相当のものらしい。また地元の食品会社からも援助を受けている、と聞く。人懐っこい、素朴で庶民的なオバチャンに見えるが、なかなか商魂逞しく稼いでいるらしい。優しそうに見える外観とは裏腹に、酒を飲むと荒れる、暴君になる、スタッフが次から次と辞めていく、というような話も聞く。目立つ存在だし、競争が激しくもあるのだろうから、ライバルからのネガティブ・キャンペーンも凄まじいらしいが、いわれるような事柄が皆無、というわけでもないだろう、と俺は思っている。

「どんなオバチャンなんだ？」

「当たりはキツいよ。とにかく、口やかましい。礼儀にうるさいんだが、自分は礼儀なんか守らない」

「なら、付き合わなきゃいーじゃねーか」

俺が言うと、篠原は頼りない顔になって苦笑いした。

「そうもいかなくてな。仕事だし」

「仕事か。なら、仕事の相手の悪口を言うのはやめな。自分が惨めになるだけだ。『いやなら、やめろ』でチョン、てことだからな」

「まぁな」

「まぁ、それはそれとして。この加賀埜あけみがどうした?」

「いいよ。やめた。忘れてくれ」

篠原の顔が、強張っている。

「おい、そりゃないだろ」

「何か言うと、悪口ってことになるからな。なんでそんなやつの本を出したんだ、とか。ヤなやつなら相手にしなけりゃいいのに、とか言われるし」

「悪かったよ。そういうつもりじゃなかったんだよ」

「お前と違って、俺は、三十八人のスタッフとその家族を養ってる」

「でも、それは……」

「そうだ。俺が好きでやってることだ。だから、それに文句を言うつもりはないし、泣き言を呟く気もない。だから、加賀埜が実際にはどういう人間か、ということについても、言わない。悪口になるからな」

「わかったって。悪かった。俺の言い方が悪かったよ。だから、機嫌を直して、教えてくれないか。……あのガキに関係ある話なんだろ?」

「いいか。お前みたいに、なんの責任も負わないで、適当に、好きなようにプラプラしてる人間には絶対にわからないだろうけどな、そうだよ。お前の言う通り、警官や、道職員や、教員や、市役所の職員が、愚痴を言うのは下らないさ。自分で決めて、自分で選んだ職業だからな。お前の言う通りだ。『いやなら辞めろよ』で、それでチョンだ。でも、それができないんだよ。普通は。給料で食ってるんだから。子供を育ててるんだから。ローンも組んじまってんだから。な？　それ以外に、生計の途がないんだから。まぁ、その点でも、お前の言う通りだ。『そういう人生を選んだのは、自分だろ？』ってな。お前の言う通りだよ。確かにそうだ。会社員になったり、公務員になったり、それは自分で希望して、就職したんだ。誰に文句言う筋合いもないさ。愚痴をこぼしたり、組織を批判したりする資格はないよ。俺は、札幌市観光協会から金をもらって、さっぽろ雪まつりの観光客たちに、道産品をおいしく食べられるレストラン紹介のパンフレットを作ったよ。やいのやいの、下らないクレームを付けられながらな。何度も、ここで放り投げよう、と思ったさ。そうだよ。『いやなら、辞めろよ』ってわけだ。お前、よく言うよな。気持ちよさそうに。『辞めるわけにいかないんなら、大人しくいうこと聞いて、金もらうしかないだろ』ってな。そうだよ。その通りだよ。だから、俺もそうしたさ。だから、俺には、文句を言う資格も、愚痴を言う筋合いもないかもしらん。……ないんだろう、多分な。でもな、人間てのはな、……俺は、なんの話をしてるんだ？」

「つまり、俺が、加賀埜ってのはどんなやつだ、とお前に聞いて、お前が、ヤなやつだ、と答えて、で、俺が、悪いクセで『ヤなやつなら付き合わなけりゃいーじゃん』なんてことを言っちまって、で、お前がちょっと怒って……」

「ああ、そうかそうか。そうだったな。思い出した。……まだムカムカする」

「……悪かったよ。ホント、悪かった。気持ちよさそうに言ってるように見えたとしたら、全く俺の不徳の致すところだ。恥ずかしいよ。忠告してもらって、よかった。ありがとう」と、そこまで反省はしなかったし、実際のところ、まだ「いやなら辞めりゃいーじゃん」という気持ちはあるんだが、ここは大人しく篠原をおだてておいた。こいつの言い分にも、一理、か、それ以上のものはある。それに、篠原と、仲間たち（どういう連中かは知らないが）の、ああいう気持ちの爆発が、居残正一郎の活躍につながっているわけだから、そうそうバカにもできない。サラリーマンにも、公務員にも、警官にも、中小企業経営者にも、五分の魂、というわけだ。

いや、バカにしてるわけじゃないって。

という気持ちで、俺は篠原の鼻を見つめた。

「……まぁ、俺も大人げなかったよ。……ただな、あんまり気持ちよさそうに言うもんだからよ……『イヤなら、辞めりゃいいじゃん』、か……」

「悪かったって」

「……」

「で？　加賀埜がどうしたんだ？」

「……この女はバツイチでな」

「今じゃもう、納豆を食うのと同じくらい、ありふれたことだろ？」

「それはそうなんだけどな。……じゃぁ、ま、それと関係あるかどうかは別にして、この息子が、道央文化学院大学の学生だ」

「ええと……偏差値が三十を切ることで有名な大学だったっけ？」

「お前、数学は苦手だろ？」

「まぁな。でも、なんでわかった？」

「偏差値の意味がわかってない」

「中学校の時、統計の授業のあたりで、俺、インフルエンザで学校を五日休んだんだ」

「なら教えてやる。どんなに頑張っても、偏差値三十を切るのは不可能だ」

「あっそ」

「それはともかく、日本全国でも、もっともバカの集まる大学ではあるんだろうな」

「要するに、俺が言いたかったのはそういうことだ」

「二年生でな。国際コミュニケーション学科、というところの学生だ」

「道央文化学院大学の国際コミュニケーション学科というのは、どういう学問をするところなんだ？」

「そりゃお前。……さあな。なにもしないで遊んでるのは間違いないところだろうが……英語のゼミでは、O・ヘンリの翻訳を読んで、感想文を四百字詰め一枚書いて提出すれば優がもらえる、ということは聞いてる」

「ということは、道央文化学院大学の学生は、たいてい字は読める、ということだな？」

「ああ、そうだな。そういうことになるな」

「ひらがなカタカナだけじゃなくて、きっと、漢字の読み書きも、少しはできるんだろうな」

「多分な」

「それは立派だ。親も頑張ったんだろうな。並大抵の苦労じゃなかっただろうな」

「学校も、小中学校の教員もな。自分で選んだ仕事だし」

「ま、自分で選んだ仕事だし」

言ってから、まずかった、と思った。だが、篠原は聞き流した。

「で、その息子なんだが、今までに三回、逮捕されてる」

「万引きか？」

「重罪だ。傷害で一度起訴猶予になった。これは、未成年だったせいもある。その後、成人後に恐喝で一度、これは本格的な裁判になったが、執行猶予。加賀埜の弁護士が、敏速に立ち回ったんだな。相当額の示談金を払って、被害者に『容疑者は前途ある青年であり、温情あるお裁きを……』ってな上申書を書かせることに成功したらしい」

「なるほど」

「その次が、暴行傷害だ」

「……」

「大通り公園西十丁目で、ホームレスを集団で殴る蹴るして、相手に右上肢・肋骨三本骨折、その他あれこれで全治半年、という重傷を負わせた、という事件だ」

「去年の夏？」

「そうだ。覚えてるか？」

覚えている。報道が変だったから、記憶に残っているのだ。

「あの時の新聞報道……北日だけかもしれないけど、ありゃヘンだったな」

「そうだ。ちょいとした話題になったよな」

犯人の名前が載らなかったのだ。「札幌市清田区の私立大学生（21）」としか出なかった。一方的な暴行傷害であり、被害者は重傷を負ったこと、犯人の年齢が二十一歳であることなどを考えると、実名報道が当然のケースだった。だから、確かめてみよう、と思っているうちに、なんとなくうやむやになったんだった。

俺もそれほど暇じゃない。酒を飲むのに忙しいのだ。だが、うやむやになっちまったのには、理由がないこともない。（老化……中年化か？）や怠慢のせいばかりでもない。実は、長い付き合いだった、北海道日報、つまり「北日」の社会部遊軍記者、松尾が、どういう事情かは知らないが、突然東京支社に飛ばされて、選りに選って宮内庁担当になってしまったせいもある。


以来、北日本社には、信頼できる知り合いがいなくなってしまったのだ。

「あの時、加賀埜は相当無理をしたらしいが、とにかく実名は出さずに、うやむやにすることができた」

「そう言や、あの事件はどうなってるんだ？」

「起訴猶予になっている」

「え？」

「人物の特定に問題あり、ということになって、加賀埜の息子や、その仲間たちが、現場にいた、とは断定できない、ということになっているんだ」

「で、起訴猶予？」

「そう。釈放されている。担当検事が書類を机の中に置きっ放しにして、引き継ぎをせずに転勤して、それで数週間放置されていた、という話だ。で、とりあえず、釈放したが、それっきり捜査は進んでいない」

「……」

そんな話は全然知らない。なかなか劇的な事実だから、北日あたりが取り上げてもよさそうな出来事だがな。

「なんでそんな大事件が、騒ぎにならないんだ？　全然話題になってないぞ」

「松尾からは、なにも言って来ないか？」

「ああ。東京に行っちまったら、それっ切りだ。宮内庁でのんびりやってるんじゃないか？」

「それはそうだろうけど、でも、なかなか大変らしいぞ。人間関係が」

「面倒臭いんだろうな、いろいろと。……で？　本当なら、松尾から何か話があるはずなのか？」

「あいつが札幌にいればな」

「あいつも仲間か。居残の」

「……そういうわけでもないな。オブザーバー、というか」

「……よくわかんねぇ」

「……いろいろと、問題が微妙でな」

「〈ビミョー〉か。頭の悪いガキじゃねぇんだからよ。……なんか、秘密があるのか？」

「……盤渓学園《ばんけい》てのは、わかるだろ？」

そりゃわかる。全国的にも有名な、男女共学の私立学校だ。中高一貫が売り物、ということになっている。正式名称は、確か盤渓学園中高等学校、というんだったかな。

普通、中高一貫の私立学校というのは、教育レベルが高く、親は金持ちで、という学校が多い。つまり生徒は、金持ちの優秀な子息たち、ということになるのだろうが、盤渓学園は全く違う。設立時の理念はどうだったのかは知らないが、俺が中学校の頃には、すでに学力の面で最底辺校だった。学費は滅茶苦茶に高い、という噂だった。金持ちの親が、最低の子供を捨てる、そのための学校で、盤渓学園のバッジを街で見かけると、みんなさり気なく遠ざかったものだ。俺も含めて。普通は南区盤渓の山奥に隔離されているからまだいいが、日曜日などに、徒党を組んで街に出てくることもあり、そんな時は大変だった。札幌の街でブラブラ遊んでいる時に、「盤渓学園の連中が、出て来た」という情報が流れると、みんな狸小路や地下街、ススキノなどから逃げ出したものだ。理屈など全く通用しない、凶暴な連中だ、と俺たちは恐れていた。

盤渓学園高等部生徒の凶暴さは、恐怖の的だったのだ。

そのうちに、公立高校が激増し、その後生徒数がどんどん減ったため、盤渓学園は経営危機に陥ったらしい。その危機を乗り越えるためか、ちょっと珍しいことを始めた。日本全国から、不登校児や、中学校や高校を中退した、あるいは退学になった生徒たちを積極的に募集するようになったのだ。

この新方策は、みごとに当たったらしい。生徒数は激増しているんだそうだ。もちろん、膨大な金を取るのだが、中学校中退の十八歳の息子に、高校卒業の学歴を与えたい、と思う親は、借金してでも学費を払うらしい。盤渓学園は、どんなに成績が悪かろうと、どんなに素行が悪かろうが、前科前歴があろうとも、「全ての子供に教育の機会を与え、その子の美質を育む」ということを理念として掲げて、大儲けしているんだそうだ。校内では相変わらず暴力が横行し、時折は生徒が校内で覚醒剤を注射したり、大麻を密売したりして新聞沙汰になることもあるが、その度に、泣いて謝罪する生徒の姿や、嗚咽しながら抱き合う教員と生徒の姿などがテレビ画面に登場し、道民はその姿に感動し、チンピラどもの「再起」を応援する、ということになっている。

「盤渓学園な。知ってるけど……それがどうした？」

「その、加賀埜あけみの息子は、……トシハルってんだけど……敏感の敏、に政治の治、だ。その敏治は盤渓の卒業生なんだが、同級生に、カジワラヒロシってのと、ツゲリョウスケというのがいる」

「そうかい」

「カジワラヒロシってのは……カジワラユウイチというのは知ってるか？」

「いや」と答えたが、なんとなく聞き覚えはある。

「北日印刷の社長だ」

「ああ、そうか」

「聞いたこと、あるだろ。北海道日報編集局長まで行って、で、北日印刷の社長に就任した」

「そんなようなことは、なにかで読んだな」

「ヒロシは、その息子だ」

「ほう……」

「カジワラ……父親の方は、このカジワラは、とにかくできる男だったらしい。俺も、何度か会ったことがある。八〇年代半ば頃だ。カジワラが社会部の部長で、俺はつまり、若者向け人気タウン雑誌の社長兼編集長ってわけだ。よくあるだろ。〈現代の若者事情〉みたいなのを把握する、なんてことを考えたんだろう、タウン雑誌とか、フリー・マーケットとかイベンターとかの二十代の連中と、メディアや行政のオヤジたちが月に一度集まる会合をカジワラが作ってな。……北海道フロンティア21……とかなんとか、ありふれた、いかにもオヤジくさい名前を付けてさ。俺も、つまんないスケベ根性を出してな。政財界にコネができるかな、とかさ。甘い汁を期待して、そんなのに絡んでた時期もあるわけだ」

「若さ故」

「……ま、そういうことだな。恥ずかしいけど消せない過去だ」

「あんまり気にするな。高田は、中学校の頃、ダニエル・ビダルが好きだったんだってよ。で、ファンクラブに入るにはどうしたらいいか、と連絡先を探したことがあるそうだ。ほら、雑誌に文通欄なんてのがあっただろ」

「そう言や、あったなぁ……」

「それの〈教えて下さい〉コーナーに、〈ダニエル・ビダルのファンクラブの住所を教えて下さい〉なんて出したんだってよ」

「ほほう……」

「それでも、そんな過去に縛られることなく、今は元気に暮らしてる。大丈夫だよ。若さ故、は」

「ならいいけどな。……ま、そんな縁で、何度か一緒に飲んだことがあるんだけど、まぁ、すごいオヤジだ、と俺は感心してたんだ。頭は切れるし、とにかくやり手だった。甘いことを言うと、ビシビシ切り込んできて、立ち往生させられる、そんな感じのオヤジだった」

「そうかい」

俺は頷いた。篠原がそう言うんなら、そうなんだろう。

「編集局長まで行って、ゆくゆくは北日社長か、あるいはSBCの社長は確実、という評判だったんだが、息子が与太郎のでくの坊でな。詳しくはわからないが、なにか事件を起こしたんだろう、と思う。取引き、みたいなことが、あったんじゃないかな。で、カジワラは北日の出世競争から脱落して、北日印刷社長に収まって余生を過ごす、と」

「クビにはならなかったのか」

「それは、お互いにとって避けたかったんじゃないかな」

「お互いってのは、カジワラと北日、ということか？」

「そうだ。カジワラとしちゃあ、住宅ローンを組んでるんだろうしな。食い扶持とローンの支払い分は、なんとかしてくれ、と北日に泣きついたんだろう。なりふり構わず。で、北日としては、編集局長をクビにするってのは、相当大きなダメージだろうしな。新聞社として」

「まぁな」

「ま、そんなこんなのお互いの事情を摺り合わせて、あっちこっちを調整して、息子は、無事に盤渓学園卒業、ということになったらしい。もしかすると、道警に借りがあるかもしれないな」

「カジワラがか？」

「そうだ」

「ということは、北日も当然……」

「借りがある、だろうな。……まぁ、そういうことを言い出せば、結局、新聞社も放送局も、政府や自治体や警察に、借りがあるわけだけどな」

「ああ、まぁ、そりゃそうだけどな」

全てのメディアは、政府に借りがある。だが、政府は、全てのメディアに借りがある。これがまぁ、現代民主主義の基本だ。

「三人の与太郎共……加賀埜敏治、カジワラヒロシ、……」

「そう。それと、ツゲリョウスケだ」

「そのツゲってのは？」

「考えようによっちゃ、こいつが一番タチが悪いかな。オヤジは、警察官僚だ」

「ほう」

「ツゲアキツグと言ってな。東大出のキャリアで、昭和四十六年警察庁入庁。めぼしいところでは、警察庁刑事局捜査第一課広域捜査指導官室長や、警備局公安第二課長なんてのを歴任して、兵庫県警警察学校の校長までたどり着いた時に、息子のリョウスケが、……その頃は中学生だったのかな。こいつが、同じ中学校の知的障害のある生徒を二階の窓から突き落としてな。今でもその子は寝た切りだそうだ。その翌年、今度は家庭科の時間に、同級生の女の子の腹を包丁で刺した」

「死んだの？」

「幸い、命は取り留めた」

「そうか」

「医者の鑑定では、ツゲリョウスケは、精神に異常なところはないらしい。ただ、やたらと粗暴だ、と」

「で？」

「ああ。息子を盤渓学園に入れることにして、父親は北海道警察に異動させてもらって、妻と娘ふたりは神戸に置いたまま、息子とふたりで北海道にやって来た」

「そんな異動願いが簡単に受理されるのか」

「東大出同士は、お互いに庇い合うし、融通し合うもんだ。ツゲは、道警本部の資材局の局長だ。なにしろ道警の買物を全て掌握しているやつだからな。公金を片っ端から裏金にして、掻き集めている、というもっぱらの噂だ」

「なるほど。加賀埜敏治、カジワラヒロシ、ツゲリョウスケ……」

「その三人が、札付きで、ここ数年の、盤渓学園ワースト・トリオ、ということらしい」

「こういうのが、またお互い同士仲が良いんだよな」

「そうだ。この三人は、ススキノでは結構顔を売ってたらしい」

「俺は全然知らなかったぞ」

「だからそれは、もう、歳だ、ということだよ、お前も。俺たちは。ガキ共の中でどいつがでかいツラしてるか、なんてことは、もうすっかりわからないよ。少なくとも、俺はな」

確かに、俺もそうだ。……いや、今の今まで、そんなことを気にしたこともない。

「で、その三人がどうした？」

「この三人、つまり盤渓学園トリオは、高等部卒業後は、それぞれ別な道に進んだんだな。

加賀埜は、道央文化学院大学の国際コミュニケーション学科、カジワラは、アニマル・カレッジ札幌のトリマー・コース、ツゲは大藤看護学院の準看護士コース」

「ええと、確か、道央文化学院は、盤渓学園の経営じゃなかったか？」

「そうだ。道央経専と、ＩＬＳ国際ランゲージスクールをひとつにして、四年制大学の道央文化学院を作ったわけだが、その道央経専とＩＬＳは、両方とも盤渓学園の経営だったんだ」

「中国人留学生が、中国エステで売春してて、何十人か捕まったのが……」

「そうだ。あれが道央文化学院だ。違法入国の中国人の供給源だ、と言われてる大学だよ。一応、瀋陽にある日本語学校とタイアップしている、ということになってるけどな。その実、その〈日本語学校〉ってのの経営者は、中国マフィアのボスだ、と言われてる」

「……ま、とにかく三人のバカ息子たちは、卒業した、と。加賀埜が道央文化学院大に入った、ってのはどういうことだ？」

「どういう？」

「つまり、加賀埜が、一番成績がよかった、ということか？　それとも、加賀埜が最低だった、ということか？」

「さあな。……まぁ、いずれにしても、箸にも棒にも掛からない、バカモノ共だろう」

「だろうな」

「道はそれぞれバラバラだが、毎日毎日、ツルんでススキノで遊び回っていた、と」

「それで？」

「ところが、お前が入院して以来、どうもこの三人の姿がススキノで見られなくなった」

「ほう」

「カジワラとツゲが一緒にいる場面は、何度か目撃されてるらしいんだ。でも、加賀埜は、いきなり消えてしまった」

「……どういうことかな」

「さあな。……まぁ、とにかくそんなわけで、お前の腹を刺したのは、加賀埜じゃないか、という噂がないこともない。どうだ？」

「どうだろうな。俺は、その加賀埜ってやつを知らないし。……写真かなにか、ないのか？」

「俺は知らない。会ったことはないしな。その三人のうちの誰とも。でも、もしも必要だったら、写真くらいは手に入れられるぞ」

「居残の仲間に、警察関係者とかもいるのか？」

篠原は鼻で笑って、答えなかった。

「ま、無理なく手に入るんだったら、頼む」

「わかった。……それより、お前はどうなんだ？」

「なにが？」

「自分じゃ、心当たりはないのか？」

「……心当たりな……」

「行きずりじゃなくて、お前を狙った、という可能性もあるだろ。その点、考えたか？」

言われてみると、そんなことは考えたこともなかった。だが、……まぁ、その可能性はないだろう。

「いや。考えたことはないけど、その可能性はないよ。俺があの店に行ったのは偶然だし」

「そうかな。その店に入ったのは偶然だとしても、その前から尾けてた、という可能性だってあるだろ」

「でも、なんで俺が狙われる？」

「そりゃ、いろいろと理由を持ってるやつは多いだろ」

「……そりゃ、皆無とは言わないが、まぁ、それはハズレ、だよ」

「そうか？ ならいいけど」

「ただ、刺したガキについては、ちょっと気になることもあってな」

「ん？」

「お前、バーント・オファリングスってのは、知ってるか？」

「ああ、連中な」

困ったような顔になって、頭をゴシゴシ掻いた。

「知ってるのか？」

「いや、その……そんなに詳しいわけじゃないが、……まぁ、知らないわけじゃない。……いい連中なんだ。ただ、若いせいもあるし、……まぁ、まともじゃないからな。……〈アルス〉なんかに出入りするようなバカなところがあってな……」

「そうか。いや、玉淵もそう言ってたよ」

「なんだ。あいつから聞いてるのか」

「ちょっとな。あいつの口調も、音楽性や何かは相当評価してるようだったな」

「俺も、その点はいいバンドだ、と思うよ。ただな、どうも周りに変な連中が集まりやすくてな」

「らしいな」

「で?」

「うん……その、〈変な連中〉の中に、俺のことを気にしてるやつがいるみたいなんでな」

「ほう……それは不思議だな。つながりがわからない」

「だろ? それで、そのあたりのことがわかるかな、と思ってさ。大社長の御意見を拝聴しに伺ったわけだ」

「まぁ、取り巻きの女の子に、変なのが混じってるが、あれこそ、若さ故、ってやつだろ。俺らが高校の頃とかにも、あんなのがいたよ。澁澤龍彦が好きで、マニエリスムが好きで、山尾悠子が好きで、ピンク・フロイドが好きで、という……」

「まあな」

「ラビ・シャンカールのコンサートに行ったりさ」

「ああ、来た来た」

「あの頃は、不思議と葉《グラス》っぱも、そんなに苦労せずに手に入ったし」

「それはもちろん、俺みたいなのがいたし」

篠原は、ははは、と笑った。

「ああ、そうか。そうだよな。……そんなのと、同じことだよ」

「そういうことだな」

そうは答えたものの、俺は、全面的に同意したわけじゃない。俺たちが高校生の頃の葉っぱと、今の葉っぱは、どこか違う。

魂の汚れ具合が、なにか違う、と言えば笑われるか？　そんなことを考えるのは、俺が歳を取ったせいか？

理性は、その通り、と言う。だが「違うさ、やっぱ」と頑固に確信しているなにかが、俺の中にあるので、俺はちょっと持て余した。

8

ふと気付くと、窓の向こうはもうすっかり暗くなっていた。すっかり長居しちまったことを詫びて、俺は立ち上がった。

「犯人を捜してるのか？」篠原が、なんとなく真剣な口調で言う。「カタキをとるとか？」

古風なことを言い出した。俺は思わず笑った。

「そんなんじゃないが……焦らなくてもそのうちにわかる、とは思ってるんだ。ま、そんなにシャカリキになって探してるわけじゃない。見付け出してどうこうしよう、とも思ってないし。ただ、何事もなく許してもらえる、と思われても、困る」

「まあな」

「ま、見付かるさ。そのうちに」

「なんかわかったら、教えようか？」

「わかったらな。別に、そのためにあれこれ動かなくてもいいぞ」

「そんなつもりはないさ。じゃあな」

「またな」

＊

街はもう、すっかり夜だった。とりあえず〈ケラー〉に顔を出した。時間が早く、客は誰もいなかった。「いらっしゃいませ！」とこっちを見た岡本が、「あ」と小声で言って、早足でオフィスのドアの中に入った。すぐにガリガリに痩せたマスターがスタスタと出て来て、カウンターを挟んで、俺の前に立った。

「いらっしゃいませ」

「今晩は」

「大変だったね」

「いや、それが……」

「脂肪が厚くて、命拾いしたってね」

「……ええ、実はそうなんです」

「一時は、重傷だ、とか、実は死んだ、という噂が流れたからね。私たちも、心配したよ」

「御迷惑、おかけしました」

「迷惑じゃないさ。女の子を助けようとしたんだって？」

「そのつもりだったんだけど……」

「変な連中がいるからね」

「はぁ……」

マスターに、しみじみした口調でそう言われると、全ては俺の落ち度だった、という気になってくる。どんなことであれ、事態が俺に不都合な結果に結びついたら、それは、俺が自分でコントロールできない出来事に、そうと気付かずに関わった、ということであり、少なくとも、その一点では、俺が悪いのだ。あの時、あのガキが、ナイフの扱いに充分に慣れていて、そして俺の腹の脂肪など関係なく刺殺することができたら、俺は今ごろ生きていない。もしそうなったとしたら、それも当然、俺の落ち度なのだ。

そのことを、マスターの視線は語っていた。俺は、恥ずかしくなって俯いた。俺は今年で四十七だが、ということは、マスターはそろそろ六十であり、そして永遠に、俺よりも偉いのだった。

「サウダージ？」

「ええ、お願いします」

最近は、もっぱらこれを飲んでいる。滝川の〈英国屋〉のバーテンダーが考案したものに、少しずつ修正を加えながら成長させ、一昨年《おととし》の冬に完成した飲み物だ。オールド・ファッションド・グラスに、ランプ・オブ・アイスを入れておく。で、シェイカーに、ゴードンのジンとティオ・ペペを入れる。分量の目安は、ドライ・マティニのベルモットを、ティオ・ペペに取り替えた、という感じだ。で、シェイクして、グラスに注ぐ。アンゴスチュラ・ビタース、一ダッシュ、レモン・ピール。好みでオリーブを添えてもいいが、俺はない方が好きだ。この形で完成して、さて、名前を付けよう、とみんなであれこれ考えたのだが、結局、「サウダージ」に落ち着いた。ポルノグラフィティのサウダージは名曲だが、あれにあやかると同時に、高中正義のサウダージのあの淡い哀しみをも加味したつもりの命名だ。

「飲んでも、大丈夫なの？」

「ええ。内臓は全く無傷で」

「いや、傷口が開く、とかさ」

「さぁ……ま、大丈夫でしょう」

マスターが流れるような動作で鮮やかに作ってくれたサウダージを飲み、そのマスターがオフィスに戻る後ろ姿を見送りながら、やはり電話しよう、と決めた。

岡本に声をかけて、ピンク電話に向かい、〈濱谷人生研究所〉の名刺を見ながら、電話をかけた。すぐに濱谷が出た。微妙なところだった。早過ぎると、「あんた、あたしは人の命を救ってる最中なんだよ！」と喚かれてしまう。もう少し遅くなると、すでに毛皮のコートと宝石五十個で飾り立て、ホストクラブに突撃してしまう。

「濱谷です！」

「先程は、どうも」

「あら、あんた。どうしたの？」

「いや、特に用はないんだけど」

「そんなこと言って。ねぇ、あんたどう思う、カシワギ。ヘンな娘だろ？」

「……どうかなぁ……はっきりとはわからなかった」

「ああ、あの女、初対面の男の前じゃ、猫かぶるからねぇ」

「……そうか？……」

「女だら、一目で見抜くんだけど、……男は、甘いし、鈍いからねぇ……」

「……そんなもんかね……。で、ほら、病院じゃ、オバチャン、顔真っ白の、髪金色の、唇真っ黒の、フリルフリフリの、と言ってただろ」

「そんなことも言ったかもしれないけどね。あの娘はね、その時その時で、カッコがいつも違うのさ。なんだか？ デザイナーに？ なりたい？ ちゅってるからね。して、服を作ったり、服をあアでもないこうでもない、ちゅって組み合わせるのが好きなんだと。あのコの基本は、そのグロテスク化粧のフリルフリフリなんだけどね、まぁ、今日みたいな、少しはまともに近い服も着ることもあるのさ」

「なるほど」

「ただ、そのフリルフリフリの印象が強いからねぇ。だから、アミちゃんたちと話す時なんかは、『フリルの子』っちゅうわ。普通は」

アミちゃんが誰なのかは知らないが、要するに、あそこの部屋に溜まってる連中なんだろう。

「なるほど。で、あのカシワギって子が、俺のことを……というか、俺の腹を気にしてたんだな？　それで、病院に見舞いに来てくれたんだろ？」

「別に……あの娘がなんか言ったから、それであんたの見舞いに行ったっちゅわけでないけどね。したけど、あの娘が、『おなか刺された人はどうなったんですか』っちゅって、何度も何度も聞くからね。したから、それであたしもちょっと気にならさった、ってのは事実だけどね」

「なるほど」

「……調べてちょうだいよ。どんな娘なのか。なんか、気持ち悪くてさぁ。ちゃんとあたし、相手できなくて、困るんだから」

「ちゃんと相手できないってのは？」

「なんか、あの娘が言うこと、『はいはい』って受け入れちまうんだわ。口がうまい……あたしなんてあんた、今度なんて、パソコン、買わされるんだよ」

「はぁ？　なんだ、それ」

「絶対にいいから買えっちゅのさ。して、知り合いが電気屋にいるから、安く買えるっちゅのさ。……話聞いてる時は、うん、こりゃいい、是非買おう、っちゅうふうに思わさるんだけど、あとになって思うと、いや、そうでない、少しここは冷静になって考えて、と……」

「……」

「どうも、あたし、カシワギに利用されてるように思えるんだわ」

「オバチャンを利用して、あのコはなにをしようとしてるんだ？」

「……そういう、なんのため、とかでなくてさ」

「ん？」

「どうもねぇ……うまく言えないけど、カシワギは、なにかのために他人を利用したり、他人を動かしたりしてるんでないね。そうでなくてね、他人を利用するのが、純粋に楽しいんだわ。他人を、動かす、そのことそれ自体が、きっと楽しいんだわ。そんな気がするのさ」

「……すごいね」

「なにが？」

「さすがは霊能力者だ」

「……あんた、あたしば、バカにしてる？」

「いや。全然。少なくとも、今この瞬間だけは、バカになんかしてないよ。感心してるんだ」

「あら。ま。おだてるんでない。……あら？　ちょっと、あんた今、今この瞬間〈だけ〉はっちゅわなかった？」

「いやその……言ったかもしれないけどさ」

「なに、あんた。したら、今この瞬間以外の、普通の時は、バカにしてる、っちゅう……」

「違う、違う。そんなこと、思ってないって」

「……ほんとに、もう……して、あんたなんの用だのさ」

「いや、カシワギ嬢の調査を依頼されたからさ。彼女の住所とか、そんなデータが必要だからさ」

「あ、そりゃそうだね」

「わかるか？」

「いやぁ、それがあんた、今年、年賀状くれたもんさ、上手に作った年賀状。その、バーントサリグの、ライブの写真？　ちゅうのをちゃんと印刷してねぇ。パソコンで、こういうこともできるんだから、買いなよって、いうんだけどねぇ……」

「なるほど。じゃ、住所その他は、わかるんだな？」

「わかるよ」

「じゃ、近いうちにまた行くから、すぐに出せるように用意しておいてくれ」

「はいはい。今度は、前もって電話して来てや。こっちにも、いろいろと用意があるから」

「用意？　なんの？」

「なんのっちゅこともないけどね。ま、電話して来てや」

「わかった」

受話器を置いた。思いがけず、長電話をしてしまった。とりあえず、ストゥールに戻り、サウダージを数杯飲んだ。

平日の夜で、まだ時間は早いが、今夜は珍しく客が次々と入って来た。顔見知りも少しはいるが、一緒に飲むほどではない。松尾か高田でも来ないかな、と思うが、それは無理だ。松尾は東京にいる。高田は、ショット・バーでマスターをしている。この頃、すこしずつ夜がつまらなくなってきたような気がする。俺が歳を取ったせいか。それとも、ススキノが、変わったのか。

おそらくは両方とも、なんだろうけど、なんともパッとしない気分だ。

この夜は、だらだら飲んで、いい加減に酔っ払い、午前二時まで〈ケラー〉で粘った。で、〈ケラー〉が仕舞ってから、久しぶりに〈フラミンゴ・ドリーム〉に行った。昔懐かしい「カフェ・バー」の、今となっては唯一の生き残りだ。ここでは、午前五時まで飲める。客はほとんどいないが、一日の疲れを噛みしめつつ、ベトナム料理を食べるのにはいい場所だ。ここでは、高田のＤＪが聞ける。高田が、店から発信しているミニＦＭを、中継しているのだ。夜の終わりの気だるさの中で聞くと、高田の、ややオヤジっぽい饒舌も、なんとなく耳に快い。

俺は、今気に入っているキュヴェ・ミティークで生春巻きを五本食べ、それからアードベックを三杯飲んで、大人しく部屋に戻った。

9

俺を刺したガキについては、その後、ほとんどなにも情報は得られなかった。俺が腹を刺されたからと言って、ススキノには特筆すべき変化もなく、時間はただ坦々と過ぎていく。ただ、このところ毎年そうだが、前年同期に比べると、景気はより一層悪く、街の気配は下等になっていて、そこらに黒服崩れの半端もんが屯《たむろ》する、その数が年々増える。

こいつらは、道行く若い女に片っ端から声をかけて、キャバクラや射精産業に勧誘する連中だ。そのカスリが、数万だってんだから、もう世界は隅々まで貧乏だ。「遊び」ということの豪奢さが、根底からなくなってしまった。女たちは、一本三千円でペニスをくわえ、ひとり五千円で性交する。しかも、多くの場合、心を込めて。彼女たちは、客の予想に反して、客を喜ばせることに生き甲斐を感じていたりする。

黒服崩れ、ホスト崩れの半端もん共は、そういう女たちを勧誘し、右から左に動かして、数万円のはした金を貰い、心底嬉しそうに「ラッキー!」と喜び、その金で心底うまそうに、くちゃくちゃ音を立てて、回転寿司を食う。

ススキノはそんな街になっちまったが、ほかに行くところもないんで、ここで飲むしかない。だらだら飲んで、時折イカサマ博打でシロウトたちの懐から札束をゴソッと抜き取り、数棟のビルの安寧秩序を控え目に維持し、数年前、燃やされる危機をなんとか乗り越えた木造会館が、このところの微かな景気上昇の影響で、再び燃え上がる危険が出て来たので、その保護運営の仕組み（電気工事じゃなくてね。人脈形成ね）を作ったりして、俺は冬の終わりを忙しく過ごした。加賀埜敏治は、相変わらず行方不明で、これはきっと、もう札幌にはいないな、という感じがした。どこかの誰かが、これで手打ちにして、さり気なく俺に謝罪している、と好意的に受け止めてやってもいいが、状況がわからなきゃ、一方的に手打ちをするわけにもいかない。まぁ、そのうちに、どこかから、誰かが何か言って来るだろう。

加賀埜あけみは、相変わらずほとんど毎日、ローカル番組の中で「お元気クイッククッキング」を紹介しているが、そういう目で見るからか、心なしか元気がない。

北日印刷社長、梶原雄一、ならびにその息子である梶原裕史、および北海道警察本部資材局局長の柘植章嗣と、その息子の柘植亮介については、暇な時にポッポッと情報を集めていたが、これもまぁ、そんなに真剣に取り組んでいたわけではない。定年退職後の、マッチ棒を使った日光東照宮の模型作りみたいなものだった。

要するに、俺はなぜか全然やる気がなく、春の訪れを待ちながら、暗いススキノで、だらだら酒を飲んでいたのだ。

そんなある夜、〈ケラー〉のピンク電話が鳴った。オフィスから、ガリガリに痩せたマスターがスタスタと出て来て、受話器を取り、「おお」と息を呑んだ。そして、俺を呼んだ。

「は？」

「珍しい人から電話」

嬉しそうに言う。これは、マスターとしては希有な反応と言える。

「珍しい人？」

受話器を受け取って名前を言うと、相手は弾んだ声で言った。

「松尾だ」

「よう。しばらく」

「全くだな」

「どうした？」

「札幌に戻ることになった」

「宮内庁から？」

「そうだ」

そう語る声は、本当に活き活きしていた。

「よかったなぁ！」

一応そう言ったが、具体的にどういうことなのか、俺にはよくわからない。サラリーマンの事情に暗いから、人事異動ということの実際については、なんのリアリティも持てない。

宮内庁担当にさせられるのと、札幌本社で社会部遊軍でいるのと、どっちが楽しくてやり甲斐のある仕事なのか、ということもわからない。だが、電話の声が、本当に晴れやかなので、とにかく松尾にとっては、喜ばしいことなんだろう、と思うだけだ。

もちろん、また、毎日のように松尾と飲み歩けるのは、楽しいわけだが。

「ま、早く帰れてなによりだった」

松尾は、想いを噛みしめる口調で言う。

「なにかあったのか?」

「お前わかるかな、ウチの印刷の梶原って社長」

そりゃ知ってるさ。

「ああ、名前はな」

「あいつが、とうとうリタイヤするんだ」

「ほう……」

「いろいろと問題があってな。ちょっともう、置いとけない、ってことになってな。で、梶原派の幹部たちも三人くらい、早期退職ってことになるみたいだな。この三人は、OB会には入れるんだけど、梶原は、OB会からも排除されるんだ」

宮内庁記者クラブから札幌に戻るのが、よほど嬉しいんだろう。俺が、こういう話は全然理解できない、ということを忘れて、夢中になって語っている。少しは酒も入っているようだ。

「とにかく、あ〜あ、来週には、そっちに戻るから」

「そんなに手放しで喜んでもいいのか？」

「なにが」

「そっちでできた恋人、なんてのは、大丈夫なのか？」

松尾は、妻子があるが、実は、筋金入りのホモセクシャルなのだ。

「そんなもん、いないよ」

「どうかな。男同士の嫉妬はスゴイってぇじゃないか」

「俺は、そういうのとは違うから」

「じゃ、札幌の歯医者とまた再会、ということか？」

松尾の愛人は、歯科医なのだ。こいつも、妻子がいるが、実際のところはホモセクシャルなんだそうだ。一度、本当にベロンベロンに酔っ払った松尾が、「俺たちの愛は純粋だ」と口走ったことがある。

愛！

純粋！

これらの単語を口にした！

この三点だけで、松尾が十二ダースの方法で自殺をする恐れがある。だから、俺は聞かなかったことにしている。松尾は忘れちまったのか、忘れたことにしているのか、その点は、俺にはもちろん、わからない。

「まぁ、元気にしてるらしいよ」

なんだか生真面目な口調で言って、それから、思い出したように付け加える。

「そう言えば、お前、腹は大丈夫か？」

「腹？」

この時は、刺されたのをすっかり忘れていた。

「腹だよ、腹。刺されたんだろ」

「ああ、その腹な」

「他にあるか？」

「いや、刺された腹じゃなくて、出っ張ってきた腹のことか、と思ってさ」

「同じ腹だろ」

「そうだけど」

「どうなんだ？」

「大丈夫だよ。もう傷口も塞がって、抜糸もして、なかなかカッコイイ傷跡が残って、それで終わりだ」

「ならいいけどな。知ってるか？」

「いや」

「だろうな」

「なにが？」

「平和の滝近くの森の中から、加賀埜の息子の……」

「……遺体？」

「そうだ。それが出て来たぞ。今のところは、左手一本だけどな」

「野犬か？」

「多分な」

そうか。……やはり、もう、札幌にはいなかったんだ。

「そうか……」

「お前、警察に、刺した犯人は、ピッチって呼ばれていたって話しただろ」

「ああ。なんで調書の内容を知ってる？」

「想像しろよ。多分、正しいから」

つまり、居残には、道警の内通者もいる、ということだな、きっと。

「で、加賀埜の息子は、敏治って名前でな。アダ名がビンジだ。それが、ピッチって聞こえたんだろうな」

「……」

「もうすぐ、柘植亮介の死体も出て来るはずだ」

「……」

「梶原裕史は、今は、自宅で保護されてる。オヤジが……つまり、梶原雄一が、つきっきりでそばにいるそうだ。そんなわけで、警察も、梶原には手出しができない。最後の最後になって、ギリギリのところで、梶原は息子を救うことにしたんだ」

「あのね、別に全然悔しくないけどさ、俺、お前の言ってること、まるっきり理解できないんだけど」

「そりゃそうだろうな。俺だって、宮内庁記者クラブでのんびり生きてたら、そんなあたりのことが全く理解できない浦島太郎になってただろう、と思うよ」

「浦島太郎か」

「宮内庁はいいところだぞぉ。乙姫様の御馳走に、鯛や平目の舞い踊りだ。ただ珍しく面白く、月日の経つのも夢のウチってな」

札幌に戻るのが、よほど嬉しいらしい。

「……」

「と、いうようなアレコレでな。ちょっと、騒がしくなるぞ。騒ぎを見ながら、ふたりで飲もうな」

楽しそうにそう言って、松尾は電話を切った。

その翌日、加賀埜敏治と柘植亮介、ふたりの死体が発見された。加賀埜は、西区平和の滝の奥の森の中で、雪の中から野犬に掘られ、食い荒らされて見付かった。そして、柘植は、中山峠の駐車場で、北海道警察本部札幌東署の女巡査と心中死体で発見されたのだ。

死体で発見されたこのふたりが、生前は仲間同士であり、ほぼ同時期に（つまり、俺が腹を刺された直後に）行方不明になっていたことも、このふたりの仲間である梶原裕史が現在、父親によって家で保護されていて、夜中に突然叫び出す、ということも、いやそもそも、俺が腹を刺された、その犯人はおそらく加賀埜だ、ということも、全く話題にならなかった。加賀埜の死体と柘植の死体は、それぞれまったく無関係な、「無軌道な若者たちの愚行」の結果として、簡単に取り上げられ、あっさりと忘れ去られようとしていた。もちろん、誰も俺の腹などに興味を示さないのは、言うまでもない。

10

翌週の末には、帰札した松尾と久しぶりにゆっくりと飲んだが、この時はすでに松尾は冷静さを取り戻していて、加賀埜敏治や柘植亮介のことについて、口が重くなっていた。

「説明しない、とは言っていない。でも、とにかく、少し待て」

などと分別くさい口調で言う。なんとなく、状況が変わっているような気配があった。

実際、非常に……メディアが好きな言葉を使えば……「衝撃的」な事件なのに、新聞も、テレビもほとんど取り上げない。ふたつの死体の関係にも触れないし、その家族などに触れた報道などもほとんどない。このままでは、あっと言う間に忘れ去られてしまうだろう。

「信じられねぇな、この無関心さは」

俺の呟きを引き取って、松尾が、なにか弁解するような口調で言う。

「だから。後で説明するから。ややこしいんだよ、いろいろと」

「でも、俺は、刺された当人だぞ」

「お前が刺されたのは、全然関係ない話になってるんだ」

「……そうじゃないかな、とは思ったけどさ。俺、大学中退だし」

「物事が微妙でな。どうカタを付けるのか、それが皆目見当も付かない。警察官僚の考えることは、異様にねじくれてるからな。……それに、……こっちにもいろいろと問題はあるし」

今のところ、加賀埜敏治は、悪口を言った言わないだの、女に手を出した出していないだのというもめ事の結果、同じようなチンピラ共に連れ去られて、暴行の末に森に捨てられた、それに雪が積もってわからなくなっていたのが、寒さが緩んだせいもあって、野犬が掘り出し、手をくわえて人里に下りて来て、置き去りにした、ということになっている。ローカル番組の加賀埜あけみのコーナーは、全て「お休み」になっている。ローカルのワイド・ショーは頻繁にこの話題を取り上げるが、やはりどこか及び腰で、もちろん、行方不明になった直前に俺の腹を刺した、ということは全く問題にならなかった。

一方、道警資材局局長の息子、柘植亮介については、もっと丁寧なドラマが用意された。彼は、強盗の逃走を阻もうとして、午前三時のコンビニエンス・ストアでもみ合いとなり、その結果、犯人が持っていたナイフが犯人自身の腹に刺さった。柘植亮介は、すぐに救急車を呼んだが、犯人は即死状態だった。駆け付けた救急隊員にそのことを知らされた柘植亮介は、そのままそこからいなくなった。で、翌々日の深夜、中山峠の駐車場に停まっていた軽自動車の中で、若い男女が並んで死んでいるのが発見された。排気ガスをホースで車内に引き込み、自殺したもの、と判断された。男は柘植亮介、女は、札幌東警察署の生活安全課巡査、大久保華代《はなよ》。華代は亮介よりも八歳年上で、道警の中でも「美人婦警」として評判だったらしい。亮介は、自分の過失で人を死なせた罪障感、そして華代は、年下の恋人への同情で、心中した、ということになった。

コンビニエンス・ストアの防犯カメラは、最近では珍しいことに、故障していて、事件のようすは録画されていなかった。また、中山峠の駐車場は、夜半とはいえ、車の出入りは激しく、軽自動車はけっこう目立つ場所に停まっていたのだが、ふたりが完全に死ぬまで、誰も気付かなかったのだった。父親である道警資材局局長は、潤んだ目で空を見上げ、声を詰まらせつつ「正義感のある、勇敢な息子だった」と語り、部下と息子との関係については「付き合っていたかどうかは詳しくは知らないが、もちろん、本人たちが真面目に結婚を望んでいたのであれば、許すつもりだった。孫の顔が早く見たかった」と震える声で語り、唇を噛みしめて顔を伏せ、嗚咽した。それを見て、日本中の人々は涙ぐんで感動し、ススキノのチンピラ共やヤクザ者たちは、大爆笑した。

「なぁ、なにがどうなってるのか、教えてくれよ」

俺は何度か松尾に言った。松尾も、完黙する気はもちろんないらしく、「落ち着いたらな」とは言うのだが、その「落ち着き」が、今年中に来るのかどうか、どうもはっきりしない。

そもそも、不景気でパッとしないススキノが、なんだかざわついているのは、道警の長引く不祥事の連鎖がその大本にあるのだ。

その不祥事があからさまになったのは、数年前、青柳という不良刑事とその仲間たちが作り上げた犯罪組織が、壊滅した事件以降のことだ。この青柳グループの壊滅は、俺もいささか関わりを持った大事件だったが、彼らに命を狙われた小学生を救うために、伝説の殺し屋が札幌に舞い戻ったり、そいつと俺が一緒に逃げたり、とんでもない騒ぎだったのだ。大手建設会社の幹部が射殺され、その流れで犯人の零細建設会社社長（すでに破産していた）や私設保育所の保母、数人の腐敗刑事、大勢の暴力団員、警察庁の新人キャリアなどが殺されたのだ。

事件はそれで済まず、北海道警察の腐敗がいろいろとあからさまになり、上層部の関与も取り沙汰され、生活安全部にいた別の不良刑事と、その周辺にいて、その刑事……井川旭という名前だ……と、そいつを利用して甘い汁を吸っていた道警幹部たちの実名がボロボロと明らかになり、しかも画龍に点睛するかのように、追い詰められた井川が泥酔状態で真夜中に車を運転し、散歩していた老人を轢き殺して逃げ、同乗していた、生活安全課の女巡査、大久保華代とともにカーチェイスの末に逮捕された、という、まるで小説か映画のようなどたばた騒ぎというオマケまでつけるサービスぶりで、このところ、エンターテインメント・ユニット、あるいはコジキ集団としての道警の活躍は、目を瞠るものがあったわけだ。

ただ、そんな中で不思議だったのは、地元のメディアの雄である北海道日報、略称「北日」の及び腰具合で、青柳刑事暴走の時も、井川逮捕の時も、あまり派手には取り上げなかった。井川と一緒に逮捕された大久保華代が、いつの間にか起訴猶予になって大手を振ってそこらを歩き回っていたことも、全く報道されなかった。大久保の一件は、理由も経緯も全く不透明で、いくらでも追及の糸口があったのに、北日は無視した。俺たち一般道民は、大久保華代が死んでから、初めてあの札付き女巡査が、塀のこっち側を闊歩していたのを知って驚いたのだ。

北日の中でなにがあって、どんな大騒動があり、なにが平定されたのか、もちろん俺にはわからないし、実際のところ、そういう「組織」や「会社」や「役人ども」のネコババ競争には興味もないのだが、とにかく、ススキノの治安は俺にも直結する大問題ではある。それに、役人や警官などのコジキたちがススキノで下品な酒を飲むのを見るとムカムカして酒がまずくなるので、まんざら無関係でもない。とにかく、情けない。

なにがイヤだと言って、「大久保華代」問題が、情けなさの極致だ。

この女警官は、井川と「交際」して、井川と同じく覚醒剤中毒にもなり、結局は逮捕された女だ。「警官という職責にありながら、覚醒剤に溺れた」ってことで、内部でも相当非難されたらしいんだが、堂々と啖呵を切ったという。

「あんたたち、バカ言うんじゃないよ、覚醒剤をあそこに塗って、セックスしてみな。もう、どうなってもいいってくらい、イクんだから」

こんな下品な啖呵が、道警内部では、あたかも「英雄の決めゼリフ」のように喝采を浴びたらしい。

これが、そもそも情けない。つくづく、バカの集まっている組織だ、と思う。

そして、こんな薄バカの大久保華代が、「道警始まって以来の美人」と評判が高い、というのも泣かせる。実際に見てみると、箸にも棒にも掛からないブスなのだが、警察という組織の中では、「始まって以来の美人」ということになるんだそうだ。しかもこの女は、井川の他に、幹部警官とも愛人関係にあり、それを花岡組に知られて、脅迫されていた、という噂もあり、北海道民の……まぁ、四割は、その噂は真実だ、と思っているだろう。俺もそう思っている。

そのあたりまでは、あまり派手な報道ではなかったのだが、宮内庁から戻って来た松尾が、やはりまたもや暴走気味でトバしているらしく、北日の「道警不祥事」調査報道はどんどん面白くなり、道民たちは「さすがは『北日』」と応援するし、松尾は「そのうち、落ち着いたら」と言って、俺の質問をはぐらかしつつ、目の下の隈の色が日々どす黒さを増していくのだった。

そんなわけで、事態は目まぐるしく動き、俺の腹のことなど誰も気にしなくなり、犯人のことを、俺自身も「いや、それどころじゃないだろ」とついつい忘れがちになった慌ただしさの中で、「静かに飲みたい。それだけが、俺が人生に望むことだ」なんて、嘘を呟きながらだらだら飲んでいたところに、いきなり大事件が起こったのだ。

＊

雪がすっかり解けたある金曜日、いつもよりも早く〈ケラー〉でひとりでサウダージを飲んでいたら、そこに高田がやって来た。高田はDJを始めてから、午前二時以降は店を閉めて、ミニFMの番組に没頭するようになったので、この頃は早い時間にやって来る。本当は、食い物にもそれなりに凝っているショット・バーのオーナーとしては、ずっと店にいて目を光らせたいのだろうが、いろいろと用事も多いらしい。そんなわけで、時折、午後七時頃などに、〈ケラー〉に姿を現したり、電話を寄越したりすることもある。

「よう」

と無愛想に言って、俺と並んで座った。

「いらっしゃいませ！」

岡本がきちんと頭を下げる。

「ふ〜ん……」

としみじみした声を出して、高田が言った。

「岡本さんは……髪、ふさふさだなぁ……」

あまりにも感に堪えないような口調だったので、俺と岡本は思わず吹き出した。

「なんだ、お前たち。ふたりして。いきなり」

「おい、気を付けろよ。高田の前で、髪の話はタブーだ」

「俺だよ。その高田ってのは」

「おおお！　本当だ！」

四十を過ぎてから、高田の頭頂部は、なんだか頼りなくポヤポヤしてきて、とても若々しくなったのだ。まるで新生児だ。俺はもみあげに白髪が混じっている。その点、岡本は、確かにそう言われてみると、量にも色にもあまり変化がない。

「でも、そう言われてみると……」

俺が呟くと、高田が「だろ！」と厳しい口調で言って、「白状しろ！」と詰った。

「やめてくださいよ」

岡本は、いかにも嬉しそうな笑顔で、得意げにこっちを見る。もちろん、きちんとしたバーテンダーだから、自分の髪に手で触れるようなことはしない。

「ほら、僕らはこういう商売だから、ポマードで、毎日毎日、かっちり固めるでしょ。だから……」

「なおさら、髪に悪いような気がするがな」

高田が憮然として言う。

「要するに、禿げるやつは禿げるんだ。で、禿げないやつは、禿げないんだ。白髪も同じ」

「……くっそぉ……」

いかにも悔しそうに歯の間から言葉を絞り出し、それから、「あ、そうだ」といかにも今思い付いたように、封筒を差し出す。

「お前、シャンソンなんか、聞くか?」

「なんだよ、いきなり」

「いや、ほら、俳優の中台達哉って、知ってるか?」

「もちろん」

「そうか。知ってるわな、そりゃ」

「渋い俳優だろ? ベテランの」

「そうだ。で、その弟ってのが、これが実はキャリアの長い、シャンソン歌手なわけだ」

「ほう」

「で、毎年札幌にも来る。グランド・ホテルでディナー・ショーを行なうわけだ」

「クリスマスにか?」

「そんな、俗っぽい真似はしない」

「へぇ」

「今年は、春だ。来週の土曜日」

「やけに急だな」

「チケット、やっと手に入れたんだ」

「ほう」

「もし暇だったら、行かないか? どうせお前は、いつでも暇だろ?」

「いつでもってのは……」

「たいがい、暇だろ？」

「とにかく、来週の土曜日は、スケジュールはないな」

「よし。じゃ、行こう。夜の六時半に、〈オールド・サルーン〉で待ち合わせってのはどうだ？」

グランド・ホテル一階のバーを指定する。まぁ、いいだろ、と思った。シャンソンは別に嫌いじゃない。ラ・ボエーム。イザベラ。……いや、嫌いじゃない、というのは間違いだな。実は、大学で第二外国語にフランス語を選んだのは、シャルル・アズナブールがちょいと好きだった、というせいもある。なにしろ、シャルル・アズナブールが好きだから、俺はジェイムズ・コバーンも好きになったのだ。おかしいだろ？『荒野の七人』も『大脱走』もリアル・タイムでは見なかったし、ほかの映画でも、コバーンは、なぜかあまり印象に残らなかったんだな。きっと、俺はまだ子供だったんだろう。〈電撃フリント〉のシリーズは映画館では見なかったし。

それでも、いつの間にかこの不思議な俳優の存在は知ってはいたんだが、それとは別に、『スカイ・ライダーズ』にシャルル・アズナブールが、確か警察署長役でちょっと出演するので、それでこの映画を見て、主役をやったジェイムズ・コバーンに夢中になったのだ。で、『戦争のはらわた』を堪能した。

それはともかく、シャルル・アズナブール、という入り口から、コバーンのファンになった人間は、数十億いると言われる地球人の中で、多分俺ひとりだろう、と思う。

それはさておき、そのほかに、シャンソンというと、そうだアダモ、なんてのもいたな。シルビー・バルタン……あれ？……しかし、ちょっとおかしいな。

「お前、シャンソンなんて聞くのか？……ダニエル・ビダルのほかに」

「聞いちゃ悪いか？」

「いや、悪くはないけど……今をときめく中年DJとしては……」

「なにか、ヘンか？」

と胸を張って反問する高田の、目の周りがほんのり赤い。酔っているのかもしれないが、……いや、耳まで赤いぞ。

「おい、お前」

「ん？」

目つきがオドオドし始めた。

「そうか。シャンソンが目当てじゃないな」

「はぁ？」

「グランド・ホテルでのディナー・ショーか」

「お前、何言ってんの？」

「きっと、相手は十歳以上は年下だろ。それでも、ま、三十代半ば。イイ線だ。うん。グランド・ホテルのディナー・ショーな。シャンソン。……シャンッソンッ！　なるほど。髪の毛が気になるわけだ」

驚いた。これは事件だ。

驚天動地の大事件、と言ってもいい。

「私もそうだと、思いますよ」

突然、岡本が横から口をはさむ。

「……しかし、本当か⁉」

「うるせぇ」

「いや、俺のイメージでは、ねぇ、岡本さん、高田は結婚しないって感じだったけどな」

「確かに」

「まぁ、しないか、あるいは、するとしても、あと二十年ほど経過して、六十半ばになって、その頃何をやっているのかは想像もつかないけど、それくらいの年輩になったあたりで、なぜか『ファンです』なんて慕ってくる女性が現れて、それが、ここは大サービスして、二十代ってことでもいいや、若い、でも、田舎から出て来た、パーマをきつめにかけた、メガネの小太りの唇の上に産毛が生えている、物凄い近眼の……」

高田が、無精髭の生えた頰にくっきりとえくぼを作って、にっこり笑って、言った。

「そこらへんで、やめといた方がいいぞ」

「しかしそうか、つまりデートを申し込んだんだな。チケットを用意して」

「で、フラれたんですね」

岡本がいきなり、核心を突いた御発言。

「うるせぇ」

「ま、いいよ。付き合うよ。でも、チケット代は払わないぞ」

「いいよ、別に。呼び屋からふんだくったチケットだから」

「お前……そんなもんでデートしようとして……」

「いいか。ひとつだけ、言っておく。デートじゃない。で、もう二度とこの話はするな。お前は、充分知ってると思うけど、俺はな、お前なら、素手で殺せるから」

「知ってる」

高田はなにしろ、空手の達人で、俺は何度も命を救われている。そんな相手の厭がることを、敢えて口にするものではない。

「じゃ、ま、デートではなかったのだ、ということで。それは、はっきりと俺の頭の中に銘記しておくよ。デートじゃなかった。うんうん。デートじゃなかった。うんうん、その通り。デートじゃなかった。デートじゃ……」

「ここか？　刺されたのは」

「うっ！」

俺は、ミゾオチをおさえて、カウンターの上に顎を付いた。はっきりわかった。高田は、本気だ。本気の男をからかうものではない。

「わかったって。わかったから。デートじゃなかったんだろ。それはもう、充分、デートではなく……うっ！」

俺は呻きながら、カウンターにべったりと頬を載せた。顔の脂がカウンターにぬるついた。

「まだわかんないか?」

「わかった」

俺は、それだけ言って、大人しくした。

＊

で、当日。

俺たちは、時間通りにグランド・ホテルに行った。結婚式のホールが会場で、着飾った、やや年齢を過ごした男女で賑わっていた。俺はいつも通りのダブルのスーツ、高田は珍しくマオ・カラーのスーツを着ている。こんなスーツは見たことないから、「珍しいな。初めて見るスーツだな」と言ったら、俺を殺しかねない目つきで睨んだので、ああそうか、きっとこの日のために作ったイージー・オーダーか、あるいはプレタポルテか、なにしろそんなもんだろう、と思った。俺や高田には、合う既製服はなかなかないから、きっとイージー・オーダー……あるいは、でかいサイズ専門の店にぶら下がっていたか。それにしては、非常によく体にフィットしている。横にいるのが俺である、という事実が、誠にもって申し訳ない、としみじみ寂しさを感じるほどに、カッコヨク似合っている。

少なくとも、高田本人は、そのつもりらしい。

リサイタルの前にフランス料理のディナーを食べなければならない。ホテルの、普通は結婚式場に使うホールで、スーツ姿のデブふたりが、並んでフォークなど動かしても、世の中になんの楽しいこともない。テーブルにはなんだかゆとりがあって、俺たちのほかには、五十代のおばさん三人連れが、和やかに会話をしながら食べている。珍しいことに、この三人は、女三人連れであるのに、騒がしくなく、落ち着いて言葉を交わしている。俺と高田の方をチラチラ気にしているのは、どっか変な人間なのか、普通の人間なのか、決めかねているかららしい。

そうやってモソモソしているところに、なんだかヤケににやけた男と、なんだか老けた女のカップルが、不思議な押しつけがましい態度で、おばさん三人連れの間に強引に割り込んだ。どうやら、カップルの方の女が、おばさん三人連れの、誰かの顔馴染みらしい。にやけた男は、みんなに名刺を配った。ついでに、俺にも高田にもくれた。名刺によると、このニヤケおやじは、わりと有名な宝石屋チェーンの、札幌支社の営業部長だった。「こちらの方は」と、頼みもしないのに、老けた感じの自分の連れを、誰にともなく紹介する。どこだかの産婦人科医の奥さんなんだそうだ。

で、その営業部長は、誰に、というのでもないが、そこに中途半端な感じで立って、宝石を売り付ける極意、みたいなものを、ああでもない、こうでもない、と延々と語り始めた。時折下らないギャグを交えて、自分で大笑いして、話を続ける。要するに、いかに相手の女に知恵を付けて、女の亭主に嘘をつかせるか、その嘘を勘付かれないためのコツをいかにうまく教え込むか、がポイントであって、それさえちゃんとやれば、宝石なんかいくらでも、面白いように売れる、というのだった。

そんな話を、ペラペラと得意そうに喋るこいつの神経を疑ったが、本人はてんで平気で、「まぁ、キツネと狸の化かし合いですわ、実際」などと平然と言う。そして、産婦人科医の奥さんは、さも憎々しげに、でも満更でもない感じで、鼻からフッとタバコの煙を噴き出して、「死ぬ前には、あたし、あんた殺すわ」などと言う。営業部長は、さも嬉しそうに、笑った。

時折、こういう連中はいる。不倫の関係の相手とか、公にできない情事の相手と、みんなの前で公然痴話喧嘩をして、喜ぶやつ。営業部長は、そんな感じで、額を光らせ、首の筋をわざとらしく膨らませて、見開いた目であたりをキョロキョロ見回しながら、「エッエッエッエッ」と笑った。

俺は、自分が宝石業界と完全に無縁で、本当によかった、としみじみ思った。

営業部長と産婦人科医夫人は、俺たちのテーブルに飽きたのか、向こうの方に向かった。

俺たちは、思わずおばさん三人と顔を見合わせて、やれやれ、と微笑み合った。

宝石カップルは、おそらくは自分たちが元いたらしいテーブルに戻り、料理の前に座ったようだ。

(周りの連中は、災難だな)

などとぼんやり考えながら、そのテーブルを眺めたら、真麻が座っているのが見えた。

久しぶりだ。相変わらず、目を離せなくなる美人だ。

確か、なにかのきっかけで、何年か前に、一度寝たことがある、と思うんだが、確信はない。酔っていてできなかったような気もするし、酔ったせいで際限なくできたような気もする。記憶は曖昧だ。恋心は抱いてはいないが、正真正銘の「いい女」、だと思う。そして、金持ちのハゲを摑まえて、いくらでも贅沢な暮らしができるはずなのに、敢えてそれをしない、という点を、俺は……なんだ？……まぁ、尊敬している、と言ってもいいかもしれない。なにか困っていたら、できるだけのことをしてやりたいとは思う。その程度の好意は持っている相手だ。

で、今日の相手は誰だろう。

と見てみたら、横に座っているのは、高校生くらいの少年だった。

なるほど。そう言えば、濱谷のオバチャンが、そんなようなことを言ってたな。

整った、一抹の可愛らしさが漂う、……ちょっと悲しそうな表情の、美しい顔の少年だ。眉のあたり、目尻のあたりに、穏やかだが強靱な意志、の気配、が感じられる。ほんの少し大きな、ふっくらした唇が、肉感的だ。髪は漆黒のまま。見たところ、ピアスの類はつけていない。髪はクセがなく、無造作にまとめてある。髪型には相当気を使って、毎朝鏡を見ながら、ああでもないこうでもないと頭をいじり回しているんだろうが（あの年頃は、俺でもそうだった）、それがいかにも放ったらかしに見えるように、凝っているらしい（俺もそうだった）。きちんとスーツを着込んだ姿は、凜々しくさえあった。

これが、濱谷の言っていた、……ええと……マツイショウゴ君か。だろうな。

いい少年を摑まえたな、と思う。ほぼ満点、というところだろう。真麻にとっては。

あとは、ま、無益な殺生にならないように、うまく育てて、放流してやるんだな。

ショウゴ君は、淡い灰色の、ペンシルストライプのダブルのスーツを着ている。「春の装い」だ。その、ややヨーロッパ風のシルエット、非常に濃い緑色のシャツ、やや大きすぎるように見えるチェックのネクタイなど、このあたりは全部真麻の趣味だろう。それを、きちんと着込んでいるショウゴ君は、とてもしつけのいい、若いシェパード、という感じだ。

俺は、高田の脇腹を軽くつついた。

「ん？」

「ほら」

と目で知らせた。

「真麻だ」

「マア？　誰だ？」

知らなかったか。

「わりと有名な、まぁ……」

「いい女だな」

「スナックの女だ」

「ママか？」

「いや」

「そうか」

「惜しいだろ」

「そうだな。いくらでも昇って行けそうな女だがな」

「俺もそう思う」

「……横の男の子は？　弟か？」

「まさか。どうやら、現在の同棲相手らしい」

「ホントか？」

「多分な。確か、マツイショウゴ、という名だ。濱谷のバアサン情報だがな」

「……しかし、ありゃねぇだろう。ルール違反じゃねぇの？　まだガキだろ」

「高校三年生」

「受験生か？」

「だろうな」

「そりゃあ……自慢にもなんにもならないだろうよ。あの年頃のガキを摑まえるなんて、女なら誰でも……デヴィ夫人だって、その気になりゃ、あの年頃のガキなら、赤子の手を捻るよりあっさりとモノにするだろ」

「だろうな」

「……なんか、焦ってんのか、あの女は」

「真麻、という名だ」

「マアな。なんだ。お前、惚れてんのか」

「いや」

「昔、何かあったのか」

「ない、と思うんだが」

「じゃ、なんで庇う？」

「庇っちゃいないさ。ただ、真麻は、根は真面目だ。焦ってるわけはない、とは思う。ただ、あの女は基本的にウソをつくのが嫌いだ」

「お前、好きなのか？」

「いや。そういうことじゃないが」

「で……じゃ、なんであの女はあんな高校生を連れてるんだ」

「だから、……惚れたんだろ」

「……惚れたか」

「多分な」

「真麻が惚れて、それでその……あのガキは、立ったんだろうな」

「だろうな」

「一旦立ったら、なにをどうしても、すぐまた立つぞ。立って立って立ち続けるぞ。あの年頃は七転び八起きだ」

「それがまた、いいんだろ」

「……それにしても、なぁ……」

高田はつくづく溜息を吐いた。

よほど、自分がフラれたのが応えていたらしい。

「まぁ、俺も、もう一度アプローチしてみるか」

「デートにか？　うっ！」

「だから、命なくすぞ」

という高田の声を聞きながら、俺は前屈みになり、ミゾオチに手を当てて、呻いた。高田は真顔で「気を付けろよ。せっかく、脂肪のおかげで助かった命なんだから」と心配そうに言った。俺は呻きながら、頷くことしかできなかった。

なにしろ、高田がデートを目論んだのだ。驚くべき大事件であった。

11

その次の月曜の夜、というか火曜日未明、途切れ途切れの記憶の中で、部屋に戻ったら、留守電のボタンが点滅していた。

珍しい。電話を寄越したやつは、俺のことをよく知らない人間に違いない。俺は、夜中に自分の部屋にいることは、まずない。そのことを知らないやつだ。

じゃ、誰だろう。どんな用事なのか。

警戒しつつ、再生した。

〈……えぇっとぉ……〉

口ごもっている。誰なのかは、すぐにわかった。「へんてこ通信」……いや、今は〈アクセス21〉の篠原だ。

〈……俺だけど。ちょっと、相談があるんだ。……頼みがある、ということだ。で……今日……わかるか、今日だ。今日の昼過ぎに、KKSに来てくれないか。部屋のナンバーは、チェック・インしてから、また後で知らせる。お前、やっぱ、ケータイは必要だぞ。……でもないかな。ま、とにかく、よろしく〉

やけに秘密めかした口調だ。だが、真剣だ、ということはわかる。俺はすぐに篠原のケータイに電話して、「わかった」と言おうかとも思ったが、こんなに慎重な声を出している、ということは、盗聴を警戒している、ということだろう。だから、とりあえず全ては明るくなってから、ということにして、着ているものを脱いで、ゴミをよけてベッドに潜り込んだ。ちょっと動くと、ゴミがカサカサと音を立てるが、そのせいで、いかにも自分の城でひとりで気ままに暮らしている、という満ち足りた気分が味わえる。いいもんだなぁ……とゆったりと幸せを噛みしめつつ、俺は眠りに落ちた。

＊

　俺は多分、血圧が高いんだろう。電話が鳴った瞬間に、パキッと目が覚める。「鳴ったな……」と思った時にはすでに、ベッドの脇に立っていて、素早く受話器を耳に当て、覚醒していた。

「もしもし」

「俺だ……」

「おう」

「伝言、聞いたか？」

「聞いた」

「そうか。なにしてた？」

「バカじゃねぇのか？　寝てたよ」

「やっぱりな……」

　枕元の時計を見ると、午前十一時だった。

「じゃ、……ええと……ナンバーは、四〇一だ」

「わかった」

　受話器を置いた。ホテルKKSの四〇一号室。昨夜の電話では昼過ぎ、と言っていたから、まだ時間はある。俺はシャワーを浴びてから行くことにした。

　なんだろう、という期待はある。

　だがまた、キナ臭いことなんだろうな、という、いささかうんざりする気分もある。はっきりわかるのは、まったく儲からないことに違いない、ということだ。俺たちは、儲からないことがわかっていながら、なんで危ないことに手を出したりするんだろう。そういうことが、そんなに嫌いでもない。というか、結構好きだったりする。

謎だ。

なんでだろうなぁ……

12

ホテルＫＫＳは、桑園の方にあるビジネスホテルだ。パンとサラダ、コーヒーの朝食がついて五千円弱、というのは便利で手頃だ。ホテルの関係者が篠原の知り合いらしい。よくこのホテルを打ち合わせなどに使う。ホテルのいろいろなところに、サヴィニャックという、パリのイラストレーターの作品が飾ってある。洒落た雰囲気が、俺は好きだ。

階段を上って二階のフロントに行くと、ずっと見ていたらしい、初老の小柄な白髪のメガネをかけたおじさんが、「いらっしゃいませ」と頭を下げた。

「四〇一の……」

と言いかけると、

「伺っております。どうぞ。お部屋にお上がり下さい」

と丁寧に頭を下げる。俺は礼を言ってエレベーターに乗り込んだ。

*

「呼び立てて、悪かった」

篠原は部屋にあった煎茶をいれて、俺の前に置いた。そして小さなテーブルを挟んで俺の前に座り、一度溜息をついてから、頭を下げた。

「別に、いいよ。なんだか、面白そうだから」

「……お前は、本当に、ひとりでプラプラしてるせいか、ガキだな。息子がひとりいる、四十七歳とはとても思えないよ」

「思わなくてもいいよ。別に」

その時、電話が鳴った。独特のリズムで、これは館内電話、ということだろう。篠原が出た。

「はい、四〇一です。……はぁ。……あ、そうですか。……わかりました。ありがとうございます」

受話器を置いて、「尾行はついてなかったとさ」と言う。KKSは二階にガラス張りの喫茶コーナーがある。そこのレースのカーテンを通して、外の通りの車の流れをチェックすることができる。さっきの白髪のおじさんが、見張っていたんだろう。

「尾行されそうな話なのか？」

「……危ないことはない、とは思うんだ。お前が監視されている、なんてことはないだろう、とは思う。だが、絶対、ということはないからな。もしかすると、という危惧は、常にあるさ」

「一般論を喋るやつは、俺は信用しないことにしてるんだ」

「……賢明だな」

「俺、頭いいから」

「……」

「で？」

「……お前……居残正一郎の、顔になってくれないか？」

「顔？」

「そうだ」

「その必要ができたのか」

「……北日と協力できそうなんだ」

「じゃ、松尾を窓口にしろよ。それで全部うまくやるだろ、あいつが。なにしろ、オブザーバーなんだろ？」

「……それが、ちょっとまずい」

「なんで？　好都合じゃないか」

「いや……表向き、あいつは完全に無関係、ということにしておきたいんだ」

「……なるほど。……ま、それも一理ないことはないな」

「もともと、あいつは道警からの風当たりが強い。今まで、いろいろあったからな。北日内部での立場も、いろいろと微妙だったしな。で、嫌われて、宮内庁にまで行かされたわけだ」

「なるほど」

「だが、まぁ、今回、梶原の失脚で、また戻って来られたわけだけど、でも、あいつが居残のメンバーだ、とバレると、なかなか状況は微妙になる。北日は、どんなことがあっても、道警とのパイプを詰まらせるわけにはいかない。このあたり、担当デスクは本当に辛い立場らしい。道警を批判すると、パイプを切られるかもしれない。そのあたりの駆け引きで、いっぺんに髪の毛が数千本単位で抜けるそうだ」

「……」

「道警広報が、まだなんとか理解を示してるから、首の皮一枚で繋がってるけどな。とにかく非常に微妙らしい」

「はぁ……」

「で、北日としては、居残のメンバーには北日関係者はいない、と。そう明言しているんだそうだ。道警も、今のところ、それを信じている。だが、実は居残に北日記者も混じってた、ということがバレると、どういう結果になるか、ちょっと相当ヤバイんだそうだ」

「……結局、そんなあたりから、手打ちになって、ってのが、今までの……」

「少なくとも、今回は、そんなことにはしない、と松尾は言ってるけどな。とにかくあいつは、札幌に戻って来て、張り切ってる。で、あいつがのびのび動き回るためにも、居残の〈顔〉が誰か必要なんだな。もちろん、松尾以外の、居残グループのメンバーを秘匿する役にも立つし」

「……なるほどな」

「どうだ」

「具体的には、なにをすればいい？」

「居残正一郎、というペンネームで、松尾のインタビューを受けてくれ」

なんだ、馬鹿馬鹿しい。そんなもん、松尾が勝手に書けばいいだけの話だろう。

「松尾に勝手に書かせればいいじゃねーか」

「でっち上げるわけには、いかないんだ」

「なぜ」

「今、松尾にはホンダという若い記者がくっついてな」

「ホンダ？」

「珍しい字だ。誉める、名誉の誉という字に、田圃の田だ」

「で？」

「これが、……たとえば道警のスパイだ、とか、そういうことじゃないんだろう、とは思うんだが、まぁ、サツ廻りの頃から、結構オゴられるのが好きで、オゴり返すのはあまり好きじゃない、みたいな……まぁ、ケチケチ体質なのかな。相手に借りを作っちまいやすいタイプ、というのか」

そういうのは、よくいる。金にルーズ、というのでもないが、毎回毎回、きちんきちんとケジメを付けるのを、他人行儀で失礼なこと、に感じてしまうという、まぁよく言えば善人タイプのやつだ。こういうやつは、結局、取材先に籠絡されてしまう。警察とか、ヤクザとか、中国人マフィアとかに取り込まれて、スパイまがいの動きをしてしまうのだ。一度オゴられたら、それをきちんと返さなければ、ずっぽりハマって抜けられなくなる、ということが、どうしても実感を持って理解できないのだ。そのうちに大火傷をして身に沁みるのだが、その頃にはもう、手遅れで、逃げられなくなっている、というのがこの世の習いだ。

「とにかく、誉田が知ったことは、全部、道警に筒抜けになる」

「なるほど」

「だから、逆に言えば、誉田の前で、松尾と居残正一郎が語り合えば、松尾の立場は、道警に対しては安泰だ。今まで通りに、取材することができる」

「なるほど」

「ひいては、それが道民のためにもなる」

「道民のため？」

「ああ」

「そんなものを持ち出すんなら、俺は降りるよ」

「何々のため、とか、誰々のため、とか。そういうことになるんなら、俺は手を引く」

「ああ、わかってる。そうだ。お前はそういうヤツだもんな」

「面白そうだから、引き受けるんだぞ」

「わかってるよ」

で、俺たちは細々したことを相談した。

＊

俺が考えていたとおり、「月刊テンポ」の編集部も、担当者も、居残正一郎が誰なのか、全く知らないのだった。三年ほど前に、北海道警察幹部と、暴力団北栄会花岡組の癒着についての暴露記事を、「テンポ」編集部にいきなり送りつけたのが、付き合いのきっかけらしい。

「その時から、もう、当然『テンポ』は食い付いてくる、と思ってたよ。なにしろ内容には自信があったし、どんなにウラを取られても平気だ、という確信もあった。『テンポ』がその気になってウラ取りすればするほど、あの記事の信頼性が高まる、と思ってたしな」

そんなわけで、居残正一郎と「月刊テンポ」の付き合いが始まった。「テンポ」編集部は、居残グループのメンバーのセキュリティのために、様々な特例を認めた。現在も、原稿の送付には電子的な方法は使わずに、毎回異なった方法で、原稿を複数のルートから直接送っているらしい。たとえば、奇数ページはクロネコヤマト、偶数ページは速達郵便、写真などはペリカン、などと分けて送り、その分け方も、毎月毎月異なるようにしている。必要な時には、居残の方から、公衆電話から電話する。

「原稿料は？」

「現金で貰ってるよ。大した額じゃないがな。こっちにも、いろいろと出費はあるし。もちろん、そんなものに領収書は残せないし」

「貰ってるってのは……書留でか？」

「いや。半年に一度、まとめて、札幌に持って来るんだ。『テンポ』の担当者が」

「じゃ、その時に面識はあるわけか」

「いや。俺たちは、向こうの顔は知っているが、向こうはこっちを全く知らないはずだ」

「じゃ、現金の受け渡しは？」

「その時その時で違うけど、まぁ要するに、スパイ小説と同じだ。こっちが指定した場所に、現金の包みを置いて立ち去る。こっちは、それを引き上げに行く。で、居残正一郎名義の領収書を、送る」

「その時はあれか、領収書や封筒とかに指紋が残らないように、手袋とかするのか？」

「……そこまではしない」

「見せ場じゃないか、そこが。お前でも、誰でもいいけど、まるでこう……外科医みたいにさ、手袋をはめて、指をこんな風に、クネクネっと動かしてさ、それから慎重な手つきで、

『居残』、と書くわけだ。で、カメラはその手元を写して、それからお前の表情に……」

「あのな。遊びじゃないんだ」

「……ああ、そうだったな。そうだそうだ。それはわかってるけどさ。カッコイイじゃねーか。まんま、スパイ映画だ……あのな、もしも『テンポ』の方から連絡を取りたいときはどうするんだ？　そうそう常に一方通行、というわけにもいかないだろ？」

「その時は、『時代』って週刊誌、知ってるか？　『週刊時代』」

「ああ、いつも廃刊の危機にある、と噂されてる……」

「そうだ。もしも『テンポ』が俺たちに用事がある時は、その『時代』の編集後記のどこかに、〈ショウトウ美術館〉という言葉を入れる」

「なんだ、それ」

「アトランダムに選んだんだよ。俺たちとは、なにも関係のない単語だ」

「それにしても、変な単語だな。使うのにも無理があるだろ」

「渋谷区のショウトウにある美術館なんだ。いくらでも、文章の中に盛り込めるだろ」

「なるほど」

「で、『時代』の編集後記にショウトウ美術館って言葉があったら、おれがすぐに公衆電話から編集部に電話して、担当者を呼びだして、『マツエです』と名乗るわけだ」

「すっげぇ！」

俺は、思わず感心した。まるで、本物のスパイみたいだ。なんでもっと早く仲間に入れてくれなかったんだ。

「で、『テンポ』の話だと、北日から、何度も照会が行ってるそうなんだ。でも、一切相手にしていない、と言ってる。まぁ、我々としても、『テンポ』を百パーセント信用しているわけでもないけど、彼らも、何も知らないから、どうしようもないはずだ」

「で？　だとすると、今になってこっちから北日にアプローチするのは、ヘンなんじゃないか？」

「その点は、こういうことだ。とにかく、北日は、居残と連絡を取りたがってるんだ。まぁ、協力できることもいろいろある、ということだろう。とは言うものの、松尾の話だと、やっぱり居残の正体を捕捉して、いざという時に備えたい……」

「いざという時って？」

「梶原の息子の話とか、北日と道警の癒着の話なんかが暴露されそうになった時のために、取引材料を用意しておきたい、というようなことだろう」

「はぁ〜ん……」

「で、このところ、飽きずにずっと、北日ウェブ・サイトで居残に呼びかけてるんだ」

俺はいきなり興味が失せた。ウェブとか、デジタルとか、ケータイとか、サイトとか、そういう言葉が出て来ると、俺の頭の芯が、すぐに眠ってしまうのだ。

「このホテルは、昼飯が食えるか？」

「すぐそばに、うまい蕎麦屋がある。まぁ、後で連れてってやるから、もうちょっと話に付き合え」

「俺、初めて入った蕎麦屋では必ず、盛りと、カレー南を食うことにしてるんだけど」

「いいよ。食わせてやるよ。だから……」

「酒は飲めるか？　昼間から」

「高砂の一夜雫が飲めるよ。旭川の」

「そうか。そりゃいいな。板わさ、あるかな」

「なくてもいい！　なかったら、俺が作ってやるから！」

篠原は、本気で怒っている。

俺は、大人しく頷き、両手を膝に置いて、謹聴した。

「松尾によると、そのサイトでの呼びかけには、結構反応があるんだそうだ。『私が居残正一郎です』ってなメールが、毎日何通も送られて来る。でも、みんなガセだ、って。そりゃ当たり前だよな。松尾も居残なんだから。『私が居残です』ってメールは、みんなインチキだとわかる」

「そうなんだろうなぁ……」

「……で、そのサイトに、こっちからメールを送るわけだ」

「でも、どうやって松尾は、『これは本物だっ！』と見分けるの？」

「そこがポイントだ。メールの中に、〈秘密の暴露〉を混ぜる」

楽しそうに言う。

「どんな？」

「柘植亮介、覚えてるか？」

「ああ。俺の腹を刺した……加賀埜……ええと……敏治？　その仲間だろ。婦警と心中した」

「という……」

「と、いうことになっている」

「そうだ。その亮介と一緒に死んだ婦警……」

「大久保華代、だったな」

「そうだ。その華代が、柘植亮介の父親の娘を産んでいるんだ。今、三歳で、旭川の、華代の実家、これがじつは退職警官でな。その実家の両親が、養子として引き取って育てている……」

「へぇ……警察官僚は、やることが派手だなぁ……っつーか、なんでも手近で済ます、っつーか」

「そうだな。身内でいろいろと回すわけだな。金や、情報や、女も」

「暴走族みたいだな。あと、左翼の暴力セクトとか」

「同じ穴のムジナ、ってことかな」

「で？」

「つまり、華代は、柘植亮介の妹を産んだ、というわけだ」

「ん？……ああ、そうなるな。確かに。間違いないな」

「このことは、本当に、ごく一部の人間しか知らないことだ。なにしろ、大スキャンダルだからな。大久保華代と北海道警察資材局柘植局長の関係は、元々の最初は、レイプだった、という話だ。札幌に単身赴任している幹部の、身の回りの世話をするのも、婦警の仕事でな。残業手当は出ないけどな。そんな感じで、休日に柘植の宿舎の掃除をしていた大久保華代を、柘植はいきなり襲って、押し倒して、強姦したんだな。で、その後はお互いに、本気の関係になって、延々と続いたらしい。大久保華代と井川が愛人関係になったのも、柘植の差し金、という観測もあるほどだ。暴走しがちだった井川を、華代を使って監視して、コントロールしようとしたらしい、というんだな」

「……」

「だから、今回の息子と華代の心中で、柘植は、身の回りの厄介を、一石二鳥で片付けた、ということになる。まぁ、これを新たな厄介のタネにしてやるつもりだけどな。俺らは」

「……ええと、ちょっと待ってね。……うん、大丈夫だ。まだ話について行けてる、と思う」

「で、このネタを仕込んだメールを作って、それをインターネット・カフェから、北日サイトに送る」

「俺には、そんなこと、とても不可能だよ」

「わかってるよ。ウチのSEをひとり、出すから」

「そいつは、大丈夫か？」

「そいつも居残のひとりだから。安心しろ」

「なるほど」

「で、北日サイドと……多分、松尾とその部下の誉田、というのが担当者になるんだ、と思うけど、あっちと相談して、いよいよインタビューを受けるわけだ」

「なるほど。わかった」

「いいのか？」

「いいと、悪いか？」

「いや、そうじゃないけど……結構、ヤバいかもしれないぞ」

「大丈夫だよ。それに……まぁ、腹の脂肪に助けられた命だからな。後は余生だ」

俺は、鶴田浩二のガードマンが好きだった。

関係ないな。

「じゃ、引き受けてくれる、と。そう期待してて、いいな？」

「いいよ。ただ、俺を騙したり、隠しごとしたりはするなよ」

「……騙す、なんてことはない。それは、絶対にない、と保証する。でも……隠しごとってのはどうかなぁ……場合によっては、お前にも教えられないことってのも出てくるかもしれない」

「なら、やめる」

「……だって、お前。ここで、絶対隠しごとはしない、なんて約束できないさ。だって…

……」

「いや、まぁ、いいよ。わかった。納得した。今は、めんどくさい話はヌキだ。で、どうすればいいんだ？」

「俺の方で、松尾とメールでいろいろと条件を決めるから。で、インタビューの日時と場所を決めて、で、お前に行ってもらう、という手順だ。どうだ？」

「いいよ。それで」

「ありがとう」

「じゃ、蕎麦、食いに行こう」

13

いかにも雑なありふれた街中の蕎麦屋、という感じなのだが、妙にダシがうまい、ミゾオチがやけに刺激される蕎麦だった。蕎麦自体は、ややツルンと腹に収まる感じで、欲を言えばなにかこう、もっと引っかかりが欲しいような気もするが、しかし……

「おっと」

盛りをしみじみ食っていた俺の横で、篠原が小声で呟いて、首にぶら下げていたケータイの画面を見る。

小声で言って、耳に当てた。

「お」

「お前、いい度胸だな。誉めてやるよ」

「ん？」

「俺の前で、しかも飯食いながら、ケータイを使うな」

篠原は、まぁまぁ、という仕種をしながら言った。

「ああ、ＯＫだ」

「外に行けよ。ほかのお客さんに迷惑だ」

「ああ、……ああ、そうする」

篠原は腰を上げ、「それは」とかなんとか言いながら、店から出て行った。

俺は、ケータイを絶対使わないし、そしてケータイに電話するのも嫌いだ。そうも言っていられなくて、時折は電話する場合もあるが、できたらケータイに電話することなく一生を終えたい、と思っている。相手が、どこで何をしているかわからない状況で、電話をかけることのできる神経、というのが信じられない。ケータイは、本当に、一人前の人間が虫ケラになるためのツールだ。

ケータイ野郎と並んで蕎麦を食うのはイヤだから、蕎麦がまずくなるから、俺は自分に可能な、最も素早いスピードで蕎麦を食った。盛りは一分かからずに食うことができる。カレー南は？　これは熱いし、きちんとしたトロ味のある蕎麦用カレーなので、なかなか急いで食べられない。……それにしても、ボリュームがある。さっきの盛りも、腹一杯になる量だった。この店では、二人前は、結構辛い、ということがわかった。クソ、急がないと篠原が戻って来る。ケータイ野郎と並んで蕎麦など……戻って来てしまった。

「なに慌ててるんだよ」

「別に」

「もうひとつ、頼みができた」

「ん？」

「今、松尾がこっちに来る。もう一度、KKSに戻って、ちょっと話を聞いてくれ。……時間は、大丈夫か？」

「まぁ、大丈夫だろ」

「っていうか、お前、本当に暇だよな」

「そんなことないさ。生きてることで手一杯だ」

「……」

「……なんてな」

＊

「よう」

部屋に入って来た松尾は、挨拶もそこそこに、俺に「これから大丈夫か？」と言う。

「大丈夫って？　なにが？」

「暇はあるか？」

「暇だけど。……何時までだ？」

「まぁ、二時間、てとこかな」

「いいぞ、別に」

「そうか。じゃ、ちょっと説明する」

ベッドの上に中央区の地図を広げる。いろいろと印が付けてある。

「井川が、中央区にいくつもマンションやアパートを持ってたのは知ってるか？」

「ああ。御社新聞で読んだよ」

「そうか」

北日に書いてあった。「犯人の井川元警部は、札幌市内に複数の分譲マンション、賃貸マンションを所有し、あるいは借りて、派手な生活をしていた」とかなんとか。

「で？」

「道警は、井川が所有、あるいは契約していたマンションは四つだった、と公表してる」

「へぇ」

「だが、実際には、分譲・賃貸合わせて、十二の部屋が井川の名義になってるんだ」

「ほう」

「で、そのうち、賃貸の八部屋は、道警の捜査報償費から家賃を払っている」

「なるほど」

「……お前、わかってるのか？」

「だいたいわかってると思うよ。要するに、道警の、捜査報償費をネコババして作った裏金から、家賃を払った、ということだろ？」

「そうだ。……わかってるんだな」

「だいたいな」

「で、この十二の部屋は、今のところ、ほとんど手つかずで、放ったらかしだ」

「ほう」

「家賃は、賃貸のは、まだ道警が裏金から支出している」

「そういうことを、北日で書けよ」

「……まぁ、それで、だ」

「北日で書けって」

「どうやら、部屋から部屋へと、荷物を動かし始めた」

「ほう……誰が。井川が、拘置所に外出届を出して、動き回ってるのか？」

「動かしてる連中の正体は不明だ。まぁ、暴力団関係者か、道警関係者だろうが」

「同じようなもんか」

「でもないけどな。とにかく連中は、それがどういう連中であれ、部屋を、幾つか整理しよう、としているんだろうな。十二部屋も、ずっと維持するのは大変だ」

「でも、家賃を払わずに放っておくと、家主や不動産屋が中に入って荷物を見られる」

「やっぱ困るんだろうな」

「分譲マンションを売るにしても、荷物をなんとかしなきゃな」

「井川の家族が、どうにかしたんじゃなかったか？」

そんなようなことを読んだか見たかした記憶もある。

「分譲のひと部屋をな。これは、もともと家族が住んでいた分譲マンションで、これを売ったわけだ。その他の、不自然な部屋には手を付けてない……井川の家族も、ほかの部屋のことは知らないみたいだ」

「で？」

テーブルの上の電話が鳴った。思わず、飛び上がるほど驚いた。篠原が受話器を取る。

「はい、四〇一です……はい、……ああ、そうですか。わかりました。ありがとうございます」

受話器を置く。

「なんだ？」

「フロントの、あのおじさん」

「白髪の？」

「そう」

「そりゃね」

「なんだって？」

「怪しい車や人影は、ない、と」

また二階の喫茶コーナーから見ていたんだろう。

どうやらみんな、すっかりスパイごっこの気分らしい。篠原も、窓際に寄って、下の方を見下ろす。横顔が鋭い。

いやぁ、面白い。

「で？」

「ええと……ああそうだ、で、部屋から荷物を動かしてるんだ」

「そこまでは聞いた。暴力団関係者か、道警関係者だろうってんだろ？」

「目つきの鋭い連中だ。シロウトじゃないな。警官かヤクザか、そのあたりの見極めは、ちょっと難しい」

「……で？」

「で、まだ連中が手を付けてないマンションがある。ここも、早晩、その目つきの鋭い連中が来て、中を整理するのは確実だ、と思うんだ」

「で？」

だんだん、いやぁな気分になって来た。

「だから、その前に、中に忍び込んで、何があるか、できたら証拠を集めたい」

「……それは、……犯罪だろ」

「まぁな」

「不法侵入、というか」

「ま、そんなようなところだ」

「誰が入るんだ？」

「それはやっぱり、居残正一郎だ」

「それは？　誰？」

「一応、居残正一郎の看板は、お前、ということで」

「……最初っから、その気だったのか？」

「いや、違う。ついさっき、宮の森のマンションに、とうとう連中が入った、という報告があってな」

「誰から？」

「知り合いの私立探偵から」

「なんて名前？」

「名前はいいだろ。とにかく、宮の森の方は、その探偵が、外から写真を撮ってる。その目つきの鋭い連中が、荷物をいくつもいくつも車に載せている、そのようすを撮影しているはずだ」

「それで充分じゃん」

「いや……それだけじゃ、ヌルイ。わかるだろ？　いざとなった時、連中がしらばっくれたら終わりだ」

「……じゃ、その私立探偵にやらせれば？」

「彼は、本職だ。……つまり、ちゃんと届け出を出して、毎年毎年青色申告をしている、正規業者だ。娘を一人育てている。そんな男に、危ない橋を渡らせるわけにはいかないだろう？」

「……で、俺が？」

「そうだ」

「……俺だって、息子がひとりいるぞ」

「だから？」

「……居残の仲間には、弁護士はいるか？」

「いるけど、そいつは顔を出せない」

「……お前らなぁ……」

「頼む。うまい方法を考えてあるんだ。なかなかいい計画だから。もしもバレても、実刑を食らう心配は、まずないはずだ」

「実刑……冗談じゃねぇぞ」

「拘置所までは行っちゃうかもしれないけど、最悪、不起訴、で終わるはずだってんだな。終わらせてみせる、と弁護士は言ってる。最悪、だぞ。状況によっては、全ては不問、の可能性が大きいそうだ」

「話がうますぎる」

「……でも、もしかすると、拘置所には入れるかもしれないんだぞ」

「入りたくねぇよ」

と即座に答えたが、しかし、拘置所ってのは、どんなところだろう。不起訴になるんなら、ちょっと中を覗いてみたいような気もする。

「面白いかもよ。拘置所も」

松尾が、俺の心を見透かしたようなことを言う。

「う～ん」

俺は思わず考え込んだ。

すかさず、その隙に、松尾がつけ込んだ。

「ま、計画だけでも、聞いてくれ」

熱心に説明を始める。

で、俺は、ついつい、OKしてしまったのさ。

＊

俺はとりあえずKKSを出て、部屋に戻り、ジーンズと平凡な長袖シャツ、平凡なジャンパー、という格好に着替えた。で、サングラスとSARS用の立体マスクを途中で買って、狸小路の情報交流センターに行った。

大きな建物の広いホールには、すでに篠原が先にいて、俺を待っていた。篠原の隣に、見知らぬ中年の男が立っていて、俺に会釈する。俺も会釈を返して、篠原に（誰だ？）と目顔で尋ねたら、そいつが自分で俺に名刺を寄越した。

〈細山幹雄写真事務所
代表　カメラマン　細山　幹雄〉

とにかく、名前と職業ははっきりとわかった。

「よろしく」

俺が言うと、無言で頭を下げ、頭を上げてから、あたりを見回す。やけに緊張している。

大丈夫だよ。誰も見てないさ。

このセンターは札幌市の第三セクターが運営しているスペースで、仕事のできない余り物の市職員が、暇そうに座っている。中には、本当に眠っているおじさんもいる。ホールの中ほどに椅子が並んでいて、そこにはホームレスたちが並んで座って、正面の壁を見つめている。壁には、数十面のモニターが並んでいる。みな液晶の大画面だ。モニターではそれぞれ別な番組を流している。現在札幌で受信可能な、ほとんど全てのチャンネルの映像を見ることができるのだ。

「じゃ、そこに立ってくれ」

篠原が偉そうに指示する。

「松尾は？」

サングラスと立体マスクを自分の顔に装着しながら、俺は尋ねた。

「社に戻った。やっぱり、誰かに見られるとまずいさ。偶然で、誰に見られるか、わかったもんじゃないからな」

「そうか。……どこに立つって？　このあたりか？」

「いや……その、BSフジって書いてあるモニターの脇……そう、『謎の円盤UFO』のモニターの前に立ってくれ」

「ここか？」

「そうだ。じゃ、よろしく」

細山カメラマンが、まずストロボなしで一度シャッターを切り、ストロボを焚いてもう一枚撮った。

「よし、OK」

それから俺たちは、タクシーを拾い、タクシーに乗り込む俺、地下鉄西二十八丁目駅の前でタクシーを降りる俺、そのあたりの風景の中の俺、歩道を歩く俺、マンションの入り口の前に立つ俺、など折々の写真を撮りつつ、進んだ。

マンションはオートロックだが、このタイプのオートロックは、突破するのはごく簡単だ。ちょっと厚手の名刺か、クレジット・カードなどがあれば、すぐに開く。その開け方で開けているようすも、一枚撮影した。で、エレベーターに乗り、六階の部屋へ。表札のないドアと、その前に立つ俺を撮って、さて、ドアのロックの突破だが、そこで驚いたことに、篠原がバッグの中から工具を取り出して、鍵穴に差し込み、難しそうな顔でモゾモゾやり始めた。

「お前、なにやってんの？」

「ピッキング」

「そんな特技があったのか」

「お遊びでな。十年くらい前に、暇潰しで通信教育受けたんだ」

「はぁ？」

「ほかに、お前は知らないだろうけど、俺、いろんな特技があるんだぞ」と言って、なんだか難しそうな表情になって工具を操作する。なかなかうまくいかないらしい。舌で何度も唇を舐め、首を傾げながら、慎重に作業している。とうとう、「開いた」と呟いてゆっくり立ち上がった。

「で」

さっきの話の続きらしい。工具を仕舞いながら言う。

「早稲田式の速記もできるし、盆栽の手入れもできるし、賞状を書くこともできる。たいがい、まぁ最初の三ヵ月くらいで挫折したけど、それでも、少しは残ってるんだ」

「変なヤツだな。一番長続きしたのは、なんだった？」

「大正琴だ」

「……」

「じゃ、このドアを開けて、ポーズを作ってくれ」

言われた通りにした。

以後、その部屋に入る俺、居間に踏み込む俺、……居間のあちこちにピストルが落ちているので、その真ん中で、途方に暮れる俺、などの写真を撮った。

「なんだ、こりゃ」

「はぁ……武器庫にしてたのかな、井川たち」

「武器庫？　ここにストックしておいて、必要があったら、コイン・ロッカーに入れて、通報する、とかのか？」

「ならいいけどな。これを売って商売もしてたんじゃないか」

そう思うのも無理はない量だった。数えてみたら、床やソファに置いてある分だけで、十三丁あった。十三丁。出来過ぎだ。まさかゴルゴが絡んでいるはずはないよな。

俺も篠原も細山も、みんなピストルには詳しくないので、触るのはやめておいた。弾が入っているかもしれないし、素人が不用意に触って、暴発でもしたら困る。

「ほら、よく映画なんかでさ、引き金の後ろに鉛筆を差し込んでさ、それで持ち運ぶ場面なんかがあるじゃないか」

という俺の意見も、「やめとけ」という篠原の手短な言葉で却下になった。

確かにどうも、意気地がない話だが、ピストルに触れるのは気が進まなかった。パタヤやハワイで、ピストル射撃の経験はいくらでもあるが、それとこれとは話が別、という感じがした。

「じゃ、そのソファに座って、そのピストル……そう、それ。それを指差してくれ」

言われた通りにした。

したが、どうも尻の感じがおかしい。

気のせいか、とも思ったが、「尻のあたりが変だぞ」と言ってみた。篠原が、ナイフを持ち出す。俺もその気になって、まずソファのクッションを手に持ってポーズを取り、それからナイフを構えてポーズを取り、で、クッションを割いてみた。ストロボが何度か光った。

ビニール袋が出て来た。中に、ビニールの小袋に小分けした白い粉末が、いわゆる「パケ」ってんですか、それが数百は入っているようだ。

俺たちが見てもただの白い粉だが、シャブ中の奴が見たら、うっとりするような素敵な眺めなんだろうな。これだけいっぺんに手に入ったら、シャブ中は、嬉しさと興奮で、おかしくなっちまうかもしれないな。

「よし、それをちょっと手に持って、ポーズを作ってくれ」

はいはい。ストロボが光った。

「よし、ＯＫ。撤収だ」

篠原が言う。なんだかもう、指揮官、という雰囲気だ。

そして、ケータイを取り出し、誰かを呼びだした。

「篠原だ……うん。銃はあった。十三丁だ。で、クスリもあった。三キロってとこかな。あ、パケで三千はあると思う」

「松尾か？」

篠原が頷く。なるほど。松尾に、ケツを見張らせていたのか。

「そうだな。その方がいいな。わかった。じゃ」

話が終わったようだ。ケータイを畳みながら、さも今思い付いた、という感じで、俺に言う。

「で、悪いけど、このクスリは、お前、持ってってくれ」

とんでもないことを言い出した。

「はぁ？」

「だから、お前が保管しておいてくれ」

「なんだぁ？」

「この写真が、きちんとした証拠にはなるけど、でも、やっぱり、ブツが実際にあった方がいい」

松尾の入れ知恵か。

「おい、冗談じゃないぞ。覚醒剤はな、自分の部屋に置いておくだけで、手が後ろに回るんだぞ」

「そりゃそうだが、この際、それが一番だ」

「……俺は嫌いなんだよ。なんか、こう……汚らしくて」

「それは、先入観を持つからだ。シャブだ、と思わずに、虚心坦懐に見てみろ。白い、きれいな結晶じゃないか。……結晶じゃないが、とにかく、真っ白な無垢の粉だ。天花粉よりもキレイだぞ」

「そういう問題じゃないよ。……でも、なんだ、天花粉てのは」

篠原の顔が、サッと赤くなった。

「いや、別に……」

「なんだよ」

「……子供の頃にな、俺の両親は風呂上がりの俺に天花粉をまぶしたんだよ。ベビー・パウダーというか」

「あらま。可愛がられてたんだなぁ」

「……猫っ可愛がり……でもなかったんだけどな」

「珍しいだろ、俺らの年代で、風呂上がりに天花粉をパタパタされた子供時代ってのは」

「……かもな。……俺、あれが嫌いでなぁ……あのニオイがいやだった。なんか、鼻にきつくて」

「なるほど……まぁ、シャブもな。天花粉に比べたら、キレイかもな。パケに入ってるし」

「……ヘンなこと、言っちまったなぁ……」

「ポロッと出るもんだよ。ま、じゃ、お前が持っていろよ。天花粉よりもずっとキレイだから」

「いや、それはお前が持っててくれ、やっぱ」

「なんで？」

「こういう、いろんなものや証拠を、全部お前のところに集めておいた方がいい。松尾がそう言うし、俺もそう思う。話が整理しやすいし、いざって時にも、お前の部屋を片付ければそれで済むから、話が早い」

「……どうも、うまく利用されてるような気がするんだがな……」

「悪いとは思うけどさ……頼む」

というわけで、シャブのビニール袋をそこらに落ちていたシャネルの紙袋に入れて、外に出た。で、そのまま再びタクシーに乗り、狸小路六丁目の情報交流センターに戻り、さっきと同じ場所に立って最後の写真を撮った。ＢＳフジは、さっきとは別なニュースをやっていた。マルチビジョンの真ん中にある日付時刻の表示によると、さっきここから出発してから、一時間四十二分が経過していた。

「じゃ、これを」

細山が、巻き戻したフィルムを差し出す。それを受け取ると、篠原が言った。

「それを持って、待機していてくれ。今、メンバーのひとりが、公衆電話から、北日の誉田と条件を詰めてる。今晩中にはこれからの日程が決まるから、改めて連絡する」

そういう表情は、もう、すっかり陰謀団の首領、あるいは、スパイ映画の中の監督官、という感じで、いかにも楽しそうだった。

14

シャネルの紙袋に、ほぼ三キロの覚醒剤と、撮影済みの三十六枚取りフィルムを入れて、プラプラと部屋に戻った。

街からは、冬の気配、雪の名残がほとんど消えていた。のどかな春の夕方だ。朝の身支度を、慌ただしく済ませてしまったので、なにかこう落ち着かない。で、部屋に戻って、シャネルの紙袋をベッドの上に放って、シャワーを浴びた。浴びているうちに、なんとなくそんな気分になって、湯船に少し湯を溜めて、半身浴をした。これはなかなか気持ちのいいもので、十分も入れば、汗がどんどん出て来る。そうなるとこっちのもので、だらだら過ごすのが、とても楽しくなる。俺は、一度の半身浴で、たいがい、ピースを一箱、冷たく冷やしたボンベイ・サファイアを半分、文庫本を一冊、ゆったり味わう。普通に風呂に入ると、氷がどんどん溶けてしまうのでもったいない……というか、氷の補充に慌ただしい思いをするのだが、その点、半身浴だと、浴室はそれほど暑くならないので、氷が長持ちするのが利点だ。

昔、春子と息子が一緒に暮らしていた頃は、風呂に入りながらピースを吸うと、春子は怒ったし、息子は咳き込んだ。あの頃は、本当に、自分に似合わないことをしていた、と思う。シャワーならまだしも、風呂に入るときにピースを吸わないなんて、退屈で退屈で、どうにかなってしまいそうなのに。

風呂は、シャワーで機能的に体を清潔にするか、あるいは湯船にゆっくり浸かって、ピースを吸い、冷えたジンを飲み、のんびり文庫本を読むか、そのどちらかだ。当然じゃないか。

などと、ゆっくりと時間を楽しんでいたら、浴室の外の床に置いておいた電話の子機が鳴り出した。最初は、無視しようかとも思ったのだが、とにかく音がうるさい。電話を無視するのは、電話に出るよりも、たいていは多くエネルギーを消費する。てなわけで、湯船から出て、ドアを開け、タオルで手を拭いて子機を拾い上げた。

「はい」

「あ、もしもし。濱谷だけど」

相変わらずのガラガラ声だ。

「やぁ。どうした？」

「ほら、あんた忘れたわけでないんだろうけど」

「は？」

「ウチによく来る、カシワギって女子高生さ」

「ああ……」

すっかり忘れていた。

「少しは、あの娘のこと、調べてみてくれた？」

全然手を付けていない。

「悪い。ちょっとこの頃、忙しくてな」

「だってあんた、ウチに年賀状、取りに来るって言って、それっきりだべさ」

そうだった。思い出した。確か、〈ケラー〉に電話くれたんだったたっけなぁ。

「悪い。すっかり忘れてた」

「そうかい……」

なんだか、素直にがっかりしている。別に仕事として引き受けたわけじゃないから、どうでもいいようなものだが、やや気が引ける。

「なんか、あったの？」

ついつい、話に乗ってしまった。

「う〜ん……あんたさ、悪いんだけどね、暇な時、いつでもいいから、なるべく早くに、もういっぺん、来てみてや。どうせあんた、暇なんだべさ」

忙しい、とさっき言ったじゃないか。

「まぁ……暇は、暇だけどな」

と答える俺も俺だ。

「あんた、パソコンとか、わかる？」

「わかるよ。パーソナル・コンピュータの略だ。要するに、個人が使う、価格の安いコンピュータで……」

「あ？　なに？　なんの話？」

「パソコンを使えるか、ということか？」

「当たり前だべさ」

「……あまり得意じゃないな」

「失敗したかねぇ……」

「なにが」

「カシワギに熱心に勧められて、あたし、買ったんだわ、パソコン」

「ほう。景気がいいな」

「いや、いろいろといいこと言われてさ、カシワギに。インターネットっちゅの？　それさ繋げば、世界中と話できるっちゅうんでしょう。あたしはさ、それはすごい、と思ったさ。ねぇ、あんた、すごいべさや。世界中と話できるっちゅうんだから……」

「まぁ、確かにすごいとは思うけどね」

「話してみたい相手は、いろいろいるんだわ。ユリ・ゲラーとかさ。あと、フィリピンのトニー」

「トニー？」

「そう。あのね、麻酔もメスも使わないで、素手で手術するんだよ、あんた。素手で、体ん中の癌ば、痛みなしで、すっと取り出すのさ。して、血は出るけど、傷跡は残らないんだわ」

「ほう」

「あたし、いっぺんでいいから、トニーと話してみたくてさ。あんたも薬師さんのお導きかいってね。聞いてみたくて聞いてみたくて、あたしもう、そのこと考えたら、矢も楯も堪らんのさ」

「ああ、なるほど」

だんだん体が冷えてきた。

「オバチャンさ、今俺がどんなカッコしてるか、わかる？　その霊感でさ」

「あら！　あんたまた、そったらエッツなことば言って！」

ガラガラ声で、ゲラゲラと笑う。

霊感でわかったのか、わからないのか、わからない。

「したけどね、あたしは別に、サイババとは話しようとは思わんのさ。あれはインチキだからね。マジック。でも、トニーのことは、考えたら眠れない」

「そうかい」

「だもんだから、あたし、カシワギの言うとおり、パソコン買ったさ」

「まぁ、悪い買い物じゃない、とは思うよ」

「Bフレッツにも入って」

その口調には、〈Bフレッツ〉とは一体何なのかわからないで、不安を感じているらしい気配が充満していた。

「ま、よかったんじゃないか？　俺はそんなに詳しくないけど。でも、悪いことじゃない、と思うよ」

「でもあんた、全然違うのさ」

「なにが？」

「世界中と話ができるったって、あたしが思ってたのと全然違うんだも」

「どういうこと？」

「やっぱり、英語できなかったら、話できないっちゅうんでしょう！」

「……そりゃ、そうだよ」

「すっかり、騙されちゃってさぁ」

カシワギ嬢が困っている表情も目に浮かぶ。しかし、濱谷オバチャンの誤解も、いささか無理もない、という感じもする。

「ま、じっくり使い方を覚えるといいよ」

「……まぁ、パソコンはそれでもいいんだけど、……でも、あれを買ってから、本当にもう、あの子はずっと居続けでねぇ……ちょっとこっちも息が詰まりそうだし……」

「で、なにが問題なんだ？」

「先ずひとつはね、あの女、なんでだか、あんたのことを気にするんだよね。どんな人なのか、なにをしているのか、腹を刺された傷はどうか。そんなことを熱心に聞くのさ。最初にほれ、あたし、あんたの見舞いに行ったべさ」

「ああ。あの時はありがとう」

「あれだって、カシワギに『その人、どうしてるんですか、大丈夫ですか』なんてさぁ、熱心に聞かれたから、それでわざわざ足運んだようなもんでさぁ」

やはりそうなのか。

「つまり、俺のことを、最初っから、知ってたってことか？」

「いや……なんで……ああ、そうだ。そうだあれだ、あんたが腹ぁ刺されたって笑い話が……」

笑い話ね。

「わっと広まって、なにしろあんた、腹の脂肪で命拾いしたっちゅうから」

もう、はるか昔の話題だけどな。

「そんな話して、アミちゃんがたと笑ってたのさ。そしたらあんた、カシワギが急に『なになに!?』って感じで、話に混ざってきてさ。なんだろ、って思ったら、『へぇ、そんなことってあるんですか』なんてね。そして、腹の脂肪で助かるなんて信じられない、本当なんだろうか、その人は今どうしてるんだろうか、ってまぁ、しつこくてさぁ。だもんだから、みんなもなんとなくそんな気になって、ホントにどうしてるだろうねってことになって、それであたしが病院に行くことになってさぁ」

「……なるほど」

あの、カクタスビル七階の階段室にいたカップル。あの男の方の顔は覚えているが、女の顔はどうだった？　ニット帽をかぶって……大柄で、鈍重な雰囲気ではあったが……あの時、加賀埜敏治に「ピッチ、このオヤジ殺して」と言ったのが、あのカシワギという娘だったろうか。

どうも記憶がはっきりしない。全然別な娘だ、という感じもするが、そうだそうだあの娘だ、という気分もある。これは、そういうつもりで思い出そう、とするからだな。

さて、どっちだろう。

「で？　電話してきた用件は、なんだ？」

「……今日もきっと、カシワギが来ると思うんだわ。したからあんた、ちょっと顔出して、少し話ばしてみてくんない？　して、どんな人間だか、見極めてもらいたいのさ」

「そんなこと、俺よりも霊能力者の方がずっと得意だろうよ」

「そう言わないで……」

「住所やなんかがわかったら、どんな家庭なのかは調べて来てやるよ。でも、話をして、人間性がどうのこうのってのは、それこそオバチャンの方が得意だろ」

「……ほれ、最近、あたし方《がた》みたいな年寄りでも『えええっ！』ちゅって驚く、変な事件がいっ〜ぱい、起こるべさ」

「まぁな」

「なんか変なことが起こってんでないか、と思わらさって、気が気でないんだわ、あたし」

「ほう……それは、仕事として、俺に頼んでるわけか？」

この俺の質問は、オバチャンに無視された。

「今からでもちょっと来ない？」

「今もいるのか？」

「そうでないけど。今日はきっと、来ないわ」

「じゃ、行ってもしょうがないだろ」

「いや、いろいろと、話しておきたいこともあるしさ。……あ、そうだ。今日は真麻も来てるんだよ」

「ほう」

この前、ディナー・ショーで見かけて以来だ。久しぶりに彼女に会うのは楽しいかもしれない。男子高校生との暮らしのようす、なんてのにも少しは興味がある。

「じゃぁ、まぁ、これから行くかな」

「そうしてくれる？　あのね、あんたね、……ちょっと、真麻！」

「なに？」

受話器の向こうで真麻の声が聞こえた。

「なんだったっけ、この酒」

「ああ、ラガブーリン」そして、ちょっと声を張って、俺に向かって言う。

「聞こえてる？　ラガブーリン、あるよ！」

「よし。じゃ、ススキノ市場でナッツ買って、すぐに行く」

風呂を切り上げて、ざっとシャワーを浴び、おそらくこのまま夜に繋がるだろうから、チャコール・グレイのダブルのスーツを着た。もちろん、ロング・ターンでサイドベンツだ。少々腹が苦しいが、これはいつものことだ。

外に出て、公衆電話から〈アクセス21〉に電話して篠原を呼んでもらった。で、オバチャンの名刺を見ながら電話番号を告げ、用事があったら、こっちに電話してくれ、と頼んだ。もしもそこにいなかったら、〈ケラー〉に頼む。

「わかったよ」

篠原の声は、どうも不景気だ。

＊

ナッツ類は、買い置きをしてはいけない。発癌性のあるカビが生えるかもしれないからだ。……なんで俺はこんなことを知ってるんだろう。いや、それ以前に、この知識は正しいのか？　それはよくわからないが、とにかく俺はそう思い込んでいて、必要な時にはススキノ市場で、その都度買うことにしている。で、ミックス・ナッツ（コーンがちょっと多目に入っているのが嬉しい）を一袋買って、六条通りを西に向かう。突き当たりを南に曲がって、細い道を進むと、〈濱谷人生研究所〉のアパートの前に、パトカーが停まっていた。

赤色灯が、クルクル回転している。その前で、青いジャージ上下を着た、髪が短くて金色で、眉の細いやせた男が、警官たちに押さえつけられていた。女物の、白いエナメルのサンダルが目立つ。大声で喚いている。

「放せや、おら、おい、こらぁ！　放せぇ！　こら、なんの気してんのよ、こらぁ！　放せっちゅってるべやぁ！　おい、マキィ！」

その横では、多分これが話題の「マキ」なんだろうが、小太りの、これも青いジャージ上下で、髪がやけにキツいパーマでモジャモジャになっている、金髪の中年の女が、噎《むせ》び泣いている。その横で、なんだかきびきびした感じの婦人警官が、なにか話している。ガァガァという無線の汚い声が、ひっきりなしに聞こえる。

このあたりによくありがちな日常風景ではある。

ちょっと、警官たちと会いたくないな、と思ったが、ここで立ち止まったり、後ろを向いて立ち去ったりすると、なおさら目立つだろう。警官たちが、近付く俺を、やや気にしている。その視線を真正面から受け止めて、「なにやってんだろ」という、無垢な好奇心に満ちた表情を見せつつ、俺はあたりを見回した。濱谷や真麻、あの部屋で見たような気がする女が三人、それに、今まで見たことがない、高校生くらいの娘がひとり、かたまって、心配そうに警官たちを見ている。

「よう」

と声をかけたのに、誰も反応しない……濱谷が、こっちを見て、「あら」と言って、それで終わりだ。

「どうしたんだ？」

「ん？　なんもだ」

と言われてもわからないよ。

「いつものこと。クセ悪いんだ、あいつ。お巡りさん！　牢屋にぶち込んじゃればいいんだ！　ホントにさ！」

警官は、相手にしない。

「すんませんしたぁ」

突如、押さえつけられていた男は路線変更をして、謝り始めた。

「ちょっと、俺、興奮してたから……」

その時、嗚咽しながらなにかを語っていた中年の女が、いきなりダッシュした。男に駆け寄り、激しい蹴りを、ガスッガスッと連続して男の顔に叩き込んだ。

「うえあっ！　てめぇ、この、なに考えてんだ、ブス！　てめぇ、後で覚えてれよ、この！」

俺の目にも、この攻撃は、やりすぎだ、と思われた。そりゃ、いろいろと腹に据えかねることはあるんだろうが……

いろいろモタモタした挙げ句、若い金髪サンダル男と、中年小太りくちゃくちゃパーマ女は、別々のパトカーで、警察署か交番に行くことになったらしい。中年女は、「オバチャン、ゴメンね！」と元気良く濱谷に声をかけて、パトカーに乗り込んだ。

「なんもだ！　あんたも頑張りなさいや！」

男の方は、ちょっと口汚く警官たちを罵り、少し暴れた。警官たちが、それに対して、五、六発、殴る蹴るしたが、まぁ、見ていた俺たちとしては、特にやりすぎ、とは思わなかった。俺の右側に立っていた女が、「殺せ！」と小声で言った。それに反対する雰囲気は、かけらもなかった。

パトカーが走り去ると、野次馬たちは三々五々、去って行く。自転車に乗って去って行くものも何人かいた。

「なんだったの？」

部屋に戻りながら尋ねると、顔は知っているが名前はわからない中年の女が、「なんもだ。いつものことだも。痴話喧嘩。いきなり来てさぁ、マキいるべ、マキ出せ、隠すな、っちゅって、いきなり酒の瓶で壁ガンガンやり始めてさぁ」

「なるほど」

本当に、よくある話だ。

「して、言ったのさ、マキが。大声出して。あんた帰んなさいって」

「ああ、そりゃダメだろう」

俺が言うと、濱谷が深く頷いた。

「あたしはね、黙ってれっちゅったんだけどねぇ……」

「したからほれ、マキの声聞こえたもんだから、あ、やっぱしいるな、と」

「あたしらが隠してるな、と」

「そういう風に受け取るべさや」

濱谷はとにかく「べさや」を愛用する。

「だよなぁ」

「あとはもう、あんた、わやくちゃだ。誰も止められるもんでない」

喋りながら、俺たちは濱谷の部屋にあがり、石油ストーブの周りのソファにそれぞれ位置を占めた。

「マキはあれだべさ、酒、減らしたっちゅってるしょや」

「いや、減らしたんでなくて、ね、毎晩毎晩、いや、昼間っから、ずっとウィスキーば飲んで、そんな、毎日毎日ブラック・ニッカ二本だ三本だって空にされたら堪らんべさ」

そりゃそうだよな、と思った。

「したから、ハイニッカの大瓶に替えたんだとさ。ほれ、安いし、アルコール度数も少ないから、少しは体にもいいんでないか、と思ったんだと」

「あらぁ……思いやりのある子だねぇ……」

「したらあんた、アルコール軽い分、どんどん飲まさるって、もう、すごいんだと。量が」

「あらぁ……バカだねぇ……」

濱谷と、オバチャンふたりの計三人が、マキとその男とのうわさ話に没頭している。見事なチーム・ワークで合いの手を入れながら、喋り、食べるその口は一瞬たりとも休まない。

その横で、真麻が微笑みながら、その会話のようすを眺めている。その横に、ひとり、なんとなく見覚えがないでもない、二十代後半くらいの、スマートな美人が座っていて、そのこっち隣、俺のすぐ脇に、女子高生らしい娘が座っている。

「この前、グランド・ホテルで見たよ」

真麻に話しかけると、すっとこっちに顔を向けて、気持ちのいい笑顔を浮かべた。

「そう。私も気付いてたわよ。あの人……空手の得意なＤＪの人と一緒だったでしょ」

高田も最近は有名になって来た。

「ああ」

「いい歌だったわね」

一緒にいた男子高校生のことを聞いてみよう、と思った。やはり、興味が湧くじゃないか。

だが、俺が切り出す前に、真麻が言った。

「紹介しようか。その子、スグロレナちゃん、というのよ。高校生。ほら、ディナー・ショーの時に、私の隣にいたコ、あのコの同級生」

「スグロです」

素直に真っ直ぐお辞儀をする。

「あ、そりゃどうも。よろしく」

俺も、とりあえず名乗った。

「あ、そうか」

スグロと真麻に挟まれて座っていた美人が、口の中で言った。少しかすれた、セクシーな声だ。

「え？」

「なんだ、そうか。どこかで見たな、と思って……大丈夫ですか、この前、おなか、刺されたって聞いたけど」

少し考えたが、確かに顔には見覚えがあるのだが、誰だか、どうしても思い出せない。

「ええと……ゴメンね。確かにどこかでお目にかかってる、と思うんだけど、お名前がちょっと……お店、どこだったっけ」

女は、形のいい鼻と唇で、クスッと上品に笑った。濱谷や、中年オバチャンふたりも、こっちを見て笑っている。

なんだ？

「わからない？」

とそこで声を変えて、

「どうも。ごぶさたしてました。森野です」

と男の声で言う。

「うえぇぇぇぇぇ!?」

俺は思わず、不覚にも、悲鳴を上げてしまった。

「うっそだろぉ！」

森野、と言えば、俺の知り合いでは、北栄会花岡組系列の、とっても零細でチャチな暴力団……というか、愚連隊の、森野組の組長、森野英正しかいない。……まさか……と思って、よく見ると、そうか、間違いない、化粧を落として、眉をちゃんと太くすれば、こいつは確かに森野だ。

「うわぁ……」

「すみません、御無沙汰してました」

「敬語は使わなくていいよ。ヤクザの組長に敬語を使われるのは不吉だ」

「そんな……もう、俺は、ああいう世界とはなんも関係ないっすから」

ということを、男の声で、典型的なヤクザ口調で語る、端整な顔立ちの美人、というのは、見ていて疲れる。こういうのが好きな人にはたまらないんだろうが、俺はストレートだから。

「なんか、頭ん中、グシャグシャになりそうだ」

「私も、ようやく慣れたのよ」

真麻が言って、みんなが笑った。

「どうやって食ってんの？」

森野組は、確か組員が四、五人の零細な組で、これと言ったシノギもなく、みんながそれぞれに、いろんなところから小金をかっぱがして繋いでいたはずだ。覚醒剤が少々と、あとは……まぁ、女か。

「いやぁ……まぁ、なかなか厳しいっす。一応、キャメロンの店で、踊ってますけど」

キャメロンは今年、自称三十四歳。アメリカ将校とフィリピン娼婦のハーフで、タイで手術をして女になって、ハリウッドで歌と踊りの修業をして、で、ススキノに本格的なショー

・パブ「キャメロン」を開いた、ということになっている、ええと……つまり……ニュー・ハーフだ。ショーがそれなりに本格的なのと、ホステス、というのかとにかく彼女たちの美貌のレベルが高いので、不景気のススキノの中では、珍しく健闘している店だ。

なるほど。「キャメロン」で踊れる、ということは、ダンサーとしても、オカマとしても一流だ、ということだ。

「でも、まぁ、なかなか厳しくて」

「借金は？　相当あるのか？」

「ですねぇ……」

森野が、静かな笑顔で口ごもりつつ、俯いた。そのとたん、森野と俺の間に座っていたスグロお嬢ちゃんが、顔を両手に埋めた。肩が小さく震えている。泣いているのか。

森野が、お嬢ちゃんの肩に優しく手を回して、宥《なだ》めるように、ポンポン、と軽くたたいて、そして肩を抱き寄せた。スグロお嬢ちゃんは、森野の胸にしがみついた。

それを、真麻が優しい表情で眺めている。

なにがどうなってんだ？

濱谷は俺を呼んだくせに、またもや、具体的な話をしない。これもイライラする。まぁ、中年オバチャンや真麻や森野やスグロ嬢ちゃんなどがいるから、ということなのかもしれないが、ふたりで落ち着いて話がしたいもんだがな。

なんてことを考えつつ、静かに泣いているスグロ嬢ちゃんや、宥める森野を眺めていてもしょうがないから、濱谷の方を見て、（おい、こっち向け）と心の中で怒鳴ったら、偶然だろうが、こっちを見た。

「あ、そうだ。あたし、あんたに話があったんだけどさ」

なら、早くしろよ。

「でも、今はちょっと、テンヤワンヤだから、とりあえず、ほら、真麻、あんたそのラガ……のウィスキー、出してやってや。あ、ナッツこれかい？　じゃ、今支度するよ！」

なんだか愛想良く動き出した。

だから、もう少しここにいることにした。

15

やはり、ラガブーリンはうまい。気持ちよく乾燥したコーンを時折噛み砕きつつ、ぬるい水で少し薄めたラガブーリンをゆっくり飲むのは素敵だった。

「あのねぇ……」

中年オバチャンふたりが帰った後、濱谷が声を落として話し始めた。

「どうしたもんか、と思ってるのさ」

「なにが？」

「そのパソコン」

テーブルの上に、一式並んでいる。モニターは横長十七型の液晶だ。

「使ってるの？」

「ここでそれいじれるの、カシワギだけだから……」

「なるほど」

「何やってるのか、それがあたし、不安で不安でねぇ。中に何があるのか、見てみたいんだけど、全然触れないもんだから」

「パソコン、得意？」

真麻が尋ねる。

「いや。全然」

「じゃ、だめかい」

「スグロさんは？」

俺が尋ねると、「私も苦手なんです」と控え目な口調で言う。さっき泣き止んだばかりで、大きな瞳は、まだ濡れて光っている。

色の白い、目の大きな、唇のふっくらとした、可愛らしい娘だった。自分のその可愛らしさを、どこか持て余しているような感じがする。

「苦手か。困ったな」

スクリーン・セイバーは、静かな、暗い森の中をゆっくりと進んでいる、というような映像だった。マウスを動かすと、四つ縦に図形、というのかアヒルとカエルと犬と雫のマークが並ぶ。一番下の雫に、〈kaori〉とある。その他のマークには、〈GUEST〉の文字。

「カシワギは、名前はカオリってのか？」

俺が濱谷に尋ねると、スグロ嬢ちゃんが頷いた。

「はい」

「あらぁ！」

濱谷が尊敬の目を瞠って、俺を見つめる。

「あんた、すごいねぇ！」

説明するのも面倒なので、放っておいた。

「君は、そのカシワギと？」

「はい、同級生です」

「そう言ったべさや！」

そうだっけ？

「カシワギさんて、学校ではどんな生徒？」

俺が尋ねると、スグロ嬢は困った顔を傾げた。

「……さぁ」

とぼけようとしている。自分の発言の意味を恐れている、というなにかそんな感じだ。なぜこんなにもおどおどしているのか。

「すごい、頭良さそうな美人だよね」

俺はわざとそう言ってみた。女は悪口を言うのが好きだ。だが、悪口を言うことを避けようとする女も多い。なぜ避けようとするか、というと、悪口を言うのはみっともないことだ、と感じているからだ。だが、そうやって悪口を自分に禁じている女でも、自分以外の女が、男に、誤解されながらも賞賛されると、黙っていられない。ついつい、本音を漏らす。四十数年生きて来て、俺はこの真理を発見した。それだけの年月を費やして発見したにしては、いかにもショボイ真理だが、真理は真理だ。

「はぁ……なにか……みんなよりも、ちょっと大人っぽいっていうか……一目置かれてる、というか……」

要するに、性的な経験について、スグロ嬢が容認しがたいほどに、前に進んでいる、というようなことを言いたいのだろう。

「そう？　確かに何か、変わってるよね」

「変わってる……カー、独自の世界を持ってるから……」

なるほど。独自の世界ね。

「なるほどね」

「私……よく、わかんないです」

それで、とりあえずスグロ嬢ちゃんコーナーは終わったらしい。自分で自分を引き上げた、という感じだ。なにしろやはり、女子高生というのはススキノではバラモンだから、四十七歳フリーターのごときシュードラ以下の不可触賤民《アンタッチャブル》の前からは、簡単に引っ込んでしまうのだ。

「なるほどね」

俺は間抜けにも同じことを繰り返し、

「ま、とにかく」

パソコンに戻った。

雫のマークにカーソルを合わせてみる。パスワードを入力しろ、というサインが出る。

「やっぱりな」

〈GUEST〉から入ると、ちゃんと動かせるが、もちろん、〈kaori〉の世界には入れない。

「だめだな。少なくとも、俺には無理だ」

これくらい、簡単に突破できるんだろう、と思うが、俺にはできない。淋病になっちまったとして、抗生物質をちゃんと飲めば、一発で治る。だが、俺には、抗生物質を正規に入手する方法がない。それと同じだ。

「あんたも役立たずで……」

「ま、そう言うな。じゃ、パソコンに詳しいのを連れて来るか呼ぶかするから」

「今すぐ？」

「それは相手の都合だよ。とにかく、中を見ることはできるから。で、『なぁんだ』ということで終わるかもしれないけど、まぁ、それでも勘弁してくれ」

「まぁ、無理言ってもしょうがないしね」

濱谷に電話を借りて、〈アクセス21〉の篠原のダイヤル・インを鳴らした。篠原は、なんだか警戒しているような声を出す。これはちょっとまずいんじゃないかな。なにも知らない人でも、変に思うぞ。

「もっと元気な声を出せよ」

「おう。こっちから電話しよう、と思ってたんだ」

「そうか。まず俺の用事を言うぞ。パソコンのできるやつをひとり、半日貸してくれないか？」

「ん？　お前が要るの？」

「まぁな」

「人材派遣てのは、ウチの社の正規の営業種目だよ」

「お前、誰に口利いてるんだ」

俺が笑いながら言うと、篠原も笑いながら答えた。

「それは、これから考えるさ」

「……なるほど。とにかく、あまり急がないけど、そんなにのんびりした話でもないんだ。ひとり、半日、頼みたいんだがな」

「わかった。考えとく。そんなこんなも含めて、これから会えないか？」

「おお。いいよ」

「じゃ、また前と同じとこでいいか？」

「同じ？　またK……」

「言うな」

「あ、なるほど」

そんなにヤバいんだろうか。今の段階で、盗聴を気にするほどに。

「とにかく、同じとこ、ということだな」

「そうだ」

「これからか？」

「そうだ」

「時間、かかるか？」

「そうでもない」

「じゃ、用事が終わったら、その後、ススキノで飲もうな」

「まぁ、できたらな」

篠原は、なぜか曖昧な口調で答えた。俺は、受話器を置いた。

なんだろう。状況がやや気に入らない。

ま、とりあえず、KKSに行ってみよう。

「ちょっと用事ができたんで、これで行く」

「なんだ。また急だねぇ」

「なんとかなるさ」

「いろいろと忙しいんだ」

「笑わせるねぇ……」

「でも、たぶん、大丈夫だと思うよ。ひとりくらい、なんとかなるさ」

「パソコンの達人？」

「そう」

「ならいいけどねぇ……」

俺は立ち上がって、「じゃ」とみんなに挨拶した。濱谷も真麻も森野も、軽く会釈した。

でも、スグロ嬢ちゃんだけは、顔を持ち上げたまま、じっと俺の顔を見つめていた。

（ん？）

眉を上げて目で問いかけたが、お嬢ちゃんは、はっとした顔になって、俯いた。相変わらず光っていた瞳の表情が、俺の眉間のあたりに引っかかって、残った。ふっくらした下唇を嚙みしめているのが、なんだか危うそうだ。

「あ、ほれ、あんた、ちょっとこれ」

濱谷がハガキを差し出す。目を落とすと、年賀状だった。……ああ、カシワギのだな。確かにそう言っていた。

「いい？」

なにか、真剣な眼差しで、目で合図する。

「わかった」

小声で答えて、なんとなくまたみんなを見た。スグロ嬢ちゃんの、なにかひたむきな視線が気になった。

そのまま、靴を履いて外に出た。春の街は暮れかけていた。その黄昏の中を、スタスタ歩いているつもりだが、お嬢ちゃんの、なんだか必死の表情が、目に浮かんで、なかなか消えなかった。

16

ホテルKKSのフロントの白髪頭は、相変わらず張り切っている。俺に「あ、どうも」とにこやかに頭を下げ、それから声を潜めて、「もうお着きですよ。同じ、四〇一をご用意しましたから」と重要そうに囁く。そして「私はちょっと」と会釈して、ガラスの壁のカーテンの陰に隠れる。「不審な動き」を警戒するつもりらしい。

エレベーターを降りて四〇一のドアの前に立ったら、まるで自動ドアのように開いた。穴からこっちを見ていたらしい。

「よう」

暗い顔の篠原が立っていた。

「どうした？　松尾は？　来ないのか？」

「今回は、松尾は来ない」

「なるほど。で、どうなってる？」

俺は部屋に入って、ソファに尻を落ち着けた。篠原はドアから頭を出してあたりを見回し、それから首を引っ込めて、ドアを神経質そうにイライラと引っ張って閉めて、……なんて言うのか、ドア・チェーンの最近風というか、ドア・ガードか、そのアームか、とにかく要するにアレを起こして、落ち着かないようすでこっちに来る。

「どうした？　なんか、不安なことでもあるか？」

「お前は不安じゃないのか？」

「……不安じゃない人間が、この世の中にいるか？　人間、誰だって、次の瞬間には、死ぬかもしれないさ」

「そういうことじゃなくてよ」

「なんだよ。怖じ気づいたのか？」

「いや……そういうわけじゃないが……お前、最後まで付き合う気か、松尾に」

「……驚いた」

「なにが」

「本気か？」

「なにが」

「お前、こんな面白いもの、見逃す気か？」

「……やっぱ、お前は面白半分か」

「いや、そう言うと語弊があるけど、なぁ、もしかすると、今までずっと公然の秘密だった道警の悪事が、ボロン、と天下に暴露されちゃう、って事態だぞ。道警と、暴力団と、中国マフィアと、チェチェン人とかウクライナの連中とかが、……パキスタン人もか。なぁ、あいつらが、バッコンバッコン乱交してるっつのがもう、周知の事実になっちまうって話だぞ。道警と検察と入管、つまり警察庁と法務省が、暴力団ととっても仲良し、ってことが全国津々浦々、佐渡島の幼稚園児まで御存知になっちゃう、ってことじゃねぇか。こんな面白いこと、見逃してたまるかよ」

「……お前はホント、気楽でいいよな」

「なんの話だ。なんだよ。お前、ポシャっちまうのか」

「ポシャるとか、そういうことじゃなくてよ……いろいろと事情は人それぞれだろ」

「ん？」

「なんか……俺はさ、こう……札幌在住のルポライターとか、ブンヤくずれとかさ、そういうのがいいネタ持ってんのに、それを、……こう……」

「なんだよ。なに言葉を選んでるんだよ」

「いや、つまり……そういうネタを、寝かしておくのがもったいなくてよ」

「もったいないさ、そりゃ。お前の言ってることは、百っパーセントっ！　正しいよ」

「で、……もしも利用するとなったら、なんかこう、札幌の場合は、トリ屋ジャーナリズムくらいしかないだろ?」

要するに、「記事にされたくなかったら金を出せ」と脅して金を取る、広告を取る、そういう雑誌などのことだ。

「まぁな」

「そういう状況も、ちょっと気に食わなかったし。で、東京の雑誌にコネのある人がいたから、いろんなネタを、俺がアンカーになって書いて、で、読んでくれそうな編集者を教えてもらって、送ってみたわけだ。そしたら、……まぁ、掲載されて、で、警察だの道庁だのが慌てて、それはそれで気分良かったんだけど……」

「なんだよ、じれったいな。要するに腰が引けてきたのか」

「……そう言われると、なんだか情けない感じがするけど……」

「じれったいな。抜けたいのか。ええ? 俺にいきなり『顔になってくれ』っつっといて、自分は抜けるってか。まぁ、別にいいよ。それならそれで。情けないやつだな、とは思うけど」

「……なんだか、松尾が熱くなってるだろ?」

「今度は他人のせいか」

「いや、そうじゃないけど……なんだか、松尾が熱くなってて、ちょっと俺らと温度差を感じるだろ?」

「全然。もっと面白くしよう、と俺なんかは思うけどね」

「ホント、お前は、気楽でいいなぁ」

「聞き飽きたよ。……なんなんだ、突然」

そこに電話が鳴った。俺が近くにいたので、俺が取った。

「四〇一ですっ！」

声がちょっと荒くなってしまった。

「フロントです。お電話です」

「あ、繋いで下さい」

「もしもし。俺だ」

松尾の声だった。こいつもなんだか緊張している。

「よう。なんだ、盗聴を気にしてるのか？」

「あ、いや。つい、クセでな。公衆電話だ、これは」

「そうか」

「……篠原は、なんか言ってるか？」

「なんかって？」

「手を引く、みたいなこと」

「言ってる。いきなりそんなことを言い出した」

「だって、お前」と向こうで篠原が言い募る。「俺には家族もいるし、社員もいるし」

「だってよ。聞こえたか？」

「無理もないな」

「はぁ？」

「篠原んとこはな、北海道カリー・フェスティバルの仕事を受注したんだ」

「なに？」

なんだ、それは。

「〈アクセス21〉が？」

「そうだ」

「カリー・フェスティバル？」

俺が思わず呟くと、それが聞こえたらしい。篠原が、俺の方をチラッと見て、怒ったような顔になり、トイレに入って行った。

「そうだ。北海道カリー・フェスティバル」

「カレー？」

「そうだ。北海道が主催して、札幌をはじめ、全道二一二市町村、経産省、北海道開発局、北海道農業協同組合連合会が共催、という大イベントだ。再来年実施、の予定でな。もう今年度から予算が動き出すんだ」

「……」

「例の通り電通北海道が総括で、篠原の〈アクセス21〉が電通から直接、グロスで受注する、という仕組みになったんだ」

「……ということは？」

「篠原にとっては、大儲けのチャンスだ。少なくとも、大きな失敗をしなければ、三年は食いっぱぐれる心配はない。その上で、いくら貯金できるか、は、あいつの才覚次第だ」

「なるほど……」

「……今のあいつに、道警や道庁を相手に、事を構えることは、まぁ、無理だろう」

「なるほどな」

「おそらく、金の心配をしないで済む三年間てのは、あいつが大人になって、……つまり、社会人になって、初めての経験じゃないかな」

「かもな」

「あいつ、卒業と同時に経営者になったから」

「……だろうな」

「あいつは、お前と違って、役所に貰った仕事をしながら、その役所の汚職を暴露したりするような、そんな器用なことができるやつじゃない」

「それは誉めてるのか？」

「誉めてるんじゃないけど……まぁ、バカにはしてない」

「……」

「とにかく、お前、乗りかかった船だ。ちょっとの間だけでも、俺らに付き合ってくれよ」

「……まぁ、いいけど……俺は、やっぱ、見てみたいよ。道警とか道庁の幹部共が、泡食って大騒ぎして、逃げ回って、で、みんなから軽蔑されるのをよ」

「だよな」

「ただよ、居残のほかの連中にも、紹介してくれよ。ひとりだけ弾かれてるみたいでよ」

「ああ。それは約束する。……じゃ、とりあえず、明日の相談だが」

松尾は、細々とスケジュールを説明し始めた。こいつも相当用心深くなってるらしい。どんなことがあっても、自分は疑われないように、細心の注意を払っているようだった。

その打ち合わせの最中、篠原がトイレから出て来た。こっちを見る。俺は、松尾と話しながら、篠原の目を見て、頷いた。篠原も、チンケな笑顔になって、頷いた。

それから俺たちふたりは、〈ケラー〉に行って、楽しく飲んだ。居残正一郎の話は、一切しなかった。

17

翌日、打ち合わせ通り、俺は午前十時半に、自分の部屋を出た。出る時に、とりあえず濱谷のオバチャンの頼みを思い出して、昨日預かったカシワギの年賀状を二つに折って、ジーンズの尻ポケットに入れた。そのほかの俺の格好は、タイガースのスタジャン（なぜなら、俺はタイガースのことを好きでもなんでもないから）、サングラスにSARS用立体マスク。

頭に、ニット帽をかぶった（なぜなら、俺は絶対にこんな帽子はかぶらないから）。そして手には、札幌観光協会の紙袋、というか、紙のバッグ（なぜなら、俺はこんなものは絶対手に持たないから）。俺としては変な格好だが、春先の埃っぽい札幌の街では、それほど目立つ姿ではない。タイガースのスタジャンだって、ウッドペッカーのトレイナーや、謎の円盤UFOのストレイカー司令官のTシャツ程度にしか目立たない。ビルのガラスの壁に映る自分の姿が、不自然でやけに気になるが、とにかくそのまま気にせずに、駅前通りを北日ビルに向かって進んだ。

俺の部屋のあるビルから、北日まではほぼ十五分。札幌の街中で、最も人通りの多い道のひとつでもあり、尾行の有無など気にしていられない。途中の新北一銀行本店には、地上の入り口が二つ、そして地下へのエスカレーターと地下街へ繋がるスペースがあり、それを組み合わせると、尾行をはずしたり、跡を尾けている人間の有無を探ったり、の小細工に結構便利ではある。だが、今回はそれをやってはみたものの、どうも落ち着けない。安心できない。臆病風が、ミゾオチのあたりで吹き溜まっているような感じだ。

北日ビル正面から中に入る。ロビーがあって、待合室のような長椅子が並んでいる。街の昼間、ちょっと暇を持て余したような、老人たちが散らばっている。新聞のバック・ナンバーを読んだり、大きなモニターの北日サイトの動画ニュースを眺めたりしている。その向こうに、受付があり、おそらくは札幌で、水準が上から数えて一ケタ台にはランク・インするであろう、美麗な受付嬢がふたり並んで、笑顔を浮かべて座っている。その脇に、警備員が、制服を着て、休めの姿勢で起立している。そして、ロビーの長椅子のひとつに、松尾と、それからなんだか情けない雰囲気の若い男が並んで座っていた。もちろん、それには反応せず、俺はまっすぐに受付に向かった。

警備員が、俺の方をちょっと気にしている。

「社会部の、誉田記者と約束なんですが」

「はい。畏まりました」

お名前は、と聞かれたら、山田です、と答えることになっている。

「そちらでお待ちしておりました。どうぞ」

とても可愛らしい、優しい声で言う。俺は、「え?」と、とってもお上手に軽く驚いてから、振り向いた。

「どうも。御足労おかけいたしました」

松尾が、丁寧に頭を下げる。その横で、誉田もお辞儀をする。

「あ、誉田さんですか、初めまして」

俺は丁寧に松尾に頭を下げた。

「あ、申し訳ない、私は松尾、と申します」

そう言って、名刺を差し出す。

あ、俺、生まれて初めて松尾から名刺を貰った、と思いながら、丁寧にそれを受け取った。

「松尾さん……あのう、誉田さんは?」

俺は、少し不安だ。なにしろ道警や道庁に身元がバレることを心から心配している、正義の小市民なのだ。

「あ、それは」

「私、誉田さんとお目にかかることになってるんですよ。なんだ、松尾さんて。社会部？誉田さんは、どうしたんですか」

「あ、あの、私が誉田です」

誉田が、慌てて自己紹介をする。

「えぇ？　あなたが？……お若いですね」

「あ、はぁ。申し訳ありません」

真面目な男らしい。恐縮して、頭を下げる。そして、名刺を差し出す。

「お忙しいところ、わざわざ御足労いただきまして、本当にありがとうございました」

「北海道の明日のために、と思いまして」

そう言ってから、俺は吹き出しそうになった。いかんいかん、自分で言って自分で笑ってはいかん。

松尾も一瞬笑い出しそうになったらしい。誉田の後ろで、さっと顔を伏せ、すぐに持ち上げた時は、真剣な顔になっていた。

「では、どうぞこちらへ。インタビュー・ルームというのがございまして、そこでお話を伺います。……居残さんがいらっしゃる、ということは、私と松尾以外には、誰も知っておりませんので、御安心下さい」

誉田は真剣な口調で言う。どうも真面目な若者を、松尾とふたりでからかっているような気がして、申し訳ない感じだ。

＊

インタビュー・ルームというのは、普通の、やや小さめの会議室のような部屋だった。蛍光灯の照明が明るい。すでにカメラと三脚がセットしてあった。カメラは、アナログのイオス・キスだった。

「ちょっと、写真を数枚撮らせていただきますが、よろしいですか」

松尾が俺に尋ねる。

「……まぁ、いいですけど……私の顔がわかるようなことはありませんよね」

「ええ、それはもう。取り扱いには、充分に注意します」

真面目な顔で松尾が言う。本当に、おかしい。テレビの「どっきりカメラ」など、今まで平気で見ていたが、あの「仕掛人」たちは、よくああやって、普通の顔していられるな、とつくづく感心した。人間として、けっこうヤな奴らかもしれない。

誉田に「そちらに」とソファを勧められたのでそこに座り、札幌観光協会の紙バッグをソファの脇に立てかけた。

さっきから鞄の中を探っていた誉田が、小さなカセット・レコーダーを取り出した。録音のスイッチを入れ、エヘン、と咳払いをひとつして、仕事を始めた。

「ええと、今日は、お忙しいところ、当方のインタビューに快く応じていただきまして、誠にありがとうございました」

誉田が、生真面目な挨拶をする。俺も、「こちらこそ、よろしく」と頭を下げた。

「それで、当方ウェブ・サイトの呼びかけに応じて下さったわけですが、居残正一郎様、御本人だ、と考えてよろしいのでしょうか」

「亡くなった、大久保華代巡査についての情報は、いかがでしたか」

「はい……一応、個人的に、面識のある幹部に尋ねましたが、向こうは、即座に否定しました」

「当然ですね」

「はぁ……」

「でも、その後ややこしいことになったんでしょ」

「ええ。その通りです。……上司から、激しい叱責を喰らいまして」

「……当然でしょうね」

「私の感触では、頂いた情報は、間違いのない物だな、と思います」

「当然です」

「で、一応確認、と言いますか、失礼なのですが、あなたが、居残正一郎氏御本人である、ということでしょうか」

「つまり……」

誉田は右手を挙げて、俺の言葉を遮った。

「あるいは、居残正一郎、というのは、グループのお名前で、その代表として、お見えになった、ということでしょうか」

誉田の後ろで、松尾が眉を動かした。

「その点には、お答えしません。御社が、居残正一郎に向けて、サイトで呼びかけていた。だから、それに応じただけのことです。必要以上に自分のことを語ろうとは思わない」

「なるほど……」

「ただ私は、御社の北日サイトが……つまり、ノーザン・ネットが、ですね」

このノーザン・ネットというのは、北日が運営しているネットなんだそうだ。俺には、どういうことか、わからない。松尾は、「その方がいいさ」と言ったのだ。

「はぁ」

「昨年の春、ウイルスに感染したのは知ってますよ」

「えっ！　そんなことがあったんですか！」

「あったんです。調べてみるといい」

「なるほど……」

誉田は、真剣な顔で頷いた。少し髪が薄くなって来ているらしい。頷くと、時折、頭の地肌が透けて見える。

「では、……ええと、『月刊テンポ』に、道警や道庁のスキャンダル、あるいは不祥事を告発する記事を、ずっとお書きですが、……」

「告発しているつもりはないです。告発、とかじゃなくて、笑いものにしているだけです。こんな、情けないことをしている連中だ、ということを、ですね。北海道警察は、日本の中で、警察庁の吹き溜まりになっている。ほかの府県警から、完全にバカにされている、日本で最低の警察になり果てた。そのことを、面白おかしく読み物にして、みんなで笑おう、という意図です」

「なるほど。お書きになったものの情報精度と言いますか、信憑性が非常に高い、ということで、東京でも、また札幌でも、道内各地でも、非常に話題になっていますが」

「情報源については自信があるし、その確度についても、きちんと調査をして、確認もしています」

「それは……居残正一郎、というのが、複数の人々のグループで、その中に、道警や道庁、そのほかの内部告発者がいる、という噂が根強くありますが、やはり、そういうところから来る、情報精度、ということになるんでしょうか」

「ノー・コメントです」

「……なるほど」

インタビューはそんな調子で進んだ。誉田は、別に、記事を書くために俺をインタビューしているわけではない。だから、質問はそれほど厳密ではなかったし、俺も気楽に答えた。

このインタビューは、要するに、俺……つまり、居残正一郎の〈顔〉と、北日の誉田が知り合い、パイプ役になるためのものだ。お互いにそれはわかっているから、慎重に腹のさぐり合いをしつつ、友好的に時を過ごそう、と努力し合った。

「どうなんでしょう、居残正一郎氏の記事に熱中しているのは、中年以上の、年輩の人々が多い、という評判なんですが」

「そうですか。それは知りません」

「で、その中高年の人たちが、あなたのお書きになる記事を読んで、とても興奮……というのか、爽快感を感じて、それで注目している、とも聞きますが」

「知りません。……ただ、あの雑誌は、それほど発行部数は多くはないから、そんなに注目を浴びている、とは思っていませんが」

「そのう……長い間、会社なり、役所なり、まぁ、つまり、職場、組織、ですね。そこで、家族のために、坦々と、歯を食いしばって働いて来たサラリーマンたち。あるいは、下請けの企業の人々。そういう人たちが、長年言えなかった、組織や官公庁の腐敗、堕落、それを、仮借なく糾弾する、居残さんの記事が、そういう中高年たちを熱くさせているのだ、という分析もありますが」

「私がした分析ではないです」

「……まぁ、そうですけど、そういう分析を、どう思いますか？」

「どうって……やはり、ノー・コメントですね」

「そういう人々を熱くさせられる、ということは、やはり、そんなような、長年勤め先で頑張ってきた人たちが、情報源として、身近にいる、ということになるんでしょうか」

もって回って、要するに、それが聞きたかったのか。

「お答えできませんね」

誉田は、柔らかく微笑んだ。まるっきりのバカでもないようだ。

「申し訳ないですね、あまり話せなくて」

「いえ、まぁ、御事情はわかります」

「それはどうもありがとう」

誉田はテープを止めた。

「では、これをきっかけに、とりあえず、御連絡だけでも、折に触れて、頂けたら……」

「そうですね。私の方から御連絡する場合には、ええと、この……」

俺が名刺に目を落とすと、「そのダイヤル・インに御電話下さい」と言う。

「わかりました」

と答えてから、フィルムを差し出した。

「……ええと、これは……」

手を出さずに、警戒している。

「例の元警部、井川が、分譲・賃貸合わせて、十二部屋、マンションを持っていたのは知ってますよね」

「はぁ……なんとなく、聞いています」

「それらを、今、整理しようとしているらしい。なにしろ、道警の裏金、あるいは大胆にも施設費で家賃を払ってるマンションもありますからね」

誉田が、猛然とメモを始めた。

「それで？」

「で、マンションの間で、荷物をあっちに移したり、こっちにまとめたり、ということをしているわけです」

「それは、誰が？」

「さぁ。見ただけでは、ちょっと区別が付かないんですよ。警官か、ヤクザか」

「なるほど」

「で、そのうちの一部屋、まだ荷物の整理がされていないらしい部屋に、入ってみました」

「犯罪じゃないですか」

「そうですね。で、現像すればわかりますけど、フィルムにはなんの細工もしてませんから。中に入った日時、場所、それらがちゃんと客観的に特定できるようになってます」

「……」

小さく頷く。それから、はっと気付いたように、「なにがありました？」と呟く。

「拳銃十三丁、覚醒剤三キロ」

「……その写真がこれだ、ということですね」

「そう。扱いは、ええと……誉田さんにお任せします。うまく活用して下さい」

「わかりました！」

松尾が小さく頷いた。

これで、誉田の取り込みは、まずまず成功した、と思っていいだろう。

一仕事終えた、という気分だ。

＊

誉田と松尾が、エレベーターまで送ってくれた。エレベーターから降り、受付の美麗なふたりに、誉田がサインした伝票を渡した。で、北日ビルを出て、そのまま新北一銀行に入り、エスカレーターで地下にあるATMフロアに降りた。しばらくようすを見たが、気になる動きはない。だが、現在は、間違いなく、尾行がついているはずだ。

俺はエスカレーターに乗り、一度無防備に新北一銀行の一階フロアに戻った。それから、北一条通に出て、西に進み、道庁本庁舎に向かった。中に入り、地下に降りて、食堂に入った。道庁の職員の九十五パーセントは暇を持て余しているから、すでに午後一時を過ぎたが、まだゆっくり昼飯を食べているオヤジがそこここにいる。そいつらを眺めながら、カレーライスを食べた。味などはどうでもいい。人の出入りを慎重に眺めたが、特に不審な人間は見当たらない。

カレーライスを食い終わって、食堂から出る。尾行されているに違いない、という意識があると、非常に緊張する。尾行を振り切るための確実な方法、というのを、実はよく知らないせいもある。相手がひとりならいくらでもかわすことはできるが、相手の規模がわからないと、おちおち安心して歩けない。

このあたりのこと、北日でインタビューを受けた後にどうするかは、打ち合わせていなかったのだ。松尾は、一通り手順を決めよう、と言ったのだ。しかし、俺がそれを断った。もしも松尾に何かあった場合、俺がどうするか彼が知っている、ということはあまりいいことではない。俺ひとりの責任で、才覚で、尾行をまいて、連絡することにした。「俺に任せとけ」と言うと、松尾は俺の顔をじっと見て、しみじみと呟いた。

「お前、レジスタンスごっこやってるつもりだな?」

……そのきらいなきにしもあらず、ではあるけれど。

それにしても、こうしていつまでも道庁の中でうろちょろしていても始まらない。俺は一旦外に出て、道庁赤レンガの庭を突っ切り、グランド・ホテルに入った。昼にカレーを食ったので、便意を感じたせいもある。

グランド・ホテルの素晴らしいところは、トイレが、俺は当然男性用トイレのことしか知らないが、普通に使える男性用洋式便器が、シャワー・トイレだ、ということだ。東館のトイレの個室は、やや狭い上に、普通の通行人が利用していることが多い。だから俺は、専ら本館の二階のトイレを使うことにしている。ロビーの、ゆったりとした螺旋階段を上り、ホールを奥に進むと、ひっそりとトイレがある。

しかも、このトイレのいいところは、本館正面玄関から螺旋階段を上るルートと、東館に抜けて北京料理レストラン〈黄鶴〉の前を通るルート、一階公衆電話コーナーから階段を上るルート、都合三つのアプローチがあり、それらをうまく駆使すれば、尾行の有無の判断、あるいは尾行をかわす作業が、効果的に行なえる、というメリットがあるのだ。

俺は、さりげなく、しかし充分な注意を払って、周囲に気を配り、素早くトイレに入った。中には誰もいない。俺は迷わず一番奥の個室に入り、鍵をかけた。

まず、一安心だ。

紙袋の中身は、これよりも少し大きめの紙袋を畳んだものと、衣類だ。それらを便器の蓋の上に慎重に積み上げ、それからニット帽、タイガースのジャンパー、サングラス、マスク、ジーンズ、スニーカーを脱いで、靴下・ブリーフ・Tシャツ姿になる。で、紙袋から出した革靴をまず履く。服は、簡単に着替えることができるが、靴まではなかなか替えない。だから、慣れた、プロの尾行者は、対象の靴をまず覚えるのだ。だから、こっちは靴を替える。で、部屋を出る時に、適当に詰め込んだ衣服を着込んだ。茶色い薄手のコーデュロイのパンツ。黒いTシャツはそのままだが、これはこれでOKだ。その上に、黒い綿シャツと、化繊のセーター。色は濃い緑。で、脱いだものを全部観光協会の紙袋に入れ、紙袋をきつく畳んで、大きい方の紙袋（今見たら、ヨドバシカメラの袋だった）に押し込む。

完璧だ。

手洗いのところの鏡を見た。さっきとは全然違う俺が、こっちを見て、不敵にニヤリと笑う。コーデュロイだし、セーターだから、折り畳んでいた、そのシワも目立たない。どこまで知恵が回るのだ、俺は。

自分に惚れ惚れしながらトイレから出た。ここでキョロキョロすると、不審に思われる。俺は流れるような鮮やかな足取りで、すたすたと進み、階段を下りようとした。

「あ、やっぱり便利屋さんだ」

目の前に飛び出して来たスグロお嬢ちゃんが、嬉しそうに言った。

「うっわっ！」

俺は、驚愕のあまり、変な声を出して、ほんの少し飛び跳ね、階段を一段、踏み外した。

18

階段の一番上で、一段踏み外すと、際どく体勢を立て直して、転落することを防いだとしても、一番下まで駆け下りることになるので、やはり、目立ってしまうのだ。みっともなく。

「ああ、驚いちゃった」

スグロ嬢は、明るく笑っている。

「突然、階段で走り出すんだもん。だから、『え？　なになにっ？』って、あたしも、ハハハハ」

そうだったのだ。スグロ嬢ちゃんも、一緒に階段を駆け下りてくれたのだ。ありがたいのか、邪魔なのか、わからなかった。

「なんで君がこんなところにいるんだ？」

混乱の中、やっとの思いでそう尋ねることを思い付いた。なにがなんだか、全然把握できていない。

「だって、ずっとついて来たんだもん」

「ついて来た？」

「うん」

まん丸の目をパチパチしながら、頷く。

「どこから？」

「便利屋さんのビルから」

「……七条三丁目の？」

「うん」

……頭が痛くなりそうだ。世界が、根本的にわからない。俺は、寄りかかっていた壁から体を引き剝がし、そこで思い付いて尋ねた。

「君、学校は？」

「……行かないの」

少し、すねたような口調と目つきで、俺を見上げながら言う。

「……ま、とにかくどこかでなにか飲むか」

「ホント⁉」

その一言で、どうやらスグロ嬢が、なにか飲み物と、昼食と、デザートを食べるつもりだ、ということがストレートに理解できた。

＊

グランド・ホテルまで含めて、札幌駅周辺で、「なにか飲もうか」ということになったら、たいがいは札幌駅の立ち飲み屋〈千扇〉に行く。だが、さすがに学校をサボった女子高生を連れていくのは憚られる。というか、街中はどこもまずいだろう。特に奇抜に崩しているわけではないが、とにかく高校の制服を着ているのだから。補導されたら、ややこしいことになる。

かと言って、「勝手にどこなと行け」と突き放すわけにはいかない。どこから、なぜ、俺を尾行してきたのか、それを確認する必要もある。だがまた、変なところ……誤解を招く可能性のあるところに、連れて行くわけにもいかない。

「ついておいで」

俺が言うと、素直に後ろについて来た。で、グランド・ホテルの前に停まっていたタクシーに乗り込んで、ススキノ北東の外れに向かってもらった。

大正時代の大邸宅を改装した、畳敷きの店があるのだ。座敷に座って、庭を見ながら煎茶や抹茶、昆布茶などを飲み、団子や羊羹を食べる店だ。昼時には、松花堂弁当も出す。酒も飲める。ほかに客がいなければ、畳んだ座布団を枕に眠ることもできる。いや、ほかに客がいてもいいのだが、そうなると、イビキがうるさい、と起こされてしまうのだ。

ガラガラと玄関のガラス戸を引いて、「ごめんください」と呼びかけると、名前は知らないが顔馴染みのおばさんが出て来る。

「弁当、いいですか？」

と尋ねると、穏やかに頷き、そしてスグロ嬢をジロリと一目眺めた。スグロ嬢は「うわぁ……すごい」と建物に感心している。

「じゃ、上がろう」

庭の見える、広い方の座敷に通された。先客が二組、両方とも、和服を着た、年輩のおばさんだ。着物のニオイが漂っている。スグロ嬢は、やや緊張した表情で、畏まっている。お行儀良くしよう、と気を付けているらしい。

なかなかいい子なのかな。俺はやや好感を持った。あたりに視線を投げながら、俺の方に顔を寄せて、「こんなとこ、初めてです」と小声で言う。

「そうか。……まぁ、人前で内緒話はやめような」

俺が言うと、はっとした顔で、頷く。

「お母さんにも、よく言われました……」

そう言って、なんだか悲しそうな顔になった。

そこに、店のおばさんが来た。

「お弁当？」

「ひとつね。それと……お茶は何がいい？」

「普通のお茶がいいです」

「それと、俺に高砂の一夜雫を」

「空酒《から》はよくないよ。おなか、刺されたんだろ？」

こんなところまで、噂は行き渡っているのか。

「大丈夫ですよ」

「出汁を取った後の昆布を煮て、胡麻と和えてあるけど、どうだい？」

「あ、ありがたく頂きます」

「毎度様」

すっと立って、向こうに行く。いつもながら、姿勢がいい。

「かっこいいおばさんですね」

とこれは普通の声で言う。

「そうだね。君も、おばさんになったら、あんな風になるといいよ」

スグロ嬢ちゃんは、なぜか暗い表情になって俯いた。

どうも情緒が不安定だな。

「それで？ どこから俺を尾けてたんだって？ ススキノから？」

「はい、そうです」

「俺のビルの住所はどうしてわかった？」

「濱谷さんのところで、真麻さんに教えてもらって……」

なるほど。そう言えば、真麻は俺の住処《すみか》を知っている。

「どうして真麻に俺のことを尋ねた？」

「……別に……」

「……いいか、ひとつ言っておく。俺に向かって、もう二度と『別に』と言うな。いいか。それがイヤなら、今すぐどっかに行け」

「……そんな……ひどいです……」

「ひどくはない。俺は、『別に』という返事が嫌いだ。その、俺の、『嫌いだ』という気持ちの表現だ。別に君は、どこかに行く必要はない。『別に』と言わないように努力すればいいだけのことだ。わかったか？　俺は、『別に』という返事が嫌いだ。だから、もう、言うな」

「おじさんは？　『別に』とか言わないんですか？」

「いや。言うかもしれない。自分が嫌いな言葉だって、使うこともある。つい、な。珍しいことじゃないし、いけないことでもない」

「じゃ、私だって使ったっていいじゃん」

「それが、ひとつの理屈だ。君の理屈だな。俺の理屈は違う。お互いの理屈は、どちらも正しい。ただ、それが食い違った。その場合、どちらかが譲るんだ。で、この場合は、俺は、譲らない。とにかく、俺は『別に』と返事されるのが嫌いだ。だから、俺にはそう言うな、と言っている。俺に用事があって、俺と話がしたくて、そして、ここで弁当とお菓子が食いたいのなら、『別に』と返事をするな、というだけのことだ」

「……なんで？」

「理由はある。だが、君に言っても、始まらない。俺のきまりだからだ。で、君は、俺に用事があり、俺になにかを頼む必要がある限りは、俺のキマリに従わなけりゃならないんだ」

「なんでですか」

「俺がそう決めたからだ」

「……」

「ややこしいことをゴチャゴチャ言う必要はない。俺が言っているのは、俺に、『別に』という返事をするな、という、ただそれだけのことだ。言われたら、言われたとおりに気を付ければいいんだ」

「……」

「そんな風にふくれっ面をしても、あるいはどんなにゴチャゴチャ言っても、俺が決めたキマリは、変わらない。だから、それに従って、ここにいるか、あるいは、『さようなら』と言って、どこかに行くかだ。好きにしろ。ただ、そばにいるなら、俺の決まりに従うんだ」

「やってられねぇ……」

「女が、なにをなにできねぇ、とか言うな」

「……何様？」

せっかくの可愛らしい顔が、憎々しげに歪んでいる。だが、腹の立て方を知らない、そんな感じがした。本当に怒っているわけじゃない。だが、不快な感情にうまく対処できずに、眉を寄せ、顎を上げ、突き出し、こっちを睨んでいるのだ。

「何様か、と聞かれたら、当然、俺様だ。おかしいことはひとつもないだろ？　ここにいるなら、俺の言うことを聞け、といっている。いやなら、どこかに行けばいい。なにかヘンか？」

「むかつく」

「じゃ、どこかに行け。俺のそばにいる必要はない」

「なんでそやって、仕切るの？」

「仕切ってるわけじゃない。……いや、仕切ってるのかもしれないが、それはつまり、俺は、イヤなものはイヤだからだ。『別に』と返事するやつは嫌いだし、『なになにじゃねぇ』という女は嫌いだ」

「女？　女だから、『だわ』とか言えって？」

「そういうわけでもない。……だが、ゴチャゴチャ言う必要はない。俺の決まり通りにするか、出て行くか、そのどっちかだ。下らないことをゴチャゴチャ言う必要はない」

「下らない？」

「ああ。実際、下らない」

ふたりの間の座卓の上に、きれいな松花堂弁当が置かれた。彩りが鮮やかだ。座敷が、縁側から差す日の光以外、ややくすんでいるので、なおさら弁当が綺麗でおいしそうに見える。その横に、おばさんは香り高い煎茶の茶碗を置いた。で、俺の前に、一夜雫の三合瓶と、小皿に盛った昆布の煮付け。

「ごゆっくり」

言い置いて、去って行く。

「……お互い、入り口を間違えたな」

俺が言うと、スグロ嬢は俺の目を見て、小さく頷いた。

「じゃ、仲直りしよう」

「どうやって？」

「最初から、やり直そう」

「最初から……」

「なぜ、俺のことを真麻に聞いたのか、それはとりあえず、今はいい。まぁとにかく、興味があったわけだな」

「興味じゃ……」

小声で言いながら、ちょっと首を傾げる。ま、それはそれでいい。

「で、さっき、俺の部屋まで来たのか？」

「そうじゃなくて、真麻さんに教えてもらったビルの前まで行ったら、おじさんが、タイガースのジャンパーを着て、なんかサングラスかけて、マスクして、出て来たでしょ？」

「ああ」

「だから、あれ？　って思って。だって、濱谷さんのところで会った時とは全然感じが違ってたから」

「違ってた？」

ならよかった。

「はい。……それに、真麻さんは、おじさんは、午前中は絶対にどこにも行かないから、だから、確実に部屋にいるって言ってたのに、突然出て来たし、なんだか後ろを気にしてるみたいだったから、おかしいなぁ、と思って……それで、跡を尾けてみたんです」

「なるほど。で、どこまで尾けた？」

「ずっとです。……悪いことじゃないでしょう？」

「ああ。悪いことじゃないよ。これで、立場が逆だと、犯罪かもしれないけど」

「立場が逆？」

「普通に通学している君を……下校途中の君を、俺が、ずっと尾行したりすると、話は全然違ってくるな」

「あ、そうだ。うわっ！　ストーカー！　はははは！」

笑ってから、こっちに顔を向けたおばさんたちの視線に気付き、顔を赤らめて口を押さえた。

「で……じゃ、北日ビルまで行って……」

「はい」

「で、ずっと待ってたのか？」

「はい」

「どこで」

「北日ビルのロビーで」

「隠れてたの？」

「いえ……そんな気は、なかったから、……新聞読んでました……」

全然気付かなかった。

「それで、出て来て、……なんだか、まだ周りをキョロキョロ気にしてるから、今度は面白くなって、本気になって、尾行してみたんです。それから、銀行に行って、道庁に行って、地下の食堂でカレーライス食べて、そしてホテルに行って、トイレに行ったでしょ？　で、そろそろ、『ワッ』って出て行こうかな、と思ったら、全然違う格好してたから、びっくりして……」

「なるほど。わかった」

「威かす気はなかったんです」

「ああ、それは、わかってる」

「ごめんなさい、本当に」

「いや、別に。謝ることはないよ。……食べなさい。おいしいよ」

「はい。じゃ、戴きます」

自然な動きで軽く両手を合わせ、それから楽しそうに食べ始めた。箸遣いは、きちんとしていた。見ていても、気持ちのいい、可愛らしい食べ方だった。

俺は、一夜雫をゆるゆると味わいながら、スグロ嬢ちゃんの後ろに広がる、枯れた庭を眺めつつ、なんだかへんな成り行きだな、と人生を味わった。

＊

一夜雫の三合瓶を飲み干して、もう一合、銚子で頼んだ頃に、スグロ嬢ちゃんは弁当を食べ終えた。なにも残さず、キレイに食べた。静かに茶を啜る。

「おいしかったです」

食事を御馳走になった時の作法は、きちんと身についているようだ。いま時珍しい……と思うのは、俺の偏見か？

「それはよかった」

「お茶も、おいしい」

両手で茶碗を支え、静かに啜っている。

「これ……」

呟く。

「バッハですね」

言われてみると、確かにそうだ。聞こえるか聞こえないか、くらいの静けさで、バイオリンが流れている。無伴奏バイオリン・パルティータ。

「これは、第一番だな」

俺が言うと、

「そうですね。これは、第三楽章のサラバンドですね」

と言う。そこまでは俺はわからない。

「バイオリン、弾くの？」

「え、いえいえ、とんでもない」

顔の前で、両手をヒラヒラさせる。

「弾けないです、全然。聞くのが好きなだけです」

目の周りが赤くなっている。

「でも、よく知ってるね」

「好きな曲だから……」

茶を啜りながら、天井を見上げる。すんなり伸びた喉の白さが、目に残った。

「楽器、なにか弾けるの？」

「え？　私ですか？」

「全然。なにも。ピアノを、習いたいなぁって思ったことはあったんだけど……」

「習えなかったの？」

「親に、言い出せなかったから」

「そうか」

「そう」

「……」

黙って、俯いている。

「……俺はね、ピアノはひけるよ」

「えっ！　ホントですか？」

「疑うのか」

「あ、いや、いやあの、そうじゃないですけど。……ちょっとイメージと違うから……」

「ピアノには、必ずキャスターがついてるからな」

「はい？」

「ロープで縛って引けば、たいがい引ける。引っ張れる」

「……」

「押すんじゃダメだ。引いたことにならないからな」

スグロ嬢は、天井を見上げて、「わはは」と笑った。それから、俺の顔を見て、「馬鹿馬鹿しい」と呟き、また「わはは」と笑った。

俺は、ただなんとなくニヤニヤしていた、と思う。

暫時沈黙。

「不思議なお店ですね」

ポツリと言う。

「大正時代に、北大の教授が建てたんだそうだ。札幌軟石と、道産木材で造った家なんだそうだ」

「へぇ……」

「と、そこの栞に書いてあるよ」

「へぇ……」

俺は立ち上がって、縁側の手前のガラス戸を引いた。春先の、冷たい空気が流れてくる。座敷のおばさんたちが、俺の方を見た。スグロ嬢もこっちを見る。手招きすると、素直に立ち上がってやって来た。

「そこに座ろう」

ガラス戸を閉めて、庭に向かって縁側に、並んで座った。

「雪、まだ残ってますねぇ……」

「街にはもうなくなったけどな」

「でも、あの梅なんか、蕾、咲きそうですよ」

「……まだ、あと二週間はかかるな」

「へぇ……そうなんだ……」

「……それで？」

「はい？」

「なぜ、俺の部屋に来ようとしたんだ？」

「真麻さんが、住所は教えてくれたけど、電話番号は、わからない、と言ったから……」

「俺に、なんの用だ？」

「別……あのう、……特にこれ、という用事とかじゃないんだけど、……なんか、……話、したくて……」

「そうか。……俺は、歓迎だよ。君となら、いくらでも話をしたいよ」

「えっ!? ホント!? ホントですか!?」

「もちろん」

「そうなんだぁ……」

嬉しそうに言って、自分を抱き締める。

思った通りの反応だった。この子は、自分が人に受け入れられづらい、と思い込んでいる。自分に好意を持ってくれる人間など、どこにもいない、と思い込んでいる。

そんな風に自分のことを考えている娘は多い。こんなに可愛らしくて、それなりにしつけも行き届いているのに、「自分は誰にも受け入れられない」と感じているのが、不思議だ。

だが、事実、彼女らはそうなのであるらしい。だから娘たちは群れるし、ひとりではなにも……昼食どころか、トイレに行くことすら……できないし、友だちが一緒だと、売春すら平気ですする。なぜだろう。俺は、哀れでならないが、そういう俺の気持ちは、「大きな御世話」ということになるのだった。

「ところでね」

「え？」

「俺の方にも、ちょっと教えてもらいたいことがあるんだけどな」

「え？　なんですか？」

すぐに表情が硬くなる。なにかを警戒している。

「君の同級生の、カシワギって子がいるだろ？」

「あ、はい……」

「彼女のことを、濱谷のオバチャンが気にしてさ。どうも、どんな娘なのか、気になるんだな。で、ちょっと調べてくれ、と頼まれたんだけど、……なんか、おかしなところのある女の子か？」

「ええ？……」

この前と同じ反応だ。スグロ嬢は、明らかに、カシワギが嫌いだ。だが、自分がカシワギを嫌っている、という事実に直面する勇気がない。

「どんな家庭なんだろ？」

あっさりとした口調を心がけたが、やはりスグロ嬢は反発した。

「普通じゃないですか?」

「さぁ。それは、俺は、知らない」

「いやあの、……普通の家庭だ、と思いますよ」

現代の「普通の家庭」というのはどういう家庭だろう。夫婦が、親子が、殺し合いをしない家庭は、みんな「普通」ってことになる時代じゃないのか?

「普通、か」

「家庭のことを言えば、ウチの方が、ずっとヘンですよ」

挑発するように言う。ま、その挑発には乗らない。俺は、さも愉快そうに笑った。

「そうかそうか。ハハハハ!」

スグロ嬢は、一瞬沈黙したが、すぐに、一緒に笑う方を選んだ。

それでいいんだよ。今すぐに、全てを聞き出そう、とは思ってないからね。

「……学校に行け、とか言わないんですか?」

「なに?」

「学校に、とか……」

「誰が? 俺が?」

「そう」

「学校にって、誰に? 君に?」

「そう」

「……話題に困ったのか？」

「え？」

「無理して話題を探さなくてもいいんだぞ。黙っていたかったら、黙ってたっていいんだ。俺は、君よりもずっと年上だから、子供が黙ってたって、全然平気なんだから。無理して話題を探さなくてもいいんだよ」

「……そんなんじゃないです」

思った通り、ちょっとふくれっ面になる。

「そうか？」

「話題とかじゃなくて、……ただ……普通は、大人の人は、言うじゃないですか。こんな昼間とかに、制服着てる女子高生見たら、普通」

「そうなのか？　それが普通なのか」

「そうですよ」

「それは知らなかった……」

「言うんですよ」

「学校はどうした、とかか？」

「そう。行かないでブラブラしてちゃダメだ、とか」

「そいつらは、きっと、子供の頃、あまり勉強ができなかった大人なんだよ。あるいは、一所懸命勉強して、そのせいで成績がよかった、そういう大人なんだよ」

「俺は、そういうのとは、全然違う人間だから」

「え？」

「生まれつき、俺はものすごく頭が良くてさ」

「はぁ？」

「で、あんまり勉強しなかったけど、小学校・中学校と、ずっとトップ・クラスだ」

「……」

「高校ん時から、映画を見るようになってな。……当時はビデオなんかなかったからな。わざわざ映画館に行くんだ。毎日毎日、学校に行ったり行かなかったりして、映画館には必ず行ってた」

「それで？」

「で、今はこういう風に、面白おかしく暮らしてる」

「はぁ？」

「だから、成績がいいとか悪いとか、いい学校がどうしたこうしたとか、学歴がどうとかこうとか、そういうことから、俺は自由なんだ」

「あれ？　ナルナルルンルンてやつ？」

意味がわからないが、なんとなく不愉快な言葉だ。

「なんでだ」

「……え？」

「……よく、わかんない」

「とにかく、どんなにいい大学出ても、バカはバカだ。中卒でも、頭が恐ろしく切れるやつもいる。そういうことだ。勉強するのは、素晴らしいことだが、それと、学校は全く関係ない。学校なんて、片手間で、浮き世の義理で付き合うんで上等だ。ナシで済ませられるんなら、それが一番いいんだ」

「……ええと……」

「ただまぁ、君は、せっかくいい高校に入ったんだから、それをあっさり捨てるのはもったいない、とは思うけどな。でも、君自身がバカなら、学校に行っても行かなくても、死ぬまでバカで、それで終わりだ。逆に、君自身に、生きるだけの価値があれば、学校に行こうが行くまいが、そんなこととは関係なく、望むように生きられるさ」

「じゃ、生まれつき決まってるってこと？」

「そうじゃないよ。自分で、生きる価値のある自分になる、ということだ」

「おじさんは？」

「俺は……少なくとも、酒を飲むのは好きだ。自分の酒代は稼げる。……そして、好きな奴が困っていれば、助けることができる。……もちろん、限界はあるけどな。……だから、まぁ、幸せなんじゃないか？」

「ナルナルルンルンだぁ！」

「……ただ、学校には行った方が、もちろんいいんだけどな」

「なんでですか」

「勉強する手間が省けるからだ。教員を利用すれば、独学よりもはるかに楽に、学問を、知識や教養やものを考える力を身につけることができる。とにかく、勉強は不可欠だからな。人として。……鉄棒や跳び箱や、ドッジ・ボールと同じだ。鉄棒なんて、ドッジ・ボールなんて、実際の生活になんて役に立たないけどな。でも、鉄棒が全くできない人間とか、ドッジ・ボールを一度もしたことがない人間てのは、普通の人間と、どっか違うさ」

「……」

「それは、英語も歴史も数学も同じだ」

「……」

「それに、学校には、図書館があるだろ。図書館には、本と、CDと、絵画全集があるだろ。その気になりゃ、いくらでも勉強ができるし。教員はバカで、教科書はつまらなくて、クラスメイトは退屈で平凡な連中ばかりで、授業は下らない、かもしれないけど、図書館には、本物があるし、自分が本物なら、本物を駆使して、いくらでも本物を生み出すことができる」

なにを言っているのだ、俺は。とは思うが、とにかく俺は、スグロ嬢ちゃんの心に自分の種を播こう、と頑張った。

でも、なぜだ？

なぜかと言えば、この子は、いい子だし、幸せになる資格がある、と思ったからだ。幸せになる資格があるのに、その資格をむざむざドブに捨てようとしている、と感じたからだ。なぜ真麻が、この子を俺のところに寄越したのか、それは、今のところ、わからない。だが、彼女もきっと、この子の幸せを願っているのだ、という気はした。

「おじさん、名前は？」

聞かれたから、教えた。

「へぇ……」

と素っ気ない。

「君の……スグロってのは、勝ち負けの勝ちに、風呂の呂、かい？」

「そうです」

「名前は？」

「レナ。……田中麗奈の、あの麗奈です」

「お父さんがファンだった、とかか？」

いきなり笑い出す。

「バカみたい、ははは、だって、ははは」

なるほど。そりゃそうだ。田中麗奈がいくつなのかは知らないが、勝呂麗奈が生まれた時には、田中麗奈は、まだただの無名の女の子だっただろう。

「偶然の一致か」

「じゃないですか。……お父さんが付けてくれたって言うんですけどね……」

しんみりした口調で言う。もしかすると、父親はいないのかもしれない。

「そうか」

「……」

「で、これからどうするんだ？」

「これから……」

「学校まで送るか」

「……カバン、持って来てないし」

妙に実務的なことを言う。

「カバンくらい、どうにでもなるだろ」

とは言ったが、これから学校に行く、というのも、いろいろとややこしいだろうな、というのはわかる。経験あるし。

「だって……」

「じゃ、家に帰るか？　帰るんなら、送ってあげるよ」

「え！　車、なに乗ってるんですか？」

「……俺はね、大酒飲みだから、車の運転はしないんだ。きっと、酔っ払い運転で人を死なすだろう、と思うんだ。だから、車も持ってない」

「じゃ、どうやって……」

「地球上では、たいがいの国の街には、タクシーというものが走っているからな。だから、それで充分に用が足せるんだ」

「へぇ……でも、お金、かかるじゃないですか」

「それは自家用車でも同じだろ」

「だぁってぇ……」

さも珍しい物を見るような顔で、俺を見る。

「どうした？」

「濱谷さんと、真麻さんが話してたけど、おじさん、……ケータイも持ってないって……」

「持ってないよ」

「えぇぇぇ!? ホントなんだぁ……」

その驚きようから察するに、勝呂麗奈の中では、ケータイを持たない男は、自転車に乗れない、あるいは「霊など存在しない」と公言する人間と同じくらい珍しいものであるようだった。

「でも、なんで？」

「キライだからだ」

「なんで、キライなんですか？」

「たぶん、それは説明してもわからないだろうな」

「試しに、説明してみて」

「……たとえば、俺は、サラリーマンになるのがいやだった。だから、就職活動を一度もしたことがない」

「ふんふん」

「……評判のラーメン屋で並んで順番を待つのが嫌いだ。そもそも、『人気の名店』で話題の料理を食べるのが嫌いだ」

「ふんふん」

「オリンピックやワールドカップで、みんなと一緒になって、日本を応援するのも嫌いだ。夢中になって日本を応援している連中も嫌いだ。……日本に限らないけどな。韓国チームを熱狂的に応援する韓国人も嫌いだ。イタリアチームを応援するイタリア人も嫌いだ」

「ふんふん」

「で、ケータイを持つのが嫌いだ」

「……なんとなく、わかるけど」

「わかるか？」

「わかるけど、……なんか、子供っぽい」

「そうかい。悪かったな」

「あ、そうじゃなくて。ウチのクラスにも、ケータイはキライっていう男子がいるから。ヘンに突っ張ってて、絶対ケータイは持たないんだって」

「見どころがあるな」

「お父さんがケータイ嫌いで、その影響らしいんだけど」

「あらまほしき一族だ」

「そうかなぁ……」

「で、どうする？　家に帰るなら、タクシーで送るよ」

「……もう、家には帰らないんです」

「今はどこで寝起きしてるの？」

「サンドラのところ」

「サンドラ？」

「……この前、話、してたでしょ。法律的には、森野英正、という名前の」

「ああ、森野な。サンドラってのか」

「知らなかったんですか？」

「だって。もう、何年も会ってなかったから」

「そうなんですよ。自分で言ってるんです。もう、サンドラは、『足を洗った』んです」

なにか意気込んで、そう言う。

「……だとしても、君は、自分の家に帰った方がいいんじゃないか。……少なくとも、一度は」

「みんな、あたしがいない方がいいんです。ウチは」

「……それはないんじゃないかな……」

「……」

「第一、もしも近所の人が、森野の家……だか部屋だか知らないけど、そこに、女子高生くらいの娘さんが、一緒に暮らしてます、ってことを警察か、……まぁ区役所の婦人青少年係かなにかに通報すれば、君が連れ戻されるだけじゃなくて、森野は、下手すると逮捕されることになるぞ。それは困るだろう？」

「……」

「……まぁ、君たちの関係が、どういうものか、それは俺は知らないけどね」

「……」

「ま、森野のところは、とりあえず……」

「じゃ、おじさんの部屋に泊めてもらえます？」

「ダメだ」

「どうして？」

「そういうもんだからだ」

「自分に自信が持てないんですか？」

「そういう問題じゃないよ」

また俯いて、別なことを考えるような顔つきになる。

「……母よりも、女として生きる方を選ぶ、って……ありふれたセリフですよね」

「……まぁ……そうだね。猫も杓子も、最近はオタマジャクシも言うセリフらしいな」

「え？」

「いや、つまらない冗談だった」

「……それで、……ありふれたセリフを言う人って、バカですよね」

「……まぁ……」ここは慎重に、と俺は思った。「……まぁ、確かにそうだけど、また一方では、真理ってのは、結局はありふれたセリフに落ち着くもんでな」

「そうなんですか？」

「そうだよ。……一応、俺は文学部で哲学をやった人間だけどね。その俺が言うんだから、
間違いないさ」

「でも、ススキノで、チンピラに、おなかを刺されたんでしょう？」

俺は思わず笑ってしまった。

「まぁ、それはそうだけど、そういうような、外面で人を判断しちゃ、だめだ」

「……結構、人って、見かけによりますよ」

「ほう。そうか。よく知ってるね。確かに、その通りだよ」

「……いろんな人を、見たから……」

「……あのね、君ね」

「麗奈って呼んでいいですよ」

「俺にはそういう習慣はないんだ」

「麗奈って呼んで下さい。てか、友だちには、レナ、とかレンとか呼ばれるから、その方がいいな。私、なんだか『君』とか呼ばれると、バカにされてるみたいでムカつくんです。だ

から、レナ、とかレン……」

「俺はバカにしてないよ。だから、気にするな。ムカつくんなら、トイレに行け」

麗奈はプッと吹き出した。

「で、君が、そんなふうに、家に帰らなくなって、『いろんな人を見る』ようになったのは、いつ頃からなんだ？」

「ウチは、食堂なんです」

「ほう」

「で……お祖父ちゃんとお祖母ちゃんと、それに私も、小さな頃は手伝って、楽しかったんです。……本当に、楽しかった……」

「ほう」

そこで麗奈はいきなり立ち上がった。

「帰ります」

「どこに？」

俺は座った姿勢で見上げながら、間抜けなことを尋ねた。

「帰るのは、家ですよ。送ってくれるって言うから」

「ああ、わかった。送るよ」

そんなとりとめのない成り行きで、俺はとりあえず、勝呂麗奈をタクシーに乗せ、一緒に白石にある、昔ながらの商店街に向かった。ススキノから、タクシーで三十分はかからない。

昔は……札幌オリンピックの後もしばらくの間は、札幌の中心部以外にも、あちこちに「街」があった。それぞれの歴史や成り立ちを背景に、ひとつひとつ、佇まいの違う街が、散らばっていたのだ。街にはそれぞれに商店街があり、映画館があった。

それが、今はすっかり変わってしまった。街は、地下鉄駅の周りに、カビのようにこびりついた、コンクリートの建物群に姿を変えた。コンビニエンス・ストア。パチンコ屋。ショッピング・センター。ファミリー・レストラン。レンタル・ビデオ屋。カラオケボックス。セコハン本屋。安売りメガネ屋。回転寿司。焼肉バイキング。百円ショップ。どこに行っても、そんなものがかたまっているだけだ。

だが、麗奈の家のある商店街は、家並みが落ち着いていて、店の作りもやや懐かしい感じで、映画館こそないが、それに目をつぶれば、ひとつの「街」になっていた。

「いい街じゃないか」

俺が言うと、麗奈は「全然」と眉をそびやかして、窓から街を一瞥した。

「あ、そこです。その信号のところの、食堂……はい、ここです」

そして、「ありがとうございました、御馳走様でした」と俺に言い、運転手が開けたドアから降りて、そこでふと止まった。それから、開いたドアから覗き込むように俺の顔を見て、

「食べて行きませんか？」と言う。やや、挑戦的な気配があった。

食べて行ってもいいな、とは思った。

だが、腹は減ってない。

「また今度にするよ」

そう言うと、「はぁい」と残念そうな顔で言って、たっと駆け出して、〈すぐろ〉と書いたノレンの向こうに消えた。

「じゃ、次は？」

「ススキノに戻って下さい」

と答えてから、考えが変わった。

カシワギの家は、ここから近いはずだ。なにしろ、勝呂麗奈と同級生だ。ということは、つまり、公立高校の学区が同じだ、ということだから。

「次の信号を左に曲がって、そのあたりで一旦停止して下さい」

「はいよ」

走り出した車の中で、俺は紙袋の中の荷物をかき回した。確か、ジーンズの尻ポケットに、カシワギの年賀状を折り畳んで入れておいたはずだが。

あった。柏木香織。白石区川外町。この商店街のすぐ近所、でもないが、ずっと遠く、でもない。二十年ほど前に造成された住宅地だ。その頃は、某右翼団体の道場があったのだが、さすがに今はもうなくなっているだろう。あの頃は、ほとんど家が建っていないスカスカの街だったが、今は家も、相当増えているだろうな。

よし。行ってみよう。

19

川外町は、住宅が密集するだだっ広い平らな街だった。ところどころにコンビニエンス・ストアがあり、太い道路が縦横に交差し、その太い道路が区切った大きな正方形の区画に、細い道がまた縦横に交差している。家々は、建て売り住宅ではないらしく、それぞれに個性的だが、延々と広がる縦横の四角い区画は、見通しのいい不思議な迷路のようだった。

あちこちに、小さな児童公園があるのが特徴なのだろうか。そして、街の中心あたりに、大きなショッピング・センターがあり、その隣に、大きな病院がある。そのあたりに、住所からすると、どうも柏木香織の家があるらしい。ドライバーに頼んで、そのあたりをゆっくりと進んでもらった。ショッピング・センターの駐車場には、車がびっしりとほぼ満杯だ。その隣の病院は、不思議なことに、四階から上の窓に金網が張ってある。近付くと、「善仁会　遠藤記念病院」という名前で、診療科目のトップに「神経科」があった。この病院も、ショッピング・センターも、二十年前にはなかった。あの頃は、こんなに家が建て込むなんてことは想像もできないことだったが。

「お客さん。三番、というと、この一画だわ。この小路から、向こうの信号まで。して……」

カー・ナビを操作しながら、ドライバーが言う。かなりの年輩なのだが、結構鮮やかにカー・ナビを使いこなしている。

「ええと？　三番の十二号？」

「ええ、そうです」

「したら……あれだな。あの、コンビニのところさ左に曲がったとこだわ」

「なるほど」

「行くかい？」

「あ？　ああ、ええ。お願いします」

細い小路を、ずっと進んで、「ここだな」と止まった。

ありふれた住宅地の民家だ。築十年ちょっと、というところか。ブロックの塀を回してある。両親と娘ひとり、くらいの家族にはちょうど手頃な、こぢんまりとした家だった。車の中から、塀に白い陶器の表札がくっついているのが見える。柏木、と書いてある。

「ここでいいかい？」

「ありがとうございます」

＊

走り去るタクシーを眺めながら、これからどうしようか、と考えた。俺の服装を慮るに、うまくハマる偽装は、ないように思われた。茶のコーデュロイのパンツに、化繊のセーター、手には紙袋。こんなセールスマンはいない。宗教の勧誘も、こんな格好はしていない。世論調査の学生アルバイトにしては、なにしろ俺は四十七だし。せいぜい、珍味売りか、あるいは海産物の行商……さもなけりゃ、チリ紙交換の先遣隊。外壁工事詐欺の勧誘なら、ちゃんと背広を着ているしな。チラシのポスティングだとすると、わざわざタクシーで来るのは変だし、一軒だけ、というのもおかしい。

どうしようか……

自分の短慮を悔やんだ。もうちょっと、ちゃんと準備してくるべきだった。俺はどうも、思い付きで行動するという、悪いクセが抜けない。

とにかく、インターフォンを押そう。俺がここにタクシーを止めて、降りた、ということは、家の中から見て気付いているだろうし、近所の奥さん連中も気にしているはずだ。このまま立ち去ったりすれば、なおさら不自然だろう。とにかく道を尋ねよう。このあたりに、市電の運転手の佐藤さんのお宅はありませんか、と尋ねるのだ。住所は、ここなんですけど、なにかの間違いですね、と謝る、というわけで……

そんなことを考えながら玄関のドアに近付いたら、その脇、ベランダのレースのカーテンが揺れて、とんでもなく太った女性が、ガラスの向こうにぬっと出て来た。細い目で、俺を睨み付ける。俺は、とりあえず笑顔で会釈した。しかし、その太った女は、表情を変えずに、俺の目を睨み付けたまま、ガラス戸の鍵を外し、スッと開けた。

「あのう……」

春の初めの、雪の残った、なんだか知らないが木の生えた、冷たく涼しく気持ちのいい庭に、生ゴミのニオイが広がった。太った女の後ろに、半透明の、丸々と膨らんだビニールの袋が山積みになっているのがちらりと見える。

「おたく、なに⁉」

厳しい口調で、詰問する。

「あのう、……このあたりに……」

「お断りだよ！」

女は、本当に醜い。俺の三倍はありそうなほどに太っている。もしかすると、家から出られないのではないか。少なくとも、このベランダからは出られない。ガラス戸を外さないと、無理だ。

「あのう、……市電の運転手をなさっている、あのう、佐藤さん……」

「なに⁉ あんた、なんだって⁉ 市電⁉ 市電がどうしたのさ⁉」

「いや、あの……」

なんとなく、俺は一歩近寄った。女は、手に消火器を構えた。

「動くんでない！」

「はぁ……」

「して、なんだって⁉」

薄気味悪くなってきた。居残正一郎の「顔」になって、道警や暴力団からつけ狙われる、というのなら、まだいい。笑顔で立ち向かえるかもしれない。しかし、これは……この太った女の目つきを見ては、ちょっとなかなか立ち向かうのは難しい。

「いえ、あの……間違いでした」

そう言って、会釈をした刹那、なにかが閃いた。危険だ。俺は、思わず飛び下がった。と同時に、女が右腕に、グッと力を込めた。シュッと鋭い音がして、白い煙が、女の右手から噴き出した。ちょうど具合良く、風が俺の背中から吹いていたので、消火剤の粉末は、俺には全く届かずに、風に吹かれてベランダの中に広がった。女は、顔の前で左手を振り、ゴホンゴホンと噎せながら、「帰れ、このバカ！」と怒鳴った。その後ろに、はっきりとは見えなかったが、ゴルフ・ウェアかなにかをきちんと身に着けているように見えた、初老の男の姿が一瞬動いたような気がした。だがとにかく、どうでもいい。

俺は、ほうほうの体で門から出た。家の右側、壁と塀の間に、どうやら空であるらしい消火器が、数十個、積み重なっていた。

＊

「平気だ。平気だ」

自分に言い聞かせながら、俺はコンビニまで歩いた。ともすれば走り出しそうになるが、ここで走り出してはいけない、ということはわかっている。子供の頃の、夜中の肝試しと同じだ。一旦走り出すと、もう恐怖が際限なく盛り上がって、最後の最後まで突っ走ることになるのだ。だから、ここは落ち着いて。だいいち、みっともないじゃないか。ただのデブ女を恐がって。こんなに怯えて。しかも、昼間の住宅地で。

大丈夫だよ！　平気だって！

しかし、コンビニの赤と緑の看板が見えた時、安心のあまり、俺はついつい小走りになってしまった。で、やっとの思いで自動ドア脇の緑電話から、タクシーを呼んだ。

（なにがこんなに恐いんだろう）

しみじみ考えたが、謎だ。恐怖のツボにハマった、ということだろう。意気地がない。

俺は、舌打ちをしながら、とりあえず缶ピースを買った。この中には、丸一日分の幸せが詰まっている。どんな不幸や恐怖にも立ち向かえるってもんだ。

＊

さっきの、麗奈の食堂の前でタクシーから降りた。いかにもありふれた、商店街の、普通の食堂だ。紺色のノレンが下がっている。すぐろ、と大きく書いてあって、その周囲にラーメン、天ぷら、そば、丼もの、などの文字が散らばっている。掻き分けて、中に入った。

客は誰もいない。疲れた顔をしたおばさんが、カウンターの向こうに座っている。新聞を読んでいたらしい。「いらっしゃいませ」と立ち上がった。古ぼけた店内を見回す。特徴というほどのものはない。旧式の、つまりチャンネルガチャガチャ式のテレビがあるが、今はスイッチを切ってあって、そのせいでブラウン管の表面がべっとりと油染みているのがわかる。

平凡な料理を並べたホワイト・ボード。カツ丼があったので、それと、「お酒」を冷やで二合。カツをツマミに飲んで、最後にツユのしみた飯を食べるのが、俺は結構好きだ。

おばさんが、ガスの火を大きくして、油を熱し始めた。それから、二合徳利に紙に入った月桂冠を注ぎ込んで、サッポロビールのコップと一緒に持って来て、俺の前に置いた。それから、向こうに戻って、冷蔵庫の中からおそらくは豚ロースであるらしい、スライスした、楽しいくらいに結構ぶ厚い肉を取り出し、包丁で細かく切れ目を入れた。俺は、特にこれといってすることもないので、ぼんやり見ていた。

おばさんが、まぁ、きっとこれが麗奈の母親なのだろうが、肉に衣を付けて、パン粉などまぶし、油の温度をみて、で肉を滑らかに入れた。ジューッという、おいしそうな音。その時、奥の畳敷きの部屋で、誰かがむっくり起き上がる気配があった。ジャージ姿の男が、ぬっと出て来た。髪がボサボサだ。俺の方をジロリと見て、面倒臭そうな表情になり、さっきまでおばさんが座っていた椅子の上に、おばさんが置いた新聞を手に取り、ブツブツと口の中で意味不明なことを呟いて、また俺の方をジロリと見て、床に降り、サンダルを履いて、のそのそと動く。で、二階への階段口らしいところから上がり込み、トントンとゆっくり音を立てて階段を上る。二つのかかとが、交互に動きながら、上に消えて行った。おばさんは、強張った顔で、揚がるカツを見つめている。

おばさんは歳の頃なら……そうだな、俺よりも、ちょっと上。五十そこそこ、というところだ。で、さっきの男は、すでに中年太り、という体型ではあったが、それでも三十にはなっていないだろう。

何人か、ああいう男たちを知っている。「女手一つ」で頑張って、仕事をして、子供も育てている、という女を嗅ぎ付けるのが異様にうまい男だ。今まで、「こんなしっかりした女が」と驚くような場面に、何度もぶつかったことがある。女の寂しさにつけ込んで、するすると、母子家庭に紛れ込み、それで食っている男だ。もちろん、定職はない。貯金もない。借金はある。酒は飲む。ギャンブルはする。自分ひとりでは、履歴書が書けない。床屋に行く金を持って出ると、酒を飲んで帰って来る。そして、……娘がいると、狙う。

カツ丼が来た。おばさんが、急いで作ったのが感じられる、火の通り具合が中途半端なカツだった。それでもいいよ。酒飲みは、カツの衣だけで飲むこともできるから。それよりも、早く二階に上がって見て来いよ。心配なんだろ？　俺も心配だ。こんな家に帰すべきじゃなかった。

早く行けって。

おばさんは、俺の顔を見て、二階を見て、そわそわしている。なるほど。俺が食い逃げをするのを心配しているらしい。

貧乏臭ぇ話だ。俺は、こういうのが一番嫌いだ。

「カツ丼と酒で、おいくら？」

「あ、千四百五十円です」

千円札を二枚出して、「お釣りはいいです」と言うと、「あら」と笑顔になり（それどころじゃねーだろ！　五百円を喜んでねぇで、早く行けって！）、「ちょっとすいません」と行って、二階に上がって行った。その、おばさんのかかとがまだ見えているうちに、二階でガタンガタン、とやや騒がしい音がした。老人の、かすれ声が、なにか激しい口調で怒鳴っている。それに、若い男の怒号が重なった。麗奈が、なにか怒鳴っている。涙声だ。おばさんのかかとがすっと消えた。トトト、と早足で上る音がする。なにかがなにかにぶつかって、それとは別な何かがガシャンと割れた。なにかが倒れて、天井が揺れ、建物全体に衝撃が走った。

俺は、静かに、紙に入っていた月桂冠を飲みながら、べっちゃりと揚がったカツの衣を、食べた。近来稀にみる、しょぼくれた酒だ。

　上で、麗奈の声が、鋭く何か喚いた。ガタガタと物音がして、階段をダダダ、と駆け下りる足音。下唇を嚙みしめた麗奈が、トン、と床に飛び下りた。そのすぐ後に、さっきの男が続いているらしい。

「こら、麗奈、待て！　お前、言うに事欠いて、お母さんに！」

そんなことを喚いている。

「あんた！　待って！」

追いすがるように上から駆け下りて来たおばさんが、男に抱きついた。

俺は、黙って見ていた。男が床に降りたら、立ち上がろう、と決めていた。麗奈がダッと駆け出して、カウンターのこっち側に出て来た。そこで、初めて俺に気付いた。

「あれぇ！」

涙混じりの笑い声だった。

「来てたんだぁ！」

「場所を覚えたんでな」

「なんだ、来てくれたんだ」

涙を拭きながら、うきうきした口調でそう言い、わざとらしく俺の横に座った。

「こら、麗奈」

男が、絡みつくような声で言う。俺と麗奈は、無視した。

「あんた、ちょっと上に戻って」

おばさんの声が気に障る。この声は、麗奈を守ろうとしていない。麗奈から、男を取り戻そうとしているみたいだ。

「こら、麗奈」

「お酒飲んでるの？」

「そうだ」

「お注ぎします」

慣れてはいるが、やはりどこか危なっかしい手つきで、注いでくれる。

「こら、麗奈、おめぇ」

「あんた、ちょっと上に戻って」

聞き流そう、と思った。だが、ついつい、心のどこかに引っかかった。

「うるせぇな」

普通の声で言った。

「あ？　なんだ、てめぇ」

男が絡んで来る。まるっきり、バカだ。

「……」ちょっとタメを作ってから、しばらくぶりに、思いっ切りの声で怒鳴った。

「うるっせぇ！」

ああ、気持ちいい。やはり、半年に一度くらいは、思い切り怒鳴って、クズをボコボコにしなければ。自分のあちこちが錆び付いてしまう。俺は立ち上がった。

男は、怯んで、後ろに下がり、「待て」と言った。そのツラに、思い切り正拳をぶち込んだ。しぶといやつで、一発では倒れなかった。だから、言い聞かせた。

「客の前で騒ぐな、クズ！」

「……客……」

ぼんやりする顔の、低能っぽい表情が、無性に腹立たしかった。膝に蹴込みを叩き込んで体勢を傾け、少し低くなったミゾオチに足刀をぶち込んだ。尻餅をついて壁にもたれ、横ざまに倒れて呻く。顔を蹴ろうか、とも思ったが、それは許してやった。

「なにすんのあんた、警察呼ぶよ！」

おばさんが半狂乱で喚いた。

いろいろと、やり方はあった。このおばさんを叩きのめしても、蹴りをぶち込んでも、店をひっくり返しても、俺はいささかも後悔しないし、良心の呵責も感じない。むしろ、死ぬまで大事にできる、いい思い出になっただろう。だが、やはり、実の娘の前でそれをするのは、よくない。

そう思った。

だから、殴りも蹴りもせず、悪態すらつかずに、俺は背中を向けた。そして、麗奈を見た。目の下と、鼻の下をこすりながら、俺を見ていた。

「帰れ、と言って悪かった。森野の家に送るよ」

「うん。ありがとう」

「おいで」

俺が右手を差し伸べると、ピョン、と一歩跳ねて来て、握った。そのまま、俺たちは外に出た。

「死ね、恩知らず!」

後ろでおばさんが喚いた。

「ドロボウ猫!」

恋というのは恐ろしい。

心底、そう思った。

あんな、所帯やつれしたおばさんが。……いや、所帯やつれしたからこそ、の「恋の魔力」ってやつか。母であることよりも、女であることを選ぶったってなぁ……

そんな思いで、麗奈を見た。

なぁ……

麗奈は、なんとなく感じたのか、

「仕方ないんだよ」

と呟いてから、急にしゃくり上げて、顔を両手に埋めた。

俺は、泣きながらも、スタスタ歩く、高校の制服を着た少女と手をつないで、人通りの多い商店街を歩いていた。

文句あるかよ。

思わず、喧嘩腰になってしまう。

向こうの文房具屋の前に、タクシーが停まっている。

「あの車に乗るよ」

俺が言うと、麗奈は、涙の溢れる目を固く閉じたまま、うんうん、と頷き、「えっえっえっ」と泣きながら、俺の駆け足について来る。

タクシーに乗り込んだ時には、思わずホッとして溜息が出た。

「お父さんに会いたい」

麗奈が、そう一言呟いて、えんえん泣き出した。

20

しばらくして、麗奈は泣き止んだ。タクシーは、国道三十六号線を中心部に向かっている。道の両側は、殺風景なただの街並みだ。

「◆●×▲※……」

麗奈が何か言った。

「ん？」

「……だから、電話番号、教えて下さい」

「いいよ」

教えた。

「電話してもいいですか？」

「悪けりゃ教えないよ」

「いつでも？」

「いつでも、いいよ。……夜は、あんまりいないけどな。部屋にいない時とか寝ている時は、留守電にしてるから、どっちにしても、連絡は付く。ファックスでもいいよ」

「……どうしても、ケータイ、持たないんですか？」

「絶対、持たない」

麗奈は、鼻を啜って、窓から殺風景な街を眺めた。曇り空で、街は殺風景で、春先の寒さが芯にあって、食堂〈すぐろ〉はあんな調子で、麗奈の頬は濡れて光っていて、どこもかしこも世界は侘びしかった。

21

そしてまた、森野のアパートが、いかにも侘びしい木造モルタル、玄関で靴を脱いで上がる、トイレ共同、風呂はなし、というアパートだったんで、もう、今日の気分は湿ったピースにカビが生えましたってなもんだ。

タクシーの中でなんとか泣き止んだ麗奈を連れて、アパートの廊下を進み、階段を上り、暗い廊下の中ほど、「Sandra」と書いた紙を表札にして貼ってあるベニヤ板のドアを叩いた。

「はぁい！」

典型的なオカマ声が答える。

「俺だ」

「えぇ？　どしたの？」

慌ててドアを開ける。そして麗奈を見て、「あら」と驚いた。そのとたん、麗奈がまた、泣き出した。今度は本格的だ。ウワァッ！　と泣いて、森野……というか、サンドラってんですか、いや、やっぱ森野だな。森野にしがみついた。

「どうしたの。レン、どうしたの。どうしたのさ」

「い……い……家に、……家に、えっえっえっえっ」

「あんたまた、なんであんなとこに帰って、また……あら？」

そして、俺を見上げる。

「あらちょっと。あんた？　もしかして。レンを家に帰したのは」

「……そうだな。非常に大雑把に要約すると、……つまり、そういうことになるな」

「あんた、また……お節介……見なさいよ！　あんた！　レン、こんなに泣いて！　可哀相だと思わないの!?」

「悪かった、と思ってる。でも、なぁ、森野。ちょと待ってくれ」

「なによ！」

「あのな、まだ慣れないんだよ。俺ん中では、あんたのイメージは、森野組の組長のまんまなんだ」

「あら。でも……」

「いや、頭の中じゃわかるよ。わかるんだけど、実際に、あの森野が、今、サンドラになって、目の前にいる、ということに、どうしても慣れないんだよ。……なぁ、声だけでも、元に戻してくれないか？」

「声だけでいいの？」

「できたら、喋り方も、元に戻して……」

「いや～……」と普通の声で嘆息して、ちょっと考えて、男の声で言った。「う～ん……やっぱ、難しいっすね。なんか、まともにもの考えられないくらい、恥ずかしいっつーか。俺、もうすっかり、これで世界作ったから」

「なるほど。よくわからないけど、とりあえず、納得した。要するに、俺が努力すべきなんだな。俺が、努力して、慣れるべきなんだな？」

「そうしてもらえたら、有り難いっすね」

と、そこまで男の声・言葉で言って、すぐに切り替えた。

「とにかくさぁ、そこで突っ立っててもしょうがないから、ふたりとも、上がんなさいよ」

「いや、俺はとりあえず、これで行く」

「なによ。なんか、用事？」

「そうだ。これでなかなか忙しいんだ」

「お節介焼いて飛び回ってんじゃないの？」

「そうじゃないよ」

「野暮用なら、そんなの無視して、お茶でも飲んで行きなよ」

「いや、今日のところはこれで」

松尾との段取りを思い出したのだ。北日ビルから出たら、できるだけ素早く尾行を外して、部屋に戻ることにしていたのだ。もう、あれから四時間近い。別に急ぐ用事でもないが、松尾は心配しているかもしれない。

「なんだ。本当に行っちゃうの」

ストンと落ちる口調で言う。部屋の奥で、麗奈が「バイバァイ！」と言った。

「じゃ、またな。なにかあったら、電話くれ」

で、背中を向けて、ドアを閉めた。

＊

部屋に戻ったら、思った通り、留守電のランプがパカパカしてた。ボタンを押して、着ているものを脱ぎながら聞いた。

「松尾だ。電話くれ。番号は……」

知ってるよ、と聞き流そうとしたが、俺の知っている番号ではない。慌てて再生し直して、メモした。で、急いでいるらしいからすぐにかけてみた。

「もしもし」

松尾が警戒心丸出しの声で言う。

「俺だけど」

「よう。どこ行ってた？」

「雑用があってな。なんの番号だ、これは？」

「プリペイド携帯だ。俺と、誉田はプリペイドを使ってるんだ」

「なるほど」

「道警の口が非常に堅くなってな。今までは、こっちのスタッフの事務所に、堂々とやって来てたし、ケータイにも平気で電話くれてたんだけどな。内部の締め付けがキツくなったらしい。なかなか連絡が取れなくなったんで、プリペイドにした。これにすると、少しは安心できるらしい。また、電話が戻って来た」

「なるほど」

「で、一応、報告しておくけどな」

「ん？」

「おかげで、俺に対する警戒が、相当緩くなった」

なんの話だ？　あ、ああ、思い出した。

「そうか。〈顔〉が出現したからか」

「そうだ。俺と居残正一郎が、とりあえずは無関係、ということを印象づけられた、と思う。特に、誉田はすっかりその気になってる」

「なるほど」

「もしかすると、抜け駆けするかもしれない」

「ん？」

「お前が渡したネタを、自分のもんにして、スクープにする、とか」

「なるほど」

「それはそれで構わないし、むしろ歓迎したいほどだけどな。……ただ、ウラ取りが杜撰なやつだから、そっちの方が心配だ」

どういうこと？

「どういうことだ？」

「つまり……まぁ、話してもわからないよ」

じゃ、言うなよ。

「じゃ、言うなよ」

「そうだな。悪かった」

「で、今晩は、どうする？」

「俺は……七時には〈ケラー〉に行ってるよ」

「そうか。わかった。少し遅くなるかもしれないけど」

「ＯＫ」

手早くシャワーを浴びた。

麗奈のことを、何度か思い出した。

泣き顔と、泣き声が、額のあたりでフラッシュした。可哀相に、と思った。

22

「相変わらずサウダージか」

松尾がそんなことを言いながら、俺の横に座った。

「いらっしゃいませ！」

岡本がキビキビと動く。

「何杯目だ？」

「まだ、三杯目だ」

「……七時三分だぞ、まだ」

「一杯パー一分のペースだ」

「冗談言うな。じゃ、俺もサウダージをお願いします」

「畏まりました！」

俺と松尾は、しばらく、酒を滑らかに作る岡本を、ぼんやりと眺めた。

「で……」

松尾が言う。

「ん？」

「篠原がな、申し訳ない、とさ」

「……ま、しゃーねーさ。俺みたいに、後から混ぜてもらった者《もん》がどうのこうの言っても、
仕方ないしな」

「……あいつは、……本当にビビったのかな。どうもそうみたいだな」

「……」

「しきりと、鬼の話をしてたよ」

「鬼？」

「ああ。あいつほら、国文で、中世文学やったから」

「そうだったか？」

よく覚えていない。だいたい、学生時代は知り合いじゃなかった。俺はススキノで飲んだくれていたし、あいつは学校で雑誌を作るサークル活動に熱心だったわけだから。……こう考えると、あいつは結構、人生に対して真面目に取り組むやつだったんだなぁ。

「そうなんだ。で、ほら、……タイトルはもう忘れたけど、中世文学の、説話とか怪談とかに、鬼が出て来るだろ、よく」

「確かにな」

「どこそこの橋には鬼が出て、通りがかりの人を殺して食う、とかな。どこそこの辻には、とかさ。どこそこの森には、とかさ」

「ああ」

「で、普通の人は、そういう危ないところを避けて通るようになる。隣の町や国に行くのに、迂回路で行くと相当不便なんだが、みんなやっぱり、〈鬼〉は恐いから、命が大事だから、そういう道は避ける」

「そこに、豪傑が現れるわけだ。この天が下に、鬼などいるものか。もしいるとしても、そんな理不尽な所業を許すわけにはいかん。この国は、帝が知《し》ろし召《め》す神国である。しかるに、そのような鬼が勝手気儘に民を屠《ほふ》るなど不埒千万、許されん、天も照覧あれ、みたいな感じで、あるいはまた、そんな鬼などいるものか、腰抜け共が、などということになって、豪傑が、ひとりで、その橋を渡ったり、辻を通ったり、森を抜けたりするわけだ」

「なるほど」

「英雄だな」

「まぁな。で、迷信通り、というか、噂通り、鬼が出る」

「出たか」

「で、豪傑は、エイヤッと斬りつけ、斬り捨てる。鬼は、ウギャァァッなどと悲鳴を上げて、『覚えておけ』みたいなことを言って、姿を消す」

「なるほど」

「で、メデタシメデタシ、とは終わらない。豪傑は、その鬼の腕とか、指とか、角とかを持ち帰るわけだな。里の人々は、さすがは誰々殿、いや、その剛胆ぶりには鬼も逃げ出しましたか、なんて煽てるわけだが、その夜に、鬼が来て、その腕なり指なりを取り返し、豪傑を食い殺して去って行く、なんて話はいくらでもある」

「読んだことはあるな」

「で、篠原の説によると、この〈鬼〉ってのは、まぁ要するに、山賊とか盗賊の類だろうってんだな。里の近く、町の近くの森や橋で通りがかりの者を襲っていたんだろうってんだな」

「なるほど」

「で、人々は、危ないから、そこを避けて通るようになる。そこに、『そんなバカな話はあるか』という豪傑が現れて、その鬼を退治する」

「なるほど」

「それで終われば、めでたしめでたしの桃太郎だが、そうは問屋が卸さない」

「やっぱりな」

「退治された盗賊や山賊の残党が仕返しに来て、豪傑は殺される、と」

「ほほう」

「そういう事実を踏まえて出来上がった説話だろう、というんだな。篠原は」

「本当にビビったんだな」

「孔子まで持ち出すしさ」

「ああ、『君子危うきに近寄らず』とかか」

「……ほら、『伊勢物語』で、女を鬼に食われる話があっただろ」

「ああ、……白玉の、ってやつな」

「なにぞと人の問いし時」

「露と答えて消えなましものを」

「あれも、要するに、暴力団、というか賊に支配されていた女を連れて逃げて、廃屋に逃げ込んで、武器を取ってひとりで守ろうとしていたら、賊の追っ手に襲われて、女を殺された、という話だ、というわけだ」

「まぁ、そういうことはあるだろう。あるだろう、と思うけど、で、篠原はなにが言いたいんだ？」

「つまり……ま、仕返しが恐いってことだろうな」

「仕返し、な……」

「キチ……後先考えない鉄砲玉をひとり、雇えばいいからな。それで済んじまう話だ」

「まぁな。伝統だからな」

「わかるよ」

「チラッチラッと姿を見せるだろ。そういう連中。豊田商事の社長を殺したやつとか。オウムの村井を殺した徐、とか」

「……ああいう連中の存在は、結構な抑止力になるよな」

「……で、篠原は、ビビった、と」

「……つまり、そのカリー・フェスティバルだけどな、……どうも篠原ははっきりとは言わないんだけど、……どうも、その統括の仕事を〈アクセス21〉が受注できた、というかコンペで勝ったのは、……つまり要するに、暗黙のうちに、なにかを告げてるんじゃないか、と篠原は感じてるわけだ」

「暗黙のうちに？」

松尾は、ゆっくりと頷いて、唇をちょっと歪めて言葉を続ける。

「そうだ。つまり、『証拠はないけど、君が居残の仲間だろ？　だとしたら、道の予算から、この仕事を発注するから、だから、居残からは抜けなさい』ということだ、と」

「なんだよ。つまり、静かに脅されたから、尻尾を振る、という話か」

「そうなるかな」

「……情けねぇ」

俺が吐き捨てると、松尾は眉をちょっと上げて、渋々、という感じで頷く。

「まぁ、ビジネスとしては、真っ当な取引、ということになる、とは思うけどな」

「情けねぇな。……あいつ、この前、サラリーマンや公務員や下請けにも、五分の魂はあるんだ、みたいなこと言って、怒ってたのにな」

あの時は、俺も言いすぎた、と思って謝ったのだった。

「ま、そりゃ本心だろう。でも、……ま、忠誠を誓えばビッグになれる、というチャンスが目の前にぶら下がったわけだ。静かに消えたくなるのも無理はないだろうな」

「でも、あいつがそう思ってるだけなんだろ？」

「まぁ、そうだな」

「それに、今ここであいつが、たとえこっそりであるにせよ、手を引いたら、『僕でした』ってことを白状することにならねぇか？」

「なるな」

「じゃ、俺たちもヤバいんじゃないの？　あいつが、『で、お仲間は？』なんて、うまく水を向けられてさ、いろんなメリットと引き替えに、みたいなことになったら……」

「まぁ……ま、そんなことまでは、俺は心配してないけどな」

松尾はそう言う。そして、「それに、篠原としては、別にあからさまに『居残から抜けました』と宣言したり、御報告したりする必要はないわけだ」

「どうして？」

「暗黙のうちに、利益供与をされたわけだ。暗黙のうちに受け取って、暗黙のうちに、矛先を鈍らせれば、それでいいわけだ」

なるほど。

「……じゃ、抜けなくてもいいんじゃねーの？」

「理屈の上ではな。でもあいつは、中途半端にどっちつかずでいるのが、落ち着かないんだろ。つまり、腹を括って、金に転んだ、と。そういう立場になっちまったからには、堅気の衆みてぇにお天道様の光は拝めねぇ、と」

「ややこしいヤツだな」

「まぁ、……いろいろと、オトシマエの付け方は、男によって違うさ」

「で？　これから、居残はどうなるんだ？」

「続けるさ。現象面だけ見ると、要するに、アンカーが交替した、ということだな」

「誰に？」

「お前だ」

「……俺はお前、文章なんか書けないよ」

「なに言ってる。昔、事件ネタの記事なんかを書いてたじゃないか。『マンスリー・ウォーク』に」

ああ、確かにそんなこともあった。牧園というオヤジが編集長だった頃の話だ。だがもう、相当古い話だ。それに、「マンスリー・ウォーク」は、札幌だけで売っている、タウン雑誌に毛の生えた程度のオジサン向け月刊誌だ。全国で読まれる硬派評論誌の「月刊テンポ」とは、全く舞台が違う。

「俺じゃ、役不足だよ」

不意に、初めて会った時……濱谷のオバチャンの部屋で、こっちを見ていた勝呂麗奈の瞳と唇が、頭の中でフラッシュしたので、俺はちょっとうろたえた。

「あ、惜しいな」

松尾が、「チッチッ」という感じで、言う。

「ん？　なにが惜しい？」

「記者手帳の文例集のトップに載ってる間違いだ」

「なにが？」

「役不足」

「それがどうした？」

「お前が、マクベスをやるのを、役不足、とは言わない」

「ん？」

「酒井和歌子様が、レイディ・マクベスの侍女を演じるのを、役不足、と言うんだ」

「……了解。じゃ、今みたいな場合は、なんと言えばいいんだ」

「そうだな……『無理だよ。俺みたいなバカには、そんな大変なこと、できないよ。俺、篠原よりもはるかに頭悪いし』ってことだろ、お前の言いたいのは」

「……」

「ま、頼むよ。データは、こっちで集めるから。ストーリーは、俺が話す。で、お前は文章にまとめてくれればいい」

「……まぁ、やってみるかな」

「いい心がけだ」

それから、サウダージを数杯飲んだ。

俺が、食堂〈すぐろ〉で、男を蹴り倒し、振り向いたら、勝呂麗奈は泣いていた。俺が、「おいで」と言って右手を差し伸べたら、素直に近付いて来て、手をつないだ。タクシーに乗ったら、「お父さんに会いたい」と小さく呟いて、泣いた。そんな、麗奈とのやりとりが、とても味わいのあるものとして、俺のミゾオチのあたりに甦った。いろいろな場面が、額のあたりにちらついて、やや持て余した。しかし、その味わいは、悪くなかった。

で、サウダージをいいだけ飲んでから、萱野さんの〈ホワイト・ヘヴン〉に行き、俺はアードベックとラガヴーリンを、松尾はどこだかのカルヴァドスを何杯か飲んだ。で、ふと時間を気にしたらすでに午前三時になっていたので、〈カタノビルA館〉の高田の店に行った。

高田は、午前二時を過ぎると、店を終わらせて、スタッフも帰し、それから店の奥にあるスタジオで、ミニFM放送のDJになる。これは、ススキノのあちこちにいるサポーターによって中継され、ススキノのたいがいの場所で聞ける。店に客が来ると、「仕事の邪魔になる」ので、高田は店には鍵をかけてだれも入らないようにしているが、俺は鍵をもらっているので、中に入れる。防音ガラスの向こうで、夢中になってDJをやっている高田を眺めながら、松尾とエレガンテを相当量、飲んだ。

俺は、勝呂麗奈に、実に下らない説教をした。こういう、良い娘には、幸せになってもらいたい、などと素面でマジに考えて、どうでもいい説教をくどくどと語った。丸っきりの、バカである。だが、その俺の下らない、平凡な説教を、きちんと聞いていた麗奈の瞳のキラキラを思い出す。俺は、時折は天井を見上げながら、勝呂麗奈の瞳の表情を、何度も何度も思い出しては味わった。

一度寝たらしい。目が覚めた時には、すでに松尾はどこかに行っていなかった。高田が、ガラスの向こうから、やや怒気を含んだ眼で俺を睨みながら、マイクに向かって、何か喋っていた。暖房のせいで、蒸し暑い。

麗奈の涙を思い出した。

俺は起き上がり、冷蔵庫からボルヴィックの一・五リットルボトルを出して、それから静かに、スタジオの重たい扉を開け、こっちを睨む高田の前にそのボトルを置き、スタジオから出て、店から出て、鍵をかけて、家路についた。家路っつったって、すぐそこのビルにある、俺の部屋まで歩くだけの話だが。午前五時。日が長くなった。あたりはすっかり、朝だ。

23

平凡な日常が過ぎて行く。篠原は、すっかりカリー・フェスティバルにかかりっきりで、居残とは完全に縁が切れたことになっているらしい。松尾は、中心になって、張り切っている。俺は、居残のメンバーに会いたい、と何度か言ったのだが、それは却下された。俺が単なる〈顔〉だけじゃなくて、アンカーにもなる、ということになったので、お互いの面識の程度を調整する、と松尾が言い出した。俺はどうでもいいが、松尾は、こういう小さな組織を、あれこれといじくって、機密を保ちつつ、結構でかいことをする、ということが楽しいらしい。今まで知らなかったが、こいつにはちょっと、陰謀家タイプ、の気配があるようだ。……まぁ、俺みたいな、単純な酒飲みタイプ、なんてのよりはずっとマシか。高田は、相変わらず、ＤＪを天職と心得て、毎晩毎晩、マイクを通して、喚き続けている。

濱谷からはちょくちょく電話がかかってきて、柏木のことはどうなった、と催促する。なんでも、最近、また別な娘を子分みたいに連れて来るようになったんだそうだ。これも女子高生で、今度は「バカ」なんだそうだ。で、早くパソコンの中を覗いて見てくれ、としつこい。俺は、あれ以来なんとなく篠原に連絡が取りづらいので、放っておいたのだが、とにかく何度も電話を寄越す。

「あたしゃ気持ち悪くてさぁ！」

と言うのだ。

「なんか、チラッと見たら、……なんか、死体みたいなのが、映ってたんだよ！　そういう時、あの女は、すぐに画面をどうにかして、全然違う絵にしちゃうんだけどね、なんか、とにかくあの女は、ヤなことやってるんだ、きっと！　ねぇ、あんた、なんとかしてや」

と言い募る。

「来るな、と言えばいいじゃないか」

「それができたらねぇ……」

「なんで言えない？」

「……あの女の、ファンもいるんだわ」

「ファン？」

「菅原とか、斉藤とか、橋野とか……」

「ん？」

平凡な名字だが、三つ並ぶと、独特の意味を持つ。

「花岡組の連中か？」

「そう……イヤだねぇ……あんな、本物まで、ここに来るようになってさぁ……」

北栄会花岡組系列の、若手の幹部連中だ。それぞれに、小さいながらも自分の組を持っている。こんな連中が出入りするようになっちまったら、政財界人たちは来なくなるだろう。

「そうなんだよねぇ……客層が変わるのが、あたしは心配で心配で」

「……で……」

「なにさ」

「あの、……なんてったけなぁ、……ああ、勝呂……だったっけ？」

「ああ、レナ？」

「ああ、そうだそうだ、勝呂麗奈だ。そういう名前だった。……あの子は？　最近は来てるの？」

「おや。珍しい。気に入ったのかい」

「そうじゃないけど」

あの娘のことが、時折、なんの前触れもなく頭に浮かんで、やや困っている、などということは、口が裂けても言えない。

「たまに来るよ。全然家に帰ってないらしいね」

「そうか……」

「ずっと、サンドラと暮らしてるらしいよ」

「そうか。元気か？」

「……そうだね。元気だね」

「幸せそうなら、いいけどな」

「大丈夫なんじゃない？」

無責任な口調で言う。要するに、深刻な事態ではない、ということだろう。安心できた。

「そうか……じゃ……」幸い、ここ数日は予定がない。「そうだな、明日にでも、パソコンに詳しいのを連れて行って、ようすを見てみるよ」

「そうかい。そうできたら、お願い」

「まてよ……柏木は？　来る可能性は？」

「ああ、あの子はね、この頃は平日は来ない。ほら、学校……新学期が始まったから。レナと違って、柏木は、学校はちゃんと行ってるんだと。奨学金もらって北大に行くって言ってるってよ」

「ほう……」

「だから、明日は来ないわ」

「よし、了解」

その夜、俺はＳＭスナック〈スパイラル〉に行ってみた。最近、この手の店はわりと流行りで、つい数年前まで、パイオニアが挑戦しては立ち行かず敗退して行った、死屍累々の業界であったことが信じられないほどだ。この頃は、非常に明るくなって、ＳＭってのも、ちょいと変わった……ピースの空き箱でムーン・ベースを作る程度の……趣味、くらいの受け取られ方になるまでに、世の中は物わかりが良くなり、マニアたちも少しずつ明るいところに出て来た、という感じがする。だが、それでも俺はどうも異分子であるらしく、お城の拷問室のような重い木の扉を開けて中に入ると、カウンターに並ぶ客たちが、いきなり怯えたような表情でこっちを見た。カウンターの向こうにいる、「ミストレス」のコスチューム（この時は、ナチス・ドイツの女将校、という感じ。おそらくは、強制収容所の女性所長、というストーリーだろう）を着た雅子が、「あら」とにっこりする。

「金浜さん、来てる？」

俺が尋ねると、

「見えてるわ。そこに」

俺の脇を指差す。

「え？」

そっちを見ると、今まではなかった新しい拷問台があって、そこに、パンツ一丁の男が、両手両足を固定されていた。仰向けのカエルのように、腹の辺りがドボンと膨らんでいる。自分の名前が呼ばれたので、気になるらしい。首を持ち上げて、こっちを見ている。俺に気付いて、「あ、どうもぉ！」と甲高い声で挨拶する。

「しばらく。元気？」

「ええ、元気っす」

パンツの真ん中が盛り上がっているので、ペニスが最大限に大きく堅くなっているのがわかる。

「なによりだ」

「どうしたんすか？」

「ちょっと、パソコンをカタカタやってもらいたいんだ。全くのシロウトがいてね。なにもわからないいんだけど、パソコンを買っちまったんだな。押しつけられた、というか」

「ああ、よくありますね」

「で、困ってるんだ。設定の仕方もわからないようなんでね。で、簡単に、チョイチョイ、と教えてやれたらな、と思ってさ。今は、忙しい？」

「俺っすか？　いえ、全然」

「お願いできる？」

「ええ、もう、バッチリです」

「明日でも？」

「全然」

「じゃ、頼もうかな。半日で、五万でどうだろ」

「いや、そんな、金なんて、ただもう、役に立つことができれば、もう、俺なんか、そんな……そうですか。いいですか。じゃ、戴きます」

一万円札を五枚、パンツのゴムにはさんでやった。

「ねぇ」

カウンターの向こうから、雅子が言う。すっかり女将校になりきっている。

「ん？」

「その豚、くすぐってやって」

「え？　やだよ」

「豚は、ひどいっすぅ……」

金浜が、すねる。

「いいのよ。そんな豚」

「ひどいっすぅ……」

「くすぐって、苦しめてやって。豚らしく。いい学校出て、一流のＳＥになって、独立して。それで、こんなところで、さらし者になってる、哀れな豚なんだから」

「ひどいっすぅ……」

「くすぐってやって」

「やめてください、やめてください、くすぐるなんて、絶対やめてください、絶対やめてください、そればっかりは、絶対やめてください！」

そう言うからには、くすぐってやらないわけにはいかないだろう。こっちは仕事を頼んだ弱味もあるし。……それにしても、男の肌に……しかも、脇腹とか、脇の下に……直接触るのは、ちょっとイヤだな。

「なに遠慮してるのさ。見せしめに、早くくすぐりな！」

女所長の命令は絶対だ。

というストーリーなのだから、ここは従うしかない。やや抵抗はあるが、両手を伸ばして、金浜の両方の脇腹をくすぐった。

「キャーッハハハハハ！　ギャッハッハッ！」

金浜が、甲高い声で、とても嬉しそうに笑い出す。

「やめてぇ！　助けてぇ！　ほどいてぇ！　キャーッハハハハハハ！　助けてぇ！」

にこにこした顔を、左右に振って、キャハキャハとわざとらしく笑う。パンツの真ん中の盛り上がりが、グン、グン、と息づいている。もう、充分だろ。

「じゃ、よろしく。明日、電話するから」

「オッケーっす！」

「じゃあね」

みんなに挨拶して、店から出た。で、エレベーターで一階に降りて、どうしようかな、と迷ったんだけど、やっぱちょいと抵抗があって、トイレに入って、石鹸で手を洗った。なんとなく、金浜の脇腹が湿ってたもんだから。

（ごめんな）

心の中で呟いた。

（別に、金浜ちゃんのこと、汚い、とか思ってるわけじゃないからな）

でも、金浜なら、「俺、どうせ汚いですぅ……豚ですぅ……」と、嬉しそうに落ち込むに決まってる。

*

俺と金浜が行った時、濱谷のところには、中年の女ふたりと、森野、というかサンドラ、そして麗奈がいた。見たところ、麗奈はそれほど変わっていなかった。髪がやや長くなった程度で、健康そうだった。表情も、時には明るい笑顔を見せる。ある程度、安心した。みんなの前で、「元気でやってるか？」と尋ねたら、うん、と頷いて、森野を愛情に満ちた目で見上げて、「元気だよ」と言う。見とれんばかりの美人に変身した森野が、優しく麗奈を見下ろして、「ね」と言う。

いいんじゃないの？

「じゃ、さっそく」

ややくだけた、ほんのちょっとラフなキン赤のパンツに、黄緑のジャケット、という、目がチカチカする、わけのわからない格好をしている金浜は、しかし、その表情を見ると、いかにも無敵のSE、という感じだ。バッグの中から、やや古臭く見える、やや大ぶりのノート・パソコン……大きさから言うと、スケッチブック・パソコン、という感じ……を出した。つぎはぎだらけで、今にも壊れそうだ。

「で、これね」

呟くように言って、濱谷のパソコンの前に座った。そこで、すっと別な世界に入ったらしい。そんな気配があった。以後、なにも言わない。部屋の中に、パソコンのモーターの音と、金浜がキー・ボードを叩く、かたかたという音だけが流れる。

「なんか、静かだね」

濱谷がポツリと呟いた。その瞬間、金浜がピシャリと言った。

「恐縮です！」

彼が、何かをどうにかしたんだろう。ポロン、ポロン、という静かな弦の音が聞こえ始めた。とても静かで、素朴なメロディーであり、和音だ。ギターのようでもあり、どこか違うような気もする。

「なんて曲？」

サンドラが俺に尋ねる。俺も知らない。バッハのサラバンドを聞き分けた麗奈ならどうだ、という気持ちも込めて、首を捻りながら麗奈を見たら、麗奈も不思議そうに首を振る。

「メランコリー・ガリアード！」

金浜が高らかに言った。

「ジョン・ダウランド、リュート曲集より！」

「なるほど」

「演奏、アントニー・ベイルズ！」

俺たち全員が、頷いた。

　その後、一曲一曲、新たに始まる度に、

「涙のパヴァーヌ！　演奏、ヤコブ・リンドバーグ！」

　といちいち怒鳴る。

「大丈夫かね」

　誰だかわからない中年のオバサンが、本当に小さな声で呟いた。

「なにがさ」

　濱谷も、囁き声で尋ねる。

「一番最後に、テストがあるんでないの？」

「まさか……」

　曲も静かだし、金浜も無言でカタカタやっているので、みんなも無口になった。ただ、黙って金浜の背中と、液晶モニターを眺めている。どれくらい時間が経過しただろう。わりと長い曲が終わると同時に、金浜が例の通り大声で言った。

「サー・ヘンリー・アンプトンの葬礼！　終わり！　次は、ヴォー夫人のジグ！　演奏！　アントニー・ルーリー！　ではありますが！」

「どうした？」

　俺が尋ねると、金浜が振り向いた。

「いやぁ、みんながじっとこっちを見てるもんだから、照れるじゃないですか、ははは、まるでさらし者になったみたいで。ははは」

今きっと、この男のチンチンは立っているな。などということを、俺はついつい考えた。

「それで？」

「はい……ええと、ちょっと……保存されているファイル……映像や動画などを、今ここで開いてみせるのは、……正直言って、どうかなぁ、と思いますね」

「どういうこと？」

「相当、……イってますから……ご婦人方もいるし、……未成年もいるみたいだし」

麗奈が、下唇を噛んだ。口の中で、小さく「うるせ！」と呟いたのが、聞こえた。

「皆さんが、ショックを受けて、……それで、あの、豚の金浜のせいだ、なんてことだ、お仕置きだ、などと言われても、いやぁ、私も困りますからなぁ……いや、これは！　ハッハッハッハッ！」

「じゃ、どうすればいいんだ？」

俺が尋ねると、「そんなに怒らないで下さいよ」とニヤニヤ言う。

「いや、怒ってないよ」

「そうですかぁ？　怒ってない？　ヤだな。頼みますよ」

わけわかんない。

「今考えてるのは、このファイルや、〈お気に入り〉を、とりあえず、全部私のこのハードディスクにコピーして、で、後でゆっくりお見せすることはできますけど。どうですか。それじゃ生温い、とか言われても、僕、困っちゃうなぁ……」

体をくねくねして困っている。

「俺はそれでいいよ」

と言ったが、濱谷が文句を付けた。

「でも、そのパソコンは、あたしのもんだんだよ。あたしが金、出したんだから」

「ああ、そうだよな」

「自分のパソコンの中に何があるか、それくらいは知る権利あるべさや」

「どしましょ？」

金浜が俺の方を見て、困惑している。

「あんたはどう思う？　普通に見て、平気な映像か？」

「いやぁ……まぁ、有名なファイルばっかりですけどね。……でも、僕は、あまり好きな世界じゃないなぁ……人生観がコロリと変わる……というか、人生観が、バッタリ死ぬ、ということもあり得る……特に、未成年が見たりすると……」

麗奈が、また口の中で「うるせ」と小さく言って、俯いて、下唇を噛んだ。サンドラが、その肩を抱く。ふたりはぴったりと体を寄せ合った。

「じゃ、試しに、写真を……そうだな、四、五枚、ババっと見せてくれよ。それで判断しよう」

「……やめた方がいい、と思うけどなぁ……」

そう言いながらも、金浜は画面に向かい、体を広げて隠すようにしながら言った。「じゃ、とりあえず、数枚選びますから、待ってて下さい。画面、覗き込んだらだめですよ。うわぁ……うわぁ……これもひどいなぁ……うわぁ〜〜〜っ！」

甲高い金切り声を上げて騒いでいる。

後ろから見た限りでは、画面には、小さな……切手くらいの写真がズラリと並んでいるようだ。

「あ、そうだそうだ、これもだな。うわ〜〜〜〜！　うっわ〜〜〜〜！」

「いやぁ、やかましい男だねぇ！」

その途端、また静かな音楽が流れ始めた。

「我が窓より立ち去れ！　演奏！　ナイジェル・ッノーーッスッ！」

このプレイヤーが一番好きらしい。そこでまたいきなり音楽を止めて、ちょっと「はぁはぁ」と息をしてから、「じゃ、見ますか？」と何もなかったような口調で言って、「とにかく、ひどいですよ。バタバタっとフラッシュで見せますから。見流すのがいいです」と言う。

俺たちは、興味津々で、液晶モニターの前に集まった。

写真が、何枚も、地獄の走馬燈のように目の前を滑って行った。不意打ちだった。俺はなんとか、踏み止まった。だが、中年のおばちゃんのひとりが、倒れた。顔が真っ白だ。濱谷オバチャンが、「脳貧血だ」と言って、いそいそと介抱に向かった。それはむしろ、画面から逃げ出した、という感じだった。

俺は、最後まで見た。麗奈は、途中から頭を抱え込んで、丸まった。おばさんたちは、いそいそと、脳貧血で倒れたおばさんの介抱に活躍している。森野も、俺と最後まで見た。

最後まで見た、と言っても、まぁ精々二十枚ほどの写真が、パタッパタッと続いて見えた、というに過ぎない。だが、……人生観は変わらないにせよ、今まで目を背けていたものの実在を、目の前に突き付けられたのだった。

死体。くだけた顔。千切れた体。ずたずたに切り刻まれた人間。肛門に足を突っ込まれている男。体中毛だらけの女。性器ピアスのあれこれ。性器改造のあれこれ。骨の見える怪我。皮膚病で爛れた手足。顔が二つに割れている新生児。首から上のない新生児。人間の首を何個もぶら下げて歩いている、どこかのゲリラ。斬首の瞬間の写真。などなど。

「……」

言葉が出なかった。

俺は、それほどヤワではない、と思う。こういうことは、あること、と思っている。生きている、ということは、俺が生で知っているよりもはるかに素晴らしい事柄である一方で、俺が生で知っているよりも、はるかに苛酷なものである。それは、事実として知っている。覚悟しているつもりだ。

だが、知っているということと、映像で突き付けられるのとは、また別の問題だった。

やりきれない。

つくづく、そう思った。

森野も、暗い顔をしている。

「おい」

俺が言うと、不思議そうにこっちを見る。

「あれ」

丸まって、頭を抱えている麗奈に顎を向けた。森野は、「ああ」と頷いて、体をずらし、麗奈の脇に座って、肩を抱いた。麗奈は、顔を上げ、森野を見て、甘えた表情で抱きついた。

「ね！　だから、やめた方がいい、と言ったでしょう！」

金浜が、甲高い声で、誇らしそうに宣言する。

「わかったよ」

濱谷が、げっそりした声で言う。

「コピーでもなんでもして、持ってってや……あれだろ、持ってくっても、その機械を持ってくってことじゃないんだろ」

「ああ、そうです。データをコピーして……」

「データ！　いやちょっと、あんた、聞いたかい。またデータだとさ」

さも嫌そうに言う。気持ちはわかるが。

「でもあれだよ、玄奘三蔵も、法顕三蔵も、要するにインドから中国に、データを持ち帰ったってことだから」

「利口ぶって、聞いた風なこと、言うんじゃないよ！　脂肪のせいで命拾いしたクセに！」

やけにあたりがきついな。

「へへぇ……でも、内容を見たい、と言ったのはおばちゃんだろ」

「それにしてもさ。あんまり、ひどいよ、あれは。……柏木ってのも……とんでもないねぇ
……あ、そうだあんた、どうだった、柏木の家」と言いかけて、俺が目で麗奈を指し示した
ので、口を噤んだ。

「変な女だねぇ……」

強引に話題をねじ曲げて、「変な女って言えば、あんた、この前テレビ見た？　叶姉妹の
妹がね」と話し始める。

「叶姉妹か」

俺が呟くと、おばちゃんが言う。

「なにさ。あんたも、あんな、おっぱいのお化けが好きなの⁉」

「いや、そうじゃないけど。姉と妹、ふたりして、切り傷には苦労してるんだろうな、と思
ってさ」

「なに？」

「化膿姉妹」

みんなが、どっと笑った。

頃合いだ。

「じゃ、俺たちはこれで失礼するから」

「お、もう帰りますか」

金浜が、慌ただしく種々の装置を片付け始めた。

「ありがとう、とお礼を言いたいとこだけどね、なんだかもう、そんな元気もなくなったわ」

「そっちの人は、大丈夫？」

「ええ、私は、もう。平気」

さっき気絶したおばちゃんが、血の気の戻った顔で、力無く笑った。

「元気か？」

麗奈に尋ねると、うん、と短く頷いて、それから笑顔で言った。

「さっきも聞いたじゃん」

「大事なことは、何度でも聞くんだ」

「へぇ」

そして、クスッと笑い、「化膿姉妹」と呟く。

「はいはい、どうもどうも。用意できました」

金浜が、大きめのショルダーバッグを肩から提げて、立ち上がる。

「じゃ」

適当に挨拶して、ふたりして出た。

「いやぁ、変わったところですね」

金浜がそう言った時、後ろでドアがバタンと開いてバタンと閉まった。振り向くと、森野……しかし、走ってくるその格好は、どう見てもサンドラだ……が「待って、待って」と小声で言いながら、しゃなしゃなと小走りでやって来る。

「これ、あたしの名刺。今度、来てよ、〈キャメロン〉」

と名刺を差し出す。

「ほら、そっちのお兄さんも」

名刺を渡された金浜は、「あ、これはどうも、御丁寧に」と嬉しそうに言って、ショルダーバッグを一度地面に置き、システム手帳を取り出して、そこから名刺をつまみ出し、サンドラに渡す。

「サンドラさん。そうですか。よろしく。金浜とっぴ〜、と言います」

「あら。変わったお名前」

「フリーで、システム・エンジニアやってます。とっぴ〜は、芸名です」

「回転寿司屋にあるわよね」

「でも、全然関係ないです。なにか、突飛なペンネームにしよう、と思って。で、そのまんま、とっぴ〜にしよう、と思い付いたんです」

「あら、面白い。でも、せっかくなら、平仮名にしないで、漢字のままにすればよかったのに」

……〈金浜突飛〜〉か。なるほど。そっちの方が突飛で面白いな。

金浜も、同じ思いであるらしい。「そうか……」と小声で呟きながら、自分の名刺を見つめている。

「あら、ごめんなさい。じゃ、これ、よろしく。〈キャメロン〉のサンドラです。一度、お店に来て下さいね」

「は」

金浜は、丁寧にお辞儀をした。

この時、俺はすでに、大きな間違いを犯し、もう二度と後戻りできないところに来ていたのだった。

だが、人生というのはそういうものだ。有史以来、後戻りすることができた人間などひとりもいない。

……多分な。自分が生まれる前のことは知らないが。

24

俺が、アンカーとして書いた文章が、初めて「テンポ」に掲載されたのは、六月二十日発売の八月号誌上だった。その前、五月発行の七月号までは、それ以前に篠原が書いた記事のストックがあったのだ。

俺は、「テンポ」八月号を、知り合いのいない本屋で一冊買って、それを何度も部屋で読んだ。

＊

シリーズ　腐食の構造―北海道警察の闇
No.8　盤渓学園の親たち
ライター　居残正一郎

●駐車場の心中死体

三月も末になれば、札幌市の平野部、特に市街地は、雪がほとんどなくなる時期である。しかし、札幌から道南に向かう主要なルートである国道二百三十号線の、札幌と喜茂別の境、中山峠の駐車場は、まだ雪に覆われていた。平野部には雨となって降り注ぎ、積もっていた根雪を解かして春をまた一歩引き寄せた雲が、この標高千メートルに近い峠には雪を降らせたのである。道央と道南を結ぶ主要なルートであるこの峠付近では、雪が積もり始めた午後十一時から、休みなく除雪作業が未明まで続けられた。

午前三時頃、除雪作業員、加藤武男（＝仮名＝）は、なんとなく不吉なことに気付いた。中山峠駐車場の、トイレの脇に、ずっと同じ軽自動車が停まっていて、動かない。加藤たちが作業のためにこの駐車場に集合して、準備を始めたのが、午後九時半。以来、作業を開始した午後十一時まで、全く動く気配はなく、その後も、区間を何度か往復して除雪作業を繰り返し、数回に渡って駐車場で休憩を取ったのだが、その間も、動くようすもなく、同じ場所に停まっており、動かない。しかし、エンジンを切っているのではないようである。中に、誰かが乗っているらしい。

北海道の冬の駐車場では、こういう状況で、一酸化炭素中毒で亡くなる例が少なくない。車のヒーターで暖をとりながら仮眠をしているうちに、雪が積もり、排気口が雪に埋まり、排気ガスが車内に逆流して、仮眠中の人が、亡くなるのである。

そんなことを心配した加藤は、窓から中を覗き込んだ。

「中を見た瞬間、ああ、これはもうダメだな、と思いましたね」

と加藤は語ったという。中には、若い男女が並び、手をつないで眠っていた。いや、眠っているように見えたが、しかし、ふたりはすでに遺体となっていた。死因は一酸化炭素中毒。車道から見えないように、エグゾースト・パイプから、ホースが車内に引き込まれており、内側からガムテープで目張りがしてあった。

青年の名前は、柘植亮介(21)。女性は、大久保華代(30)。ふたりは、「恋人」同士であった、ということになっている。

実はこの前々日の午前三時以来、柘植亮介は行方不明であり、捜索願が出ていた。柘植亮介は、偶然入ったコンビニエンス・ストアで強盗事件に遭遇、犯人ともみ合い、そのはずみで、強盗犯が、自分で持っていたナイフを自分の腹に刺し、出血多量で死亡する、という事件が起き、その直後から、柘植亮介は行方がわからなくなっていた。家族は、亮介が責任感が強く、また思い詰める性格でもあることから、過失にせよ、また刃物を持った強盗から、コンビニ店員を守るためであるにせよ、人ひとり殺してしまった罪の意識から、自殺を企図する危険もある、として、警察に捜索願を出していたのである。

従って、この心中は、人を死なせてしまった罪障感から亮介が死を選び、以前から付き合いのあった年上の恋人、大久保華代が、同情から道連れになったもの、と解釈された。

しかし、この事件には、当初から、疑問点が幾つもあったのである。

まず、この心中死体の発見者である加藤武男が、今どこにいるか、全く不明なのである。

中には、加藤武男の実在を疑問視する者すらいる始末なのだ。除雪作業の同僚たちは、「あの男は、あの夕方、突然、『よろしく』とやって来たんだ」と証言する。「社長が連れて来て、今晩、こいつと一緒だ」と紹介された、というのである。ちなみに、加藤の業務はガードマン、つまり交通の見張りであり、除雪作業とは言っても、除雪車両、重機の運転などの専門的な仕事ではない。アルバイト作業員も多く、その夜、突然、人員が配置されることも、それほど珍しくはないので、ほかのベテラン作業員たちもさほど不審には思わなかったのだが、「ありゃあ、まったくシロウトで使いものにならなかった」（当夜の作業員のひとり）という声が聞かれた。その後、加藤武男を見たものは、誰もいない。

この除雪作業の警備を請け負った道央建築警友サービス㈱の幾田社長は、「通常通り、作業員を募集し、応募者の中から、種々の条件を勘案して、彼を中山峠の現場に配置したもので、全く通常通りだ」と述べるが、採用の経緯、および、加藤武男が今、どこでどうしているか、などの質問には、「答える必要も義務もない」と繰り返すのみであった。

　また、強盗があったコンビニエンス・ストア（札幌市東区）の防犯ビデオが、なぜか、問題の強盗事件の時間帯だけ故障しており、なんの映像も残っていない、というのもまた不自然である。

　そして、最大の謎は、心中の相手、大久保華代という女性である。

　この名前に覚えのある読者もおられるであろう。この連載で、これまでに何度か登場した名前である。

　大久保華代は、北海道警察札幌東署の、生活安全課に配属されていた、女性警官である。井川旭の愛人である、と目されている。井川は、これも何度かこの連載に登場したが、北海道警察の腐敗と癒着を体現するがごとき、象徴的な人物で、覚醒剤取締法違反などで逮捕され、違法おとり捜査、収賄、恐喝をはじめ、金にまつわる数々の疑惑を一身に背負い、現在懲役十二年で入牢中の北海道警察元警部だ。大久保華代は、この井川旭の愛人と噂されていたばかりでなく、遡れば、十数年前、警察官として北海道警察に採用された直後に、道警幹部にレイプされ、愛人となり、複数の道警幹部に性的な奉仕を行なっていた、と疑惑をもたれていた、あの「道警始まって以来の美人」警官。あの、大久保華代なのだ。

　そして、柘植亮介は、実は、北海道警察資材局局長柘植章嗣の子息なのである。そして、大久保華代は、柘植章嗣とも愛人関係にあり、章嗣の娘を産んだ、と言われている。この場合、亮介と華代の関係は、どういうことになるのであろうか。

いずれにせよ、ふたりの死によって、大きなスキャンダルが封印されたことは、間違いがない……

●心中の背景

しかし、なぜこんなにややこしい心中事件が起きたのであろうか。それを理解するには、もうひとつ、心中のあった夜に発見された、ある死体について、理解する必要がある。そして、もうひとり、今や命の危険に怯えながら、父親に守られ、家から一歩も出ない、二十二歳の青年のことも、知る必要がある。この三人の若者には、ある共通点があったのだった……

除雪作業員、加藤武男が中山峠駐車場で心中死体を発見する、ほぼ十時間前。札幌市西区にある平和の滝の近くの民家、佐々木和義（＝仮名＝）（52）宅の庭で、人間の左手が発見される、という事件が起こった。発見者は、佐々木の妻で専業主婦の昌子（48）である。発見当初は、損傷が激しかったこともあり、まさか人間の手だとは思わず、とにかく得体の知れない汚らしい不審物と思い、足の爪先で蹴った時、独特の感触とともにその「汚いもの」が転がり、人間の手であることがわかった、と言う。昌子は、腰を抜かしそうになりながら、警察に通報した。

駆け付けた派出所の警官は、損傷が激しいが、これはきっと、人間の手の一部であろう、と判断した。雪の中に埋まっていたものを野犬が掘り出し、ここまでくわえて来たものではないか。

その報告を受けた西署は、すぐに身元を確認しようとした。その、「人間の手らしきもの」は、一部白骨化するなど損傷は激しかったが、残っていた指から採取した指紋により、身元が判明するまでに、それほどの時間はかからなかった。

加賀埜敏治（21）。比較的速やかに、左手の主が判明したのには、理由がある。この二十一歳の青年は、ある種の「有名人」だったのだ。母親が加賀埜あけみという名の、北海道では有名な料理研究家で、テレビ・ラジオへの出演、新聞コラムの執筆、講演などでよく知られている。また、今となっては珍しくもないが、「バツイチ」で、子連れで活躍する女性の草分けでもあり、「働く女性・母」としての発言も活発に行なっていた。そんな女性のひとり息子として、時折はローカル・メディアの取材を受けることもあった敏治だが、また別な意味でも、一部で……特に警察関係者たちには……有名な存在だった。

数人の仲間と共謀し、恐喝、傷害、強盗、強姦などの前歴があり、また「オヤジ狩り」と称して初老のサラリーマンを襲い、「公園掃除」と称してホームレスに集団で暴行を加えるなど、警官たちには「ゴミ」として知られていたのである。彼の指紋のデータは、すでに照会センターに保管されており、それとの照合で、すぐに身元が判明したのだった。

そして、その「ゴミ」仲間のひとりが、心中死体で発見された柘植亮介なのである。

ふたりは、高校の同級生で、その頃から非行を繰り返し、何度も警察の世話になっている。だが、未成年の頃は少年法に守られ、成人後は、いかにも不可解な経緯で（次回詳述）不起訴になり、あるいは起訴されても、裁判の進行が遅延し、あるいはうやむやになるなどして、きちんと拘束されたことも、収監されたこともない。この不可解な処分については、検察の怠慢や不作為を批判する声が、警察内部からも出ているほどだ。

そして実はもうひとり、仲間がいる。それが、今、心の底から怯えて、家の中に閉じこもり、それればかりか、ベッドからも出ようとしない、と言われる梶原裕史（22）という青年である。

●有名人＝新聞社幹部＝警察幹部のトライアングル

加賀埜敏治の母親が、北海道では有名な料理研究家であり、柘植亮介の父親が、北海道警察資材局局長であることはすでに述べた。

では、加賀埜・柘植、ふたりのチンピラ仲間である梶原裕史の父の職業は。

これが、驚くことに、地元新聞社の大幹部なのである。梶原雄一（62）。北海道の新聞界を、北海道新聞と二分する、ローカル紙の雄、北海道日報社の元編集局長であり、一時は次期社長にも目された人物だ。

ここに、癒着のトライアングルが形成された。有名人の息子、道警幹部の息子、新聞社次期社長候補の息子。この三人がつるんで悪事を働けば、ほとんど恐いものはない。

ローカル有名人の知名度によって、視聴率を上げようとするテレビ業界、その知名度によって、売り上げを伸ばそうとする料理本のローカル出版社などは、加賀埜の要望にはできるだけ沿う方向で物事を処理しようとする。

道警資材局は、道警の、様々な購入品の選択・選定、購入金額の交渉・決定、支払い期間・方法、そしてもちろん、リベートやキック・バックの条件・方法、などの決定権を持つ、地味だが影響力の非常に大きなポストだ。また、広報を通じて、テレビ・新聞などのメディアとのつながりもある。

そして、新聞社大幹部の存在。

メディアと警察が癒着すれば、不可能なことはほとんどなくなってしまう。

この癒着の構造、腐敗のトライアングルのそもそもの発祥は、なにか。

実は、彼らの三人の息子たちは、札幌市南区の山奥にある、私立盤渓学園高等部で、同級生だったのだ。

●盤渓学園

この名前を目にすると、「ああ、あそこか」とピンとくる読者も多いだろう。最近、全国に知られるようになった、特色のある、話題の私立学校である。日本全国から、中学・高校の中退者退学者除籍者、あるいは不登校児・者などを、受け入れることで知られる学園である。希望者は無試験で必ず受け入れる。ただし、学費は非常に高い……全寮制であり、その寮費も入れると、年間四百万円弱、そのほかに、寄付の依頼が頻繁にあるという。夏休み・冬休みの長期休暇中は寮は閉鎖され、生徒たちは全員帰省、が原則とされる。しかし、中には家に帰りたくない生徒、あるいは、実家から引き取り・帰省を拒否される生徒もいて、その場合は寮に残るわけだが、その宿泊費が、一泊一万五千円。なかなかがめつい。

実家から「帰って来るな」と言われ、寮費も支払ってもらえず、行くところがなくなった女子生徒が、ススキノのラブホテルに連泊し、生活費を稼ぐために売春をしていた、という事件は記憶に新しい。

盤渓学園は、現在の生徒数は約三百名弱。四十年ほどの歴史を持つ学校であるが、昭和の半ばから、学習困難校、底辺校として知られ、札幌市内の中学・高校の生徒たちからは「血も涙もない不良たち」「暴走族とヤクザの溜まり場」「近寄ったら何をされるかわからない連中」と恐れられていた。その結果、当然のことながら、受験者のレベルは低下し、また受験志願者数も減少の一途を辿った。その上、公立高校の増加と、子供の人数の減少もあり、入学志願者は、激減した。そして、盤渓学園は、経営危機に直面したのである。

その当時、盤渓学園では、事件や不祥事が頻発し、とても教育現場とは思われない、騒然とした雰囲気であったという。

経営正常化を求める教員組合との労使紛争で休校が続いたこともあった。それに対抗する、経営陣による授業再開。それを妨害しようとする教員組合員との乱闘。この時、経営陣は、暴力団、あるいは、札幌や北海道で蠢く闇の勢力を導入した、とも言われる。そこで繋がりができたのか、札幌市南区のゴルフ場会員権売買、および償還金を巡るトラブルの中で、盤渓学園の常任理事が刺殺される事件なども発生した。

そこまで追い詰められた盤渓学園は、その後、前述のように、中退者など希望者を無試験で入学させ、卒業資格を与える、という方針を打ち出した。そして、これがみごとに当たったのである。現在は、学園経営は非常に安定して、ここ十年は、連続して前年を上回る黒字を計上しているという。

雪の中に埋められていた加賀埜敏治、年上の恋人（しかも、父の愛人でもあり、妹の母親）と心中死体で発見された柘植亮介、今は家に閉じこもって、恐怖のあまりベッドからも出て来ない、と噂される梶原裕史は、この盤渓学園の同級生なのであった。

また、この三人の親たちは、それぞれに有名人であり、道警幹部であり、新聞社編集局長であり、その知名度や地位への信頼から、請われて（あるいは、名誉職を自ら志願し、立候補したのかもしれないが）ＰＴＡ会長や副会長、理事などに就任し、その他数名の父母らとグループを作り、一種の社交サークルを形成していた、とも言われる。

盤渓学園で息子たち三人が知り合い、不良（などという可愛らしさはみじんもないが）グループを形成した時、すでに彼らはそれぞれに、暴行や傷害、強姦、窃盗、恐喝などを日常的に行なっていた。三人の親たちは、その後始末、隠蔽などに、へとへとになっていたことだろう、と思われる。その三人のチンピラの親たちが知り合い、協力し合うようになった時、醜い癒着のトライアングルが誕生したのであった。

●替敷内署管内、観那宇都布峠

しかし、いくら醜い癒着であっても、いわば「よくある話」であって、多かれ少なかれ、こういう人間は、組織の中にいるものであり、汚職や贈収賄も、珍しいことではない。この程度のことで、加賀埜敏治と柘植亮介が殺され、梶原裕史が精神に変調をきたすほどに怯える、というのは理解しがたい。そう思われる読者も多いであろう。

実は、布石があるのだ。

昨年の夏、道北宗谷管内の内陸の町、替敷内《かえしくない》町の南、観那宇都布《みなうとっぷ》峠の道路脇で、少年の遺体が発見された。当時、替敷内高校二年の、河井清一君の遺体だった。

周囲には河井君の愛車FZR、ヘルメット、スニーカーなどが散乱していた。観那宇都布峠は、直線道路が多い北海道にあっては、珍しく急カーブの続く峠道で、道北のバイク青年たちがよく走りに来る、「峠ぜめ」の名所である。遺体発見の報により、現場に到着した替敷内署の警官たちは、バイク好きだった河井君が、峠ぜめをしている最中に、バイク操作を誤り、転倒、打ち所が悪くて死亡したものと判断、親族を呼んで身元の確認を行ない、慌てて駆け付けた両親と姉が「清一です」と答えると、そのまま事故死として処理し、それで全ては終わったのだった。

しかし、この事故処理については、当初から疑問の声が多かった。河井君の遺族は、遺体の怪我が、どうもバイクで転倒したものとは思えない、とずっと不審がっていた、という。無傷のヘルメットが、すぐそばに落ちていたのも不自然だった。事故の現場の状況は、全体として、バイクを倒したその周囲に、遺体やヘルメットを適当に配置したもののように見えた、という。

そのうちに、警察側の見解に対立する証言が後から後からいくつも出て来た。その多くは、河井君のバイク仲間の証言で、まず、河井君は愛車であるFZRをとても大切にしており、一般に「峠ライダー」という言葉で連想されるような、「走り屋」タイプでもなく、ましてや暴走族でもなく、穏やかなバイク・ファンだった、というもので、しかもテクニックは抜群で、公道を走る時は安全運転を心がけていたから、事故など起こすはずがない、というものだった。

だが、この主張は、いかにも説得力が弱いし、バイク青年＝暴走族という世間の思い込みもあって、黙殺された。

そして、この遺体が「不良ライダーの暴走運転の果ての単独事故」によるもの、と処理された後になって、別な証人たちが名乗り出た。替敷内周辺の、バイク好きの高校生たちである。彼らは、警察の見解に異を唱えるのが恐ろしく、また、バイクの免許取得が校則違反なので、当初は沈黙していたのだという。

「夏休みだったので、その『事故』の前日、河井君と一緒に、峠で走ってました」

と彼らのひとりは語った。

彼らは、峠の頂上の展望スペースの駐車場を中心に集まり、峠でライディングを楽しんでいたのだ、という。その時、エアロチューンをした、ハイドロ機能付きの、いかにもガラの悪い改造シボレー・カプリスが通りかかり、河井君のバイクと接触しそうになり、トラブルになったのだという。改造カプリスに乗っていたのは、恐ろしげな男四人で、田舎の高校生である河井君とその仲間は、迫力に圧倒された。カプリスの男たちは、河井君を無理矢理車に乗せ、そのまま走り去った。

「オープン・カーの、後部座席の真ん中に、両側から挟まれて、本当に不安そうにこっちを見ながら、なんか、泣きそうな顔で、連れて行かれた河井の顔を思い出すと、今でも涙が止まりません」

と涙ながらに語る青年もいた。

残った高校生たちは、河井君のFZRを峠の駐車場に置き、しばらく（三時間ほど）河井君が戻るのを待ったが、そのうちに暗くなってきたので、それぞれ自宅に帰った。

彼らは自宅に戻っても、ケータイで連絡を取り合い、河井君の家にも連絡して、彼がまだ戻らないこと、全く連絡などがないことなどを知り、心配していた。そこに、遺体発見の知らせが届いたのだった。

高校生たちは口々に、「あの時、どうして体を張ってでも河井を取り戻さなかったか」「すぐに警察に連絡すべきだった」「どんなに恐かっただろう」「なにを思って死んだんだろう」と、泣きじゃくったと言う。

それらの話を聞き、河井君の遺族は、警察に、詳しい事情の説明を求めた。替敷内署は、当初なかなか応じなかったが、メディアの一部が注目し始めたので、渋々、情報の一部を開示した。例の通り、書類のほとんどが黒く塗りつぶされた書類ばかりだったが、その中に検死したことを示す書類がなかったので、遺族は驚いた。遺族の問い合わせに、警察は、死亡の確認はしたが、検死はしていない、遺体の状況に不自然な点はなかったから、と答えた。

その頃、新たな証言が出て来た。

一緒にバイクで遊んでいた高校生のひとりが、改造カプリスのナンバーを見て、覚えていた、というのだ。実はこの高校生は、遺体発見直後に、このことを警官に話したが、黙殺されたのだ、という。しかし、替敷内署は、そういう申し出や証言の事実はない、と発表した。しかし、あるルートでその証言の有無を調査した結果、確かに高校生はナンバーを見ていたのである。そのナンバーは、調査の結果、加賀埜敏治の所有するシボレー・カプリスのナンバーと一致した。いや、そもそも、エアロチューンをして、ハイドロ機能を付けたシボレー・カプリスなど、どんなに多くても、北海道に十台もないであろう。いや、もしかすると、加賀埜敏治の一台だけ、という可能性もある。

それはさておき、加賀埜、柘植、梶原と、氏名不詳のひとりは、この夏休み、加賀埜の改造カプリスで、道北を中心にドライブ旅行をしていたのだった。そして、小遣いは充分に持っているにもかかわらず、行く先々で恐喝や強盗、そして強姦を繰り返していたもの、と思われる。犯人不詳のその種の行きずりの犯罪が、この地方でこの時期、頻発したのが統計に出ている。もちろん、その全てが彼らグループの犯行ではないにせよ、総数の増加に、彼らグループが関わっているであろうことも、また推測されるのだ。

彼らの親たちにとっては、これで何度目の尻拭いだっただろうか。このような不正なもみ消しの度に、彼らの親たちは、さまざまな人々に借りと、弱味を積み重ねることになる。文字通り、泥沼であっただろう。

現在、河井君の祖父母三人（祖父一名は昭和の末に病死）、両親、姉、友人など十二人が原告になり、替敷内警察署長を被告として、事件の真相究明を求める裁判が、進行中である。だが、この事実は、北海道日報稚内支局が黙殺し、資本系列であるSBC稚内支局も同じく黙殺している結果、ほとんど注目は浴びてはいない。

●ススキノ傷害事件

そのようなことがあったにもかかわらず、そして、その尻拭いは決着していないにもかかわらず、数ヵ月後の冬に、また加賀埜敏治が、傷害事件を起こしたのだ。そしてそれが、加賀埜敏治と柘植亮介、大久保華代の死、梶原裕史の変調に繋がるのである。

今年の二月初旬。加賀埜敏治は、ススキノのあるビル七階の非常口で、知り合いの女子高生をからかっていた。抱き締めてキスを迫り、付き合うように誘っていたのである。

そこに、ひとりの男性が通りかかった。彼は、ごく普通の善良な市民である。その男性が、加賀埜のしつこさから逃れようともがいている少女に同情し、「いやがっているぞ」と声をかけた。その途端、加賀埜はかねて持っていたナイフを手に取るや、いきなりその男性の腹部を刺したのだった。

その男性は腹部を刺されながらも、怯むことなく気丈に反撃し、素手で加賀埜を叩きのめし、しかるが後に、知人のスナックに駆け込み、そこから警察に通報したのであった。惚れ惚れするほどの、素晴らしい活躍ぶりであった。

この時の男性の反撃が機敏かつ適切で強烈であったため、加賀埜敏治は、顔面に、一目でわかる傷を負った。遺体勘案書では、眉間に打撲傷、鼻骨骨折、となっている。加賀埜は、通報を受けた警官が現場に到着する前に、逃げ出して、柘植亮介所有（もちろん、父親が買い与えたもの）のワンルーム・マンションに逃げ込んだ。柘植亮介はちょうどその部屋で梶原裕史と酒を飲んでいたが、加賀埜から事情を聞くと、安心しろ、と宥め、酒を飲み、その後、三人で薬物を使用したようである。

明るくなるのを待って、三人は、まず柘植章嗣に電話して事情を話し、いつものように、善処を頼み、善後策の相談をした。

おそらく、この時、柘植は、ステップを一段上ったもの、と思われる。NTT東日本の記録によると、この電話の後四十五分ほどの間に、柘植章嗣はケータイから、立て続けに十六回、電話をかけている。その相手は、加賀埜の母親と、梶原雄一、そして部下の警官若干名、ススキノ交番の所長《ところちよう》、現状では不詳の男性、そのほか二名で、そのほとんどは、相手を特定することが可能である。

そして、その後、どのような段取りであったかは不明であるが、午前十一時には、加賀埜敏治ら若者三人と、柘植章嗣が、円山地区のある喫茶店で待ち合わせをして、三十分ほど話し込んでいたようだ。このことについては、目撃者は複数いる。それから、四人は喫茶店を出て、その前の歩道に乗り上げて置いてあった改造カプリスに乗り、走り去ったという。

●なにが起きたのか

そして、雪解けの中、加賀埜敏治の遺体は雪の下から野犬に掘られて出て来たのだ。その数時間後には、柘植亮介が大久保華代と心中死体で発見され、そして梶原裕史は、今も父親と一緒に、家に閉じこもったきり、出て来ないのである。

なにが起きたか、現状では、ただの当て推量にしかならないことは充分承知である。ことさら、無理をしてまで結論を出そうとは思わない。推理の材料が、決定的に不足している。

しかし、我々は、今までの道警不祥事の追及によって、それなりに道警幹部たちに危機感があったことは間違いない、と思う。そして、彼ら警察官僚の危機感は、官僚の性《さが》として、根本的な改善、改革を志向するよりは、目の前の対症療法で満足しがちである。なぜなら、その方が楽だからだ。

そしてもう一点。

我々は、今までの経験から、警察官、特に上級警察官は、息子・娘が非行に走った場合、往々にして、「子供を殺して、俺も死ぬ」という思いに捕らわれがちであることを知っている。ここ十年ほどでめっきり増えた迷宮入り事件、犯人が検挙されずに、そのまま終わってしまった事件の中の、相当の割合が、警察官の身内、子弟によるものである、という推測もある。読者も、身近で、つまり、それぞれの居住地域の警察について、そのような噂を聞いたことがあるであろう。単なる噂に過ぎないかもしれないが、日本の現代史に残るであろう大事件の中には、犯人、あるいはその関係者が、警察幹部の家族であり、公にできないために、迷宮入りになってはいるものの、犯人自身は、父親、あるいは叔父である警察官にすでに殺されている、という噂がつきまとっているものの割合が多い。中には、具体的な名前が囁かれている事件があるのも、御存知の通りである。

そのようなことを思い出すにつけ、加賀埜敏治、柘植亮介、大久保華代の死と、梶原裕史の精神的変調の奥に秘められた、北海道警察と、メディアの癒着の不気味さを、我々は感じずにはいられないのである。

（来月号へつづく）

＊

いや〜、しかし、それなりに形になっているではないか。ちゃんとした記事になっている。驚いたことに。我ながら。

今まで、札幌や北海道のローカル雑誌には、何度か記事を書いたことがあるが、全国発売の、しかも著名な雑誌に文章が載るなんて、生まれて初めてのことなので、俺はちょっと嬉しかった。……いや、ちょっと、じゃないな。モノスゴク、だ。

自分史、なんてものを自費で出版したがる爺さん婆さんのことを、優しい気持ちで思いやることができちまうほどに、まぁ、嬉しかった。思わず、五部ほど買って、うち一部は息子に送ろうか、などとも思ったが、松尾に、「それはダメだ」と言われた。

「なにしろ、相手は道警と道庁と、そして北日だ。なにをどう探っているかわからないからな」

「お前は、自分の会社も信じられないのか」

「当たり前だ」

「……」

「ひとりの人間が、同じ雑誌を五部、書店で買うとする。それは、とんでもなく、目立つ。書店員は、記憶する。そこに、見知らぬ誰か……あるいは、顔見知りの書店担当、なんてのがやって来て、『このテンポをまとめ買いした人なんか、いませんか？』などと尋ねる。……いや、そんなに露骨じゃなくても、『最近、こんな世の中だからかな、結構変な人がいるみたいだね』なんて話を向けられて、そうそう、そう言えば、同じ雑誌を五部も買った客がいて……なんて感じで、ポロリ、と漏らす店員がいるかもしれない」

「……じゃ、いかにもサラリーマン風の背広を着て、道庁の売店の書店で、これを五部買う、というのはどうだ？　道庁は、相当混乱するだろう。道職員である俺を捜して」

「う～ん……。……やや、面白いが、そんな手間をかける必要もないだろう」

なるほど。一部は、勝呂麗奈に読ませよう、とも思っていたんだが。

「つまんねぇな」

俺たちは、相変わらず〈ケラー〉で飲んでいる。俺はずっとサウダージ、松尾は、今夜は

「ちょっとそんな気分なんでな」ということで、八重泉のお湯割りを地味に飲んでいる。気持ちのいい香りが漂う。

「……ところで、自分の記事を読んでみて、感想はどうだ？」

「なんか、ゴチャゴチャしてたな。ゲラを読んでる時は、そんなことは感じなかったんだけどな」

松尾は薄い笑顔になった。

「まぁな」

「なんか、おかしいか？」

「いや。その逆だ。結構、読める文章になってるよ。だから、目標が高いな、と思ってさ。それで、ちょっとニコニコしちまった」

「なるほど……しかしなぁ……」

「どうした？」

「こんなもんなのかなぁ」

「なにが？」

「反響、全然ねーじゃねーか」

「……ああ、まぁな……」

「こんなもんなのか？」

「……『テンポ』は読者も少ないし」

「……ほら、俺たちが高校生の頃だったよな、ロッキード事件が起きてさ、でいろいろといきさつがあって、立花隆の『田中角栄研究』だったっけ？　あれが発表されて、いろいろあって、結局田中は逮捕されただろ？……あの時は、俺は、ちょっと『目覚ましいなぁ』とは思ったんだよ。……あんな派手なことにはならないにしても、もうちょっと、なにか反応があるんじゃないかな、と思ったんだけどな」

「……まぁ……」

「だって、とんでもなくいろんなことを暴露したわけだろ、俺たち……というか、居残正一郎は。道警幹部の息子が悪党で、仲間たちと数々の悪事を犯した挙げ句に、道北の牧歌的なバイク野郎を殺した、と居残は、実名を上げて書いてるわけだろ。で、その息子の犯行を隠蔽するために、また何人も殺しちまって、もうメチャクチャんなってさ、『えい面倒だ、この際だから』ってんで、不良債権……どころか悪質債権になっていた大久保華代もまとめて処分した、と書いたわけだよ」

「ああ」

「それが、こんなに黙殺されちまうのか？……まぁ、俺もいい歳だからな。こんな程度の暴露で、世の中が変わる、とも思わないけどさ。あれだけのことで、みんなが真実に目覚めて、警察の権威が失墜する、とも思わないけど、それにしても、こんなに簡単に黙殺されて終わりなのかね」

「まぁ……お前もわかってるんだろうけど、普通、こういう……告発キャンペーンてのは、またたいがいが、利害関係のもつれ合いだからな。田中角栄の逮捕だって、ありゃもう、アメリカの最高権力レベルや、日本の新旧支配層レベルにまでもつれ合った権力闘争の象徴のようなもんだったからなぁ……」

「それくらいのことは、わかってるつもりだけどね」

「だから、立花隆は、踊らされたわけでもないし、歯車として雇われて書いたわけでもないけど、権力闘争の、表合戦のスターターとして、あれを書く役割を得たわけだけど、その時に、彼をサポートする勢力、そして、彼の書いたものを受け止めて、それを盛り上げる役割を負った勢力がいるわけだ。社会のあらゆる場面で『田中』が象徴するものの妨害を排除しつつ、立花が書いたものを活かした勢力があったわけだよ」

「……まぁね。俺も、ストー夫人が『アンクル・トムズ・ケビン』を書いたから、それに感動してリンカーンが頑張って奴隷制度の廃止に努力した、なんてことは思わないけどさ」

「……ああ、なるほど。ツルゲーネフと農奴制とアレクサンドルII世の三題話とかな。あれこれ、伝説はあるよな」

「あんなことは信じちゃいないけど、こうも鮮やかに黙殺されて、影響がないとも思ってなかったよ」

「……まぁ、本当は、これを受けて、今度はウチとか……」

「北日とか？」

「ああ。あと、テレビだのなんだのが、引き継いで頑張る、というのが筋道だけどな」

「だけど？」

「……なかなか、そうは動かないな。……特に、警察の不祥事だとな。……全国サイズのメディアに口火を切ってもらわないと、地元のメディアは動きづらい、というのはある」

「なんで？」

「……だって……だから、北日は、梶原が道警に頭が上がらなかったし」

「ひとりだけじゃねーか」

「いや、細かいことを言えば、ほかにもいろいろあるんだ。スピード違反のもみ消し、飲酒運転に目をつぶってもらったりとか」

「……ったく……」

「目をつぶってもらうのに、系列のキー局に無理言って、ローリング・ストーンズのＳＳ席のチケットを手配してもらったり、とかさ」

「……あるんだろうなぁ……」

「そんなことが明るみに出たら、向こうもこっちもカッコ悪い。だから、できるだけ協力して、隠すさ」

「……」

「でも、別に弁解する気はないけど」

「ん？」

「きっと、こんなだったんだろうな、と思うんだ、俺は」

「なにが？」

「ベルリン・オリンピックの時の、ドイツ市民。ヨーロッパ市民。ナチス・ドイツについて、なんとなく、こんな感じでいたんじゃないだろうか」

「こんな感じって？」

「……つまり、……そうだな、ドイツが連合軍に負けた後、ナチス・ドイツがなにをやっていたか、が全世界にあからさまになったわけだよな」

「強制収容所で、ユダヤ人や政治犯や何かを、何百万人も殺した、ということがな」

「そうだ。で、当時の一般のドイツ国民は、なにが行なわれているか、つまり、ユダヤ人の絶滅プロジェクトが行なわれていた、ということは、知らなかった、ということになっている」

「無辜の民だ、と。善意の第三者だった、というわけな？」

「イギリスもフランスも、アメリカも、ナチス・ドイツが、国の中で何をやっているか、知らなかったのだ、ということになってる。ナチスが戦争準備をしていたのも、ユダヤ人絶滅プロジェクトを進行させていたのも知らなかった、と。で、ベルリン・オリンピックを開催したわけだ」

「それくらいは知ってるけどね」

「……でも、知らなかったわけ、ないだろう、と思うんだ。あるいは、ちょっと想像力を働かせて、自分の頭でものを考えたら、今、自分の国で何が行なわれているのか、隣の国で何が行なわれているのか、当然わかったんだ、と思うよ」

「……」

「いろんな噂が流れていたはずだ。あんなとんでもないことは、完全に秘密の中で進行するはずがない。少しずつ、いろんな情報が漏れて、噂にはなっていた、と思うんだよ」

「……それで？」

「いや、だから、俺たちの現状によく似てるな、と思ってさ」

「……」

「普通の道民も、北海道警察が、それほど腐った組織で、その幹部たちが、どんなに汚いことをしているか、噂で、あるいは雰囲気で、あるいは、時折、ポロリと報道される警察不祥事で、なんとなく、雰囲気は知っているだろ？」

「まぁな」

「だが、その雰囲気や、噂を、……信じない、というと少し違うけど、……事実とは思わないんだな。『まさか、そこまでひどくないだろう』と思うわけだ。『警察のでっちあげや、インチキ捜査、不作為、犯人隠匿なんてのも、まぁ、完全にないわけじゃないだろうけど、よほど腐った警官による、稀なケースなんじゃないの？　どんな組織にもクズはいるさ』という具合に考えてるんだろうな」

「なるほどね」

「ちょうど、一九三〇年代のドイツ人が、『俺たちの国の政府が、公的な政策としてユダヤ人絶滅を遂行していて、あちこちでユダヤ人を虐殺してるなんて、そんなことはないだろう』と思ってたのと同じだ、と思うんだ。きっと、『そりゃ、数多くのナチスの中には、ユダヤ人に暴力を振るったり、中には殺しちまうものもいるかもしれないけど、それは稀なケースだろう。どんな組織にも血の気の多いヤツはいる。だが、政策として、組織として、人間を片っ端から収容所に入れて、虐待して、まとめて殺す、なんてことをしているはずはないよ』などと、思ってたんじゃないかな」

「あり得るね」

「まさか、人間がそんなことをする、とは思っていなかった。……まさか、道警の警察官が、そんなことをする、とは思っていなかった。……そんな感じじゃないか」

「だから、俺が書いたものも、信用されない、というのか？」

「……信用されない、というのとは少し違うかな。『そんなこともあるのかもしれないね』という受け取られ方なんだろう。『小説や映画みたいだな』とかな。……俺は今でも、アウシュビッツの記録なんかを読むと、『本当にこんなことを、人間が行なったのか』ってな。信じられない想いがすることがある。同時代人なら、なおさらだったろう」

「う〜ん……どうかなぁ……」

「同じような精神状態なんだろう、きっと」

「……」

「自分で取材していても、直接話を聞いていても、『警官が……』いや、人間が、と言ってもいい、『人間が、本当にここまで醜悪になれるのか、こんなに腐敗できるのか。しかも、警官が。東大を出て、国家公務員上級職の試験に合格した、警察官僚が、こんなに賤しくなれるのか』と信じられない想いを何度も味わったよ。……だから、自分で直接話を聞いたわけじゃない、新聞や雑誌の記事で読んだことしかない読者たちが、『まさかこんなことまで』と半信半疑になるのは、無理ないだろうな」

「じゃ、書いて、それでオシマイか。花火を一発、ポン、と打ち上げて、……それも、公園の片隅でな。で、近くにいた幼稚園児が、『あ、キレイ』と一言呟いて、それで終わりか」

「……そうはしたくないさ。それでポシャッちまわないように、俺もあれこれ頑張ってるんだけどな」

「チャッちい話だなぁ……」

「ま、そう言うな。実名の件では、俺は結構頑張ったつもりだぞ」

松尾の言う〈実名の件〉というのは、柘植章嗣のことだ。「テンポ」の担当者は、実名や役職を明記することを、渋ったんだそうだ。だが、具体的な話し合いの内容は俺は知らされてないが、松尾が直接担当者と話して、実名で突っ張ったのだ。このことが、松尾にとっては〈ひとつの勝利〉らしいのだが、俺には、そんなに目覚ましいこととも、カッコイイこととも思えない。が、業界の人間にとっては、なにか大きな意義のある〈達成〉であるようだった。

「その柘植を追い込んで、こっちを告発せざるを得ないところまで追い詰めればいいだろうが。事実関係を争うところまで行けば、絶対負けないんだろ？」

と俺が言うと、松尾はちょっと嫌な顔をして、「そんな簡単な話じゃないんだ」と、さもさも大変そうな雰囲気で重々しく語るのだった。

俺はなんとなく、飽きてきた、というか、どうも気が短いんだろうな。松尾は、社会のあちこちにいろいろと布石を置いて、伏線も張って、根回しもして、ゆっくりゆっくりと進めて、事態を育てるのが面白いらしい。それもいいけど、なんだか地味で、パッとしないので、俺としてはだんだん飽きてくる。

そんな俺の気持ちには頓着なく、松尾は、警察庁の中における、出世コースと、北海道警察の位置、みたいなことを熱心に語っている。こういう人間関係のつながりが、本当に面白いらしい。

俺にはさっぱり理解できない。

「それでな、昭和四十四年警察庁入庁組がいよいよ登場するわけだ。この段階で、県警本部長クラスは、もう、長官のメはない。あとは、裏金を少しでも増やして、最善のタイミングでネコババするために、虎視眈々と狙いつつ、天下り先の確保のために、先輩たちの間を、土下座して回るわけだが、まずさっき言ったカナザワな、これが宮城県警をしゃぶり尽くして……」

「お前さ、今度、ゼップに秋吉敏子がバンド連れて来るだろ？」

「ん？」

「秋吉敏子と、ルー・タバキンが来るんだよ。バンド連れて」

「……そうだったか？」

「お前、あれ、行くの？」

「ええと……」

ちょっとムッとした顔だ。

「いやぁ……多分、行けないなぁ」

「そうか。行っておいた方がいいぞ、今のうちに」

「そうか。……まぁ、行けたらな。でな、新潟県警の本部長が、これが……」

「まぁ、どうでもいいよ、そこらへんのことは。言われたら記事を書いてやるし、尾行でも、インタビューでも受けてやるけど、なんか、パッとしない気分になって来た」

「いや、お前……そう焦るなよ」

「焦ってないけどさ。……なにかこう、パッと面白くなってきたら、教えてくれよ。それ以外でも、協力は惜しまないけどさ」

「……あ、そうだ。この前、お前に手伝ってもらって、撮影した写真、あっただろ？」

「……北日のインタビュー・ルームでか？」

「いや、あれじゃなくて。あの時に、誉田に渡したフィルムさ。あの写真」

「ああ、井川のマンションのな」

「そうだ。あの写真、やっぱ相当、効果があったぞ」

「そうか」

松尾は、俺の気を引き立てようとしているらしい。

「ああ。もう、あの写真があるから、これは間違いないってことになってな。梶原が失脚した後だし、俺たちも結構動きやすくなってきたし、上層部の雰囲気も、徐々に変わって来た。なにしろ、ここで北日の存在感を示さないと、なにやってんだってことになっちまうしな」

確かに、この頃の道警不祥事報道では、朝日と毎日が群を抜いていて、北日はまるっきりサマになっていない。

「ま、とにかく、お前の協力で、あの写真が撮れて、それで誉田も上司も、盛り上がってるんだ」

煽ててるんだろうな、俺を。でも、本当に俺の方は、興味が失せている。

「まぁ、必要があったら言ってくれ。あの程度のことはするから」

「なんだよ。お前まで抜けるのか」

そういう松尾の口調に、なぜか寂しさが混じっている。

「どうした？　居残たちは、残ってないのか？」

「……ま、いろいろあるさ。篠原は今、カリー・フェスティバルに全開だしな。……ほかにも、……まぁ、話が大きくなってきたんで、ちょっと腰が引けてきた連中もいるし。なかなか大変なんだぜ、これで。こういうプロジェクトを育てるのも」

「……だって、お前は元々、オブザーバーだったんだろ？」

「……そうか……そうなんだよなぁ。そのはずだったんだけどな。ついつい、その気になっちまったかな……そうか……俺が、ひとりで浮いてるのかな……」

そういう表情は、寂しそうで、ちょっと気の毒だった。

「なにかな……そうだ、俺もお前と同じだ、なにかこう、目覚ましいものが、この目で見られるかな、と思ってさ。それで熱中したんだけどな。ほかの連中とは、ちょっと温度差があり過ぎたんだろうな」

「……」

こう素直に反省する姿を見ると、可哀相で、俺ひとりくらいは付き合ってやろうかな、という気にもなる。

……いや、危ない。違う。松尾は今、俺を籠絡するために、芝居をしているのだ。気を付けろ。うかうかとその気になったら、とんでもないことになるぞ。

と俺が際どいところで踏み止まったのを、松尾も気付いたらしい。やれやれ、という苦笑いを浮かべて、「俺は、本気でやる気なんだよ」と言う。

「ま、それは俺も疑わないけどね。だから、できる範囲で付き合うからよ」

「……電話するよ」

松尾はそう言って、席を立った。何か用事があるらしい。

「じゃあな」

俺が背中に呼びかけると、「おう」と背中を向けたまま、右手を挙げて、出て行った。

俺はそれからサウダージを二杯片付けて、夏の始めのススキノの街に出た。

暖かいせいなのか、人通りの多い夜だった。最近は、なんだかスカスカの不景気な夜が続いているから、やや珍しい。

まだ時間は早い。午後十一時ちょい過ぎ。……ふいに、〈アルス〉に行ってみようか、と思い付いた。特に用事があるわけでもないし、是非とも調べたいことがあるわけでもない。バーント・オファリングスのメンバーを探しているわけでもないし、俺の腹を刺した加賀埜敏治については、もう、俺としては決着が付いた気分だ。……よく考えたら、可哀相な気もするが、まぁ、そういう星の下に生まれたオチコボレにふさわしい幕切れだろう。

じゃ、なぜ突然、〈アルス〉のことが頭に浮かんだのかな。

まぁ、暇だからだな。

それに一度、行こう、と思ったのに、それっきり行かないのは、なにかこっちがビビったような感じで、少しシャクに障る、というのもある。「必要がなくなったんだ」と言っても、「恐くなったんだろ」などと言いがかりを付けられたら、反論ができない。

……俺はバカか？　なんでそんな反論を考える必要がある？　薄バカの暴走族でもないのに。

……理屈じゃないなぁ。

それに、元警部の井川刑事が逮捕されたり、その愛人の大久保華代が心中死体で発見されたり（やっぱ、あれは殺されたんだろうなぁ……）して、盤渓学園人脈やなにかと微妙に重なる〈アルス〉に、なにか変化があるかもしれないじゃないか。

平安時代の昔から、……いや、もっと以前からかもしれないが、警察と犯罪者……常習犯罪者ってのは、癒着してたんだろう。仲間だったんだろう。それは常識であって、その時代その時代で、普通の民は「そんなもんだろ。同じ穴のムジナだろ。常識だ」と思って暮らしてたんだろう。だから、今、ススキノで、警察とヤクザがとても仲良しだ、ということは珍しいことじゃないんだろう。

だが、警察と常習犯罪者が癒着しているのは当然として、そのありようは、やはり、時代や街によって、様々だったんじゃないかな。癒着を、やはりどこか、恥ずかしいもの、下品なこととして、俯いて、道の端を「へい、ごめんなすって」と下手に出てこそこそ歩く時代もあっただろう。「俺たちは、お天道様に顔向けできねぇ渡世なんだから……」みたいな謙虚さがあった時代もあったはずだ。一方、警察と常習犯罪者がもう、昼間っからべったりもたれ合って、肩で風を切って大手を振って闊歩し、片っ端から薄汚れた金を掻き集めていた街もあっただろう。

ものには品位、佇まい、というものがある。べきだ。で、そういう意味で言えば、今のススキノは、最低だ。この街で、自分の夢を追って、まともに生きて行こう、と地道な努力をする人間は、ドロボウやコジキ、ユスリタカリの餌食でしかない。

そんな仕組みが少しでも変わるのを見たい、と思ったこともあった。居残正一郎の仕事を引き受けたのも、そんな気持ちが少しはあったからだ。

だが、目覚ましい変化はない。

腹立たしいし、残念だが、もしかするとその〈変化〉が、〈アルス〉では見られるかもしれない。あの、我が物顔でススキノの夜を仕切っているつもりでいたらしい連中が、浮かない顔をしているようすなんてのを、見ることができたら。

うん、これはなかなか面白い景色かもしれない。行ってみよう。

……ひとりじゃ、ちょっと自信がないな。高田の腕っ節を借りたいところだ。だが、あいつは今、店で忙しいし……。

俺は、右手で軽く腹を撫でた。傷はすっかりふさがっていて、痛みなどはない。ただ、ちょっと痺れている感じが残っているが、まぁ、大事ないだろう。

いやいや、そんな、頭っから、荒事の可能性を考えることもないだろう。俺は、善良でごく普通の、札幌市民だ。なんの恐れることもない。

俺は、胸を張って堂々と、駅前通りを南に向かった。

だが、途中で一度、最近めっきり少なくなった公衆電話ボックスの前で、堂々と張った胸の空気を一度抜いて、高田の店に電話した。若い女の子の、可愛らしい声が出る。その子に、マスターを呼んでくれ、と頼んだ。

「少々お待ちいただけますか？」

「それは質問？」

と質問しようとしたが、すでにその子は受話器を置いて、どこかに行ったようだ。質問して、返事を待たずにどこかに行くなんて、なんて無礼な娘だろう。

「おう」

高田の声は相変わらずむっつりしている。

「今のな、ウチのスタッフの疑問形、気に障っただろ」

「いや……怒るほどじゃないけど……」

「今、言って聞かせたから。『お待ち下さい』と言え、と言い聞かせた」

「どうなった？」

「泣きながら、出て行った。……もう、きっと帰って来ないな。この三日間で、五十回以上、言葉を直したから」

「……何人目だったっけ？」

「今年になってから、……七人か。あとひとり辞めたけど、これは寿退社だ」

「……だってお前……その寿退社ったって……それは、ブリットだろ？」

「そうだ」

「あのコは、二日しかいなかったじゃないか」

ブリットの本名は知らない。本人はまだ二十代だ、と言っていたが、どうみても三十代半ば、という感じの、道南訛りのある、見てくれはちょっぴりいい女、風の、……ま、おばさんだ。客で来て、働かせてくれ、と頼まれた高田が、まぁいいだろ、とようす見で雇ったら、勤め始めた次の夜に、客で来たユダヤ人のインチキ臭い若い男に、誘われるままに一緒にどっか行って、どうやらその時すぐにデキちまったらしく、その次の夜、高田が店を開けたら、「旅に出ます。勝手言って、ゴメンナサイ。NYから、ハガキ、出しますネ　ブリット」というカードが入っていたのだ。

「好きにすりゃいいが、〈ネ〉はねーだろ、〈ネ〉は。おばちゃんよぉ」

と高田が苦笑していたのを思い出す。今ごろはきっと、バンコクあたりの路上でアクセサリーを売っているんだろう。〈バスターズ〉という、国際的なインチキ・アクセサリー売りの組織がある。ブリットは、目出度く仲間入りを果たしたようだ。

それはそれとして、だから、ブリットは数に入れないにしても、四カ月で七人が辞める、というのも問題だろう。

「だってお前、お前だっていやだろ。飲んでる時に、あんな汚い声で、聞きづらい言葉を聞かされるのは」

「まぁな……でも、面接の時にわかるだろ。声とか言葉遣いとかは」

「……確かにな。……でも、まぁ、面接の時は、初対面だ」

「……それで？」

「……で、……初対面だとな、ついつい、顔を見ちまうんだろうな。……顔で判断しちまう、と」

「……お互い、成長しようや」

「お前に言われたかねーよ」

「ところで、俺、これから〈アルス〉に行くんだ」

「あ? なんでまた」

「いろいろと、事情があってな」

「ふぅ〜ん……」

「一時間もいないつもりだ」

「それがいい。あんなところ、長居すればするほど、ステイタスが落ちるぞ」

「まぁな。だから、一時間で出るつもりだ」

「……で?」

「出たら、電話する」

「電話がなかったら?」

「それはつまり、俺が、自分の意志に反して、出ることができなくなっている、ということだろうな」

「だから?」

「……だからって……まぁ、心に留め置いて頂戴な、というくらいのことだけど」

「う〜ん……どうもな」

「ん?」

「俺、この頃、忘れっぽくなってさぁ。……マカでも飲むか」

「ま、それは自分で対応してくれ」

受話器を置くと、俺は再び、胸を張って堂々と、〈アルス〉に向かった。

25

特に変わったところのある店ではない。というか、地下にある〈クラブ〉としては、非常に平凡、ありきたりな造りであり、内装だ。例の、苅田新三郎の娘婿である、不動産屋の息子が、あまり頭がパッとしなくて、センスも悪くて教養もない、そのせいだろうが、あるいは「不動産屋」ってのがそういうものなのかもしれないが、妙にケチで、建築士への払いもネチネチしていて、そんな関係で、空間構成や内装などなどが大したことない、要するに建築デザイン雑誌のパクリや猿真似でしかないのだ、と、札幌で「一流」と言われるデザイナーたちは声を揃える。

「いや、ケチだとか支払いがどうのこうのってこと以前に、あんな麻薬一家とは付き合いたくないだろう」などという意見もある。とにかく、〈アルス〉は、オーナーの夢や意気込みと比べると、ひときわ田舎臭くモタモタした感じのする「空間」なのだった。

だいたい、地下に下りる階段のところにいて、客を選ぶ役の男が、目つきの悪いパキスタン人なのだ。ビンボー臭いことこの上ない。「おいおい」ってなもんだろう。やっぱりこういうところは、なにしろ店の看板なのだから、大柄な、がっしりとした、そしてなにより大切なのは、金髪の白人でなくてはならんだろうよ。スリー・ピースを着込んだロシア人とかさ。スキン・ヘッドで目つきの鋭い、ウクライナの巨人とか。

パキスタン人はねぇだろうよ。

しかも「ちょっと待つ、OK？」と、あろうことか俺の胸に手を当てて、押し止めようとする。俺は無視して階段を下りた。パキスタン人は、黙って見送っている。まぁ、無線か何かで下に知らせたんだろうが、黙って目の前を通過させてはいけない。パキスタン人は、悪事を働く、その根性がまだできていない。

踊り場に、日本人がひとり立って、左の耳を押さえながら、なにかを小声で言っている。俺の顔を見て、小さく頷いた。

「よう。どうした。珍しいな」

顔は知っている。どういうヤツなのか知らないが、深夜喫茶などで、ケータイを耳に当てながら、大声でわめき立てているやつだ。どこの筋のやつか、よく知らないが、知る必要もないやつだ。喫茶店で、ケータイを耳に当てて大声で喚くやつは、長生きできないに決まっている。

「中、混んでるか？」

「いや。暇だ。誰かに用か？　あれだったら、呼んで来てやるぞ」

階段の残りを、俺の後について一緒に下りて来る。

「いや、用ってわけでもない」

「お前の知り合いは、誰もいないと思うぞ」

「自分の目で探すさ」

「……ま、楽しんでってくれ」

「お前の店じゃないだろ？」

「まぁな」

「オーナー面すると、オーナーが怒るぞ」

「……オーナー、知ってるのか？」

不思議そうな顔で言う。

「ごちゃごちゃあるんだろうけど、要するに、花岡組ってことだろ？」

ブラフをかましたら、素直に反応した。

「……まぁ、結局はな」

結局、そういうことかい。

「嫌な世の中だな」

「ま、ぼちぼちやるさ」

ドアを押し開けてくれた。そして、ドアのところにいたアジア人に、軽く頷く。アジア人は、俺に丁寧に頭を下げた。

誰にでもそうするのだ。スリー・ピースのスーツが、それなりに似合っている。だから、日本に来て、……そうだな、少なくとも二カ月以上は経っているだろう。

福建省のやつだろうか。それとも、韓国人か。あるいは台湾人? いやいや、最近は台湾人はほとんどいなくなった。福建省だろうな、やっぱ。……脱北してきた北朝鮮人、という可能性もあるが、そういうのは、たいがい、女だ。女は、どこにいても、売春すれば生きていけるが、男はなかなか難しい。買ってくれる相手を見つけるのは一苦労なんだそうだ。特に、言葉が通じない異国ではな。

……もちろん、見た目アジア人であっても、アメリカ人である可能性は、常にあるわけだが。

それはさておき、福建省から来たのだとすると、その受け皿は、やっぱり、盤渓学園ってことだろう。盤渓学園が経営する四年制大学、道央文化学院大学は、俺の腹を刺した加賀埜敏治が籍を置いていた大学でもある。

大学とは言っても、あそこの学生は、中学一年生の英語の教科書も読めないし、分数の引き算ができない。

それはまぁ、どうでもいいこと、になっている。そういうことを敢えて口にするのは、下品で田舎臭いこと、と見做される。

道央文化学院大学の国際コミュニケーション学科は、札幌の姉妹都市である瀋陽の日本語学校と姉妹校だかなんだかで、「交流」がある。その交流の中で、数百人の中国人「留学生」が道央文化学院大学を入り口にして、日本各地に散らばっていく。中国政府の金で、北大に留学している中国人は、エリートで頭が良いらしい。だが、道央文化学院の中国人留学生は、多くの場合、中国のオチコボレで、女たちは日本の男のペニスをしごいて金をもらうのだ。男なら、ドロボウになる。そのペニスしごき中国女や、ドロボウ中国男のパシリになって、際どく生き延びているのが、札幌の下っ端ヤクザ共だ。

僕らはみんな生きている。

開いたドアからは、昔懐かしいクラフトワークが流れ出て来た。……昔懐かしい、とはいうものの、この曲は聴いたことがない。だがとにかく、クラフトワークであるのは間違いない。

(今流行ってんのか？)

全然わからない。とにかく、フロアへのステップを下りた。

あまり客がいない。パラパラと散らばっている。雰囲気、ひっそりしている。その中で、坦々と流れる単調なリズム。延々と繰り返されるビート。まぁ、まだ時間も早いしな。客が疎らでも当然か。時間のせいか、客はたいがい、まぁどちらかというと「まともっぽい」格好ではある。髪はそんなに広がっていない。服はそんなに破れていない。このままの格好で、地下街や狸小路などは平気で歩けるだろうな。だがもちろん、この姿形で健康食品のセールスマンにはなれない。……でもきっと、公務員にはなれるな。公務員は、こういう格好をして、「疲れた」などと言って部屋に閉じこもってネットでゲームをして遊んでいても、給料がもらえる商売だ。

それはさておき。

ところどころに、島のように存在しているカウンターにもあまり人は群がっていない。カウンターの中にいるバーテンダーたちも手持ち無沙汰な顔をして、ぼんやりしながら、小さな動きで、目立たないように、リズムに乗っている。

一番手近のカウンターに肘をついた。やってきたバーテンダーに、アラスカを頼んだ。誰かが、俺の左肩をトントン叩く。そっちを見ると、テンガロンハットをかぶった、上半身裸の男がニヤリと笑った。

こいつは、よく見かける。

筋骨逞しい、という言葉がそのまま当てはまる、五十代半ばくらいの小男だ。背は低いが、精悍な体つきだ。なぜ体つきがわかるかというと、一年中、真冬の吹雪の中でも、上半身裸でいるからだ。常に。

この男が、ヘソから上に身に着けているのは、上等な、革製のテンガロンハットと、左腕に巻いた包帯だけ。下半身も、たいがいは薄着だ。バミューダパンツのような半ズボンと、ローファー。喋ることは、時として取り留めのない場合もあるが、たいがいは、しっかりしている。……しっかりしている場合が多い。「大人しい、いいやつだよ」という専らの評判だが、いつ発作を起こして、刃物を振り回すか、と気が気ではない。覚醒剤常用者（しかも、相当長期の）と言葉を交わす時は、えらく緊張するものだ。

「よう。元気？」

「あ、どうも。しばらく」

「元気？」

「なんとかね」

「元気？」

「元気だよ」

「元気か。そりゃよかった。……腹、減ったな」

「俺はそうでもないよ」

「え⁉」

驚いている。

「俺は、腹、減ったぞ。……そうかぁ。……あんたは、腹、減ってないのか。……そうかぁ
……そうなのかぁ……」

悔しそうに俯いて、首を振っている。

「ところで、ひとつ教えてくれ」

俺が言うと、とたんに嬉しそうにニコニコする。

「なんでも聞いてくれ」

そして、ちらりと俺の後ろの方に視線を投げた。つられてそっちを見ると、ドアが開いて、数人のクズ共が入って来た。ケータイで呼んだ、というところか。最近のヤクザは、高校ズベ娘みたいな真似をする。それで、恥ずかしくないらしいので、つくづく不思議だ。

「今、バーント・オファリングスの連中は、いるか？」

俺が尋ねると、天井を見上げて、両手を振り回す。

「……あいつら、ここでは歌わないぞ」

当たり前だ。

「そうか。ついさっきまでいたぞ」

ほう。

「それは知ってるよ」

「いなくなったの？」

「そうだ。いなくなった」

「ついさっき？」

「そうだ。ついさっき……」

「なんでまた」

「変な女が来たんだな。ファンだってよ」

「ファンが」

「ああ。連中、よっぽどその女が嫌いらしくてな。突き飛ばすようにして、出て行ったぞ」

「ほう。……その女は、どこにいる？」

「今は、VIPルームでないかな。谷崎たちが、連れて入ってったぞ」

「ほう……」

「小遣い、ほしいんだべ」

「だろうなぁ……」

いずれにせよ、ろくでもないことになっているのは間違いないようだ。「谷崎たち」ってのは、この場合、おそらくは、最もレベルの低いヤクザ者どもの一派だろう。それぞれに、このヤクザインフレのおかげで、なんとかかんとか、一家を構えることができるようになったチンピラ共だ。十年ほど前なら、「組を作ろうなんて十年早いぞ！」と怒鳴りつけられて、部屋住みを五年はさせられていたような連中だ。最近は、こんなカスどもまでもが、「社長」になれるんだから、落ちたもんだ。

で、VIPルームってのは、〈アルス〉の場合、レースと薄いリネンのカーテンで囲まれているだけで、中を覗こうと思ったら、誰でも可能な、そんな個室もどきのスペースのことだ。

「その女は、そういうのが好きなのか」

「ああ。名物だ、最近の」

「どこだ？」

VIPルームは、この広いフロアを囲むように、七つほどが配置されている。

と指差す方を見ると、確かに洞窟の入り口にレースのカーテンが下りている。中を使っている、というサインだ。だが、中から明かりが漏れていて透けて見えるし、その脇の窓に、パキスタン人みたいなふたりが顔を寄せて、中を覗いている。そういう遊び方をする場所なのだ。

「どら。ちょっと俺も見てくるかな」

「やめとけ、やめとけ」

引っ張る手をふりほどいて、ＶＩＰルームの窓に近付いた。パキスタン人が俺を見て、もうひとりの脇腹を軽く小突き、さり気ない表情を作って立ち去る。

窓から覗き込んだ。

若い娘だ。ふたりを相手にしている。もうひとり男がいて、こいつは、ソファに長くなって、三人の混戦を眺めながら、ビールを飲んでいる。娘は、豊かな胸を出しているが、あとはだいたいの服は身に着けている。そして、ソファに座っている男のペニスをくわえている。もちろん、その男の背中や肩には、工事中の彫り物が、中途半端にへばりついている。で、娘の後ろから、腹巻きだけは残した裸の男が、リズミカルに腰を動かしている。こいつの背中にも、貧弱な筋彫りが途中まで描いてある。

クラフトワークに限らず、テクノポップを流しながらセックスをすると、多くの場合、腰の動きなどがリズムに乗ってしまうので笑える。

今も、娘がペニスを舐める、そのタイミングと、後ろの男が腰を振る、そのリズムは、クラフトワークの曲にシンクロしていた。娘は、左手に持った一万円札数枚を、しっかり握り締めながら、首を振り、後ろから突かれて、揺れている。

この娘が、バーント・オファリングスのファンで、そして連中から突き飛ばされるほどに嫌われている女なのだろう。

どんな娘なのだろう。

と考えつつ眺めていたわけだが、その答えは、ある程度予想していた。

今、ソファに座って、ペニスをナメさせているのが谷崎だ。彼がちょっと顔を上げて、こっちを見た。観客がいるかどうか確かめたらしい。もちろん、観客がいる方が興奮するのだ。で、俺と目が合った。露骨に嫌な顔をして、そっぽを向いた。中の方が少し暗いから、こっちが見えるらしい。俺は、ニッコリ笑って手を振った。谷崎は、さも嫌そうに、唇を歪めた苦笑を作り、後ろから娘を突いている男になにか言った。そいつもこっちを見た。誰だか知らないが、あちこちで顔を見かける下っ端だ。お互いに、苦笑を見交わした。

その時、娘が、札を持っていない右手で、自分の髪の毛の束をかき上げ、谷崎のペニスから口を離し、頭を振った。疲れたらしい。顎もダルいだろう。

谷崎が、娘に何か言った。おそらくは、「あそこから見てるぞ」というようなことだろう。俺は、娘がこっちを見たら手を振ろう、と用意した。

娘がこっちを向いた。

顔が真っ白で、唇が真っ黒で、目が真っ赤だ。一瞬、誰だかわからなかったが、すぐに理解できた。

柏木香織だった。グロテスクなメイクで、相当雰囲気が違っているので、百パーセントの自信はないが、おそらく間違いはないだろう。呆然とした表情で、俺を見ている。変な成り行きだが、とりあえず、俺は手を振った。柏木の表情は変わらない。後ろの男が盛り上がって来たらしい。荒々しく、後ろから抱き締めた。身動きがとれないように、ソファに押しつけ、押さえつけ、腰の動きをどんどん早めて行く。クラフトワークはもう、聞こえていないようだ。

柏木は、首をねじ曲げて、俺をじっと見つめている。その顔の前に、谷崎が立った。柏木の顔が見えなくなった。代わりに見えるのは、中途半端な絵が描かれた、谷崎の尻だ。それが動く。谷崎が、ペニスを柏木の口の中にねじ込んだらしい。体を傾けて、俺の方を見る。そして右足を引き、柏木がペニスをくわえている、そのサマが俺に見えるように体をずらした。

僕らはみんな生きている。

俺は、手を上げて振り、登場人物諸賢の健闘を讃え、その場から立ち去った。そして、一番壁際のカウンターに、壁に背中を向けて寄りかかった。

「いらっしゃいませ」

「タンゴ、できるか？」

「はい」

平然と答える。なかなかいい雰囲気だ。

「じゃ、頼む」

「畏まりました」

テンガロンハットがニヤニヤしながら近寄って来た。

「よう」

声をかけると、「どうだった？」と唇を舐めながら、声をひそめる。

「……人間てのは、たいがい、ああいう時は腰を振るんだな」

「へぇ！　そうかぁ……」

言ったことがよく聞こえなかったらしい。だが、雰囲気で相槌を打っている。

「へへへへ、なかなか盛り上がってたべ」

「まあな」

VIPルームから、一通り服を着た谷崎が出て来た。パラパラと散らばって、ちょこまか体を動かしている、パンクやゴスロリや、俺にはワケわかんない姿形の連中を突き飛ばしながら、こっちに来る。こんなやつの友だちだ、と思われるのは嫌だが、まぁ、仕方がない。

テンガロンハットは、いつの間にかどこかに消えた。

「よう。しばらくだな」

「まぁな」

「腹を刺されたって聞いたけど」

「何年前の話だ」

「そうか。すっかり戻ったか」

「ああ」

「なによりだった」

「風流な遊びだったな」

VIPルームを顎で示しながら俺が言うと、谷崎はふん、と鼻で笑った。

「面白いビッチでな」

こいつは、ネットで物……クスリや銃刀など……の売買をしている、という噂だ。ヤクザ者《もん》の中では、比較的ネットに強いらしい。で、アメリカのサイトなどもよく利用しているらしい。スナッフサイトに詳しい、という評判だ。だから、「ビッチ」くらい、こいつにとっては、別に普通の言葉なんだろう。一度、トルコの女衒《ぜげん》とカタコトで話しているのを横で聞いたことがある。ジャン・アレジ程度には、器用に英語を操っていた。

「そうかい」

「満更、金目当てのみってんでもないようなんだよな、あれで」

「……ほう……あんたが、惚れられてる、ってわけか」

「じゃねぇよ」

さも嫌そうに顔をしかめる。

「そういうんじゃなくてな、友だちを紹介すれば、五万やる、といくら言っても、それは断るってんだな」

「……ほう……」

「ま、つまり、自分がやりたいんだな」

「……でも、もちろん、金を取るんだろ？」

「ああ、そりゃそうだ。絶対に、タダじゃヤラせない。そこはきっちりとしてるんだがな。でも、いくら金を積んでも、友だちは連れて来ない。悪い話じゃないのにな」

「なんでだと思う？」

「そりゃぁ……独り占めしたいんだろ」

「金をか？」

「違うよ」と言って、両手を腰の前に持っていき、ピストン運動の仕種をする。「バッコンバッコンを、だ。金をもらっても、他人に振るのはお断りって感じだな」

「なるほど……」

「ま、俺の個人的な見解だけどな」

「なるほど」

お前に〈見解〉があるとは知らなかった。

「でな。実は、あそこにまだいるんだ」とＶＩＰルームを顎でしゃくる。「……あんたが行くのを待ってる」

「……ほう……そうかい」

「にこりともしないでな。いやぁ、言うんだよ。『あの人を寄越してくれ』ってな。なぁおい、『寄越してくれ』だとよ。調子に乗せちまったかなぁ……」

似た者同士じゃねぇか。

「俺もな、子供の使いじゃねぇぞ、っつったんだがな。なにも言わないで笑ってる。まぁ、減るもんでもねぇからな。靴の底なんてな。てなわけで、呼びに来た」

「なるほど」

「行ってみな。待ってるから」

「面倒臭ぇな」

溜息まじりにそう言って、とりあえず、カウンターから離れた。谷崎がケケケ、と小声で笑った。

「やっぱり、行くんじゃねぇか」

「どんな娘か、ようすを見るだけだ。すぐに帰るぞ」

「あんた、四十五んなってから、五秒で済むようになったってな」

「よく知ってるな」

「へへへへ！　頑張んな」

VIPルームに向かう。あちらこちらで、こそこそ話し、含み笑いをしている気配を背中で聞きながら、ゆったりとした足取りを強調しつつ、進んだ。

俺は全然急いじゃいない。逆に、面倒臭いんだ。飢えてるわけでもないしな。かったるくてよ。

周りの連中が、クスクス笑っている。こそこそ話している。客が少ないし、クラフトワークは単調だから、話し声が耳に届くのだ。

あ～あ、面倒臭ぇ。と、本気でアクビがでたのを大口開けて強調しつつ、薄いレースのカーテンを掻き分けて中に入った。

ソファに、柏木香織がひとりで横たわっていた。

26

白い、おそらくは絹、かレーヨンのブラウスのボタンは全部外して広げてある。白いブラジャーは、おそらく背中のホックを外して、上にずらしたらしい。なんだか、だらしなく膨らんだ白い乳房と、やけに大きな乳輪が左右に広がっていた。スカートは身に着けているが、それは辛うじてヘソを隠すだけのもので、大きく広げた両足の付け根、貧弱な陰毛と、発育途中らしい、ぴったりとくっついた小陰唇が丸見えだった。谷崎たちに、つつかれた直後なのに、小陰唇がぴたりと閉じているのが不思議な気がするが、この歳頃の娘ってのは、そんなもんなのかもしれない。俺は、今までの生涯で、二十歳《はたち》以下の女の性器を見たことはないのだ。

柏木が、両足を広げて、右手の中指をクリトリスに当て、少し揺らして、甘い声を出した。すぐにやめて、俺の顔を真正面から見て、ニヤリと笑い、また甘い顔をする。

俺は溜息をついた。

「どうしたの、おじさん」

「君は、ススキノのことを、なにも知らないんだな」

「……どうして。そんなことないよ。あたし、ススキノのことなら、たいがいのこと、知ってるよ！」

子供だ。あっさりと挑発に乗る。

「この〈アルス〉は、実質的に、花岡組支配になってるんだ」

「知ってるよ、それくらい。上条さんが、下手打ったんでしょ？」

まだ子供だ。上条の名前を知っているのが、得意らしい。上条というのは、上条不動産の息子で、苅田新三郎の娘婿で、この〈アルス〉のオーナーで、煽てられてその気になって、花岡組に会社を乗っ取られそうになっているのだ。負債の一部とのバーター、という形で、〈アルス〉は実質上、花岡組が経営している、といってもいい。あまり誰もが知っていることでもないが、知ってる人間が皆無、というわけでもない。

「知ってるのか？」

「知ってるよぉ」

「じゃ、バカだな」

「なにが」

「花岡組支配、ということはつまり、このＶＩＰルームには、少なくとも隠しカメラが三つ、隠しマイクも仕掛けられてる、ということになるんだが」

「……」

「考えつかなかったか?」

唇を嚙みしめている。

「……なんか、証拠、あんの?」

「いよいよバカだな」

「むかつく」

小声で言う。

「この世の中で、証拠を気にするのは、裁判官と検事だけだ。それ以外の人間は、証拠など気にしない。事実、世界は、証拠なしで恙《つつが》なく進むもんだ」

「……」

「それくらい、わかるだろ。頭の良い高校に通ってるんだから」

柏木は、一瞬言葉に詰まったが、すぐに話題をかえた。

「……よく、いろんなところで会うよね」

「会うわけじゃないけどな。よく、ぶつかるな」

柏木はゆっくりと体を起こし、スカートを直し、ブラウスの前を閉じた。

俺は、クスクス笑った。柏木香織がこっちを睨む。

「なに?」

「フフフ」俺は、わざとらしく笑ってから言った。

「なかなか可愛かったよ」

「なにさ」

「ススキノのことなら、あたし、たいがいのこと、知ってるもん」

話し方を大袈裟に真似してやったら、柏木の顔がひきつった。目を細めて吐き捨てる。

「あたし、そんな話し方、してない！」

「そりゃそうだ」

「……」

「俺と君がぶつかったのは、……濱谷のオバチャンのとこと、こんなとこと……あとは、どんなとこを知ってる？」

「……おじさん、ギャルは好きじゃないの？」

「どうかな。少なくとも、自分から『ギャル』って言葉を使う女は好きじゃないな。……いや、ギャルって言葉自体が好きじゃないんだ」

「へんなの」

「ああ。俺はね、英語を読んだり喋ったりができるんでね。ギャルって言葉を口にするのが恥ずかしいのさ」

「……」

「君は英語が喋れないようだな。五年以上勉強してるのに」

「……当たり前じゃん！　まだ高三なんだから！」

「そんなことはない。日本の英語教育の水準は低くはないよ。教員は無教養なバカばっかりだけどな」

柏木は、釣られたように頷く。良い傾向だ。

「中学校の三年間の英語教科書を、きちんとマスターすれば、英語は話せるようになる。正しく、綺麗な英語をな。少なくとも、ニューヨークのタクシー運転手よりは、ずっと英語がうまく喋れるようになるよ。中学校を卒業した日本人はな。塾や英語教室にいかなくてもな」

「ウソだ」

「うそじゃない。責任を持って、本当だ、と断言できるね」

「なんで？」

「俺がそうだからさ。中学を卒業した頃には、とりあえず、日常生活には不自由ない程度には、喋れたよ」

「……自慢？」

「自慢じゃない。事実を事実として語っているだけだ。自分の能力を、公正に語っている。あと、君も、その気になればそうなれる、と応援しているつもりでもあるんだが」

「……」

「簡単なことだ。中学校の英語教科書を暗記して、映画をいっぱい観ればいい。一年経ったら、ほぼ、ほぼだけどな、まぁまぁ自由に喋れるようになってるさ」

半信半疑だが、じっと聞いて、考えている。良い傾向だ。

だが、ふと我に返ったらしい。ハッとした表情になって、話題を元に戻した。

「おじさん、ススキノに詳しいの？」

「少しはな。なんで？」

「いろんなとこで会ったし……」

「会ったわけじゃないって」

「……もう……よく、わかんない！」

いきなり媚びを売ろうとする。

方針は決めておけ。

「なんの用なんだ？　谷崎が、君が用事らしい、と言ったから来てみたんだが」

「用事はねぇ……ねぇ、おじさん、今晩泊めて」

「寝場所がないのか」

「タダでやっていいよ」

俺は思わず笑った。

「やっていい、と言われて、ヤルってのもなぁ……」

怒ったらしい。

「ヤラせてやるっつってんだよ。ヤリてぇんだろ。ごまかすな、ジジィ！」

「もちろん、俺はヤルのは好きだがな。ヤラせてもらうってのは嫌いなんだ。して、と頼まれたら、普通は喜んでするけどな。でも、やっぱり、相手によりけりだ」

「相手が選べる立場かよ」

俺は笑った。

「それでも、選びたいんだよ。……たとえば、君の母親みたいなのはお断りだな」

目つきが変わった。

「なに？」

「だぶだぶに太って、薄汚くて。すぐに消火器を振り回すだろ。ありゃダメだ。頼まれても、できないね」

「てめぇ……」

「おかあちゃんがあんなじゃな。バンドの連中にも、そりゃ、嫌われるさ。俺だって、お断りだよ。宿はほかを探しな」

「てめぇ！　よくも！」

ソファから跳ねるように立ち上がると、突進して来た。右手にナイフを持っている。ほんの小さなナイフだが、もちろん、殺傷能力はある。だが、その手つきは不格好で、今までほとんど使ったことがないのは明らかだった。こっちの左手を、とっさに柏木の右脇に差し込み、腕をキメた。

「てめぇ！　殺してやる！」

「ベランダはゴミの山だったな。夏は臭いだろう」

「放せ！　殺してやる！」

「おかあさんは、外に出られるのか？」

「死ね！」

「お父さんは、わりとマトモな人みたいだな」

「死ね！　死ね！　死ね！」

やたらと暴れる。

そろそろ誰かが来てもいい頃だが。どこかでモニターを見ているはずだ。話し声も聞こえてるんだろ？

「おい、さっさと来いよ。取り返しがつかなくなるぞ。俺もそんなに気が長くないから」

俺がやや声を張って言うと、クラフトワークの音が消えた。

「なんだよぉ、てめぇ！」

喚く柏木の声にかぶさって、マイクの声がフロアに響いた。

「わかった。今行く」

俺は、柏木の腕を放した。自由になって、柏木は俺をじっと睨んでいたが、右手でナイフを握り直し、一瞬、腰を落とした。

刹那、俺は足刀を飛ばした。柏木はソファに吹っ飛んだ。

おやまぁ。……大人げないこと。一人前の男のすることじゃないな。やれやれ。

柏木が、悔しそうに泣き出した。

「今の、見てただろ。悪いのは、このズベだからな」

「わかってる」

素直な声がフロアに響いた。

薄いリネンのカーテンが、はらりと動いた。物騒な目つきの、典型的な族上がりの若いのがふたり、ぎこちなく立っている。世が世なら、ヤクザ者どもに叩き潰されていたガキ共だ。それが今は、一人前の顔をして、業界に紛れ込んでいる。日本は今、どこもかしこもシロウト臭くて貧乏臭い、重箱の隅のような世界になった。

「なんだ、お前ら」

俺が言うと、ふたりで顔を見合わせて、それからヘニャン、と笑う。

「いやぁ……おいで願え、と社長が申してまして」

ほう。やや驚いた。この程度の敬語でも、使えるのは珍しい。もしかすると、小学校はまともに出たのかもしれない。

「社長？」

「へぇ」

「誰だ。桜庭か」

半ば冗談でカマしたら、「テンです」とふたりして揃って答え、頷き合っている。正直言うと、俺は少々、ビビった。

＊

組織ってのは、たいがいてっぺんに耄碌した爺さんが居座る。それは、そうと決まったものので、そういう爺さんたちのことをどうこう言ってもしょうがない。で、その下に、実際に組織を動かしている現役幹部たちがそれぞれの権益を持って、犇《ひし》めいている。内閣とか、警察とか、㈶スポーツ協会とか、広域暴力団、暴走族、道路公団、なんにせよ、組織ってのは、そういうもんだろう。

で、北海道最大の広域暴力団、北栄会花岡組の場合は、頂上に群がる老人たちを別にすると、一番威勢がよくて、序列でも、ほぼナンバー2、ということになっているのが、桜庭組組長の桜庭で、そいつがいま、俺の目の前で、ニヤついている。

よくわかんねぇが、どうやら『カサブランカ』が好きらしい。バー〈アルス〉のオフィスを、なんとなくリックの部屋みたいな感じに整理して、得意そうに机の向こうに座っている。

「大人げないなぁ……」

がっかりしたような芝居で、穏やかな口調で言う。こいつは、声はいい。悔しいが、それは認めざるを得ない。

「なにが」

俺の声は、ちょっとかすれている。まぁ、緊張の然らしむるところだ。今までの経緯を考えると、なにが起きても不思議じゃない。もちろん、俺がそう考えて警戒している、というのは桜庭も知っている。

そして、最も大切なことは、俺が、業界とは無関係なシロウトだ、ということだ。これはついつい忘れがちなことだが、最も基本的な、重要なことだ。(基本を、忘れないでね)と、俺は桜庭にお願いしたかった。さっきから、背骨の上を、汗がつぅっ……つぅっ……と一滴一滴、滑って行く。

「いい年をしてさぁ……女子高生を蹴ったりして」

「見てたのか?」

ざっと見回したところ、モニターらしきものは見当たらない。だが、向こう側の壁が、なにやら作りつけのキャビネットのように、ドアが仕切ってあって、取っ手がいくつもある。あれらを引っ張ると、ドアが開いて、奥にモニターがズラリと並んでいる、ということとなんだろう。……熱がこもりそうだな。まぁ、そのあたりは、換気などにも気を使っているんだろう。

「そりゃもちろん。……どうした? 欲求不満か? それとも、男性更年期か?」

「ま、いろいろとな」

「フッ」

桜庭は肩を揺らして、一息、笑った。それから、俺の左右を見る。俺の左右に立っていた族上がりのゴリラ共が、慌てて、「フッ」「フッ」と笑う。お疲れさん。

俺はアクビをした。

あまりカッコよくはない。『ミンボーの女』で、逮捕連行される伊東四朗が、虚勢を張ってした、あのアクビと同じだ。

……そういえば、あの映画を作った後、監督の伊丹十三はヤクザに顔を切られたんだったなぁ……いや、それを言うなら、あの監督、飛び降り自殺したっけなぁ……いやなことを思い出したなぁ……つくづく、……不吉だ。

「桐原さんは、元気か？」

桐原ってのは、俺の知り合いで、橘連合菊志会桐原組の組長だ。北栄会と橘連合は、今はとりあえず揉めてはいないが、過去には激しい抗争を繰り返した間柄だ。で、今は、圧倒的に北栄会花岡組の方が、勢力はある。

「元気だろ、きっと。最近は会ってないけどな」

「相田さんは、どうなんだろ」

相田は、桐原の右腕だった。……いや、今でも右腕だ。だが、数年前、体の調子がおかしくなって、今は寝た切りだ。脊髄小脳変性症、という特定疾患……つまり、難病だ。

「相変わらずらしいよ。去年の暮れに、一度会ったんだ。相田のベッドの周りで、桐原組の内輪の忘年会があってな。その時は、楽しそうにしてたぞ」

「うん……」

深刻な表情で頷く。

「気の毒になぁ……」

芝居なのかどうか、はっきりしない。

「桐原さんに会ったら、伝えてくれ。なにか、できることがあったら、手伝うからってな」

そんなことを伝えたら、俺が殺されちまう。今、桐原は相田のことで、とてもナーバスになっているのだ。だが、とにかく、俺は適当に頷いて見せた。

「で……」

芝居がかった仕種で、両手を頭の後ろに組んで、椅子の背にもたれる。

「なんの用だ？　なんでわざわざ、ここに来た？」

「だって、お前……」

「ん？」

「俺は、クラフトワークが好きだから」

「……なるほど」

「あんたは、YMOって感じだな」

「……それは？　からかってるのか？」

「からかっちゃいないよ。ただ、からかわれたのかな、という疑問を持つのは正しいことだ」

「ん？」

「つまり、音楽に関して、全く無知じゃない、ということを、なんとなく漂わせることに成功したんだよ。あんたは、今」

「……」

バカにされているのかどうか、考え込んでいる。こういう時、声がいいと、よけいバカに見えるから、不思議なもんだ。

「言っていることが、よくわからないが……」

「わからなくてもいい。あの時代の話さ。クラフトワークって名前が出てきたらな、それにはブライアン・イーノで応酬するんだ。覚えておけよ、ブライアン・イーノだ。で、それでも相手がたじろがなかったら、ホルガー・チューカイか小泉文夫だ。これでもう、あんたは無敵だ」

「……俺を、怒らせるつもりか？」

声がいいので、本当に間抜けに見える。

俺は、思わず笑った。

「違うって。ひとつの型を教えたんだよ。やり方によっちゃ、結構使えるんだ。『左内受け、右正拳中段突き三連発』、みたいなもん……」

桜庭が咳払いをすると、俺の後ろ、左右両側に立っていた族上がりのゴリラコンビが、少し、俺の方に近寄った。

「腹は、大丈夫か？」

「なんの話？」

「刺されたんだろ？」

「何年前の話をしてるんだ」

「無事で、なによりだった」

「……まぁな。刺したやつは無事じゃなかったみたいだけどな」

「……可哀相にな。……母親は、今、入院してるとよ」

「加賀埜なんとかが？」

「ああ。全然テレビに出て来ないだろ？」

「いや……俺、そもそもあまりテレビ見ないから」

「……ま、出てないんだよ」

「なるほど、なるほど」

「で……」

「あの時、現場にいたのは、さっきのあの女か？」

「ん？」

「女ってぇか、高校ズベってぇか」

「……」

「加賀埜の息子に、『こいつ殺して』と言った時の声、なんとなく耳に残ってるんだけどな、あのズベだったような気がするんだがな」

「違うだろ、きっと。……俺はよく知らないけど。……でも、もしもそうだったら、どうする？」

「別に。気になってることがひとつ、はっきりわかった、というだけのことだ。大した問題じゃない。どっちにしろ、長生きできない女だろ」

「あんたは……どうだった？　腹を刺された時」

「大したこと、なかったな」

桜庭は急に笑い出した。

「ハッハハハハハハ！　ああ、そうだったな。脂肪が切れただけだってな。脂で滑ったんだってな、ハァッハハハハハ！」

笑い声も、渋くて、いい。だから、よけいバカに見える。

「ま、ハハハ、せっかく命拾いしたんだから、ハハハ、大事にしろよ。……刺されりゃ、痛ぇぞ。腹ん中にな、刃物が、スッと入ったな、ってのは、はっきりわかるんだ。その瞬間は、痛くない。……風圧、みたいなものを感じるんだな。ドスン、て感じで。でも、痛みはない。でも、腹ん中が、冷たぁ～くなってよ、ああ、刃物が入ってる、とわかるんだ」

「いい経験したな。頑張れば、いい詩が書けるぞ、きっと」

「……あんたは、ホントに、厄介でな」

「そうだよ」

フン、と鼻で笑って、しばらく俺を見つめた。

「どうも、相性が悪いんだな」

「お互い様だ」

「……あっさりイかせちまえばいいのに、と自分でも思ってるんだよ」

「あんたがどう思おうと、俺の人生とは無関係だから」

「そんなことはないさ。俺が、あんたを埋めたら、それで、あんたは終わりだろ？」

ちょっと考えた。まぁ、確かにその通りではある。そうだそうだ、と頷いてやった。

「な？　その方が、ずっと簡単なんだけどな」

俺は、とりあえず、そうだそうだ、と頷いてやった。怯えていることは絶対に悟られまい、と頑張ったが、なに、もうバレバレだったろう。

「なんでかなぁ……実際、相性が悪いんだ」

桜庭が、また繰り返す。

ここで、桜庭が言っている「相性が悪い」ということの意味が、初めてわかった。殺すに殺せない、と言いたいわけだ。今までの因縁の中で、俺は二度ほど、桜庭に命を狙われた。その度に、俺は助かり、その後の成り行きで、桜庭の方に、大きなダメージが残った。そんなことが二回続いたので、縁起を担いでいるらしい。ヤクザ者《もん》には、占いや迷信を気にするやつが結構、いる。

要するに、桜庭が気にしているのは、今ここで俺を殺したとして、その死体を捨てに行く時に、全然関係ない、よその事件の検問に引っかかって、死体が発見されて検挙される、とか、埋める時に、仲間の誰かが熊に食い殺される（もしかすると、それは桜庭本人かもしれない！）、とか、俺を殺した翌日から、なぜか頭痛に苦しむようになり、結局心筋梗塞で死ぬ、とか、そんなようなことだ。今まで、結構幸運に恵まれて、のし上がってきた男だから、「巡り合わせ」には、妙に敏感な面があるらしい。と、これは桐原も言っていたことだが。

「あのな」

ちょっと前屈みになって、桜庭が声を心持ち、ひそめる。腹を割って話そう、というジェスチャーだ。

「なんだ？」

「……祭りがな」

「祭り？」

「ああ。祭りが、ひとつ、弾けそうなんだ」

「なに？　ドンパチか？」

「いや。そんなんじゃねぇ。みんなが喜ぶ、景気のいい祭りだ」

なんだろう。

「で、……頼みがあるんだが」

「なんだ？」

どうかしたらしい。俺が、桜庭の頼みを聞くはずがないのに。ヤキが回ったか？

「大人しくしててくれ」

「ん？」

「悪いことは言わない。祭りを壊さないでくれ。大人しくしててくれ」

「わかんねぇなぁ……」

「わかんなきゃ、それが一番いい。大人しくしてりゃ、みんな、平和で安泰だ」

「……」

「わかったか？」

「いや」

「そうか。わからなくても、いい。帰れ」

桜庭が右手をひらり、と動かすと、俺は両側から肩をつかまれて、自動的に立ち上がっていた。

「頼んだぞ。大人しくしててくれ」

「だから、なんのことだか、わからねぇんだ、つってんだろうよ」

「なによりだ」

27

そのまま、やんわりと出口まで連れて行かれて、丁寧に送り出された。

「それでは、今後とも、よろしくお願いします」

族上がりのゴリラが、並んで最敬礼をする。俺はうんざりして、そのまま歩み去った。

普通は、国政選挙のことを言う場合が多い。特に、衆院選挙だ。あとは、北一銀行が破綻した時も、連中は「祭りだ」と嬉しそうに騒いでいた。……だが、さっきの桜庭の口調は、もう少し珍しく、ちょいと小ぶりな、なにか、という感じだった。

「なんだ？」

思わず、口に出して呟いてしまった。

〈祭り〉か。なんだろう。

歳だな。

ま、グズグズ考えてもしょうがないだろう。悪いことじゃないようだ。もしかすると、居残正一郎に関係あることかもしれない。……だとすると、悪いことしか思い浮かばないな。たとえば、道庁や道警の幹部どもは、花岡組を使って、居残の正体探しをひっそりと、でも大々的に展開しているらしいからな。で、連中が、居残の正体をつかんだ、と思い込んで、全然違う、的外れの人間を、大仕掛けなからくりの中で抹殺する、とか……。不吉だな。いや、全然違う人間を、ということじゃなくて、結構、イイ線にまで迫っている、ということも考えられるだろう。篠原とか、松尾とか、……あと、メンバーは誰か知らないが、そんなのとか、……あれ？　俺のことか？　俺がバレてる？　だから、今はやられなかったわけ？で、後でゆっくり、とか？

……まさか。

そうそうあっさりと、身元が割れたりしないだろう。松尾や篠原が、あんなにマジになって、居残の正体を隠す配慮をしていたのに。……あの写真がまずかったかなぁ……。いくらサングラスに、マスクでも、……知ってる奴が見たら、わかるんだろうか。……それとも、ほかになにか……

俺は、鴨鴨川沿いの、人通りのない柳の並木道を、あれこれ忙しく考えながら俯いて早足で歩いていた。

前から、急ぎ足の男が近付いて来ているのはわかっていた。ぶつかりそうになるのを際どくよけながらすれ違おう、としたのだが、不意にそいつが腕を伸ばして、俺の右肩をキメようとした。

咄嗟に、左足を軸に、右腕を相手から抜きながら、体を回したが、そいつの方が素早かった。完全に落ち着き払った動きで、とても俺の敵うような相手ではなかった。左手を右肩に回して、必死で防いだが、相手の左腕が、まるで東宝怪獣映画の巨大ダコの手のように、素早く、しつこく首と肩の間に絡みついてくる。やられる。はっきり、そうわかった。足を絡めようと、右足を動かしたが、いつの間にか動かなくなっている。押さえ込まれたまま、右の脇腹が、ガラ空きになった。

（来る！）

俺は、心の中で絶叫した。なぜ心の中かと言えば、喉はすでに押さえ込まれていて、呼吸が止まっていたからだ。相手の左が、グン、とタメを作るのが感じられた。どうしようもない。

短い声が聞こえた。次の瞬間、右脇に、鋭い痛みが走る。

スーツの上から、思いっ切り、つねられた。

「てめぇは！」

高田の声が、喚いた。

「少しは懲りろ、このバカヤロウ！」

突然、喉がすっと開き、肺に空気が流れ込んできた。

俺は、激しく噎せた。咳き込んだ。

「バカヤロウ、これくらいで済んで、有り難く思えよ」

俺は、咳が止まらない。ゲェゲェゲハゲハ、なにを喋る余裕もない。

「おい、一時間連絡がなかったら、〈アルス〉に助けに来てくれ、と言ってたのは誰だ？」

……忘れていた。

「俺だ。悪かった」

やっと、これだけ、言えた。

「いいか、よく聞けよ」

「悪かった」

「もう、二度と、お前には協力しないからな」

「悪かった」

「で、お前、女の趣味が、変わったのか？」

「ん？」

「今、お前の部屋で、女子高生が待ってるぞ」

「なにぃ？」

「高校生だな、ありゃ。中学生じゃない」

「大柄の、なんだか鈍重な感じの、ズベか？」

「いや。……お前、そんなに間口が広いのか？」

「どういうこと？」

「どっちかってぇと、……可愛らしい、小柄な女の子だぞ。素直ないい子、という感じだがな。よほど疲れてるみたいだったぞ」

「なに？」

よくわからない。

「寝顔が可愛くてな。……冗談だよ」

「……」

「とにかく、急いで部屋に帰れよ」

「……お前は？」

ジャンパーのポケットからケータイを出し、時間を見る。

「これから店に戻って、最後の一踏ん張りだ。俺とすれ違いに団体が入ったんでな。新しいバイトの子が、てんてこ舞いしてるはずだ」

「さっきの子、戻って来たのか？」

「なんだかな。思ったよりも根性あるみたいで。屋上で、さんざん泣いて、『また、お願いします』ってな」

「なるほど」

「団体をこなして、で、二時からまた放送だ」

俺たちは、いつの間にか、肩を並べて歩いていた。俺の部屋のあるビル、そして高田の店のある〈カタノビルA館〉は、同じ方角だ。

「で、なんだ、その女子高生ってのは」

俺が尋ねると、おう、そうそう、と意気込んで話し始める。

「一応、お前の部屋に寄ってみたんだよ。いや、なにしろ相手がお前だからな。無事生還したのに、電話するのを忘れている、という可能性もあるだろ」

そんなに俺はバカじゃない、と言おうとして、事実その通りだったことを思い出した。

「わるかったな、ホントに」

「で、お前の部屋に行ったら、ドアの前に、女の子が立っててさ」

「どんな？」

「素直そうな、可愛らしい子だったぞ」

「……」

「制服は着てなかったけど、ありゃ女子高生だろうな、多分。ピアスそのほかはなし、髪は黒、爪も、大人しかったぞ」

「……きっと、オカマと暮らしてる女だ」

「あ、それでお洒落なんだ。なるほど。センスがいいな、と思ったんだ。それでか。女子高生にしては、可愛かったよ」

俺は思わず溜息をついた。勝呂麗奈が、なぜ。

その時、麗奈のいる情景が、パタパタパタっと、まるで走馬燈か、スライド・ショーのようにフラッシュしたので、俺はうろたえた。

「で、部屋に入れたのか？」

「いや、だってお前、あの部屋は……あのビルは、まぁ、可愛らしい女の子が立っているのにふさわしい通路じゃないだろう？　なにが起こるかわからないし」

確かに隣の部屋は、フィリピンおかまたちの寮だし、その隣は、バスターズの連中の簡易宿泊所みたいになっている。だから、そんなところに麗奈が当てもなく立っている、というのは確かに危険だが。……それは確かにそうだけど。

「別に、俺が中に入れたわけじゃない」

高田が言う。

「そうか？」

「俺はただ、あのおじさんは、鍵をかけないから、中に入って待ってたら？　と提案しただけだ」

「……」

俺の部屋には、盗まれて困るようなものは置いていない。本もレコードも、そこらでいくらでも売ってるものだし、服も、……服はちょっと困るが、それくらいだ。現金もそんなに落ちてないし、貴金属の類はない。ファックスやパソコンは、誰も見向きもしないほどの旧式だし。

なにしろOSはウィンドウズ95で、終了すると、カタカタ動いた後で、〈コンピュータの電源を切る準備ができました〉という文字が浮かび上がり、その後、自分で、つまり俺が自分で、電源スイッチを切らないと、電源が切れない、というほどの旧式なのだ。

だからつまり、部屋に鍵をかける必要がない、ということだ。ただ、自分が部屋にいる時は、誰かに襲われたら困るから、ちゃんと鍵はかけている。

「すると、その子は、『はい、わかりました』と答えて、ニッコリ笑って、お前の部屋に消えて行ったよ」

「……」

「部屋は、相変わらず汚いまんまか？」

俺は、ちょっと言葉に詰まった。

「……それがな。実は、そうでもない」

「ほう」

「週に一度、ダスキン・メリー・メイドに掃除してもらってる」

「ほう……それは、歳を取った、ということか？」

「誰が？」

「お前が」

「なんで？」

「なんとなく。……汚い部屋で平気で生きていく元気がなくなった、というか」

「恥ずかしくないぞ、別に。シャーロック・ホームズだって、ハドソン夫人に掃除をしてもらってたんだ」

「じゃ、お前はアレか、日本武尊が女装をしてクマソを討ったから、自分が女装をしても恥ずかしくないぞ、と。そういうわけか？」

「……ええと……なんか、ゴチャゴチャしてきたぞ」

「悪かったな」

俺のビルの前に着いた。

「じゃ、とにかく。俺はゆっくりもしていられない。経営者ってのはハードなんだぞ」

一人前のことを言う。

「わかってるだろうけど、充分、気を確かに持ってな」

「なんの話だ」

「俺、よくわかんないけど、お前、松尾たちと、なにかコチャコチャやってんだろ」

「……なんで知ってる？」

「それくらい、なんとなくわかるさ。で、それは、なにかこう……スキを見せるわけにはいかないことなんだろ？」

「……まぁ、そうだな」

「じゃ、充分に気を付けろ。なにがどうなるかわからないけど、女子高生と一発やって、それで人生破滅したやつは、いくらでも俺は知ってる」

「俺には、その心配はないよ」

「わからないぞ。人間、魔が差す、ということもあるからな。そういう例も俺は知ってる。気を付けるに越したことはないぞ」

「わかった。肝に銘じておく」

＊

店に戻る高田の後ろ姿を見送ってから、俺はエレベーターに乗った。麗奈がいるんだろうか。なんの用で？　そういえば、この前、なんの用でこのビルの前に来たのか、それもはっきり聞かなかったな。

避難してきたのか？

ドアの前に立った。通路はひっそりとしている。このフロアの連中は、この時間、たいがい仕事に出ていて留守だ。モーターの回る低い音が響いている。これは、俺の隣の部屋の、フィリピンおかまの部屋のおばちゃんが、みんなが出勤している間に、まとめて洗濯をしている音だ。なにしろ、2DKの部屋に、どうやって寝ているのか、おそらく十人以上のオカマが住んでいるのだ。洗濯物の量は膨大だろう。それに、ステージ衣装はススキノ市場のクリーニング屋に出すとして、客席で着る私服も毎日洗わなきゃならないしな。

で。さて、と。只今、だ。

ドアのノブを握り、回す。引く。ガツン、と音がして、開かない。鍵がかかっている。えらいことに気付いた。鍵を持っていない。必要がないからな。ええと……

「あ、はい！　はい！　オジサン？」

麗奈の声だ。ガチャン、と音がして、ドアが開く。麗奈が目の前に、いた。俺を見て、にっこり、笑う。

「ああ」

と声を漏らし、それから「お帰りなさい」とおどけた口調で言う。

「どうしたんだ？」

「あまり驚かないね」

「友だちが、教えてくれたからな」

「ああ、あの人。おっきい人でしょ？」

「そうだ」

「DJの。かっこいい！」

なぁにぃ？　あいつがかっこいいのか。世も末だな。

「で、なにがあった？」

ちょっとすねたような顔になる。

「なにがあった、ってそんな風に、おっかない顔、しないでよぉ……」

表情が、ころころ変わる。雰囲気がけたたましい。マトモな状態じゃないようだ。

「おっかなかったか。それは悪かった。謝る」

「いいよ」

「……ちょっと、落ち着こうな。このビルの一階に、二十四時間喫茶があるから、そこで少し話をしよう」

「なんで？　この部屋じゃ、だめ？」

「男と女はな、普通は、二人っきりにはならないもんなんだ」

「えぇ？　そんなの、ヘン！」

「本当は、そういうもんなんだ」

「エッチの可能性があるから？」

「……俺は、その言い方は嫌いだけどな」

「なにが？」

「その……〈エッチ〉てのが、だ。別に、エッチなことじゃないだろう」

「ええぇ！　エッチじゃないって、それ、弁解？　言い訳？」

「やめろ。話がおかしくなる。とにかく、下に行くぞ」

「あたし、あんまり寝てないの。……だから、クタクタで。……ベッドで、少し、眠りたい」

「なおさらダメだ。とにかく、下に行こう」

「面倒臭ぁい……」

スニーカーをつっかけて、のたのた出て来る。眠たそうだ。実際、眠いだろう。もうそろそろ高田の放送が始まる時間だ。……まだ少し早いか。

「眠たいよぉ……」

わざとらしく、目をつぶって、俺の手にすがって歩く。

「しゃっきりしろよ。酔っ払ってんのか？」

それにしては酒の匂いはしない。

ん？

「君、まさか……」

「クスリなんか、やってないよぉ。そんなバカじゃない」

「どうだかな」

「ひどいぃ！　ただ、眠たいだけだよぉ」

「眠たいんなら、寝りゃいいんだ。一番簡単だ」

その途端、俺にしがみつく。ギュッと強く、俺に抱きつく。

「どうした？」

「眠れない……眠れないよぉ……」

俺はいい加減、こんな、十年前の日本の低予算の生温いシナリオの若いだけの監督の貧乏臭い青春の、そんなどうしようもないクズ映画の演出みたいな場面は、ゲップが出るんだが。

麗奈は、どうも自分に酔っている。

「そうかそうか。眠れないか。可哀相にな」

「ひどいよぉ……」

「ひどいったって、俺にはどうしようもないさ」

エレベーターが来た。

「俺は、君の代わりに眠ることもできないし、君の代わりにメシを食うこともできないんだ。眠たいなら、眠ればいい。腹が減ったら、食えばいい。他人には、そこらへんのことは、どうしようもないことだ」

「……そういうことじゃない……」

エレベーターの中で、俺に寄りかかって、「全然眠れないもん……」と呟いている。ほかに人間がいなくて、本当によかった。下手すると、未成年略取かなにかの疑いで逮捕されても不思議じゃない。

一階の喫茶店、〈モンデ〉との付き合いも長い。顔馴染みのウェイトレスは、俺が女子高生風の娘を連れて入ったので、驚いて見ている。俺は、窓から一番離れたブースを選んで座った。

「いらっしゃい」

「俺は、スーパー・ニッカのストレートを、十二オンスタンブラーにいっぱい。それと、クロック・ムッシュ」

「はい」

「この子には、ココア、だな。ココアでいいな？」

「いいよ」

「娘さん？」

「違うよ」

目を細めて、俺をじっと見る。

「……なんだよ、その目は」

「……五十近くなると、好みって、変わるもん？　いろいろと。若さを求めるとか」

「そんな歳じゃないよ、まだ」

ゆっくりと首を横に振りつつ、麗奈から目を離さない。

「なんか、困ってるんだそうだ。で、話を聞くんだ」

「あらまぁ……」

全く信じていない。

「警察呼んだっていいぞ。俺には別に、なんの疚しいところもない」

「警察も、最近はねぇ……」

「とにかく、放っといてくれ」

「はいはい」

向こうに行く。

「ムカつくババァ」

麗奈が吐き捨てる。

「そんなことを言っちゃダメだ。君のことを心配してくれたんだから」

「大きな御世話！」

「とにかく、君が今、ここにいるってこと……俺と一緒にここにいる、ってことはだな、これだけの事件なわけだ。だから、まず、家に帰って……」

「帰るとこ、ないもん」

不意に、愛しさがこみ上げた。同情というか、憐憫というか。この娘は、今、本当に行くところがないらしい。

「そうか……でも、どこかには、あるだろ」

「ウチの実家は見たしょ……」

「ああ。……まぁ、あそこには帰らなくてもいい、とは思うが」

「……サンドラのところ、追い出されちゃった」

「ん？　なんでまた」

「だって……」

「仲良しじゃないか。見ていても、俺も、ああ、いいカップルだな、と思ったよ」

そう言ったとたん、麗奈は泣き出した。うう、と少し声を漏らす。ウェイトレスが、ちょっとこっちを見て、眉をひそめ、首を傾げた。俺は、イタリア人になったつもりで、両手を開き、天井を見上げた。

（マンマ・ミーア！）

古いね、どうも。

「なんで、森野……サンドラに、追い出されたんだ？」

「あの人の考えに、反対したから」

「どんな考え？」

「……おじさん、私のこと、どれだけ知ってる？」

「……どれだけって……ほとんど、知らないさ。ついこの前、会ったばかりだし、そんなに話をしたこともないし」

「……私のこと、知りたい？」

「ん？　知りたいか、と聞かれると、それは……知りたいね」

「じゃ、いろんな話をしようよ」

なんだかピンとこないが、とにかくこうして喋っている間は、麗奈は落ち着くらしい。泣き止んで、涙をこすりながら、あれこれ喋る。女は本当に喋るのが好きだな。

「真麻さんが、おじさんのこと、信用できる人だって、言ってた」

「……まぁな。真麻からは金を借りたことないしな」

「借金、あるの？」

「ないよ」

「よかった」

なんの話だ。

「……私のこと好きな人、この宇宙のどこにも、いないよ」

「そんなことはないだろう」

「そうだもん！」

「……少なくとも、俺は好きだよ。君のことが」

「口先だけ！」

「そんなこと、ないって。俺のほかにも、いくらでもいるさ、君のことが好きな人は」

突然、麗奈は黙った。しっかり閉じた唇が、プッと揺れて、〈へ〉の字になる。鼻を啜って、また泣き出した。

「泣くなよ。君が好きな人はいくらでも……」

「お父さんに、会いたい」

俺は黙るしかなかった。麗奈の父親はどうなったのか、死んだのか、離婚したのか、失踪したのか、そのあたりのことを知らない。だから、うかつなことは言えない。

「そうかぁ……」

そこに、ウェイトレスが酒とクロック・ムッシュとココアを持って来た。

「お待たせしました」

ツンケンしてる。参るなぁ。

「ケーキ、食べるか？」

尋ねると、麗奈は泣きながら、目を輝かせて、微笑んで、頷いて、また泣いた。

「ケーキをひとつ、頼む」

「ココアだと、ケーキセットにならないけど、いい？」

「ケーキセット？」

「ああ、いい、いい。ＯＫ。ＯＫ。要するに、別々に、単品でいいのね」

なんだかよくわからないが、もちろん、それでいい。

「いいよ」

俺が言うと、フン、と鼻を鳴らして、向こうに消えた。

「……俺はね、具体的には、君のことをよく知らないけどね、……こう、俺が知っておいた方がいいこと……っていうか、俺に知ってもらいたい、ということはどんなことだ？」

「あの、ちょっと」

ウェイトレスの声だ。

「ん？」

「ケーキ、こん中から、選んで」

ガラスの、円形のケースを持っている。麗奈に見せている。話の途中だ、邪魔だ、向こうに行け、適当に持って来い、と言おうとしたが、麗奈が楽しそうにケーキを見つめて、あれかこれか、と思案しているらしいので、口を閉じた。

麗奈は、じっくり眺め、じっくり考えている。ウェイトレスも、別に急かすでもなく、苛立つでもなく、全く落ち着いて、麗奈の選択を待っている。両者の間には、男が口をはさむ余裕はなかった。ふたりの女が、〈ケーキ〉という魔法の言葉で、強く結び合っている瞬間だった。俺にはさっぱり理解できない世界だ。

あれこれ迷って、結局麗奈はミルフィーユにした。あまり時間がかかるので、「好きなだけ食べていいよ。一個でも二個でも六個でも」と言ったのだが、あっさり無視された。ケーキを選んで、麗奈の涙は収まったらしい。このあたりの仕組みも、よくわからない。ウェイトレスは、ケースの中からミルフィーユを一切れ、皿に取り分けると、麗奈の前に置いて、向こうに消える。

麗奈が一口、ケーキを食べた。にっこり笑顔になる。

「落ち着いたか？」

うん、と頷く。俺も安心して、ウィスキーを飲み、クロック・ムッシュをかじった。

「で？　どうしたんだ？」

「あたし……行くところが、ないし……」

またその話か。しかし、実際、困るだろうな。

「サンドラの考えに反対したからだ、と言ったよな」

「うん……」

俯く麗奈の目に、また涙が溜まってきた。

人生は、本当にうまくいかないもんだな。こんな、可愛らしい、頭の良い娘が、こんなに辛い思いをするなんてな。その気になれば、いくらでも恋人が見付かりそうなのに。

「もしよかったら、それはどんなカンガエなのか、教えてくれないか？」

「それが、できないの」

「なぜ？」

「サンドラに、禁止されてるから」

「……じゃ、俺にはどうしようもないよ。そうだろ？　助けたくても、助けられないさ」

「……でも、この話は、絶対に言えない」

「なら、いいけどさ。で、俺は君に、何ができるんだ？」

「〈君〉って、呼ばないで。麗奈って呼んでよ」

「……そんなことで一々……」

「お願い。麗奈って呼んで」

「……わかった。じゃ、今度はそう呼ぶよ。で君は俺に何を……」

「名前で呼んで。それだけでいいから」

「……で、麗奈は俺に、何をして欲しいんだ？」

とたんに、麗奈の顔が明るくなった。小声で「夢が叶った」と呟いた。

「ん？　なんだって？」

「なんでもない。……うん……そうだね。……今日は、サンドラのところに、戻る」

「ああ。それがいい」

「私が、サンドラのことを思って言ってるってことは、わかってくれてる、と思うんだ」

「わかってるさ、きっと」

俺は、今ならどんなに無責任な気休めでも言える、と思った。

「そうだよね。……それくらいの信頼関係は、ある、と思うんだ」

「あるに決まってるだろ！」

「そうだよね。……ふふふ、なんだか嬉しくなってきた」

「……」

「もう一回、サンドラと話し合ってみます」

どうも、ケーキを食べたら、いろいろな内面の問題が、とりあえずは整理されたらしい。

俺にはよくわからないが、どうもそういうことのようだった。

「ま、元気が出てなによりだ。じゃ、食べたら、送るよ」

「わぁ、やったぁ」

と喜ぶ表情は、どことなく、芝居がかっているように思えたのだが。

28

サンドラは、部屋で、麗奈のことを心配していたらしい。俺が連れ帰ると、涙を流さんばかりに喜び、抱き合って、お互いに相手の耳元で、なにかしきりに語り合っている。

「ま、これで一件落着、ということでいいんだな」

俺が言うと、ふたりの顔が密着しつつ、こっちを見て、同時に頷く。

「ごめんなさい、夜遅くに」

麗奈が言う。

「いや、別に、いいよ。気にするな。何かあったら、いつでもおいで」

「じゃあね！」

と手を振る森野に頷いて、俺は待たせてあったタクシーに、急いで戻った。

*

部屋に戻ってすぐに寝た。目が覚めたら、昼過ぎだった。腹が減っていた。一階の〈モンデ〉に降りたら、前とは別なウェイトレスが、「あらま」という表情で「ちょっとちょっと」という足取りでやって来る。

「大丈夫だった？」

「なにが」

「きのう、女子高生、連れ込んでたって話だから」

「そんなんじゃないんだよ。家庭がいろいろと複雑でな。居場所がないって、なんだか悩み事があるような感じでさ」

「悩みって、これ？」

と親指を立てて見せる。

まぁ、そういうことなんだろうな。オカマだけどな。

「まぁ、ありふれた話だけどな」

「あんた、気を付けた方がいいよ。……最近の女子高生は、なかなか油断できないよ」

「だから、そんなんじゃないんだって」

「どうだかね！」

この頃は、各所で風当たりが強いな。歳のせいか？

スーパー・ニッカのストレートをダブルで頼み、まぁまぁ食えないことはないカツカレーを朝飯にして、部屋に戻った。シャワーを浴びて、薄いグレーのスーツを着た。もちろん、ロング・ターン、サイド・ベンツだ。グレーの淡い感じが、夏っぽくてなかなかいい。まぁ、夏になれば、五着まとめて作った白麻のスーツを着るのだが、まだ少し早い。このスーツは、今しか着られないから、できるだけ、着てやりたい。

で、ススキノ市場でゴールデン・キウイを十個買って、タクシーに乗り、ススキノの向こう端にある、ハッピービルに向かった。

＊

ハッピービルは、桐原組組長、桐原満夫の自社ビルだ。六階建ての細長い鉛筆ビルだが、ビルはビルだ。一階が、サラ金〈マネー・ショップ・ハッピー・クレジット〉で、二階が部屋住みの連中の当番部屋と寮、三階が事務所、四階の半分が会議室、五階六階が桐原のプライベートだ。で、四階の半分で、相田が寝ている。難病で、体が動かなくなって、久しい。体が動かないが、意識はしっかりしているらしい。ちゃんと喋ることができないので、起きている間は、目を開けて、そこらを見たりしているだけで、なにも言わない。なにを言っているのか、わからないのだ。だから聞き返す。すると、当然だが、面白くないらしい。黙り込んでしまう。そして今はほとんど何も喋らなくなった。ただ、桐原だけは、相田が言っていることを理解できるらしい。ふたりは、よく話をしている。

サラ金の店舗は避けて、裏手に回った。カメラが設置されているドアがある。そのインターフォンを押して、カメラに手を振る。すぐにプッと音がして、ロックが外れた。中に入ると、小さなエレベーターがある。それに乗って、四階で降りた。右手のドアが、相田の寝ている部屋だ。ドアを開けて、ブッチョが出て来た。

「おう」

「お疲れさんです」

丁寧に頭を下げる。

「桐原は？」

「ちょっと、出てます。でも、一時間もしないうちに、戻る予定です」

「そうか。相田の見舞いに来た」

「へ。どうぞ」

相田は、いつも通り、ベッドに横になっていた。首も動かせないので、こっちから動いて、彼の視野の中に入る。俺を見て、にっこり笑ってくれた。ブッチョが、ベッドの脇のボタンを押して、相田の上半身を起こしてくれた。俺は、ゴールデン・キウイを見せた。

「この前、うまいって言ってただろ？　だから、また買って来た」

相田の目が、ちょっと細くなって、笑っているのがわかった。まぶた以外はほとんど動かず、表情のないお面のように見えるのだが、実は、彼の中では、様々な感情が渦を巻いているのだった。

「切ったら、食うか？」

俺は目を見つめた。「食う」という表情に思えた。顎を動かしているのは、頷いているのだろう、と思えた。ブッチョを見ると、「へ」と頷いて、ナイフを取りに行った。

＊

相田とブッチョと俺の三人で、キウイをあらかた食い尽くした。ブッチョが皮を片付けてから、俺に濡れたタオルをくれた。自分は、同じく濡れタオルで、相田の口の周りを拭く。

そこに、桐原が出先から帰って来た。

「おう。来てたのか」

「ちょっとな」

「見舞いか。礼を言う」

「暇潰しさ」

「あとで、ちょっと上に来い」

「わかった」

桐原は身軽い足取りで、自分のスペースに続く螺旋階段を上って、消えた。

「じゃ、ちょっと行って来る」

俺も立ち上がり、螺旋階段を上った。

階段の上のドアは開いていた。そこから入ると、すでにズボンと上着を脱いだ桐原が、パンツ・シャツ姿でソファにどっかりと座っていた。

「しばらく」

「どうした？」

「……別に……相田に会いに来た」

「相変わらずだ。キウイ、持って来てくれたのか？」

「ああ」

「そう聞いたんでな」

「で、あんた、〈アルス〉に行ったってな？　昨夜《きのう》。どうした？」

「もう、知ってんのか」

「当たり前だ」

そう言いながら、手を伸ばし、サイド・テーブルのケースの缶ピースの蓋を外した。俺も思わずつられて、ピースを一本取り出して火を付けた。

「なんでまた、あんなところに行ったんだ？」

「しばらく行ってなかったし」

「ズベと一発やったって？」

「そりゃ誤解だな。まぁ、ムキになって否定しよう、とは思わないけど。俺は、あの女には指一本触ってない。……蹴ったけどな」

「そんなこったろう、とは思ったけどな。でも、みんながみんな、そう思ってるわけでもないからな。それは覚悟しとけ」

「別にいいよ、そんなこと。俺には別世界の話だ」

桐原は、俺から視線を外して、天井を見上げた。

「お前……」と気怠そうに続ける。「最近の『テンポ』、月刊誌の、あれ、読んでるか？」

「ああ、最近は読んでる」

「おもしれぇなぁ……あの、居残正一郎ってやつ」

「ああ。ありゃ面白い」

「あれはきっと、ひとりじゃないぞ。相当大掛かりなチームで取材してるはずだ」

「だろうな」

「どっかで引っかかってこないかなぁ」

「なんで？」

「もっといろいろ、面白い話を聞かせてやれるのによ」

「ああ、なるほどな」

「しかし、本当に連中、よく知ってる。あれはな、現役警官が仲間にいるな。間違いない」

「へぇ……」

「お前、ちゃんと読んでるか？」

読んではいない、書いてるんだってのは、コナン・ドイルのギャグだったか。

「どこまでやる気かなぁ……死人が出るまでやるんだろうか」

「死人は出てるだろ？」

井川元警部の上司をはじめ、幹部警察官が何人か、自殺をしている。それに、心中死体の大久保華代も、あれはおそらく殺人だが、とにかく「死人」には変わりない。

「いや、そうじゃなくてよ。警官の死体じゃなくて、民間人の死体さ」

なんだろう。……これも、もしかすると、やんわりとした、警戒の助言か？　まさか。少なくとも、桐原は、俺が居残の仲間だ、などとは想像もしていないはずだ。だから、こんなに素直に面白がっているんだろう。

「ところで、きのう、〈アルス〉で桜庭と会ってな……」

「おう、聞いてる。元気そうだったか？」

「なんとかな。で、その時に、別れ際に、祭りがあるから、大人しくしててくれ、と言われたんだけど、この場合の〈祭り〉ってのは、なんだ？」

桐原が、顔を歪めた。

「ほう。なにか知ってるのか？」

「……そんなことにはお前、首を突っ込まない方がいいぞ」

「なんなの？」

「いくら金儲けにしても……やり方はあるだろ、いろいろと」

「……なんの話？」

「俺は、こう……どうも、口にするのもイヤなんだよな」

「ん？」

桐原にしては珍しい態度だ。本当に、厭がっている。なんのかんの言っても、金になることなら、相当のことにも目をつぶる男なのだが。

「……いくら……人脈を広げる、とか、ノウハウを調べるとか言ってもよぉ……限度ってものがあるだろうよ」

「……はっきり教えてくれよ」

「だってよ……なぁ、人脈を広げて、ノウハウをいろいろと調べて。で、その結果、どうなった？　俺らはいつの間にか、ロシア人と、中国人と、韓国人のパシリになっちまったじゃねぇか。俺らにできることは、せいぜいパキスタン人を小突き回して憂さ晴らしするくらいのことしか残ってねぇ」

「……そうなの？」

「ああ、クソ！」

サイド・テーブルに置いてあった、クリスタルの大きなライター（デザインは、ジャガーのエンブレムだ）を、いきなり壁に投げつけた。壊れはしなかったろう。だが、派手な音がした。カンカン、と螺旋階段を駆け上ってくる音がして、ブッチョが飛び込んで来た。

「社長！……大丈夫すか？」

「いいよ。気にすんな」

「へ」

戻って行く。

「なにがあったんだ？」

「なんでもねぇよ。……今度はトルコ人と付き合え、とよ。どいつもこいつも！」

「……」

俺は天井を見上げた。きらびやかなシャンデリアが下がっている。結局、桐原は、シャンデリアを吊す、という欲望に勝てなかったのだ。負けてしまったのだ。その結果、またしても、高級ソープの待合室のような部屋になってしまった。これで四度目の失敗だ。

「ううう」

桐原が、歯の痛みを堪えているような呻り声を漏らす。

「なんなんだよ。教えてくれよ。気になって、しょうがないよ」

「……要するに、……つまりな、七月の末に、ススキノで、キョセーショーをやるってんだな」

「なに？」

「お前、想像つくか？　キョセーショーだぞ」

「ごめん、わからない。なんだ、そのキョセーショーって？」

「キョセー、キョセー。キョセーだよ」

と言いながら、左手で自分のチンチンをつまんで、右手でギコギコと切る仕種をする。

「ええ！　去勢か？」

「そうだ。その去勢だ」

「ええと……ええと、……具体的には、どういうことだ？」

「モロッコとかな、イスタンブールとかじゃ、名物なんだとよ。戦前……一九三〇年代には、ベルリンやウィーンでも人気があったってんだがな」

「なにが？　去勢ショーが？」

「そうだ。俺は全然知らなかった」

「普通、知らないだろ。俺だって初耳だ」

「ヨーロッパや、アラブにはな、熱心なファンがいるんだそうだ」

「……」

俺は、頭の中がゴチャゴチャしてきた。この時はまだ、ことの本質が見えてはいなかった。

「バブルの頃は、六本木なんかでも、年に何度か、開催されてたらしいんだがな」

「……」

「最近は、どうも締め付けが厳しいらしい」

「……」

「その点、道警なら、本部長や、各部の部長クラスに合計で二千万くらいバラ撒けば、なんとかなるんだそうだ」

「ナメられたもんだな」

「ってなわけで、今夏、ススキノで実現します、と。こういうことなんだな」

「……ほんとか？」

「イヤな世の中だな。……ヨーロッパや、アラブから、ツアー客が来るらしい。こういうの専門の旅行会社があってな。もちろん、マフィアだぞ。世界各地の。俺らもついついビビっちまうような連中だ」

「……誰が、やられんの？」

「チョキン、か？」

「まぁ、それが好きなやつだよ。トランスベスタイトって、わかるだろ？」

「ああ」

女装好きの男のことだ。森野みたいな。

「トランスベスタイトにも、いろいろとマニアックな好みってのがあるらしくてな。女装だけで満足ってのもいれば、手術でそっくり取っちまって、ついでにパイオツを作っちゃうってのとかな」

「パイオツか」

「ああ」

「古いな」

「そりゃそうだ。……ボイン、よりは新しいよな」

「どうだったかなぁ……」

「ま、どっちもジャズの言葉だ」

「そうか？」

「そうだ。大橋巨泉が絡んでるはずだ」

「……そうだったかぁ？」

俺たちは、笑った。笑った後、沈黙が漂い、去勢ショーのことを思い出した。

「で、首まで借金にどっぷり漬かってるやつがいてな。こいつが、自分から望んで切られることになったわけだ」

「借金チャラ、でか？」

「それと、手術をきちんとしてやる、ということだ。まぁ、チョキン、のところから、みんなの前で公開して見世物にする、ということなんだな。その、手術費用もチャラにする、と。そういう条件で、見世物になるわけだ。……手術は、四回する必要があるんだが、公開するのは、その最初の一回だけ、なんだと。やっぱ、切除する、というのが一番の見どころらしい。だから、残りの三回は、ちゃんと麻酔をするんだそうだ」

「……え？」

「……なぁ……考えただけでも……」

「麻酔？」

「そうだ」

「じゃ、その、最初の、見世物の……」

「そうなんだ。麻酔なし、で切るわけだ」

「……ほんとか？」

俺は、初めて、本当の恐ろしさに思い至った。

「それがお前、一番の見どころだ、と。トルコ人がそう言うんだから、俺はもう、頭抱えちまった」

いかん、想像するな、と俺は自分を叱りつけたが、時すでに遅く、俺はそのありさまを想像し、思わずゾクゾクッと震えてしまった。

「……これから、チケットを売り捌くわけだ」

「……どこでやるんだ？」

「ノーザン・ファーストの地下だ」

「ああ、あそこか……」

ノーザン・ファーストは、潰れそうになった北一銀行が、最後のあがきで建てたビルのひとつだ。バブルが弾けそうになった時、すでに死に体になっていた北一銀行は、グループ傘下のリース会社や、ノンバンクを経由して、ヤクザ共に融資して、ビルをどんどん建てさせた。そのおかげで、ススキノには、センスの悪いビルが乱立するようになった。それで日銭を回すことを覚えた、頭の悪い北一の経営爺さんたちは、今度は直接自分たちでビルを建てるようになった。その中のひとつが、ノーザン・ファーストで、地下には、巨大シアター・パブ〈パラダイス・シアター〉があった。だいたい、ビル名、劇場名、それを見ただけで、オヤジ臭い、センスの悪い企画だ、ということは一目瞭然なのに、銀行爺さんてのは、そこらへんが理解できないらしい。〈パラダイス・シアター〉の企画を持ち込んだのは、実は花岡組の息のかかった、華僑の詐欺師だったのだが、それにコロリと騙されて、数億むしり取られた挙げ句に、〈シアター〉自体が完成する前に、業者が撤退し、工事すら終了しないままに、廃墟になっているのだ。そして現在、ノーザン・ファーストは、トタン板の塀に囲まれている。看板によれば、管財人に就任した弁護士が管理している。

「ナガミって知ってるか？　永遠の海、と書く永海」

「いや」

「弁護士で、あのビルの管財人だ」

「ほう」

「どうした？」

「今、ちょうどそのことを考えてたんだ」

「そいつが、どうやら、そっちの方の趣味があるらしい」

「……」

「ライブで見るかどうかは、まだ検討中らしいがな。なにしろ、地元だから。面が割れてるからな。だが、とにかく場所は提供する、と」

「……」

「東京の金持ちもいっぱい来るそうだ。やっぱり、地元じゃ、なにかと気が引けるんだろう。札幌だと、その点、ちょうどいい距離感なんだろうな」

「しかし……」

「なんだ？」

「いや、……言葉にならない。……いや、いろんなことがあるのは知ってるよ。ネットにも、いろんな世界の話題が飛び交ってるさ。信じられない情報も多い。そりゃそうだ。女の子のクリトリスを切除する文化がある、とかな。サラ金の社長の中には、下賤じゃない人間もいるとかな。そりゃ、いろんなことはあるだろうけど、……現実に、そんな、……なぁ……」

「ああ……」

「……法律関係は、どうなってるんだ？　違法じゃないのか？」

「別に、誰も合法なのか違法なのか、ということは気にしちゃいないがな。でも、実際のところ、ショー自体は、全く違法性はないんだな、これが」

「……なんで？」

「全く合法らしい。せいぜい、〝ヒポクラテスの誓い〟に抵触するかな、ということらしいな」

「……」

「要するに、チンチンを切って、玉を取る手術をする、と。それだけのことだ。基本的には。ただ、麻酔をしない。ギャラリーがいる。そこが違うだけで、基本的には、女になりたい男が、手術を受けるのと同じことだ」

「……切るのは、誰だ？」

「女王様だよ。ミストレスだ」

「その点は？」

「そのミストレスは、外科医なんだな」

「……なるほど」

「たまに、外科医の中に、混じってるんだ。人間を切るのが好き、ってのがな」

「……だろうな」

「成績がよくて、頭が切れて、手先が器用で、その上に、人間を切り刻むのが好き、という人間は、外科医には打って付けだ。……そんなのがいるんだな。その女医さんは、業界では有名で、ミストレスのスターなんだそうだ。なにがあったのかは知らないが、保険医の指定は外されてて、マトモな病院では働けないらしいんだがな」

「何をやったんだろうな」

「……さぁな。……医師会は、お互いを庇い合うからな」

「……想像するのもイヤだな」

「で、とにかく、その女医さんは、医師免許は持ってる。だから、男のチンチンを切り落とすのも違法ではない。壊死した指を切り落とすのと同じだ」

「でも、麻酔なしなんだろ？」

「麻酔が発明されるまでは、手術は全部、麻酔なしだったんだぞ。覚えてないか？」

「……」

「ただ、患者に不必要な苦痛は与えない、という誓いをするんだってな。医者になる時。それが、〝ヒポクラテスの誓い〟ってんだってな」

「聞いたことはある」

「それには抵触するらしい。不必要な苦痛を与えるわけだからな。だが、本人が、それを望んでるんだから」

「……望んでるのか？」

「そうだ。夢は、拷問されて殺されることだってんだから、世の中は広いぜ」

「……」

「ただ、そのあたりで、『公序良俗に反する』ってことで、公権力が介入する、という可能性も皆無じゃないそうだがな。それはもう、運用者次第で、ということは、運用者をどれくらい接待するか、という話だから」

「なるほどな。……どんなやつなんだ、切られるのは」

「……う〜ん……そんなやつとは想像もできなかったんだがなぁ……」

「知り合いか？」

「おう。さっき、十年ぶりに会った。オリエンテーションがあってな。チケット売り捌きのノウハウとか、いろんな分担とかな。相当デカイ話だし、なにしろ俺らも初めてのことだから、いろいろと忙しいことになるようなんだ。で、業界で集まって、あれこれ打ち合わせよ」

「そこに、その……切られるやつも来てたのか」

「おう。すっかり女になってててな。言われなきゃ……いや、言われても、男だなんて信じられないぜ。……すげぇもんだ。そんな趣味があるなんて、全然知らなかったんだがな……そうだ、あんたも知ってるやつだよ」

「え？」

「森野だよ。ほら、森野組の。覚えてねぇか？」

いろんなことが、腑に落ちた。

「……ああ。覚えてるよ」

「そうか」

「……最近、会ったよ」

「へぇ。今は、〈キャメロン〉に出てるって言ってたぞ」

「……そうだってな……」

「……まぁ、森野には、一銭も入らないんだ。……ま、当然っちゃぁ当然か。今までの借金がチャラになって、夢の手術をしてもらえて、ついでに、夢の拷問までしてもらえるんだからな。借金が五千万近く、手術代が……ピンキリだがよ、五百万以下ってことはないらしい。で、夢の拷問だ。これはもう、CMじゃないけどよ、プライスレスってやつだろ。モノより思い出ってわけだ。ケケケケ！」

その笑い声は、陰惨だった。

「金をどう分けるっつー会議でな。ヨーロッパや、アラブからのツアーのアガリは、まぁカソリックの連中と、イスラムの連中に任すらしい」

「？」

「具体的に言やぁ、イタリアマフィアと、チェチェンと、モンテネグロやウクライナの連中なんだと。そん中じゃ、モンテネグロの連中は、全然統制が取れてないんで、要注意、なんだとよ。……なんでそんなもん、相手にしなきゃならねぇんだ」

「難儀な世界だな」

「全くだ。……で、香港からの客は、これはもう、向こうに任す。ススキノの俺たちの仕切りは、このエリアでのアガリの管理だ」

「いくらになるんだ？」

「概算、二十五億だってんだけどな。まぁ、ここらへんは、眉唾だ」

「……なんでそんな大金になる？」

「そりゃお前、二次使用分てのがあるんだそうだ。映像の配信、売買。専用のサイトがあってな。そこで、順次、二十回ぐらいに分けて、映像を売るわけだ」

「……本当の話なのか？」

「今一つ、どうかなって感じはあるんだが、ここまで来たら、乗らざるを得ないんだ」

「もっと真っ当なシノギがあるだろうよ」

「……なかなかな。そうも言ってられなくてよ」

「あんたも、乗るのか」

「……しゃーねーんだって。生き延びるためにはよ」

「そんなことするために、ヤクザになったのか？　俺は、ヤクザってのは職業でも、身分でもなくて、生き方の呼び名だ、と思ってたんだけどな」

「……利口ぶるのは、やめな」

「こんなことにたかってよ。小銭を稼いで……」

「小銭じゃねぇんだよ」

「金額で動くのか。もう少し、カッコイイやつだ、と思ってたけどな」

「一人前の口利くな、プータローの分際で」

「……本当に、上司がいなくてよかったよ、俺は。イヤな仕事をしないで済む」

「……黙ってろ」

「……桜庭とも、仲良く話が盛り上がったか。君と僕、一緒に儲けようねって、仲良しコンビになったのか」

「……少しは黙れよ」

「……どうなんだ。全員、そのトルコ人の靴底を舐めちまったのか？　やってられねぇ、俺は乗らねぇって、ケツまくってフケたやつなんてのはいないのか」

「……ないわけじゃないよ」

「どこだ？」

「誠忠会だ」

「ああ、あそこなぁ……」

花岡組系列だが、桜庭とはあまりうまくいっていない、という噂だ。とても小さいので、桜庭がその気になれば、すぐに捻り潰せるはずなんだが、歴史の古いテキ屋系の生き残りで、そっちの世界では、一目置かれている。だから、桜庭もそうそう簡単には潰せない。

「カッコイイじゃねぇか。さすが、って感じだな」

「あそこはちっちゃいからな。話が違う」

「……で、みんな、そのトルコ人の子分か。パシリか。今、てめぇらは、みんな福建省の連中の下働きだってな。盤渓学園から金もらって、中国人を世話してるって？　で、ひとり頭五千円もらって、喜んでるクサレ極道ってのが、あんたか」

「……少し、視野を広くして、口利いた方がいいぞ。……殺されたら、死んじまうんだぞ。知らないかもしれないけどな」

「うるせぇ、バァカ」

幼稚園児のような啖呵を切って、俺は立ち上がって、……それから、このイライラをどうしようもなくて、ちょうどいい具合に腹が張ったので、屁を一発して、「じゃぁな」と螺旋階段に向かった。

桐原は、なにも言わなかった。

29

人間は、自由だ。そりゃそうだ。基本だ。やりたきゃ、なにをやってもいいさ。他人に迷感をかけなきゃな。

そりゃそうだ。

だが、……この、嫌悪感はなんだろう。桜庭の言う〈祭り〉全体に感じる、この嫌悪感は、なんだろう。なぜ俺は、こんなに厭がっているんだろう。

……それは、なんとなく、柏木香織に対する、吐き気混じりの嫌悪感に似ているような気がした。そして、勝呂麗奈が体現している何者かに対する、強烈な否定である、と感じた。そして、それは、俺に喧嘩を売っている、ということと同義なのだ。

俺は、ハッピービルから、自分の部屋のあるビルに向かい、歩いている。足取りは重い。いろいろと、考えるべきことがある。

この数年、ススキノの空気が、徐々に悪くなってきているのは感じていた。で、その結果がこれか。

ムシャクシャする。

(何時だ?)

この頃は、街にもめっきり時計が少なくなった。俺は腕時計をする習慣がないので、時間が知りたくなったら、街の中であたりを見回す。するとたいがい、どこかに時計があるのだ。だが、この頃はあまり見当たらなくなった。いよいよ時計が見付からない時は、公衆電話から一一七に電話する。そうすると、時間がわかる。だが、最近は公衆電話も激減した。それから全ては、ケータイが普及したせいだ。どうも俺は、ケータイが好きになれない。だから、この世界も、ススキノも、好きになれなくなってきた。その、どこか俺とちぐはぐになったススキノで、森野は、麻酔なしでチンチンと玉を取られる。しかも、自ら望んで。それを見世物にして、みんなでしゃぶり尽くす。ネットを使って、世界中のマニアたちが、森野の去勢を食い尽くす。

そして、麗奈は、哀しみの中で立ち竦んでいる。自分は、誰にも好かれていない、と繰り返していた、あの表情。やっと見付けた、安らげる相手は、トランスベスタイトのオカマで元ヤクザで、膨大な借金を抱えていて、これからチンチンと玉を取る。その後に、どんな未来を夢見られるのか。

今、麗奈は、どんな思いでいるのだろうか。

おやおや。俺はいったい、何をしたいんだ？

……自分が何をすべきか、何をしたいか、そんなことはわからない。自分ができることはなんなのか、ということも、自分にはわからない。だが、誰でもいいが、手の届く範囲にいる、困って、悲しんでいる人間の、苦しみや哀しみを軽くするのは、いいことだろう。何をすべきか途方に暮れた時は、なにかひとつでいい、とにかくできることに力を向ける。

多分、お節介ってことになるんだろうが、それはそれでいい。目的は、俺の自己満足だ。

とにかく、どうしても時計が見当たらない。公衆電話もない。目に付いた喫茶店に入った。おばさんがやっている、ありふれた店だ。コーヒーを頼んだら、「ホットですね」と問い返す。おきっとこのおばさんは、寿司屋に行ったら、帰る時には「ちょっと、オアイソして」と言う種類の人間だろう。

それはそれでいい。

時間を尋ねたら、午後三時を少し過ぎていた。雅子ママはもう起きているだろうか。

喫茶店のピンク電話から電話した。呼び出し音四回で出た。

「はい」

警戒している声だ。公衆電話からだしな。少し怯えた口調だ。弱々しくさえ聞こえる。これが、夜には絶対の権勢を誇って、ファンたちを苛酷に支配するミストレスである、などとは想像もできない、弱々しい声だ。

「俺だけど」

「あら」

声に、笑みが混じる。安心したらしい。

「どうしたの？　恋の告白？　それとも、オレオレ詐欺？」

「告白は、もうずっと前にしたじゃないか」

「……そうだった？」

「したよ」

「忘れた。じゃ、告白じゃないとしたら、オレオレ詐欺？」

「金浜の連絡先、わかるかな」

「事務所の？　スタジオの？」

「スタジオ？」

「自宅のことよ。事務所は、オフィス金浜で、自宅の名前が、スタジオ・ブリーズっていうの。まぁ、本人は、ストゥディオ・ブリーズ、と呼んでるけどね。確かに、いいところに建ってるのよ。小別沢《こべっさわ》トンネルのすぐそばで」

「幽霊は？　出ないのか？」

小別沢トンネルは、〈心霊スポット〉として、頭の悪い暴走族たちに知られている場所だ。

「それは大丈夫みたい」

「残念だな」

「森を渡ってくるそよ風が気持ちいいんだって。で、スタジオ・ブリーズ」

「なるほど。今この時間なら、どっちにいるかな。オフィスと、スタジオと」

「どっちでもいいと思うわ。電話は、ふたつ並んで置いてあるから」

「……」

「自宅とは別に事務所があるって言うのが、好きなんでしょうね。彼」

「……よくわからんやつだな。じゃ、どっちでもいいから、教えてくれ」

その番号に、すぐにかけた。

「はい、ブリーズです」

声質は甲高く、やや早口だ。

「俺だけど」

「お！　騙されないぞ！　オレオレ詐欺！」

「もう、そういう〈ウケ〉は古いんだよ」

「ははは！　で、どうしたんですか？」

「……これから、お邪魔して、いいかな」

「……電話じゃまずい、ということですね？」

「なんとなくね」

「わかりました。すぐいらっしゃいますか？」

「できたら」

「ＯＫ。お待ちしてます」

「じゃ、今から行く。住所を教えてくれ」

受話器を置いた。金を払って店から出て、タクシーを拾った。

なんとなく、汗ばんでいる。夏が少しずつ近付いている。

＊

金浜の自宅兼事務所は、本当にいい場所にあった。林のすぐ脇で、気持ちのいい風が流れて、抜けて行く。

ただ一つ残念なのは窓からの眺めで、住所を聞いた時には、峠の頂上近くの、札幌を見渡す眺望を予想したのだが、それは、トンネルと山と森に遮られて、ほとんど楽しめなかった。

だが、それでも素敵な立地であるのは間違いない。

「いいところに住んでるんだな」

俺が言うと、「へへへ、ありがとうございます」と素直に笑っている。

こうして見ると、どこにでもいる、ちょっと気難しい、フリーの職人、「専門家」という雰囲気で、この男がまさか、パンツ一枚で縛られて見世物になってギンギンに興奮する、などとは思えない。人間とは、奥深い存在だ。

「で、どうしたんですか？」

「サンドラ、覚えてるかな」

「え？」

一瞬、そわそわした目つきになったが、すぐに落ち着いた。

「ああ、あの、ハマダ……さん？」

「濱谷だ」

「ああ、そうだそうだ。濱谷さん。あそこで会った、綺麗なオカマですよね」

「そう。あの後、会った？」

金浜は、黙ってしまった。唇を尖らせて、なにか考え込んでいる。俺は、気長に待った。

「……ええと、……どうしてですか？」

「別に、何をどうしよう、とかは考えてないんだ。ただ、基本的なことを知っておこう、と思ってね」

「……前から知っている、ある人間への、連絡方法を、教えましたけどね」

「どっちに？」

「どっちって？」

「その相手に、サンドラの電話番号を教えたのか、サンドラに、その相手のことを教えたのか」

「ああ、そういう意味。もちろん、サンドラさんに、相手の電話番号を教えて。で、それっきりですよ。後は僕は、なにも知りませんけど」

「そうかい」

思わせぶりな沈黙を漂わせた。金浜は、すぐにその沈黙に食い付いた。

「いや、あれですよ。本当ですって。……どうなるかな、くらいのことも考えなかったんですって」

「そうかい。……じゃ、どうなったかは、知ってるんだな」

「そりゃぁね。……大イベントだし」

「君は？　チケットは買ったの？」

「……ええと……つまり……ええ、……はい。買いました。……だって、もう札幌じゃ、二度とないでしょう。最後のチャンスだ、と思って、借金して買いましたよ」

「いくらくらいするもんなんだ？」

「チケットですか？」

「そう。借金して買うくらいってのは……」

「ああ、まぁ、ちょっとウソ言いましたね。本当は、借金はしてません。それでも、〈SA〉席で、これはアリーナ席の一番前ですけど、それで五十万ですからね」

「五十万？」

驚いた。

「ええ。これくらいなら、借金しなくても、なんとか買えまして。……フロアなんかは、もう、半端じゃないですから。車一台、なんてもんじゃないみたいっすよ」

「そうかい」

「たいがいは、ツアーで来るヨーロッパ人らしいですけどね。ヨーロッパのセレブたちってわけですよ」

「……そうかい」

「もう、ノウハウが確立されてるんですね。あれよあれよって間に、どんどん状況が整備されていく。プロの仕事は違うなぁ、と感心してるんですけどね」

「……」

「それで？」

「……ひとつ、教えてくれ」

「え？」

「君に尋ねるのも変かもしれないけど……」

「はぁ」

「今からそのイベントをぶち壊そうと思ったら、どうすればいい、と思う?」

「……無理ですよ。……そりゃ、会場になるビルを爆破する、とか、いろいろあるでしょうけど、……現実問題として、有効な方法ってのは、ないんじゃないかな。……中止させて、それで自分が牢屋に入れられたり、筋者《もん》に刺されたり、それは避けたいわけですよね」

「まぁ……そうだな」

「じゃ、無理ですよ。不可能だな」

「……もしも、止めたらどうなる?」

「……タダじゃ済まないでしょう。殺されるんじゃないかな。だって、なんだかんだ合計で、百億円はいきそうな雰囲気のイベントだし。百億になったら、わりと簡単に人は死にますよ。フィリピン人なら、五万くらいで請け負うって言うし」

「よく知ってるな」

「いや、それほどでも」

「言ってることだけ聞けば、まるであっちの業界の人間みたいだよ」

「……まぁ……少しは、知り合いもいますから」

なぜ堅気は、筋者の知り合いがいる、という事実を喜ぶのだろう。得意がるのだろう。恥だと思うべきなのに。

「そうか。くれぐれも気を付けてな」

俺の衷心からの忠告なのだが、彼には、そうは受け取られなかったようだ。

「大丈夫っすよ、そこらへんは」

となんの屈託もない、明るい声で言う。その後、少し雑談をして、〈スタジオ・ブリーズ〉を後にした。

＊

タクシーでススキノに戻ったら、そろそろ五時だった。

さて、どうするか。森野……サンドラがどういうサイクルで一日を過ごしているか、知らない。だいたい、〈キャメロン〉に行ったこともないし。……だが、おそらく今は、美容室に行っている時間だろう。……どうかなぁ。彼女らは、普通の女よりも美容室で時間がかかる。その後、ネイル・スタジオに行く時間も合わせて考えれば、そろそろ部屋にはいない、と考えていいだろう。

俺が住んでいるビルの玄関前には、今でも公衆電話ボックスが残っている。そこから、森野の部屋に電話してみた。

十回待っても、誰も出ない。だが、留守電に切り替わりもしない。いるんだろ、麗奈。

十三回目で麗奈の声が答えた。

「もしもし……」

「俺だ」

名前を言った。

「あ、おじさん……」

その口調に、ほんの微かな嬉しさのようなものが漂っているように聞こえたのは、俺の勘違いか？

「元気か？」

「うん」

「サンドラとは、うまくやってるか？」

とたんに麗奈は爆発した。

「やめて！　そんな呼び方、しないで！」

「ああ、悪かった……」

「英正は、ずっと、英正なんだからぁ！」

嗚咽が聞こえた。

「もしもし。……麗奈」

「……なに？」

「森野を、助けてやれるかもしれない」

「え!?」

「というか、クーリング・オフの機会を作ってやるんだ。もしかすると、今は舞い上がって、あんなことを考えてるだけかもしれない」

「あんなこと……どうして知ってるの？」

「そりゃ、俺が、俺だからだ」

「え？」

諸悪の根元が……少なくとも、森野にきっかけを与えたのが実は俺だったのだ、と告げることはできなかった。チンケだな、俺も。

「とにかく、一旦、森野の頭を冷やしてやろう。……なにしろ、大変なことだからな。後になって、『あの時、あんなこと、しなけりゃよかった』なんて、後悔するのは、堪らないだろう、と思うんだ」

「うん……でも……できる？」

「麗奈が手伝ってくれれば、不可能じゃない」

「……どうすればいいの？」

「後で、説明に行く。夜は、森野はいないんだろ？」

「うん。七時に一旦帰って来て、ふたりでちょっとお茶飲んで、それから出勤。たいがい、八時前に出る」

「同伴するわけだな」

「そう。……最近は、なかなか厳しいって言ってる。不景気だって」

「そうか。じゃ、俺は九時に行く。待っててくれ」

＊

部屋に戻ったら、留守録のランプがパカパカしてた。

〈よう。松尾だ。お前、いい加減にケータイ持って歩けよ。で、今度出る「テンポ」に、前に書いてもらった、道警不正経理と、幹部への裏金支出の記事を載せるから。で、その次に、井川・大久保と、自殺した井川の上司、それから小樽入管の不作為な、あれを絡めてまとめよう、と思ってる。そのあたりの相談をしたいから、連絡、くれ。俺のケータイでいいから。じゃ、よろしく〉

すぐに松尾のケータイを鳴らした。

「おう。帰ったか」

いきなり言う。どうも最近の電話のマナーにはイライラするな。

「これから、会えるか？」

俺が尋ねると、「これからか？」と不思議そうに言う。

「そうだ。ちょっと急いでるんだ」

「なにがあった？」

「お前、七月にススキノで〈祭り〉があるって話、聞いてるか？」

「祭り？　ススキノ祭りとかじゃなくて？」

「去勢ショーだってよ」

「キョセイって……？　あの去勢か？」

「だろうな」

「いや、全然聞いてない」

「その〈祭り〉の準備で、ススキノの一部は結構、活気づいてるらしい」

「……詳しく教えてくれるか？」

「いいよ。どこで会う？」

「……まだ、ちょっと時間が早いな」

「それに、ススキノじゃまずいだろう。札幌駅の〈千扇〉でどうだ？」

「……お前も……」

「なんだ？」

「すっかり、オヤジ趣味になったなぁ」

「いいじゃねーか。じゃ、三十分後に。いいな？」

「ＯＫ」

*

札幌には、立ち飲み屋が少ない。いや、ほとんど皆無、と言ってもいいほどだ。つまり、酒飲みの天国がほとんどない、ということでもある。その中で、札幌駅の〈千扇〉は、札幌には数少ない酒飲みの楽園だ。立ち飲み屋ではあるけれども、ストゥールが並んでいる。中高年から初老の酔っ払いが多いからだろう。

俺はとりあえず、焼酎水割り、タコわさび、まぐろぶつ、モツ煮込みを頼み、自分で壁際の台に運び、ストゥールに尻を落ち着けて、飲み始めた。

「ではでは」

という感じだ。酒飲みの幸せが爆発する。

そこに、松尾が姿を現した。他の客たちを掻き分けて、梅サワーと枝豆を買って、やって来る。

「で？　なんだ、〈祭り〉って」

俺は、なるべく簡潔に、森野と、その周囲で今進行している去勢ショーのことについて、客観的に説明した。

「なんと、まぁ……」

松尾にとっても、驚きだったらしい。

「そのあたりのこと、お前、少しは共感できるか？」

「なんで俺が」

「あ、いや、失礼。ただ、お前が……」

「ホモセクシャルだからか？」

「……まぁね。つい、そんなふうに……」

「たぶん、切腹ショーをしたがる女がいたとして、その女に共感を感じる女は、稀な上にも稀だろうな」

「……あ、そうだよな。うんうん。そうそう。そういうことだよな。……しかし、とにかく、俺にとっては想像を超える、……なんというか、……趣味、なのかなぁ、やっぱ。……ま、そんな感じなんでさ」

「で、それを『テンポ』で取り上げたい、というわけか？」

「ん？ いや、そうじゃないよ。そういうことじゃなくて、……このまますんなり成功させるのもなにかこう、……面白くない、というか、この……」

「その女子高生に同情してるのか？」

「……どうなんだろうな」

「結局は、個人の趣味って問題だろ？ 本人が、そういうショーに出て、手術代を浮かしたい、と願ってんだろ。それについて、他人がどうこう言うってのも、変だよな」

「そうなんだ。それは、わかってるんだ」

「その女子高生にしても、つまり、その相手は、いくらその女子高生が反対しても、言うことを聞かないで、去勢ショーに出るってんだろ？ ってことは、その女子高生は、そいつの中では、それほど重要な存在じゃないわけだ。つまり、片思いだな。だから、そのコが、きちんと弁《わきま》えればいい、ということなんじゃないか？」

「……ああ。俺も、それは考えた」

「何が問題だ？」

「つまり……ヤなんだよな」

「なにが」

「なんだか、ヤなんだよ。偶然、ここにそういう傾向を持った人間がいて、その傾向をみんなでよってたかって、金にして、儲けるってのが、なんか……下品で、グロテスクじゃないか」

「……古風なことを言い出したな」

「……なんか、ヤなんだよ。……生活に困って、金がなくて追い詰められている奴に、金を貸してやる。で、業者が群がって、どんどんまわして、骨までしゃぶって、最後のババを引いた業者が、沈める。……それと同じだろ。顔がちょっと可愛い、パープーのアホ娘がいて、こいつが、なんでもする、と。なんでもいやがらないで、言われたことには忠実に従う。と、そういう若い娘はいくらでもいる。オツムがちょっと弱いんだな。そういうのを発見したら、もう、それ専門の連中がいて、業者が群がって、その娘をあちこちまわす。ひとりの人間は、そうやって使われると、何億って金を生み出すんだよな。そうやって、骨までしゃぶって、カスにして、結局、最後に摑まされた業者が、沈める。それと全く同じことだ。こういうのが社会のベースにあるから、なんかこう、ススキノは殺伐としてきて、ビンボー臭くなってるんだ」

「……でも、そういう業界とか、そういうのに餌食にされるのとかは、昔からそうだったんじゃないのか？」

「……そりゃ、そうだけどな……とにかく、やなんだよ。なんだか、ムカムカするんだ。で、現にヤクザどもや不良外人たちが、大儲けするわけだ。ムカムカしないか？　正義感とかじゃなくても」

「それだけか？」

「……だと思うけどね」

「……その女子高生については？」

「う〜ん……そのコは……そうだな、完全に絶望してるんだ、と思うんだよな。……どんな想いなんだろうなぁ……」

「父親とは、どういう成り行きで、別れたんだ？」

「……そんなこと、お前、聞けるか？　聞けないよ。無理だよ」

「……まぁ、無理なら無理でいいけど。で、どうしたいんだ？」

「人を紹介して欲しいんだ」

「誰を？」

俺はあたりを見回した。年輩酒飲みサラリーマンのパラダイス〈千扇〉は、今や酔っ払ったオヤジたちで満杯だ。話し声が、まるで目覚まし時計をいっぺんに一万個鳴らしたような騒音になっている。大声で喚かないと、隣に座った人間にすら話が伝わらない状況だ。俺は、松尾の耳に口を近付けた。

「居残正一郎の中に、警官も、いるだろ」

松尾は小さく頷いた。

「何人いるか、とかそういうことは聞かないから、その中で、ひとりだけでいい、誰か信用できるやつを紹介してくれ。できたら、生活安全課がいいな。覚醒剤に強いやつだ」

「覚醒剤？」

「ああ」

「……あの、井川のマンションで手に入れたシャブ、あれ、どうした？」

「まだあるよ。手つかずで、残ってるさ。俺には意味ないもんだから」

「……あれを使う気か？」

「おお！　どうしてわかった？」

溜息をつく。

「……まぁ、持っててもしょうがないもんだけど……なるほど……」

「誰かひとり、紹介してくれ。頼む」

「……警官は、退職警官と現役警官と、それぞれ複数、仲間になってくれている」

「そうか。……桐原がな、居残の中には、きっと警官がいるって、見破ってたぞ」

「あの人なら、それくらい見当つけるだろ」

「そうだな」

「でも、特定はできないさ。それは俺も細心の注意を払ってるから」

「じゃ、安心だな」

「ん？」

「ホモの『細心の注意』は、信用できる」

松尾は、片頬で薄く笑った。

「……じゃ、そのうち、退職警官をひとり、紹介するよ」

「現役警官の方が……」

「生安の現役はいないんだ。経理と、あと現場警察官、技官、それぞれ若干名、という感じだな。大丈夫だ。退職警官だけど、頼りになるし、名物刑事だったから、今も現場に影響力を持ってる」

「へぇ……」

「お前の知ってる人だよ」

「え？」

「種谷さんだ」

「おおおお！」

そんなに深い付き合いだったわけじゃないが、……しかし、生死をともにした場面も確かにあった相手だ。道警本部刑事局の刑事だったが、なぜか札幌中央署の人々と仲が良かったらしい、ということを覚えている。成り行きで、三度ほど、協力したことがある。男子中学生がひとり惨殺されて、その親友が行方不明になった事件、それと、代議士の元愛人だったオカマが殺された事件、それともうひとつ、俺が泥酔してススキノで倒れていた事件だ。

そうかぁ……もう、退職してたか。なるほど。確かに、そんな年回りだ。

「そうか。覚えてるか」

「今は、どこでなにやってるんだ？」

「東区本町で、第なんとか町内会だかの顧問をやってる。それと民生委員、防犯協会副会長、明るい街作りボランティア世話人、本町子供を守るシルバー会副会長、昔遊び伝承会副会長、そのほか公職多数」

「……へぇぇ……変われば変わるもんだなぁ……頑固で偏屈で、警察組織の中じゃ、嫌われ者《もん》だったのに……」

「いや、今も嫌われてるらしいぞ。奥さんが熱心でな。いろんな町内のサークルに引っ張り出すんだそうだ。すると、なにしろ退職警官てのは、信用があるからな。すぐに幹事とか、副理事長とか、副会長とかに就任させられるんだが、馬鹿馬鹿しくてやってられん、と。ひとりで偏屈な意見を言うから、相当嫌われてるらしぃ」

「目に浮かぶようだ」

「あの人なら、お前は信用できるか？」

「……俺に協力してくれるかどうか、俺の思い通りにしてくれるかどうか、これは信用できないけど、ズルイことはしないと思う。俺は、結構あの人に助けられたけど、俺だって、あの人の役に立ったはずだ」

「……まぁ、そんなようなことを言ってたよ」

「ん？」

「いや、ついな。今月の『テンポ』の記事のことを話してて、そんな話題が出たんだ。アンカーが交替した、ということを報告した時にな」

「なるほど」

「ま、事後承諾、ということになって悪かったけど、そんなわけで、事情は呑み込んでるから」

「わかった。連絡先を教えてくれ」

松尾はケータイを取り出して、ちまちました液晶画面を見ながら、ちょこまかと親指を動かした。一人前の大人のする動作ではない。

「これだ」

小声で言うと、メモ用紙に書き込んで、渡してくれた。０９０で始まる、ケータイの番号だった。

「！」

「どうした？」

「あのオヤジ、ケータイを使ってんのか？」

「そうだよ。メールもくれるぞ、たまに」

「……保秘はどうなってんだ、今の警察は」

「ケータイで重要な話をするバカは、最近は少ないんだよ」

「……世も末だな」

時計を見たら、八時少し前だ。そろそろ切り上げ時かな。俺は最後に焼酎水割りをもう一杯頼んで、エンガワという名前の、平目のエンガワによく似た味わいの魚の刺身を食べて、「じゃ」と腰を上げた。

「俺は、もう少し飲んでいく」

松尾が珍しいことを言う。その顔を見ると、やや真剣なので、また俺のケツを見るんだな、とわかった。ケツを見る、とはつまり、尾行の有無を確認する、というようなことだ。松尾が相手だと、そのあたりが、やや言葉遣いが難しくなる。

「じゃ、また」

「気を付けてな」

なにげない挨拶が、妙に心に沁みる春の終わりである。

30

タクシーを拾って、豊平にある森野のアパートに向かった。着いたのは、八時半。ちょうどよく、暗い。あたりを適当にぶらついて、土地鑑を作った。森野の部屋のあるアパートは、旧式の木造で、こういうオカマも多い。衣装代に金がかかるから、アパートは質素旧式というのも珍しくないのだ。衣装のために、別に部屋を借りることも珍しくない。オカマが、自分の「美意識」を、住環境で実現し全うするのは、なかなか難しいのだ。

ちょうどよく、そのアパートの共同玄関を眺めることのできるコンビニエンス・ストアがあった。しかも、その入り口の脇には、緑電話があった。ラッキーだ。高校生たちが、そのあたりに屯して、カップ麺など食べている。わざと（としか俺には聞こえないのだが）汚らしい声で、わざと汚らしい言葉で話している。そいつらの脇に立って、緑電話からさっきの種谷のケータイに電話した。

「はい。種谷です」

珍しい。ケータイで、ちゃんと名乗る。爺さんだからだろうか。俺は名前を言った。感動した声で返事をするか、と思ったが、非常に平凡に、「はぁ」という短い返事だ。

「俺、わかりますか？」

「わかるさ」

淡々としている。こんなもんかな。俺のことが、本当はわかってないんじゃないか？

「久しぶりですね」

「そうだな。ま、さっき、北日の松尾君から連絡があったから、そろそろ電話来るかな、と待ってたわけだが」

「なるほど」

「状況はザッとは聞いたが、要するに、邪魔したいんだな？」

「まぁ、そういうことです。あっさりと、思い通りに、好き勝手にやらせるのは、気に食わないんで」

「なるほど。ま、いいだろ。わかった」

「で、いろいろ考えたんですけど」

「なにをだ？」

俺は、自分の考えた仕掛けを説明した。そして、種谷に頼みたいことも説明した。種谷は、しばらく考えて、なんとかなるだろ、と言った。そして、いくつか変更点を上げ、それについて、俺が考えるべきこと、確認すべきことなどを教えてくれた。道警内部の連絡については、種谷が引き受けてくれることになった。

「焦るなよ。じっくりと態勢を整える必要があるからな。なにしろ、味方と敵が、隣同士で机に座ってるんだからな」

「はぁ」

「それからな。くれぐれも、保秘には留意してな」

「はぁ」

とにかく、警官は、保秘にうるさい。よほど、秘密が漏れやすい組織らしい。

「連絡は、このケータイにしてくれ。間違っても、ウチの固定電話にかけるな」

「あ、はい……盗聴されてんですか？」

「盗聴などされとらん。秘聴だ」

「ああ、なるほど」

「自衛隊と同じだ。退職警官も、ずっと秘聴されるんだ」

「え⁉ そうなんですか？」

「ウソだ」

「……」

「ただな。今はいろいろと、道警本部もナーバスになってるからな。用心に越したことはない」

「なるほど」

「俺も、いきなり恩給を止められる、なんてのは願い下げだ」

「そんなこと、あるんですか？」

「ないさ。どうしてお前さんは、一々、そう素直に信じるかなぁ。どんどんバカになってるんじゃないか？ 昔は、もう少しこすっからかったぞ」

「俺は、育ちがいいんですよ」

「そうは見えないな。じゃ、また連絡を取り合おう」

「はぁ」

「状況を整理して、七月の半ば過ぎには、やっつけたいな」

「そんなにゆっくりでいいですかね」

「これで、また、早過ぎると、しくじるかもしれん。タイミングは、なかなか難しいんだ。

ま、それはこっちに任せておけ」

「わかりました」

「お前さんは、その女子高生を、うまく使うんだぞ」

「へい」

「じゃあな」

その時、アパートの共同玄関から、森野……というか、ばっちり化粧を決めたサンドラが出て来た。

「あ、もう少し、話を続けてください」

「なに？　張り込み中か？」

「ええ、今、相手が……」

「お前さんは、本当にバカだな」

「は？」

「今、俺が電話を切ったって、いいじゃないか。お前さんが、自分で、通話しているフリをすればいいだけの話だ」

「……」

「違うか？」

「まぁ、そうですけどね」

「ん？　なんだ、〈けど〉とは。〈けど〉って、なんだ？　〈けど〉って」

「いや、あの……」

「使えないやつだな」

「……」

「じゃあな」

電話は、憎らしく切れた。俺は、喋っているフリをしながら、それとなく、サンドラを眺めた。サンドラは、尻を振って、国道三十六号線に向かう道を、スタスタと遠ざかって行く。曲がり角に消えるまで見送り、それから、ボックスから離れて、コンビニエンス・ストアに入り、雑誌のところで立ち読みするふりをしながら、外を見張った。もちろん、ガラスの壁が鏡になっていて、向こうはよく見えないが、アパートの玄関を見ている限りでは、森野が戻って来たようすはない。

いや、本当は、戻って来てもいいんだけどな。だが、不毛な話し合いは意味がないし、不意打ちの方が、効果は大きいから。

十分ほどようすを見たが、サンドラは戻って来ない。大丈夫だろう。念のため、森野の部屋に電話した。すぐに、麗奈が出た。

「はい……」

「俺だ」

「あ」

明るい声だ。

「今、どこですか？」

「アパートの前にいる。これから行くよ」

「はい、待ってます」

「森野はいないな？」

「ええ、もう行きました」

「よし。今行く」

＊

麗奈は元気そうだった。頬のあたりとか、首の周りが、なんとなくやつれたような気配もあるが、そこそこ明るい表情だ。

「元気でやってるか？」

「うん」

「家には連絡してるのか？」

「たまに」

「学校は？」

「学校は、行ってる」

「へぇ」

ちょっと驚いた。

「友だち、いるし」

「そうか」

「私のアダ名、教えてあげようか」

「ああ、教えてくれ。……その前に、ここに座っていいか？」

「あ、うんうん、もちろん、ゴメンね、気付かなかった。座って、そこ。ソファ」

「でも、森野のソファだろ？」

「それはそうだけど」

俺は、ソファに腰を下ろした。部屋には、オモチャみたいな流しがあり、その脇に、小さなガスコンロがある。その他に、廊下の突き当たりに、共同の流しがあるようだった。俺も、桐原と知り合った頃は、こんなアパートに住んでいた。もしかすると、こんな暮らしが、麗奈には珍しくて楽しいのかもしれない。

麗奈は、ガスコンロにヤカンをかけ、点火して、それからソファに座った俺の前、小さなテーブルを挟んだ向こうに、ペタリと座った。ジーンズに地味なトレイナーを着ている。

「あたしのアダ名はね……」

「うん」

「ドルトムント」

「なに？」

「ドルトムントっていうの」

「ドルトムント？」

「うん」

「なんだ、そりゃ……ヘッセの『知と愛』だったか？」

「あれは、ゴルトムント。『ナルチスとゴルトムント』だよ」

「あ、そうだな。……ドルトムント？」

「あのね、ドイツの街の名前。サッカー・チームがすごく強くて人気で、あとビールがおいしいんだって」

「……なんで、そんな街の名前が……」

「最初はね、全然、知らなかったの。そんな街なんて」

「ん？」

「倫社の授業中にね、ほら、ドイツ・ロマン派のことが出て来て、ゲーテとか、シラーとか、そういう小説家や詩人が出て来ました、音楽ではベートーベンとかです、って習って、それで、ほら、青春期の特徴、とか言って、疾風怒濤って言葉、習うでしょ？」

「ああ、習った習った」

「それを、ドイツ語で習うでしょ？」

「シュトルム・ウント・ドランクな？」

「そう。それ。私、その『ドイツ語ではなんと言ったか』っていうのを当てられて、それで、なんでかわからないんだけど、ついつい、『ドルトムント・シュトルム』って答えたの」

「……微妙に似てるところが面白いな」

「でしょ？　それでもう、クラス中、大爆笑。以後、あたしは、ドルトムントって呼ばれてるの」

「なるほど」

「面白いでしょ？」

「ああ。笑える」

「いいクラスなんだ。友だち、いっぱいいるさぁ」

どことなく、寂しそうな影が射す。

「そうか。……ドイツ語と言えばな、俺は、高校一年くらいまでは、ドイツ語で春ってのがゲルトで、嵐ってのがルートだ、と思ってたぞ」

「え？　どうして？」

「俺がヘッセを読み始めたのは、高校一年の時なんだけどな……」

「あ、なんとなくわかりそう！」

「わかるか。じゃ、いいか」

「いやいや、続けて。聞かせて」

「ほら、やっぱ今でもそうじゃないか、と思うんだけど、本が好きな中学生ってのは、文庫目録を読むだろ」

「読む読む」

「で、新潮文庫だったかの目録で、ヘッセのところに、タイトルが『春の嵐』で、カッコの中にゲルトルートって書いてあったんだよ。だから、なにしろ中学生だったからな。俺はてっきり、ゲルトルートってのは春の嵐って意味だと思ってさ」

麗奈は楽しそうに笑った。

「高校になって、実際に読んでみたら」

「恋人の名前だった！」

「そうなんだ。びっくりしたね」

麗奈は楽しそうに明るく、上体を折り曲げて、笑い続けた。いいことだ、と思った。

「ああ、おかしい。明日、学校でみんなに教えて、いい？」

「いいよ、別に」

「ウケるなぁ、きっと。楽しいクラスなんだよ。……まぁ、柏木みたいな、例外はいるけど」

「そうか。よかったな。……ま、学校に行ってるってのは、いいことだ。……服とか、何か必要なものはないのか？」

「ああ、うん。それは大丈夫。英正が、いろいろと気にしてくれるから」

「そうか。……森野は、全然聞く耳持たず、か？」

「うん。……私のこと、好きじゃないんだって。足手まといだから、勝手にしろって言うんだ」

口調は沈痛だが、顔はさほどでもない。

「でも、それ、あたしわかってるんだ。英正は、身を引こう、としてるんだよね」

「？……ああ、なるほどな」

どこからそういう発想が出て来るんだろう。……それとも、毎晩そういい聞かされているのか？

「私が、一時の気の迷いで、人生を台無しにするのを見るのがイヤなんだって。で、もう、私が、英正とのことに、絶望すれば、それをきっかけにリセットできて、また真っ当な人生に戻る、って。そんなことを、あの人、考えてると思うんだ」

「それは、君が」

「麗奈って呼んで」

「麗奈が、そう考えたのか？　それとも、森野がそう言ったのか？」

「両方」

「……」

「私が、いろいろ考えて、こうこうなんでしょ、って言ったら、英正が、泣きながら、そうだよって、……そうだよって、……言って……言ってくれたのぉ！」

恐れていた泣き声が爆発した。

いや、爆発、というほどの大声ではない。ただ、大きくはなくても、十七、八の娘の泣き声というのは、なかなか威力がある。爆弾並みだ。

俺は逃げ出したくなった。

「おい。泣くな。まだ希望はあるから」

「ある？　英正が、行っちゃわないように、できる？」

「なんとかなる、と思うぞ。死に物狂いでやればな」

「……私ねぇ……」

泣き止んで、涙をこすりながら、何かを言おうとした。だが、俯いて、首を左右に振る。

「やめた」

「なんだよ。言いかけたら、言うんだよ。礼儀の基本だ」

麗奈は溜息をついた。それから、「あのね」と語り出す。

「私、今まで、一度だけ、死に物狂いで走ったこと、あるんだ」

「へぇ。運動会か？」

「あ、ほんとのバカ」

「……悪かったな」

湯が沸いた。その熱湯をインスタント・コーヒーに注いで、俺の前に置き、自分も座って、一口啜る。

「で？　なんで死に物狂いで走ったんだ？」

「わかんないんだけど、……あれは、お父さんを追いかけてた、と思うんだ」

俺の心臓がひとつ、ドキン、と鳴った。内心、「えいや」っと決断して、で、自然な口調で尋ねることができた。

「麗奈のお父さんて、今、どうしてるんだ？」

「知らない。顔も知らない。死んだのかも、生きてるのかも、全然知らない」

泣くか、と思ったが、泣かなかった。わりと平気な顔で、俺のことを眺めている。

「そうか……」

「でね、その、あたしが今まで一生に一度だけ、死に物狂いで走ったのはね、……あれ、うちの近所の公園だ、と思うんだ」

「白石のか？」

「……私、生まれたのは、道南なんだって。乙部とかっていうところ」

「ほう。それにしては、言葉に訛りがないな」

「三つの時に、白石に引っ越したんだって」

「なるほど。……で、その時遊んでいたのは、じゃぁ、乙部の家の近くの公園か」

「そういうことになるんだけど、いろいろと、ツジツマは合わないんだよね……」

「……まぁ、そういうこともあるんだろ」

「……それでね、その時に、私、誰か、大人の男の人と、遊んでたんだ。すごい、楽しかったんだ」

「ほう……」

「その人が、……なんだか、時代劇のお侍さんみたいな格好をしてるんだよね。記憶の中で」

「……なるほど」

「あり得ないんだけど、でも、お侍さんなの」

「……で？」

「うん。それで、お母さんが、公園に、私のこと、呼びに来たの。それで、あたしは、とっても悲しかったの。なぜかって言うと、呼ばれたら、その時が、そのお侍さんとのお別れの時だから。それは、わかってたの」

「……」

「だから、あたし、お母さんに、ちょっと待ってて、ってそう言おうと思って、お母さんのところに走っていったの。そして、ちょっと待って、ってお願いして、それでふとお侍さんの方を見たら、もう、そのお侍さんは、スタスタ、向こうに歩いて行ってたの」

「……」

「だから、あたし、あ、これは、私がお侍さんのことを、忘れた、と思って、それでああして、ひとりでスタスタ行っちゃうんだな、と思って、……それで、泣きながら、叫びながら、後を追ったの。あの時が、今までの一生の中で、いっち番、死に物狂いで走った時だったぁ」

……」

「で、どうなったの？」

「……それで、終わり。その後どうなったのかも、その前、なにして遊んでたかも、全然わからないの。ただ、この経緯だけが、はっきり、記憶の中にあるの」

「……なるほど」

「……お父さんだったのかなぁ……」

「お母さんに、そのこと、聞いたこと、あるの？」

「あるけど……でも、なにも言わないんだもん。困った顔するだけ。……なんだった、と思う？　本当のお父さんだったのかな」

「……どうだろうなぁ……その、お侍さんの格好、というのが、引っかかるなぁ……」

「でも、間違いないもん」

「そうか」

そこで、突然、また麗奈は涙をこぼした。そして、笑みを含んだ気丈な声で、「お父さんに会いたい」と呟いた。

31

麗奈は、おおむね段取りは呑み込んだ。まぁ要するに、彼女にはたいしてすべきことはない。俺が電話したタイミングで、とにかく逃げ出すことだ。警官の動きについては、種谷がそれなりに根性を入れて、調整しているらしかった。

そっちの方の手配段取りや、まだ続いている居残正一郎の連載の記事執筆などにあたふたするうちに、季節は初夏になり、そのまま七月も半ばが近付いて来た。あと二週間で、森野の去勢ショーが実演される。その種の世界では、「去勢ショー」ではなくて、「処刑ショー」と呼ばれているらしい。カメラ五台を使って、念入りに映像に残し、拷問ビデオとしても売り出す予定なんだそうだ。ウソかホントか、すでにカリフォルニアの某社から、マザー・テープ一分一万ドルのオファーがあった、という噂も流れていた。

そんな矢先、誉田が、やられた。

「テンポ」の居残正一郎の連載は、根強く続けたせいもあるのか、雪解けのあたりから、急に注目を浴びるようになった。それはもちろん、北日が、真正面から、「テンポ」の記事を取り扱うようになったことが大きい。ちなみに、この道警キャンペーンの、臨時デスクには松尾が任命され、活発に動き始めた。松尾としては、俺を使って「テンポ」で種を播き、それを自分が担当する北日の本紙社会面で育て、北日特集記事で収穫するのだから、いろんな意味で楽なキャンペーンだったらしい。これほど容易で、そして反響の大きい仕事は、めったにない、と浮かれていた。

その矢先、暗い声で電話が入ったのだ。

「誉田が、ぼったくりに、ひっかかった」

そう告げる松尾の声は、暗かった。俺は、〈ケラー〉で、岡本相手に『謎の円盤UFO』が、どれほど素晴らしく、画期的なTVドラマであったか、ということを、夢中になって説明していたのだった。もちろん、サウダージを五杯飲んだ、その結果ではある。電話が鳴り、マスターが出て、俺を呼んでくれたのだ。俺は受話器を受け取り、星一徹の声で重々しく言った。

「こちら、コンピュータ衛星、シドです」

「なんだ？　酔ってんのか？」

「ん？　松尾？」

「なんだ。ふざけるなよ」

「どうした？」

「誉田が、ぼったくりに、ひっかかった」

あら、まぁ。

「ぼったくり？」

「そうだ」

松尾が、重苦しい溜息とともに呻いた。

「あの、バカ……」

「どこの店だ？」

「ツイン・タワーの、……店名ははっきりしない。だが、〈パープル・シャドー〉だ、と思う。確証はないがな」

「確証がない？」

「あのバカ、酔っ払ってたらしいんだ」

「……」

「客引きに引かれたわけでもないらしい。その前後の記憶が曖昧らしいが、とにかく、酔って、で、新しい店を開拓する、というような気分になったんだろう。そこで、ふらふらとツイン・タワーに入って行ったんだな」

ツイン・タワーは、とかくの噂のある、ウサン臭いビルで、元々は〈タージ・マハール〉という、華僑が陰のオーナーの大きな高級ソープ（当時はトルコ）だったのだ。それが、いろいろとあって、華僑はスキノから表向き撤退し、ソープの跡地に、大きなビルを二つ並べて建てた。これがツイン・タワーだが、どういう関係か、まぁいろいろとつながりがあるんだろうが、テナントは、射精目的風俗店が多く、それ以外には、なんだか騙されて店を持たされたらしい、幸薄いママが、辛そうに疲れ果てて続けている陰気な店か、ぼったくりの暴利バーがあるだけ、というビルなのだ。こんなビルに足を踏み入れるのは、金の有り余った物好きか、何も知らない田舎者か、信号の見方もわからない子供か、悪徳商法にケツの毛までむしられても懲りない高齢者か、泥酔した、世間知らずの新聞記者くらいなもんだ。

やれやれ。

「誉田は、今はどうしてるんだ？」

「休みを取って、家で寝てる。布団をかぶって、一日中呻いてるんだろう」

「相当手荒くやられたのか？」

「そっちの方はそれほどでもないようだ。精々、顔がちょっと腫れぼったくなってる、というところかな」

「なるほど」

「ただ、やっぱり、あんな薄バカのガキでも、自尊心、てのを持ってたようでな」

「今は、自己嫌悪の嵐か」

「そうらしい。放っておいて自殺するのを待っててもいいくらいだ、と俺は思うんだけどな。どうも、そうもいかない」

「やっぱな」

「金は、父親に借りて、キレイに精算したらしい」

「……そうか。もう、払っちまったのか」

「泣きついたんだろう。オヤジさん、可哀相にな」

「……ま、そりゃ払うだろうなぁ。今どきの父親なら」

「……」

「まぁ、そりゃそうだろうなぁ……北日の人間が、警察には泣きつけないよな。ぼったくりに引っかかりました、なんてな」

「ま、そういうことだ」

「で？　ブービー・トラップだった、という可能性は？」

「俺も、そのあたりが気になって、いろいろと調べたんだがな。どうも、完全に、誉田のミスらしい。はめられたんじゃないようだ」

「そうか」

「ただな、向こう側にとっては、予期せぬ僥倖だ」

「だよな」

「このタイミングで、ハメもしないのに、ハマってきたんだからな」

思わず溜息が出る。

「まったくだ。あ〜あ、だよ」

「で？」

「なにしろ、もうオヤジさんが金を払っちまったからな。お説ごもっとも、と認めた形だ」

「だって。認めたんだろ？」

「……そうなんだよなぁ……」

「このままだと、どうなる？　居残に、響くか？」

「……このままだと、響くだろうな。少なくとも、……ウチは、ちょっと矛先が鈍る」

「あのバカは、そこらへん、自覚してんのか？」

「どうかな。でも、俺に内緒にしてるらしいからな。そのつもりらしい。だから、なにか、引け目くらいは感じてるんだろう。まずかった、とは思ってると思うよ」

「で？　誰がケツを拭いてやるんだ？」

「……」

「やっぱ、そういうこと？」

「頼む。あれもこれも、で申し訳ないが」

「……ま、しゃーねーか」

「恩に着る」

「じゃ、ひとつ、恩返しのやり方を教えてやろうか？」

「わかってるよ。森野のことだろ？」

「ああ」

「段取りを教えてくれ。最善を、尽くす」

誉田のようなバカでも、自分の知らないところで、役に立っている場合もある、ということだな。生きる力が湧いてくるじゃないか。

「いっそのこと、居残は実は誉田でしたってことで、全部押っつけちまう、という選択肢もあるんだが」

「それならそれでもいいけど、その場合、誉田の命はどうなるの？」

「……相当、ヤバいな」

「じゃ、ダメだろうよ。やっぱ」

「そうだよな」

「ケツ、拭いてやるさ。オオゴトになる前に。おそらく、誉田が出社してから、きっとなにか言って来るはずだ」

「金を払ったのにか」

「そりゃそうだ。っつーか、金を払ったから、だから長引くんだな」

「なるほど」

「なにか言って来たら、すぐに知らせてくれ」

「OK」

いざ、って時に、保険に使えるかもしれない。それが無理でも、人質くらいにはなるさ。

32

種谷は、札幌市内の道立高校の一学期の終業式の午後を、決行日時に決めた。麗奈は終業式後、なるべく速やかに森野の部屋に「帰る」。で、その後、夕方前に森野は美容室に行くはずだ。で、森野が美容室から帰ってくる夜七時から、出勤する夜九時の間に、実行する。覚醒剤のパケは、十個を抜いて、残りは札幌駅のコイン・ロッカーに隠し、中央署に通報した。抜いたパケは、種谷が封筒に入れて、胸ポケットに収めている。すでに退職した一民間人であるにしても、万一失敗したときに、俺や麗奈が持っているよりは、種谷が持っている方が、穏便に収まるだろう。

そんな事態になったら、とりあえずはもうオシマイなのだが。

＊

暑い日だった。夕方になっても、涼しくならず、蒸し暑いままだった。俺が、緊張し、興奮しているせいかもしれない。俺は、地下鉄東豊線環状通東駅まで出向いた。とりあえず、年長者を立てた形だ。バロック音楽を流している喫茶店の半地下のフロアで待ち合わせた。

種谷は、いかにも面倒臭そうな表情で、ぬっと現れた。むっつりした顔で、階段を下りてくる。体型はほとんど変わっていない。痩せ形だ。だが、目の下や、唇の両脇に、なんとなく、たるみ、が感じられる。老けたな、と思った。だが、足取りは滑らかで、年齢は感じさせない。

「おい。すぐに行くぞ」

「コーヒーは？」

「医者に止められてる。胃酸が出過ぎるんだそうだ」

「どっか、悪いの？」

「いや。行くぞ」

種谷の車は、真新しいアベンシスだった。

「新車を買ったんだ」

面倒臭そうに言う。

「いい車だね。運転しやすそうで」

「あんた、運転はしないんだろ？」

「ああ」

「じゃ、知ったかぶり、すんな」

「……」

「女房が選んだんだ」

「なるほど」

「ババァ横に乗せて、ジジイが走るのには打って付けの車だ」

「……トヨタが怒るぞ」

「……一日でいい、女房がいない世界で呼吸《いき》してみたいよ」

「旅行でも行けば？」

「あんたはガキだな。まだなにもわかっちゃいない」

「四十七だよ」

「無駄に歳を取ったな」

「……」

「旅行に行っても、とにかく、この地球のどこかに、女房がいるだろうが」

「まぁ……そりゃ、そうだよね」

「それが堪らんのだ」

「へぇ……」

「とにかく、一日でいい、女房よりも、一日でいいから、長生きしたいんだ」

「……いいんじゃないの？　それで」

「全くだ」

森野のアパートまでは、二十分もかからなかった。アパートの駐車場にアベンシスを入れて、俺たちは共同玄関から中に入った。

森野の部屋の前で立ち止まり、ドアをノックすると、すぐに開いた。麗奈が、強張った顔で、立っている。すでに、種谷のケータイから麗奈のケータイに電話して、手筈は打ち合わせてある。

「まだ？」

「うん」

美容室からは、帰っていないらしい。

「でも、もう、すぐ、帰って来ると思います」

種谷の存在を気にしているのか、いつもよりは丁寧な口調で言う。

「ＯＫ」

種谷は周囲を見回しながら、ソファに座った。その隣に、俺も座った。さすがに、大の大人がふたりいると、狭い。

「ま、いきなりってのもなんだから、まず、森野と話す」

種谷が言う。俺と麗奈は頷いた。このあたりは、すでに指示されている。最終的な念を押しているのだろう。

「で、いよいよダメだ、ってことになったら、俺が、電話で人員を呼ぶから」

「……あたし、英正に、完全に、恨まれるね」

「今んとこはな。それはしゃーねーさ。まぁ、……何年か後に、感謝されるさ、きっと」

「……あたしのこと、どう思ってるんだろう……」

「自分が、誰かのことをどう思ってるか、なんて、そうそうわかるもんじゃないよ」

「……そうかなぁ……」

「そんなもんだ」

その時、複数の、体重の軽くない人間たちが、廊下を近付いて来る音が……床のきしみが……聞こえた。

「来たかな？」

俺が言うと、種谷は腕時計を眺めて、「まだ早いがな」と呟き、それからなにか考え込む表情になった。

「どうした？」

なにかを感じたらしい、麗奈も心配そうな表情だ。

「いや……まさかなぁ」

「ん？」

「一応、念のために、検察には、ちょっと話を通しておいたんだ。札幌地検刑事部の幹部にな。……よそに通しておいた方が、握りつぶされる恐れが減るから。だから、一応、こうこういうわけで、シャブ持ったオカマを中央署に連行するから、と声をかけておいたんだ」

「……大丈夫なの？　地検ては、法務省だろ？」

「……そうだ……大丈夫だ、と判断したんだけどな……」

「え、どうしたんですか」

麗奈が大きく目を見開いている。

ようすがおかしい。誰にせよ、今来た連中は、すでにドアのところに到達しているはずだ。だが、しんとしている。ノックもしない。声も出さない。黙って、ようすをうかがっているようだ。

種谷が立ち上がった。窓から外を見る。顔を上げて、舌打ちをした。俺も立ち上がって、種谷の横に立った。見えるのは、隣のアパートの壁だ。

「どうした？」

「あの窓のところから、ひとり、こっちを見てた」

「なにが？　警官？」

「私服、か、これだ」

と右手の人差し指で頬をシュッと撫でる。

「……なんでまた……」

「あんたの話だと、小樽入管もちょっと絡んでるかも、ってことだったな」

「いや、あれは当然一枚噛んでるさ」

「クソ……」

「道警と小樽入管とスジ者《もん》どもがグルだから、だからススキノで蟹が腹一杯食えるんじゃないか。内子も外子も食えるんじゃないか」

「……だよな」

「パキスタン人がやってる港の中古車屋に、あんなに盗難車がいっぱい並んでて、それが堂々とロシア船に積み込まれるのも、そのせいだろ？」

「……そういう噂は聞こえてたけどな……しかし、まさかそこまで、と……」

「あんたはナイーブでいいな。おにぎりを転がして、ネズミの国に行けるくらいの、幸せ爺さんだよ！」

「ねぇ、どうなるの？」

麗奈が必死の顔でそう尋ねた時、アルフレッド・ハウゼ・オーケストラの（つまり、ポール・モーリアのではなく、ということだ）『真珠採りのタンゴ』が華麗に鳴り響いた。

「おっと。俺だ」

種谷がケータイを耳に当てた。

「おう。……なに？　どこだ？　混成軍？　写真、撮っとけ……おい！　大丈夫か？」

ケータイを畳んで、立ち上がる。

「なんだ、どうなってる？」

俺と麗奈も立ち上がった。

「コンビニの前で、ぶつかってる」

俺は、〈コンビニ〉という略語が嫌いだ。だが、そういうことを言っている場合ではない、ということは充分過ぎるくらい、わかる。

その時、ドアの向こうでドスの利いた低い大声が、ジワリと膨らんだ。

「なんだ、あんたたちは」

「英正」

麗奈が小声で呟いた。

「来たのか？」

種谷が俺を見る。どうやらね。俺は頷いた。

「こっちには令状があるから、分はある」

さすがは元小役人。そうきっぱり言い切って、スタスタとドアに向かう。

「でも、令状を持ってるのは、あんたじゃないんだろ？」

俺が尋ねると、平気な顔で、「そうだ」と頷く。

「常人逮捕、という手がある。現行犯だからな」

なるほど。

「どうするの？」

麗奈が怯えた声で言った時、ボロアパートの、木でできたドアが、メリッとイヤな音を立てた。なにかがぶつかったらしい。外で、怒号が飛び交っている。

「レン！　大丈夫か！」

森野が、男の声で叫んだ。

「あたしは、平気！」

麗奈が切ない声で応えた。

「そこにいろ！」

森野が怒鳴った時、俺たちの後ろで、ガラスの割れる派手な音がした。俺は思わずそっちを見たが、種谷はドアに向かって身構え、ピクリとも動かない。腕を伸ばし、麗奈を俺の方に押しつける。窓から、背広をきちんと着込んだ男がふたり、スタン、スタン、と入って来る。

「先輩」

種谷に声をかける。

「先輩、お疲れ様です」

「黙ってろ、犬」

若いふたりは笑った。

「いや、これはちょっと手厳しい」

ふたりで頷き合っている。

「とりあえず、今回は、無理です。中央署には連行できませんよ」

「なんで」

「オガタは、今日、旭川に出張です」

「……」

「ハヤシは、風邪を引きました」

「……」

種谷は俺を見た。

「ごめん」

一言、呟いた。

その時、いきなり物凄い音とともに、ドアと鼻血を出した男が一緒になって、倒れ込んで来た。と思った瞬間、森野がその男の顔を蹴った。

「英正！」

飛びつこうとする麗奈を、俺は際どく抱き留めた。森野の背後に、背の高い、だが鈍そうな男が、ぬっと立って、目を細める。と同時に、森野が鮮やかな裏拳を、そいつのこめかみに叩き込んだ。そいつは垂直に沈んだ。物凄い技だった。どうやるのか、コツを教えてもらいたい。

森野が麗奈に手を伸ばした。麗奈が身を揉んで、俺の腕から逃れる。ＯＫ。行け。後ろの方で、背広のふたりが突っ込んでくる気配。振り向くと同時に、手前のひとりの鼻を潰した。

だが、もうひとりが、素早く種谷を押さえつけた。鼻を潰してやった奴が、鼻血を滴らせながら、俺を見て、ニヤリと笑う。

「動かない方がいいですよ」

不気味な声だ。

種谷を押さえつけている男が、種谷のポケットをあちこち探っている。

「先輩、申し訳ありません。後ほど、いくらでもお詫びしますから」

なんてことを言いながら、種谷のサマー・ジャンパーの胸ポケットから、茶封筒を取り出した。中を見る。

「これだけですか？」

ニヤリと笑って言ったその瞬間、麗奈が飛び出した。男に体当たりして、茶封筒をむしり取る。そのまま、部屋から飛び出した。みな、一瞬、出遅れた。俺は、目の前の鼻血野郎の鼻をもう一度叩き潰し、麗奈に続いて廊下に出た。前の方、暗いアパートの暗い通路を、玄関の四角い白い光に向かって、駆けている。俺は追った。麗奈は、必死になって靴を履いた。玄関から飛び出した。麗奈の手から、茶封筒が飛んだ。俺は際どく追い付き、風に吹かれていきそうになった茶封筒を踏んだ。

「ちょうだい！」

「わかってる！」

手渡したところに、男たちが飛び出して来た。前々からここで張っていたのか、それとも、コンビニエンス・ストアの前から駆け付けたのか。どっちがどっちか、もう、わからない。手当たり次第の混戦になってしまった。なんとかして人の包囲を突破して、麗奈だけでも逃がしたい。

（高田はどこだ？）

そう思った次の瞬間、俺の後ろで誰かが呻いた。ドサッと倒れる音がする。

高田だった。

「話が違うだろ」

「悪い。いろいろあってな」

「どうすりゃいいんだ？」

高田が、軽く眉を寄せる。俺は肩を丸めた。俺の右側で、高田の左のハイ・キックがビュン、としなって、誰かが倒れた。

「この子を、逃がしたい」

「よし。やってみよう」

高田が、スッと前に出た。ふたりが倒れた。

そこに、種谷がよろめきながら飛び込んで来た。

「大丈夫か？」

「あの子が」

「ん？」

「あんなちっちゃな子が、あんなに頑張ってるんだ。ここで諦めたら、生きていられない」

「長いセリフは無理だろ、今は」

「バカにするな」

なにかが首の右側付け根にめり込んだ。相当応えた。足を踏ん張った。

「おい！」

高田が怒鳴った。

「抜けろ！」

そうだ。人垣が分かれている。

「お前、先に行け。国道で、タクシーを拾ってろ」

俺は、突っ走った。俺は、足が速くない。だが、とにかく突っ走った。平和な住宅街。暴力追放モデル地区。そこの住人たちが、俺の方を見て、驚いた顔になる。

関係ない。俺は、とにかく国道に向かった。

幸い、タクシーはあっさり見付かった。手を上げて、止め、後ろを見る。

麗奈が、少し遅れて、駆けて来る。

泣きそうな顔で、下唇を噛みしめて、首を傾げて、死に物狂いで駆けて来る。その後ろに、男たちが数人。麗奈の足が、信じられないほどに伸びて、疾走してくる。

お侍さんを死に物狂いで追いかけた、三歳の頃の麗奈を思って、俺は思わず、涙が溢れた。

ほら、もう、すぐだ。

俺は一足先にタクシーに潜り込んだ。すぐに続いて、麗奈が、ドン、と飛び込んで来る。

「どこへぇ？」

どこへだ？　俺が「あの……」と言った時、麗奈が答えた。

「南警察署、お願いします」

「南署？……警察なら、豊平署がすぐそばにあるよ」

「南署にして下さい」

「まぁ、俺らは別に行けって言われたとこに行くだけだから」

「早く！」

思わず、俺は強く言ってしまった。ついそこに、もう、追っ手が迫っている。

「俺らはね、言われなくても、普通に急ぐんだわ。それが、仕事」

運転手は、相当気分を害したらしい。ぶつくさ言いながら、発進させた。

国道の歩道では、男たちが、右往左往している。種谷も高田もいなかった。どうなっただろう。とにかく、今は南署へ、早く。

「あ、そうか……」

運転手が、明るい声で言った。

「あれだな、お客さん」

「は？」

「娘さんの落としもんだ。落としもん、受け取りに行くんだべさ」

「そうそう、そうなんですよ」

俺が答えたとき、やけに旧式の、古い黒電話のベルが鳴った。リリリリリン、リリリリン。

「あ」

麗奈が小声で言って、ケータイを耳に当てる。

「はい。はい。……ええ、無事です。……南署の、……生活安全課の、……タカノさんですか。……はい。……ゴリラ……ヒキガエル……はい、わかりました。……はい、絶対他の人には……はい。はい。……どうもありがとうございました」

「種谷？」

「はい。……名前は言ってなかったけど、そうだと思います」

「南署生安のタカノ？」

「はい。タカノ刑事さんを呼んでもらって、この封筒を渡して、あとは任せればいいって」

体の力が抜けた。

なんとか、出し抜いたか？

思わず溜息をついた。

「本当に……ありがとうございました」

きちんとした口調で言って、頭を下げる。その時、さっきの麗奈の、必死の表情がフラッシュする。俺は、こみ上げそうな涙を呑み込んだ。

＊

南署の受付で呼んでもらうまでもなかった。種谷が連絡したらしい。南署の玄関の前に、ヒキガエルの顔をしたゴリラのような男が、岩のような迫力で、立っていた。中に乗っている麗奈に気付いたのかも知れない。俺たちのタクシーが近付くのに合わせるような感じで、ずい、と腰を回して、迎え撃つような姿勢になる。俺たちを、守ろうとしているのか、阻止しようとしているのか、ちょっと判断が難しい。

「あの、玄関でいいの？」

運転手が、暢気な声で言う。どうも、この男も、あの岩のような男を気にしているようだ。

「いいです」

俺が言うと、運転手は言った。

「気いつけなよぉ。警官は、なにするか、わからないから……」

確かにそうだ。だが、今の俺には、あのカエルゴリラの目を見つめるしか、方法がない。

「あ、来るよ……」

運転手が言って、じわり、と車を止めた。麗奈はもう、一刻も早くタクシーから飛び降りる、という態勢だ。彼女の頭の中にあるのが、唯一、森野の手術……「ショー」……の阻止だ、ということが、痛いほど伝わって来る。

タクシーが停まった。ヒキガエルの顔をしたゴリラが、岩のように、ずい、ずい、と近寄

って来る。運転手が開けるのを待たずに、麗奈が、自分でドアを開けて降りた。俺も、慌て
て後に続いた。

「どうも」

タカノのヒキガエルの顔から、優しい声が穏やかに出てきた。右手が動き、俺に軽く敬礼
をして、腰をちょっと引いた。

は？

「お疲れ様でした。種谷先輩から、伺いました」

「へえ……」

思わず、間抜けな声を出しちまった。

「君が、その女の子だ」

「はい。勝呂麗奈です」

きちんとした声で、真っ直ぐに言う。

「聞いてるよ。安心しなさい」

「はい」

「種谷先輩から、聞いてます。君は、ここに、覚醒剤を持っているわけだね」

麗奈は、タカノの目を見つめて、真っ直ぐに頷いた。

「はい」

「そうか。わかりました。じゃ、おじさんについて来てね。これからいろいろと手続きがあ

るから、大人しく、おじさんの言うことを聞くんだよ」

「はい」

「で?」

俺の方を見る。

「あんたは? なんだ?」

「いやあの。……ま、無事送り届けた、と」

「この子が覚醒剤を持っているのは、知ってたのか?」

「ええと……」

「そうか。知らなかったんですね」

「ええと……」

「じゃ、お引き取り下さい。お気を付けて」

「……わかった。帰るよ」

「お気を付けて」

「種谷は、なにか言ってたか?」

「あ、そうだ。忘れてました」

「ん?」

「お疲れ様、と。よくやった、と伝えてくれ、と先輩はおっしゃっておられました」

「……そういう敬語の使い方は、間違いなんだよ」

「……かもしれません。自分は、そういう警官です」

「……またな」

「いつか」

タカノはそう言い残し、麗奈の右腕を摑んで、南署に入って行った。麗奈は、最後の最後に、俺の方をちらりと見た。俺は、右腕を上げて、軽く振った。麗奈は、小さく頷いた。

そして、さっきのタカノの真似のつもりか、右手で小さく、俺に向かって敬礼をする。

「バカ」と思わず手を振ったが、その隣で、タカノも敬礼をするんで、やれやれ、だ。世の中は、信じられないくらいに緩んでるみたいだな。

＊

翌日の夕方に、森野は任意で出頭を求められ、事情聴取の後、そのまま逮捕された。容疑は、覚醒剤販売目的所持、自己使用、未成年に使用させた罪、それと青少年保護育成条令違反。続いて、麗奈も補導された。

で、その翌日の朝刊で、森野の逮捕と、名門公立進学校の女子生徒の、暴力団員との同棲、覚醒剤使用が、大きな話題になった。

もう、森野の去勢ショーは、予定通りには行かないだろう、と俺は素敵な気分を味わったのだ。

だが、甘かった。

柏木がすぐに動き出した、と濱谷が教えてくれた。柏木はクラスメイトを操って、麗奈を護れ、と騒ぎ出した。なにを考えているのか、よくわからなかったが、ふたりの逮捕・保護を、なるべくあっさりと終わらせ、森野を早く釈放させることを狙ったらしい。俺は、麗奈の家族、というか実際には祖父母だが、その日本語のなかなか通じない老人たちを必死でかき口説き、森野を告発することを勧めた。そのための弁護士も紹介した。森野の裁判が長引き、できれば実刑判決が出て森野が服役することになったら、相当の時間が稼げる。その間、森野が幸せか不幸か、そんなことはどうでもいい。ただ、麗奈は、喜んでくれるだろう。俺はそう思ったのだ。俺は、まあ、どうかしていたのかもしれないが、麗奈が泣くような事態を、少なくとも俺の目が黒いうちは、皆無にしたかったのだ。

笑うな。

33

きちんと決着がつく、という出来事もあれば、ぬるくダラダラと、いつの間にか通り過ぎている出来事もある。俺たちは……いや、少なくとも、俺は、相当頑張ったのだ。だが、結局は、負けた。

具体的には、クソ、柏木香織に負けた、ということだ。

この女は、本当に恐ろしい。この女は、一生のうちで、今しかできないことを実現し、それで札幌の一部分、その頂上のある部分を、支配したのだ。

具体的に言うと、女子中高生の売春組織を作っていたわけだ。警察官僚にも、ヤクザにも、政治家や秘書にも、教員にも、新聞記者にも、アナウンサーにも、どこにもかしこにも、女子中学生や女子高生とセックスしたがる男はいるのだった。柏木は、売春の元締めとして得た情報（もちろん、写真やビデオなども含む）を駆使して、森野の去勢ショーを実現に持ち込んだ。どうも、俺は最初のうち、柏木を舐めていたのが祟って、対策が後手後手に回り、……要するに、負けた。

その慌ただしい日々の中で起きたことの結果を、極限まで簡単にまとめれば、左の通りであります。

真麻は、松井省吾という、高校生の恋人と別れ、今は仙台でスナックのママだ。

麗奈は結局、学校を退学になり、その後いろいろとあったが、沖縄県八重山郡竹富町字竹富にある民宿で働いている。これは、真麻が紹介した職場だ。

森野は、ほぼ女になって、今は福岡のショー・パブで人気ナンバーワンなんだそうだ。「一度、来てよ」と誘われているが、俺はあまり気が進まない。

誉田は、結局モノにならず、今は知床半島の付け根、斜里町にある、北日斜里支局の支局長だ。これが栄転なのか左遷なのかは、微妙なところらしい。松尾に尋ねると、「斜里支局長から、いろいろと異動して、事業局局長になった者もいるし、斜里支局長に就任後半年で鬱病になり、今は福祉カメラマンとして、ある程度の評価を得ている者もいる」とのことだ。

「ま、人事ってのは、簡単には理解できないさ」と、複雑な顔で言った。

その松尾は、北日が道警・道庁・暴力団・マフィアの複合汚染への追及の手を、徐々に緩めるのにつれて、また段々とお荷物扱いされるようになり、キャンペーン臨時全権デスクを解任されて、今は「北海道の小さな美術館巡り」の連載を担当している。

居残正一郎の連載は「テンポ」から、「最近は、なんだかマンネリですね」などと言われたらしく、いつの間にかポシャッた。

篠原は、今では道庁の中の地場産業振興室の室長補佐に請われて就任し、カリー・フェスタを仕切っている。この前、街で見かけたら、真っ白の、中くらいの大きさのベンツに乗っていた。

そして、メディアの大騒ぎが徐々に収まるにつれて、役人どもはまた元のように、外国人マフィアに金をもらって、薄汚い小遣い稼ぎに熱中するようになった。道警本部長は、コロコロ替わる。替わる度に、裏金の餞別をもらって、貯金を増やして故郷に錦を飾るのだ。道警本部長が替わる度に、HBSのローカル報道番組の女キャスターは、モミ手をしながらシナを作り、媚びを売りながら、インタビューをする。そして、「道警本部長というのは、エリートの方々で」などとゴマを擂り、ペコペコと、可愛い顔を見せて、喜んでいる。

全ては、元に戻ってしまった。

見たいと思った変化は、見られずに終わってしまったのだった。

だがまあ、希望が全くないわけでもない。

真麻のペットだった、松井省吾という受験生が、やや面白く化けた。最初会った時はからっきし幼稚な、ボンボンだったのが、みるみる成長したのだ。これは、見ていて楽しかった。酒が強いし、ピースが好き、というところも見どころがある。こいつの受験が終わったら、一度、じっくり飲もう、と思っている。

人生に、それくらいの楽しみがあっても、いいだろうよ。

解説

評論家
関口苑生

ちょっと昔、風俗営業法が変わる前、「ソープランド」が「トルコ」と呼ばれ、エイズがアメリカのホモだけが罹《かか》る原因不明の奇病だった頃——

一九九二年に刊行された、東直己の〈ススキノ探偵〉シリーズ第一作『探偵はバーにいる』は、そんな文章で始まっている。トルコ人元留学生の訴えにより、特定の国名を冠するのは好ましくないと、特殊浴場協会が〝トルコ風呂〟の俗称を自粛、変更したのは一九八四年のことだった。つまりこのシリーズの最初は、八〇年代初頭のススキノを舞台とした物語ということになる。

それから『バーにかかってきた電話』（一九九三年）、『向う端にすわった男』（短篇集・一九九六年）、『消えた少年』（一九九四年）、『探偵はひとりぼっち』（一九九八年）とシリーズを経ていくうちに、当初二十八歳でデビューした「俺」も年齢を重ねていき、やがて三十歳を迎える。ところまでは何の不思議もない。もちろん時代設定は八〇年代（半ば）

のままである。

ところが、なのだ。長編第五作の『探偵は吹雪の果てに』(二〇〇一年)では、いきなり前作から十数年ほど時間を飛び越え、舞台は二十一世紀となった現代、主人公の「俺」も四十五歳となって現れたから驚いた。(以上、ハヤカワ文庫JA)

シリーズ作品が何作か続いて、さまざまな不都合を調整するために主人公の年齢を一気に変えるという例は、たとえばローレンス・ブロックの〈マット・スカダー〉シリーズなどでも見られた。あるいは、大沢在昌の〈佐久間公〉シリーズのように、一度はシリーズそのものを中断しながらも、十年近く経ってから再び復活させた(もちろん年齢も加算されて)という例もある。

けれども、東直己の〈便利屋探偵〉はそのいずれの場合にも当てはまらない。そもそもシリーズ第一作の設定を、それが書かれた時代よりも過去に置き、そこからスタートするという手法からして〝異色〟な作品であったと、今ではそう思う。どうしてこういう方法をとったのかは、もちろん作者に聞いてみなければわからない。しかし、どうやら最初からシリーズ化を目論んでいたらしいことだけは想像できた。事件の顚末、模様を描くのは当然だが、読んでいて、それ以上に登場人物たちの――それも主人公以外の人物描写に熱心な様子が窺えたからだ。いやこういう言い方は誤解を招きそうだ。あくまで雰囲気、もしくは直感にしかすぎないのだが、友人の高田を筆頭に、ヤクザの桐原や馴染みのバーのバーテンダー、ススキノの街の客引き連中など、脇役となる人物の来歴や俺との関係が、何と言うのか、あれこれと将来への含みを持たせた描き方がなされているのである。

これが、第二作の『バーにかかってきた電話』になると、もっと顕著で直接的な描写となる。物語の途中で、いきなり十年前に俺を守ろうとして死んだ女の話が出てきたり、チンピラにからまれていた女性を助けるエピソードが挿入されるのだ。十年前に死んだ女とは、その後『探偵は吹雪の果てに』に登場する純子のことであろうし、助けた中学校の国語教師は『消えた少年』でヒロインとなり、『探偵はひとりぼっち』では俺の恋人となって、物語のラストでお腹に子供がいることを打ち明ける安西春子である。

かような具合に、作者は本筋の物語とは別に一作ごとに次作、次々作への布石を打ち、慎重に伏線を張りめぐらせて読者の興味を惹く手法を凝らしていたのだった。

しかし本シリーズの特殊性……というよりも、作者・東直己の遊び心も含めた大胆な構想は、どんどんと羽を広げていき、やがて他社作品のシリーズともリンクし合って、壮大なる群像劇へと発展していくからちょっと話がややこしくなる。具体的に言うと、一九九六年に第一作『渇き』（ハルキ文庫）が刊行された私立探偵・畝原浩一のシリーズ（二〇〇六年の現在まで五作出ている）、それと始末屋・榊原健三の『フリージア』（一九九五年）および『残光』（二〇〇〇年・いずれもハルキ文庫）との関連性である。

よく指摘されることだが、ハードボイルド小説の魅力のひとつに、背景となる都会が演じる役割というものがある。東直己の場合もデビュー作、いやそれ以前の《北方文芸》に短篇を発表していた当時（『死ねばいいなくなる』角川春樹事務所・所収の諸短篇など）から札幌という街にこだわり、主人公たちがこの繁華な北の都の光と影の狭間に分け入り、さまよい歩くことで無限の精神的興奮を味わうさまを活写していた。かつて亀井勝一郎が「札幌のピューリタニズム、小樽のリアリズム、そして函館のロマンチシズム」と謳ったように、街にはそれぞれ独特のイメージ、特徴があるように思う。そうした街自体が持つ特色を、彼もまたハードボイルドの世界で描こうとしたのかもしれない。加えてもうひとつ、東直己は札幌の街の変遷――バブル期以前からの道庁の不正や、政治家たちが利権漁りに奔走し、食い物にしてきた北海道という土地の中にあって、その象徴たる存在の札幌とススキノという街がはたしてきた役割、歴史を描いてみたかったのではなかったか。極論すれば、彼の小説の真の主人公はススキノであったかもしれない。

前述した各シリーズも、当然のことながら舞台は札幌であった。そこで作者は、同じ街に住み、日々行動している人物たちを自在に登場させ始めたのである。言わば、東作品におけるパラレル・ワールド的展開と称していいだろうか。

たとえば本書に登場する〈グループ・アクセス21〉の代表・篠原は、最初は『向う端にすわった男』所収の「調子のいい奴」にタウン雑誌「札幌へんてこ通信」の編集長兼社長として登場、俺のサポート役として出ていたが（雑誌掲載は一九九四年）、畝原シリーズの『渇き』にも重要な役で出演して読者をニヤリとさせた。また桐原にしても、関西の暴力団が札幌へ進出した際に起こった抗争を描く『フリージア』で、部下の相田とともに派手な活躍を見せたものだった。とはいえ、彼らは決してメインの役柄で登場するのではなく、あくまでサブ的キャラクターにすぎなかった。だが、続く『残光』で東直己はついに一線を超えて、なんと便利屋探偵の俺を登場させ、榊原と行動を共にする大胆な荒技を披露してみせたのである。しかも、このとき俺の年齢は四十三歳。主舞台とする〈ススキノ探偵〉シリーズよりもひと足早く時間を超え、現代に生きる俺が描かれることになったのだ。こんな例は、まずほかでは見たことがない。けれど、東直己は不敵にもそれをやっちまったのである。やってしまった結果、大傑作が生まれ、同書は第五十四回日本推理作家協会賞を受賞することになる。

が、問題も残った。つまり、自分の本来の土俵であるこのシリーズでの「俺」の立場、舞台設定をどうするか、である。たとえ、よその場所でのゲスト出演とはいえ、一旦時計の針を回してしまったら後戻りは容易にできない。俺に関しては言うまでもないが、高田は自分の店を持ち、深夜になるとミニFM局のDJをこなしているし、相田は難病に罹り寝たきりの状態となった姿が描かれているのだ。常識で考えてみても、そうしたすべてをネグレクトして、知らん顔で以前と同じ時代設定のシリーズを続けるわけにはいかないだろう。そこで作者がとった方法は、『残光』後の「俺」——作者の実年齢に近い俺の物語を描くにしても、間奏曲的な意味合いも含まれた作品を一度挟んで、その次から本格的に新たなシリーズをスタートさせるというきわめて実践的でありながら、ウルトラ難度の力業だったのだ。要するにその間奏曲が『探偵は吹雪の果てに』であったのだろう。それにしても、まさか作者自身もここでかつての伏線が、こんなふうに生きてこようとは思いもしなかったことだろう。かりにこれも想定内のことだとしたら、それはそれで大変な作家だということになるのだが……。

だが、いずれにしてもその意味では、本書『駆けてきた少女』（二〇〇四年）は、これまでの集大成的な要素も含まれ、同時に新しいシリーズの始まりとも言えるエポックメイキング的な作品であった。それと、もうひとつ。こちらのほうは想像にしかすぎないので多くは語らないが、ハードボイルドというジャンル文学において、街とそこに住む人々の正義と腐敗を見つめ、それに対抗していく主人公が三十代の〝若者〟であるというのが、いささかつらくなっていたこともあったかもしれない。とまあ、今はこういう曖昧な書き方しかできないが、これについてはいずれまたどこかで書いてみたいと思う。

ともあれ、本書は――冗談ではなく、よくぞここまで並べたものだなと感心するほど、懐かしい顔ぶれが登場してくる。いわゆるレギュラー陣は別としても、冒頭では『探偵はひとりぼっち』の協力者だった霊能力者・聖清澄の名がいきなり出てくるし、『消えた少年』『探偵はひとりぼっち』では刑事だった種谷努が退職してからも重要な役で絡んでくる（彼は次作の『ライト・グッドバイ』（二〇〇五年）では俺にある捜査を依頼する役で再び登場）。宿敵の桜庭組組長・桜庭とも面と向かって顔を合わせるし、桜庭関連ではさらに『バーにかかってきた電話』に登場した、白石区川外町にあった某右翼団体の道場の思い出も語られ、きわめつけは名前こそ出てこないが、北海道日報の記者・松尾が調査を依頼したとして、娘をひとり育てている私立探偵（畝原）の存在も確認できる。

しかし、そうしたこと以上に本書の最大の魅力にして、のけぞるほどの驚きを感じたのは、本作品がこれ一冊で完結していながら、同時に大きな物語のピース片でもあったということだろう。

とりあえず、まず結論から先に記しておくと、本書『駆けてきた少女』は『ススキノ、ハーフボイルド』（二〇〇三年・双葉文庫）と『熾火』（二〇〇四年・ハルキ文庫）の三作が合体して初めて完全形となる物語の一篇なのである。

時系列を整理してまとめると、物語の発端は『ススキノ、ハーフボイルド』の主人公である高校三年生の松井省吾くんが、「霊能力者」と自称する濱谷のオバチャンの〈人生研究所〉や、ススキノのバーに入り浸っているうちに超美人のホステス真麻とねんごろになり、甘く刺激的な日々を過ごすようになるところから始まる。ところがそんなある日、同級生の勝呂麗奈が元ヤクザの組長と同居し、覚醒剤を所持していたとして警察に捕まる事件が起きる。そこへ同じクラスメイトの金井茉莉菜が、柏木香織（！）とその友人真喜屋をともなって麗奈を助けようと省吾のもとに相談にくるのだった。

一方『駆けてきた少女』の俺は、それより少し前の時期に、チンピラに腹を刺されて入院するという羽目に遭っていた。厭がっている女の子に手を出そうとしていた若い男を注意したところ、いきなりその女が「このオヤジ、殺して」と叫んだのだ。そんな理不尽なことで入院していた俺のもとに、濱谷のオバチャンが見舞いにやって来て、最近うちに入り浸っているおかしな女の子のことを調べてくれないかと頼まれる。女の子の名は柏木香織（！）だった……。

ここでまず、ふたつの物語が表裏一体のものであると判明するわけだ。

また俺は俺で、自分を刺したチンピラの行方を探していたが、意外な形でその行方が知れる。だがそれは、北海道警察の不祥事……というよりも悪逆非道な行為の末端で起きた徒花《あだばな》のようなものにすぎなかったのだ。その事実がわかったとき、俺はすでに札幌の闇に蠢く、巨大な陰謀に巻き込まれていることに気づくのだった。その渦の中心に柏木香織がいることも知らずにだ。

そして最後の『熾火』は、本書で明らかになる居残正一郎のレポート記事の詳細と、その後が描かれるのだが、それ以上に衝撃的なことは、『ススキノ、ハーフボイルド』と『駆けてきた少女』ではついに逃げきったと思われた柏木香織（！）の末路が描かれているのである。

しかしまあ、それにしてもなんとややこしくも、面白い真似をしてくれたのだろうとつくづく思う。東直己は天才だと思った。

本来なら、作者がシリーズを通して描いてきた若者たちの生態やら、大人たちの醜い姿を語るべきなのだろうけれど、今回はこれまで。いずれ機会があったら、そのことにも触れてみたい。

二〇〇六年九月

本書はフィクションであり、登場する団体名、
店名、個人名等はすべて虚構上のものです。

本書は、二〇〇四年四月に早川書房より単行本
として刊行された作品を文庫化したものです。

ススキノ探偵／東直己

探偵はバーにいる

札幌ススキノの便利屋探偵が巻込まれたデートクラブ殺人。北の街の軽快ハードボイルド

バーにかかってきた電話

電話の依頼者は、すでに死んでいる女の名前を名乗っていた。彼女の狙いとその正体は？

消えた少年

意気投合した映画少年が行方不明となり、担任の春子に頼まれた〈俺〉は捜索に乗り出す

探偵はひとりぼっち

オカマの友人が殺された。なぜか仲間たちも口を閉ざす中、〈俺〉は一人で調査を始める

探偵は吹雪の果てに

雪の田舎町に赴いた〈俺〉を待っていたのは巧妙な罠。死闘の果てに掴んだ意外な真実は？

原尞の作品

そして夜は甦る

高層ビル街の片隅に事務所を構える私立探偵沢崎、初登場！　記念すべき長篇デビュー作

直木賞受賞
私が殺した少女

私立探偵沢崎は不運にも誘拐事件に巻き込まれる。斯界を瞠目させた名作ハードボイルド

さらば長き眠り

ひさびさに事務所に帰ってきた沢崎を待っていたのは、元高校野球選手からの依頼だった

愚か者死すべし

事務所を閉める大晦日に、沢崎は狙撃事件に遭遇してしまう。新・沢崎シリーズ第一弾。

日本冒険小説協会賞最優秀短編賞受賞
天使たちの探偵

沢崎の短篇初登場作「少年の見た男」ほか、未成年がからむ六つの事件を描く連作短篇集

ハヤカワ文庫

珠玉の短篇集

五人姉妹
菅　浩江
クローン姉妹の複雑な心模様を描いた表題作ほか〝やさしさ〟と〝せつなさ〟の9篇収録

レフト・アローン
藤崎慎吾
五感を制御された火星の兵士の運命を描く表題作他、科学の言葉がつむぐ宇宙の神話5篇

西城秀樹のおかげです
森奈津子
人類に福音を授ける愛と笑いとエロスの8篇日本SF大賞候補の代表作、待望の文庫化！

夢の樹が接げたなら
森岡浩之
《星界》シリーズで、SF新時代を切り拓く森岡浩之のエッセンスが凝集した8篇を収録

シュレディンガーのチョコパフェ
山本　弘
時空の混淆とアキバ系恋愛の行方を描く表題作、SFマガジン読者賞受賞作など7篇収録

ハヤカワ文庫

著者略歴　1956年生，北海道大学文学部中退，作家　著書『探偵はバーにいる』『バーにかかってきた電話』『半端者―はんぱもん―』（以上早川書房刊）他多数

HM=Hayakawa Mystery
SF=Science Fiction
JA=Japanese Author
NV=Novel
NF=Nonfiction
FT=Fantasy

ススキノ探偵シリーズ

駆《か》けてきた少女《しょうじょ》

〈JA865〉

二〇〇六年十月十五日　発行
二〇一一年六月三十日　二刷

（定価はカバーに表示してあります）

著　者　東《あずま》　直《なお》　己《み》
発行者　早　川　　浩
印刷者　草　刈　龍　平
発行所　株式会社　早　川　書　房
郵便番号　一〇一-〇〇四六
東京都千代田区神田多町二ノ二
電話　〇三-三二五二-三一一一（大代表）
振替　〇〇一六〇-三-四七七九九
http://www.hayakawa-online.co.jp

印刷・中央精版印刷株式会社　製本・株式会社明光社

ISBN978-4-15-030865-0 C0193

＊本書は活字が大きく読みやすい〈トールサイズ〉です